PANINI BOOKS

AUSSERDEM BEI PANINI ERHÄLTLICH

M. A. CARRICK: DIE MASKE DER SPIEGEL
(Rabe und Rose, Band 1)
ISBN 978-3-8332-4485-8

M. A. CARRICK: STURM GEGEN STEIN
(Rabe und Rose, Band 2)
ISBN 978-3-8332-4570-1

M. A. CARRICK: DAS PFAUENNETZ
(Rabe und Rose, Band 3)
ISBN 978-3-8332-4571-8

Nähere Infos und weitere fantastische Bände unter:
paninishop.de/phantastik/

M. A.
CARRICK

DER LÜGNER KNOTEN

Rabe und Rose 4

Ins Deutsche übertragen von
Kerstin Fricke

Panini BOOKS

Bibliografische Information der Deutschen Nationalbibliothek
Die Deutsche Nationalbibliothek verzeichnet diese Publikation in der Deutschen Nationalbibliografie; detaillierte bibliografische Daten sind im Internet über http://dnb.d-nb.de abrufbar.

MIX
Papier | Fördert gute Waldnutzung
FSC® C083411
FSC www.fsc.org

Titel der englischen Originalausgabe:
»The Liar's Knot (Rook and Rose 2)« (Part 2) by M. A. Carrick,
published December 2021 in the US by Orbit,
an imprint of Hachette Book Group, New York, USA.

Geschäftsführer: Hermann Paul
Head of Editorial: Jo Löffler
Head of Marketing: Holger Wiest (E-Mail: marketing@panini.de)
Presse & PR: Steffen Volkmer

Übersetzung: Kerstin Fricke
Lektorat: Mona Gabriel
Umschlaggestaltung: tab indivisuell, Stuttgart
Satz und E-Book: Greiner & Reichel, Köln
Druck: CPI Books GmbH, Ulm
Gedruckt in Deutschland

YDCARR004

1. Auflage, Mai 2025,
ISBN 978-3-8332-4640-1

Auch als E-Book erhältlich:
ISBN 978-3-7569-9948-4

Findet uns im Netz:
www.paninicomics.de

PaniniComicsDE

Für Kyle und Adrienne,
die uns Platz gemacht haben

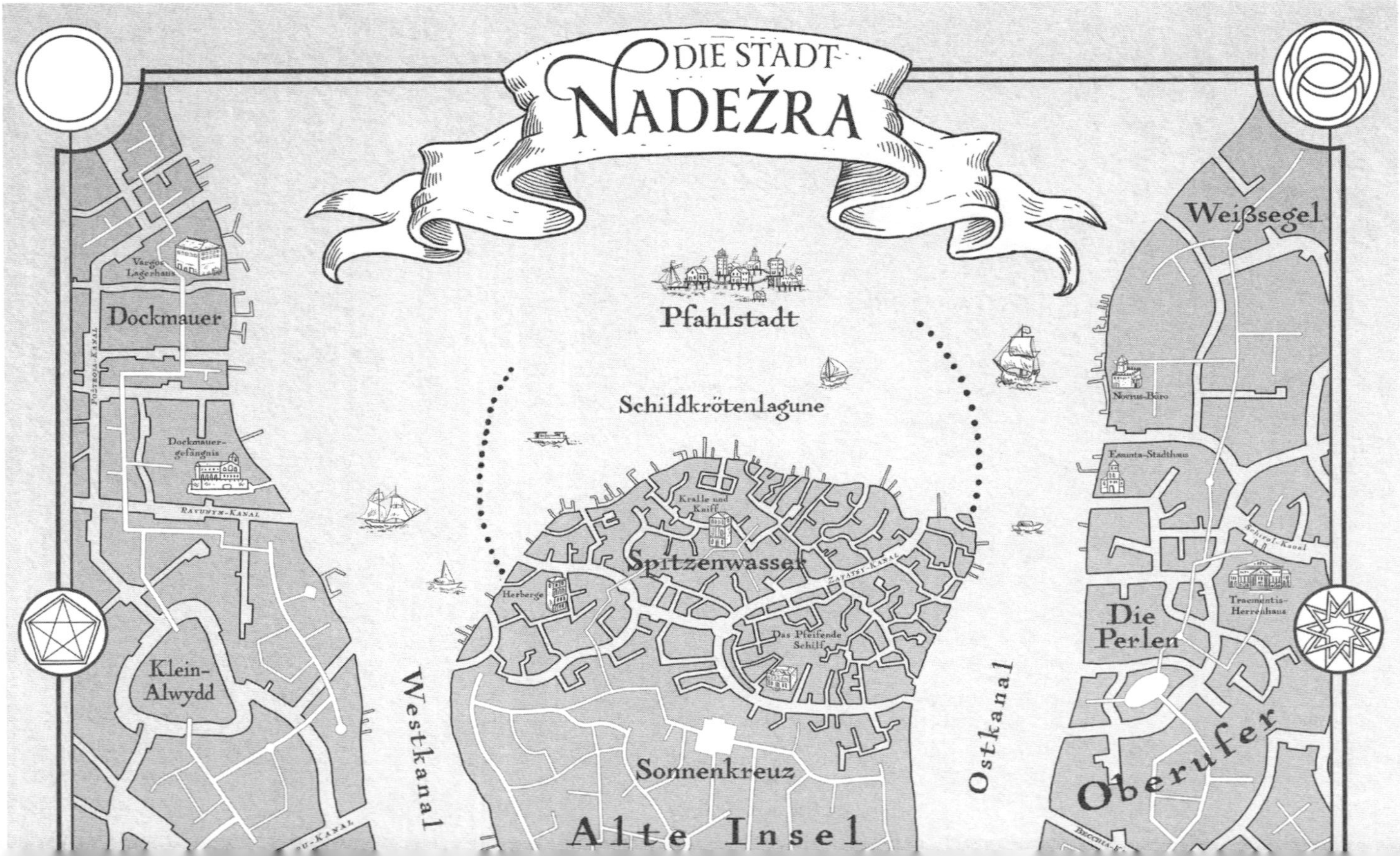
DIE STADT
NADEŽRA
Pfahlstadt
Schildkrötenlagune
Weißsegel
Novrus-Büro
Essunta-Stadthaus
Traementis-Herrenhaus
Die Perlen
Oberufer
Ostkanal
Westkanal
Spitzenwasser
Kralle und Kniff
Herberge
Zatsyk-Kanal
Das Pfeifende Schilf
Sonnenkreuz
Alte Insel
Dockmauer
Vargo Lagerhaus
Dockmauer-gefängnis
Ravunym-Kanal
Pošteoja-Kanal
Klein-Alwydd

Sieben Knoten
Ancor-Kanal
Serrado-Haus
Glotzender Karpfen
Labyrinth
Horizontplatz
Händlerweg
Westbrück
Fleischmarkt
Froschloch
Alte Mohnhöhle
Krummbeingasse
Hauptquartier der Nebelspinnen
Lebjo-Kanal
Unterufer
Ezitte-Kanal
Timpaulo-Kanal
Sonnenuntergangsbrücke
Horst
Agnasee-Theater
Privilegienhaus
Abenddämmerungstor
Morgendämmerungstor
Das große Amphitheater
Die Spitze
Sonnenaufgangsbrücke
Fluss Dežera
N
W
E
S
Die Flutwachtbrücke
Nachtfriedengärten
Beldipassi-Stadthaus
Pomcaro-Kanal
Ostbrück
Rotunda
Vargos Stadthaus
Extaquium-Herrenhaus
Ussiat-Kanal
Ossiter
Foluntadi-Kanal
Palaestra
Scurezza-Stadthaus
Flutwacht
Gsennis-Kanal
Map by 2021 by Tim Paul

Dramatis Personae

Ren – alias Renata Viraudax alias Arenza Lenskaya,
Schwindlerin

ADLIGE

Haus Acrenix

Eret Ghiscolo Acrenix – leitet Haus Acrenix,
Caerulet im Cinquerat
Carinci Acrenix – seine Stiefmutter
Sibiliat Acrenix – seine Tochter und Erbin
Fadrin Acrenix – ein Cousin

Haus Coscanum

Faella Coscanum – Schwester des Leiters des Hauses
Marvisal Coscanum – seine Großnichte
Bondiro Coscanum – sein Großneffe

Haus Destaelio

Era Cibrial Destaelio – leitet das Haus Destaelio,
Prasinet im Cinquerat
Eutracce Destaelio – eine ihrer vielen Töchter

Haus Extaquium

Eret Sureggio Extaquium – leitet das Haus Extaquium
Parma Extaquium – eine Cousine

Haus Fintenus
Egliadas Fintenus – ein Cousin
Nencoral Fintenus – eine Cousine

Haus Indestor (aufgelöst)
Eret Mettore Indestor – leitete einst das Haus Indestor, ehemaliger Caerulet im Cinquerat
Mezzan Indestor – sein Sohn und Erbe
Breccone Simendis Indestris – eingeheiratet aus dem Haus Simendis (verstorben)
Meppe Indestor – ein Cousin

Haus Novrus
Era Sostira Novrus – leitet das Haus Novrus, Argentet im Cinquerat
Benvanna Ecchino Novri – ihre neueste Gattin
Iascat Novrus – ihr adoptierter Erbe

Haus Quientis
Eret Scaperto Quientis – leitet das Haus Quientis, Fulvet im Cinquerat

Haus Simendis
Eret Utrinzi Simendis – leitet das Haus Simendis, Iridet im Cinquerat

Haus Traementis
Era Donaia Traementis – leitet das Haus Traementis
Leato Traementis – ihr Sohn (verstorben)
Giuna Traementis – ihre Tochter
Letilia Traementis – ihre ehemalige Schwägerin, früher Lecilla genannt
Colbrin – Dienstbote
Suilis Felsi – eine Dienerin

Haus Vargo

Eret Derossi Vargo – Verbrecherboss und geschäftstüchtiger Unternehmer
Meister Peabody – eine ungewöhnliche Spinne

DELTA-OBERSCHICHT

Tanaquis Fienola – Astrologin und Inskriptorin in Diensten des Iridet
Agniet Cercel – Kommandantin der Wache
Ludoghi Kaineto – Leutnant der Wache
Facosse Dimiterro – Oberbefehlshaber der Wache
Rimbon Beldipassi – Emporkömmling
Quaniet Scurezza – Leiterin ihres Hauses
Idaglio Minzialli – ein wohlhabender Gentleman
Orrucio Amananto – allgegenwärtiger Gentleman

DIE STADNEM ANDUSKE

Koszar Yureski Andrejek – einstiger Anführer der Stadnem Anduske
Ustimir Hraleski Branek – sein Rivale und der neue Anführer
Idusza Nadjulskaya Polojny – Andrejek treu ergeben
Ardaš Orsolski Ljunan – Andrejek treu ergeben
Šidjin Drumaskaya Gulavka – Branek treu ergeben
Dmatsos Krasnoski Očelen – Branek treu ergeben
Tserdev Krasnoskaya Očelen – seine Schwester, leitet den Knoten Purpuraugen

VRASZENIANER

Grey Serrado – Hauptmann der Wache
Kolya (Jakoslav) Serrado – Greys Bruder (verstorben)
Alinka Serrado – Kolyas Witwe, eine Kräuterkundlerin
Yvieny und Jagyi – ihre Kinder

Dalisva Mladoskaya Korzetsu – Enkelin des Kiraly-Clananführers
Mevieny Plemaskaya Straveši – eine blinde Szorsa der Dvornik
Ivrina Lenskaya – Rens Mutter, eine Ausgestoßene (verstorben)

DIE STRASSE

Nikory – einer von Vargos Leutnants
Pavlin Ranieri – ein Schutzmann der Wache
Arkady Bones – Boss des größten Knotens in Fleischmarkt
Dvaran – Wirt des *Glotzenden Karpfen*
Oksana Ryvček – Duellantin
Tess – Rens Schwester
Sedge – Rens Bruder
Ondrakja – ehemalige Anführerin der Finger, auch als Mütterchen Lindwurm bekannt (verstorben)

FREMDE

Diomen – ein Seterin-Inskriptor
Kaius Sifigo – alias Kaius Rex alias der Tyrann, Eroberer von Nadežra (verstorben)
Varuni – soll eine Investition in Vargo beschützen

Der Rabe – ein Gesetzloser

Glossar

Advokat: Individuum mit der Lizenz, Geschäfte innerhalb des Privilegienhauses zu tätigen, im Allgemeinen im Auftrag eines Adelshauses.

Alta/Altan: Titel für Adlige, die ihr Haus nicht leiten.

Argentet: Einer der fünf Sitze im Cinquerat; wird mit »Eure Eleganz« angesprochen. Argentet ist für alle kulturellen Belange der Stadt zuständig, darunter Theater, Feste und die Zensur von Schriftstücken.

Aža: Eine Droge aus pulverisierten Samenkörnern. Zwar wird sie allgemein als Halluzinogen angesehen, doch die Vraszenianer glauben, Aža würde es ihnen ermöglichen, Ažerais' Traum zu erblicken.

Ažerais' Traum: Dieser Ort, von den Inskriptoren als »Reich der Gedanken« bezeichnet, ist ein vielschichtiges Spiegelbild der wachen Welt, und zwar sowohl ihrer Vergangenheit als auch dem, wie sie sich metaphorisch in der Gegenwart ausdrücken lässt.

Ča: Titel bei der Anrede von Vraszenianern.

Caerulet: Einer der fünf Sitze im Cinquerat, wird mit »Euer Gnaden« angesprochen. Caerulet ist zuständig für die militärischen Angelegenheiten der Stadt, darunter die Gefängnisse, Befestigungen und die Wache.

Cinquerat: Der Rat aus fünf Mitgliedern regiert Nadežra seit dem Tod des Tyrannen. Jeder Sitz hat einen eigenen Verantwortungsbereich. Siehe Argentet, Fulvet, Prasinet, Caerulet und Iridet.

Clan: Vraszenianer werden traditionell in sieben Clans unterteilt: die Anoškin, die Dvornik, die Ižranyi, die Kiraly, die Meszaros, die Stretsko und die Varadi. Die Ižranyi sind vor Jahrhunderten durch eine übernatürliche Katastrophe ausgestorben. Jeder Clan besteht aus mehreren Kretse.

Durchdringung: Eine Form der handwerksbasierten Magie, die Objekte effektiver werden lässt: Eine durchdrungene Klinge schneidet besser, wird nicht stumpf und rostet nicht, während ein durchdrungener Mantel wärmer, wasserdichter oder verhüllender ist. Es ist zudem möglich, wenngleich weitaus schwieriger, eine Darbietung zu durchdringen.

Era/Eret: Titel für jene, die ein Adelshaus leiten.

Fest des verschleiernden Wassers: Ein jährlich im Frühling stattfindendes Fest in Nadežra, wenn der Nebel die Stadt etwa eine Woche lang einhüllt.

Fulvet: Einer der fünf Sitze im Cinquerat, wird mit »Euer Ehren« angesprochen. Fulvet ist für die städtischen Belange verantwortlich, darunter den Grundbesitz, öffentliche Bauarbeiten und die Justiz.

Gesichter und Masken: Laut der vraszenianischen Religion findet sich die göttliche Dualität, die vielen Glaubensrichtungen gemein ist, in einer einzigen Gottheit, die einen gütigen Aspekt (das Gesicht) und einen böswilligen Aspekt (die Maske) besitzt.

Großer Traum: Ein heiliges Ereignis für Vraszenianer, bei dem sich die Quelle von Ažerais in der wachen Welt manifestiert. Dies geschieht nur alle sieben Jahre während des Fests des verschleiernden Wassers

Illi: Das Numen, das in der Numinatria sowohl mit 0 als auch 10 assoziiert wird. Es repräsentiert Anfänge, Enden, die Ewigkeit, die Seele und das Selbst des Inskriptors.

Inskriptor: Anwender der Numinatria.

Iridet: Einer der fünf Sitze im Cinquerat, wird mit »Euer Heiligkeit« angesprochen. Iridet ist zuständig für die religiösen Belange der Stadt wie die Tempel, Numinatria und die Pilgerfahrt des großen Traums.

Kaius Sifigno/Kaius Rex: siehe der Tyrann.

Kanina: Der »Ahnentanz« der Vraszenianer zu bestimmten Gelegenheiten wie Geburten, Hochzeiten und Todesfällen. Wird er gut genug dargeboten, kann er die Götter der Vorfahren der Tänzer aus Ažerais' Traum herbeirufen.

Knoten: Begriff aus dem vraszenianischen Brauchtum, der eine Straßenbande in Nadežra beschreibt. Die Mitglieder zeigen ihre Zugehörigkeit mit einem verknoteten Talisman, sind jedoch nicht verpflichtet, ihn offen zu tragen.

Koszenie: Ein vraszenianischer Schal, der die mütterlichen und väterlichen Vorfahren eines Individuums im Muster der Stickerei aufführt. Man trägt ihn üblicherweise zu besonderen Anlässen wie bei der Aufführung der Kanina.

Kretse: (Sing. Kureč) Vraszenianische Abstammungslinie, Untergruppe eines Clans. Der dritte Teil eines traditionellen vraszenianischen Namens kennzeichnet den Kureč, dem das Individuum angehört.

Lihoše: (Sing. Lihosz) Vraszenianischer Begriff für eine Person, die als weiblich geboren wurde, jedoch eine männliche Rolle übernimmt, um seinen Kureč anzuführen. Lihoše-Patronyme enden im Plural und geschlechtsneutralen »-ske«. Ihr Gegenpart sind die Rimaše, die männlich geboren wurden, jedoch die weibliche Rolle übernehmen und Szorsa werden.

Meda/Mede: Titel für die Mitglieder der Deltahäuser.

Muster: In der vraszenianischen Kultur ist »Muster« ein Begriff für das Schicksal und die Verbundenheit der Dinge. Es wird als Geschenk der Ahnengöttin Ažerais angesehen und kann durch die Interpretation eines Musterdecks verstanden werden.

Musterdeck: Ein Deck, das momentan aus sechzig Karten besteht, die in drei Farben, auch Fäden genannt, aufgeteilt werden. Der Spinnfaden repräsentiert das »innere Selbst« (die Gedanken und den Geist), der Wollfaden das »äußere Selbst« (gesellschaftliche Beziehungen) und der durchtrennte Faden das »körperliche Selbst« (den Körper und die materielle Welt). Jeder Faden enthält sowohl freie als auch Aspektkarten, wobei Letztere auf den wichtigsten Gesichtern und Masken aus der vraszenianischen Religion beruhen.

Nacht der Glocken: Ein jährlich stattfindendes Fest, das den Tod des Tyrannen feiert und die Zeremonie der Unterzeichnung des Abkommens beinhaltet.

Ninat: Das Numen, das in der Numinatria mit der 9 assoziiert wird. Es repräsentiert Tod, Befreiung, Vollendung, Vergötterung und die Grenze zwischen dem Weltlichen und der Unendlichkeit.

Noctat: Das Numen, das in der Numinatria mit der 8 assoziiert wird. Es repräsentiert Gefühl, Sexualität, Fortpflanzung, Ehrlichkeit, Erlösung und Buße.

Numina: (Sing. Numen) Die Numina sind eine Reihe von Zahlen von 0–10, die in der Numinatria zum Kanalisieren magischer Kräfte verwendet werden. Sie bestehen aus Illi (sowohl 0 als auch 10), Uniat, Tuat, Tricat, Quarat, Quinat, Sessat, Sebat, Noctat und Ninat. Jedes Numen steht in besonderer Beziehung zu Konzepten wie Familie oder Tod und wird zudem mit Göttern, Farben, Metallen, geometrischen Figuren etc. assoziiert.

Numinatria: Eine Form der Magie, die auf heiliger Geometrie basiert. Auf diese Weise entstandene Werke werden Numinata (Sing. Numinat) genannt. Bei der Numinatria wird die Macht der ultimativen Gottheit namens Lumen kanalisiert, die sich in den Numina manifestiert. Um zu wirken, muss ein Numinat einen Fokus besitzen, durch den es die Macht des Lumen bezieht; die meisten Fokusse beinhalten den Namen eines Gottes, der in der uralten Enthaxn-Schrift festgehalten wird.

Prasinet: Einer der fünf Sitze im Cinquerat, wird mit »Eure Barmherzigkeit« angesprochen. Prasinet ist zuständig für die wirtschaftlichen Angelegenheiten der Stadt, wozu die Steuern, Handelsrouten und Gilden gehören.

Prismatium: Ein schillerndes Metall, das mithilfe der Numinatria hergestellt und mit Sebat assoziiert wird.

Privilegienhaus: Der Sitz der Regierung von Nadežra, in dem sich auch die Büros des Cinquerats befinden.

Quarat: Das Numen, das in der Numinatria mit der 4 assoziiert wird. Es repräsentiert Natur, Nahrung, Wachstum, Wohlstand und Glück.

Quelle von Ažerais: Das heilige Gebiet, um das man die Stadt Nadežra errichtet hat. Die Quelle existiert in Ažerais' Traum und manifestiert sich nur während des großen Traums in der wachen Welt. Wenn man von ihrem Wasser trinkt, erhält man das wahre Verständnis des Musters.

Quinat: Das Numen, das in der Numinatria mit der 5 assoziiert wird. Es repräsentiert Macht, Exzellenz, Führung, Heilung und Erneuerung.

Sebat: Das Numen, das in der Numinatria mit der 7 assoziiert wird. Es repräsentiert Handwerkskunst, Reinheit, Abgeschiedenheit, Verwandlung und Perfektion im Unvollkommenen..

Seele: In der vraszenianischen Kosmologie besteht die Seele aus drei Teilen: der Dlakani oder »persönlichen« Seele, der Szekani oder »verknoteten« Seele und der Čekani oder »körperlichen« Seele. Nach dem Tod gelangt die Dlakani ins Paradies oder in die Hölle, die Szekani lebt in Ažerais' Traum weiter, und die Čekani wird wiedergeboren. In der Liganti-Kosmologie steigt die Seele durch die Numina zum Lumen auf, um zur Wiedergeburt wieder herabzusteigen.

Sessat: Das Numen, das in der Numinatria mit der 6 assoziiert wird. Es repräsentiert Ordnung, Stillstand, Institutionen, Schlichtheit und Freundschaft.

Sonne/Erde: Gegensätzliche Begriffe, die in der Liganti-Kultur für viele Zwecke verwendet werden. Die Sonnenstunden erstecken sich von 6 bis 18 Uhr, die Erdstunden von 18 bis 6 Uhr. Sonnenhänder sind Rechtshänder, Erdhänder Linkshänder. In Sonnenrichtung und in Erdrichtung bedeutet im Uhrzeigersinn oder gegen den Uhrzeigersinn oder, wenn es um Menschen geht, dass ein Mann weiblich oder eine Frau männlich geboren wurde.

Szorsa: Deuterin des Musterdecks.

Tricat: Das Numen, das in der Numinatria mit der 3 assoziiert wird. Es repräsentiert Stabilität, Familie, Gemeinschaft, Vollendung, Starrheit und Versöhnung.

Tuat: Das Numen, das in der Numinatria mit der 2 assoziiert wird. Es repräsentiert das Andere, Dualität, Kommunikation, Gegensätze und das Lineal des Inskriptors.

Tyrann: Kaius Sifigno, auch Kaius Rex genannt. Dieser Liganti-Kommandant eroberte ganz Vraszan, doch laut den Legenden endete sein Eroberungszug, weil er seinen diversen Lastern erlag. Der Tyrann galt als untötbar, starb jedoch den Gerüchten zufolge an einer Geschlechtskrankheit. Sein Tod wird während der Nacht der Glocken gefeiert.

Uniat: Das Numen, das in der Numinatria mit der 1 assoziiert wird. Es repräsentiert den Körper, Selbsterkenntnis, Erleuchtung, Zurückhaltung und die Kreide des Inskriptors.

Vraszan: Der Name der Region und des lockeren Bunds aus Stadtstaaten, dem Nadežra früher angehörte.

Wache: Die Wache hält Recht und Ordnung in Nadežra aufrecht und trägt den Spitznamen »Falken« nach ihrem Emblem. Sie ist von der Armee des Stadtstaats unabhängig, überwacht die Stadt und wird von einem Hochkommandanten angeführt, der Caerulet unterstellt ist. Ihr Hauptquartier befindet sich im Horst.

Zeremonie der Unterzeichnung des Abkommens: Ein Ritual im Gedenken an die Unterzeichnung des Friedensabkommens, das den Krieg zwischen den Stadtstaaten Vraszan und Nadežra beendete, wobei Letzterer unter die Kontrolle der Liganti-Adligen fiel. An der Zeremonie nehmen die Ziemetse und die Mitglieder des Cinquerat teil, und sie findet einmal im Jahr während der Nacht der Glocken statt.

Ziemetse: (Sing. ziemič) Die Anführer der vraszenianischen Clans, auch »Clanälteste« genannt. Jeder trägt einen Titel, der dem Namen des jeweiligen Clans entlehnt ist: Anoškinič, Dvornič, Kiralič, Meszarič, Stretskojič, Varadič und (früher) Ižranjič.

VIERTER TEIL

1

Der beständige Geist

Isla Traementis, die Perlen: 4. Canilun

Ren beschloss, trotz der furchtbar späten Stunde wach zu bleiben, nachdem sie durch ihr Fenster zurück in ihr Zimmer geklettert war. Es schien unmöglich, dass der große Ball erst früher an diesem Abend stattgefunden hatte; seitdem war so viel passiert, dass es ihr wie ein Monat vorkam. Sie musste nachdenken.

Sie zog sich einen Morgenmantel über, setzte sich am Fußende ihres Bettes auf den Boden und ließ zur Belustigung der klugen Natalya die Schärpe herunterbaumeln und über den Boden gleiten – und als sie aufwachte, lag ein dösendes Fellknäuel in ihrem Schoß, und Tess und Suilis schrien besorgt auf.

»Der Brief aus Seteris?«, flüsterte Tess eindringlich, nachdem sie Suilis losgeschickt hatte, um frisches Wasser zum Waschen und Frühstück für das Kätzchen zu holen.

»Zerstört.« Ren zuckte zusammen, als direkt hinter ihrer Tür mehrere laute Geräusche zu hören waren.

»Einige ziehen ein, andere ziehen aus. Uns bliebe einiges erspart, wenn die neuen Cousins und Cousinen in Quientis' Villa wohnen würden«, sagte Tess forsch, gerade als eines der anderen Dienstmädchen hereinkam und fragte, ob die Alta wünsche, Era Traementis zu verabschieden.

Unten fand Renata eine Szene vor, die trotz der Hektik zu gut organisiert war, um sie als Chaos zu bezeichnen. Colbrin hatte die Aufsicht und leitete eine Ameisenbrigade von Dienstboten an, von denen einige in Quientis-Livree gekleidet waren und Koffer zu einem draußen wartenden Karren trugen. Verwirrt fragte Renata: »Will sich Donaia an der Bucht ausruhen, oder zieht sie nach Seste Ligante?«

»Ich wusste nicht, was sie mitnehmen will.« Sie drehte sich um und sah Giuna in der Nähe stehen und die Hände ringen. »Es schien mir einfacher … nun ja … einfach *alles* einpacken zu lassen.«

Das Händeringen galt jedoch nicht nur Donaias Abreise. Ruhiger fuhr Giuna fort: »Das Problem, von dem ich dir gestern Abend erzählt habe. Was wollen wir dagegen tun?«

Wir, nicht *du*. Es fiel Ren noch immer schwer, solche Worte aus dem Mund von jemand anders als Tess oder Sedge zu hören. Zu viele Jahre hatte sie nur diese beiden gehabt. Und Giuna hatte nicht einmal gefragt, was in einem Brief aus Seteris stehen könnte, das man gegen sie verwenden würde.

»Es ist erledigt«, erwiderte Renata, und dann ersparte ihr Alinkas Eintreffen glücklicherweise weitere Worte über das, was in Weißsegel passiert war.

»Bitte verzeiht die Verspätung«, sagte Alinka und scheuchte ihre Kinder vor sich her. Yvieny rannte sofort los und rief nach Klops, während Jagyi in stiller Vorsicht am Daumen lutschte. Alinka richtete ihre Worte gleichermaßen an Colbrin, Giuna und Renata. »Meinem Schwager ging es heute Morgen … nicht gut.«

Während Giuna Yvieny und den Hund einfangen ging, nahm Renata Alinka beiseite. »Ich hoffe, es ist nichts Ernstes.« *Wenn es ihm sehr schlecht ginge, wäre sie sicher nicht hier.*

Alinka lachte verlegen. »Nein, nur – Nachwirkungen des Alkohols. Was normalerweise nicht seine Art ist«, fügte sie hastig hinzu. »Er sagte, er hatte letzte Nacht eine ... unangenehme Begegnung.«

Erleichterung breitete sich in Ren aus. *Er ist wach genug, um reden zu können. Und vielleicht auch lügen.* Obwohl sie nicht wusste, was vor dem Herrenhaus zwischen ihm und Vargo vorgefallen war, hätte sie an seiner Stelle alles darauf geschoben.

Doch durch all diese Erleichterung zog sich ein bitterer Faden. Ja, Grey Serrado war ein sehr guter Lügner.

»Er hat mich gebeten, Euch das zu geben«, fügte Alinka hinzu und überreichte ihr einen versiegelten Umschlag.

Renata verstaute den Umschlag in einer Tasche ihres Surcots, bevor ihn jemand bemerkte, als Donaia mit trüben Augen hereinkam. Sie hielt den Kopf so, als sei sie sich nicht sicher, ob er nicht jeden Moment abfallen würde. »Und mich beschuldigt man, mich gestern Abend zu gut amüsiert zu haben«, bemerkte Renata leicht belustigt, während sie Donaia half, sich abseits des Tumults hinzusetzen, und ihr eine Kanne starken Tee holte.

»Du bist ein böser Geist, den man geschickt hat, um mich zu quälen«, brummelte Donaia und beugte sich über ihre Tasse, als enthalte sie ein Lebenselixier. »Wie kannst du so frisch wie eine Blume aussehen, wenn ich mich wie ein zertrampeltes Unkraut fühle?«

»Die Gunst der Jugend«, antwortete Renata lapidar, und Donaia lachte so sehr, dass sie sich an ihrem Tee verschluckte.

»Nein.« Donaia trocknete sich das Kinn. »Du bist eine der Urtümlichen, befreit von den Fesseln der Götter. Geh und tu etwas Nützliches, da du so jung und munter bist. Für Abschiede ist später noch Zeit.«

Renata legte die Finger zu einem Kreis zusammen, wie es

die Seterin taten, um das Unglück abzuwehren, das mit dem Erwähnen der Urtümlichen verbunden war – und verschränkte sie wie eine Vraszenianerin, sobald Donaia es nicht mehr sehen konnte. Dann ging sie, um beim Bewältigen des Chaos zu helfen.

Donaia wurde wieder munter, als Scaperto Quientis kurze Zeit später eintraf. Renata schloss daraus, dass er Donaia am Abend zuvor nach oben begleitet hatte … und kurz darauf gegangen war, sobald sich Suilis um sie kümmern konnte. Sein Benehmen, als er sie zur Tür hinaus und zu einer wartenden Kutsche führte, war eine Mischung aus Fürsorge, Höflichkeit und sanftem Necken. Giuna folgte ihnen, um sie am Dock zu verabschieden.

Nachdem die Gruppe zur Villa aufgebrochen war und die neuen Cousins und Cousinen noch erwartet wurden, wirkte das Herrenhaus sehr leer. Als Renata an ihrem Schreibtisch saß und die an diesem Morgen eingetroffenen Nachrichten durchsah, erinnerte sie ein Knistern in ihrer Tasche an den Umschlag, den Alinka ihr gegeben hatte.

Widerstrebend zog sie ihn heraus. Es konnte so vieles darin stecken, und nur weniges davon wollte sie jetzt sehen, solange ihre Gefühle derart durcheinander waren. Grey Serrado war der Rabe; Grey Serrado hatte sie ausgetrickst. Der alte Schmerz stieg in ihr hoch und drohte, sie zu ersticken, aber sie schluckte ihn wieder hinunter. *Das sind wahrscheinlich Anweisungen zur Übergabe der Kapuze.*

Solange sie sich fragte, was sich darin befand, würde sie keine Ruhe mehr finden. Ren nahm ihren ganzen Mut zusammen, brach das Siegel und faltete den Umschlag auseinander.

Etwas flatterte heraus, und sie fing es reflexartig auf: ein Rechteck aus steifem Papier, auf dessen Rückseite die Spindel, das Schiffchen und die Schere der drei Fäden gemalt waren. Eine Musterkarte. Und als sie sie umdrehte …

Der beständige Geist.

Ren hätte sie beinahe fallen lassen. Diese Karte war kein üblicher Bestandteil eines Musterdecks, jedenfalls nicht mehr. Sie war eine der sieben Clan-Karten, die nach der Vernichtung der Ižranyi nicht länger verwendet wurden – als den Legenden zufolge sämtliche Ižranyi-Karten leer gewesen waren. Danach hatten die meisten Szorsas die Clan-Karten überhaupt nicht mehr benutzt.

Dies war nicht die Ižranyi-Karte. Es war die Karte der Meszaros, die die Tugenden und Schwächen dieses Clans repräsentierte. Sie waren die Kinder des Pferds: stur und begriffsstutzig, behaupteten ihre Kritiker, aber auch fleißig …

… und ehrlich.

Die Nachricht im Umschlag bestand aus nur drei Worten.

Wenn du bereit bist.

* * *

Eisvogel, Unterufer: 4. Canilun

Alinka war eine begabte Kräuterkundlerin. Dank der Stärkungsmittel, die sie ihm vor ihrem Aufbruch gegeben hatte, verspürte Grey nur noch die Erinnerung an die Kopfschmerzen, als ihn ein leises Klopfen zur Tür lockte.

Seine Muskeln schmerzten – sogar seine *Knochen* –, und ein roter Fleck auf seiner Brust stach wie eine Verbrennung, an die er sich nicht erinnern konnte. Aber er war am Leben und irgendwie vor Alinkas Tür gelandet, wo sie ihn in den frühen Morgenstunden entdeckt hatte. Er trug ungewohnte Kleidung und stank nach Zrel, als hätte man ihm kurzerhand eine Flasche über den Kopf geschüttet.

Er hatte so viele Fragen. Doch sie alle gerieten in Vergessenheit, sobald er die Tür öffnete und Ren – als Arenza – gegenüberstand.

Sie blieb steif, als er sie stumm hereinwinkte, und nickte knapp, als er ihr einen Tee anbot. Er spürte ihren Blick in seinem Rücken, während er Stücke eines Teeziegels zermahlte und daraus etwas braute, das fast zu stark war, um trinkbar zu sein. Sie sah aus, als könnte sie es brauchen, und bei den Masken, ihm ging es genauso.

Auch als er die Tassen auf den Tisch stellte, hatte sie noch keinen Ton gesagt. *Warum sollte sie auch? Du bist derjenige, der mir Ehrlichkeit versprochen hat.*

»Du hast meine Nachricht verstanden«, stellte er fest und schüttelte dann den Kopf über diese dämliche Einleitung. »Ich …«

»Das hättest du bestimmt gern zurück«, fiel sie ihm ins Wort und legte die Kapuze des Raben wie einen Vorwurf auf den Tisch.

Grey schob die Kapuze beiseite. »Ich wollte sicherstellen, dass es dir gut geht. Letzte Nacht …« Sie saß zu weit weg, als dass er sie hätte berühren können, und wäre vielleicht auch nicht gerade erfreut, wenn er es tun würde. Sie waren sich in ihren verschiedenen Rollen – Hauptmann Serrado und Renata, Grey und Arenza, der Rabe und die Schwarze Rose – nahegekommen, und er kannte sie gut genug, um ihre Gedanken zu erraten.

Vargo hatte sie ausgetrickst. Er hatte sie an die Möglichkeit einer Freundschaft glauben lassen, während er sie die ganze Zeit benutzt hatte. Im Augenblick würde sie sich fragen, ob Grey dasselbe getan hatte.

Hatte sie die Bedeutung der Karte verstanden? Sie war eine Szorsa, allerdings wurden die Clan-Karten inzwischen nicht mehr genutzt. Grey holte tief Luft und sagte: »Ich kann mich nicht dafür entschuldigen, dass ich es dir nicht früher verraten habe. Ich bin eine Verpflichtung eingegangen. Aber …

ich hatte nie vor, dich zu verletzen. Und ich bin ehrlich gesagt froh darüber, dass du es endlich weißt. Es gefällt mir nämlich gar nicht, dich anzulügen.«

»Ich glaube dir.«

Ihre Antwort war so leise, dass er sich fragte, ob er sich die Worte, die er hören wollte, nur eingebildet hatte. Doch dann verwandelte sich ihr ernster Gesichtsausdruck in etwas, das kein richtiges Lächeln war, aber auch keine Verbitterung widerspiegelte. »Du hast mir ein Kätzchen geschenkt«, fuhr sie fort. »Wegen meiner Albträume, nicht wahr?«

Grey nickte. Es war ein alter vraszenianischer Aberglaube, ebenso wie der rote Faden, der die Zlyzen fernhielt. Katzen schützten vor Albträumen, indem sie sie wie Mäuse jagten.

Sie fuhr mit dem Daumen über den Rand ihrer Teetasse. »Der Rabe wusste nicht, dass ich Albträume hatte. Grey Serrado schon – aber er konnte Arenza keine Katze schenken, weil er sie später im Traementis-Herrenhaus sehen würde. Du hast mir so geholfen, dass ich nie davon erfahren würde.« Sie schnaubte. »Das passiert mir in letzter Zeit häufiger.«

Bevor er fragen konnte, was sie damit meinte, begegnete sie seinem Blick und fügte hinzu: »Obwohl ich sehr misstrauisch bin, kann ich darin nichts anderes als Freundlichkeit erkennen.«

Ihre Worte klangen aufrichtig, und unverhofft schnürte es ihm die Kehle zu. Hatte es in ihrem Leben so wenig spontane Freundlichkeit gegeben, dass ein Kätzchen gegen ihre Albträume eine solche Bedeutung bekam?

»Hat das Kätzchen denn geholfen?« Er konnte es sich nicht vorstellen. Sie sah fast ebenso erschöpft aus wie nach der Nacht der Höllen. Wie lang die Nacht für ihn auch gewesen sein mochte, ihre schien noch länger gewesen zu sein.

Jetzt hellte sich ihre Miene auf. »Ja. Allerdings nur, wenn ich tatsächlich schlafe, was letzte Nacht kaum möglich war. Willst du denn gar nicht wissen, was passiert ist?«

Grey hätte lieber einen ruhigen Moment lang ihre tröstliche Vergebung genossen, denn solche Augenblicke waren ihm selten vergönnt. Er zwang sich, den Blick von ihrem Lächeln abzuwenden und die Kapuze zu betrachten, und trank einen Schluck Tee – zu heiß und zu bitter. »Ist Beldipassi in Sicherheit? Hatte er … irgendetwas vorzuweisen?«

»Er ist in Sicherheit und besitzt ein numinatrisches Medaillon. Etwas, das der Rabe erkannt hat.« Rens Stimme klang angespannt. »Genau wie ich.«

»Du hast schon mal eins gesehen? War es das Tricat-Medaillon?« Er hatte dies ursprünglich vermutet, bis er erfahren hatte, dass sie gar nicht wirklich Letilias Tochter war. Aber wenn sie es die ganze Zeit besessen hatte …

Grey stieß seine Tasse um, als er nach ihrem Handgelenk griff. »Sag mir, dass du es noch hast.«

Seine heftige Reaktion ließ Ren zurückweichen, wobei sie sich ihm entzog. »Nicht mehr. Ich habe es verloren. Und … gehe ich recht in der Annahme, dass dieses Medaillon der Grund für den Fluch auf Haus Traementis ist?«

»Ja.« Seine Angst breitete sich ebenso kalt in seinem Inneren aus wie der verschüttete Tee auf dem Tisch. Wenn eine Familie ihr Medaillon erst einmal verloren hatte, gab es keine Hoffnung mehr; die Auswirkungen würden sich ungehindert ausbreiten und jeden im Register treffen. So etwas hatte in Nadežras Geschichte bereits mehrere Adelshäuser zu Fall gebracht – und jetzt geschah dasselbe beim einstigen Haus Indestor.

Als er die Kapuze übernahm, hatte er die Wahrheit über das Unglück von Haus Traementis erfahren. Dennoch war er hilflos und unfähig gewesen, den Untergang zu verhindern. Renatas Adoption schien für die Traementis' eine Wende herbeigeführt zu haben. Aber wenn sie das Tricat-Medaillon gehabt und es dann verloren hatte …

Mit zitternden Händen wischte er den Tee auf. Der Albtraum fing von Neuem an. *Nicht Ren. Bitte, bei der Gnade der Masken – nicht auch noch sie.*

Bevor er etwas sagen konnte, zuckte Rens Hand in seine Richtung. »Aber wir wurden vom Fluch befreit! Tanaquis konnte ihn entfernen. Frag mich nicht, wie sie das geschafft hat; ich weiß nur, dass sie die Karten als Fokus nutzte, die mir den Fluch offenbart hatten.«

»Den Gesichtern sei Dank!« Er schloss die Augen und nahm die nicht ganz angebotene Hand, wobei sich seine Haut an ihren warmen Fingern kalt anfühlte. Bis zu Leatos Tod hatte er gehofft, die Traementis' hätten nun genug Pech gehabt. Die Vorstellung, der Fluch könnte durch einen zweiten Verlust von Tricat erneuert worden sein, war herzzerreißend. Aber nachdem er sein Leben lang Scharlatane und unbegabte Frauen mit guten Absichten verabscheut hatte, kannte er nun endlich eine Szorsa, die wahrhaftig von Ažerais gesegnet war. Und es schien, dass Muster zu vollbringen vermochten, was die Numinatria allein nicht konnte.

Wenn die Muster doch auch alle Probleme Nadežras lösen könnten. »Wo hast du das Tricat-Medaillon verloren? Und wann? Wir müssen es finden. Es ist …«

Er zögerte. Sie hatte die Kapuze getragen. Sie hatte etwas über die Bedeutung der Medaillons erfahren. Aber die Erinnerungen des Raben zu begreifen, fiel selbst dem auserwählten Träger schwer und erst recht einem Ersatz – vor allem, da man mehr von sich selbst in die Rolle einbringen musste, um an diese Erinnerungen zu gelangen. »Die Medaillons sind mit Kaius Sifigno verbunden. Du kennst die Geschichten, dass man ihn nicht aufhalten oder töten konnte … Das war keine Übertreibung. Seine Amtskette bestand aus einer Reihe von Medaillons, eins für jedes Numen, die alle miteinander verbunden waren. Diese Kette besaß genug Macht, um ihm zu ermöglichen, ganz Vraszan einzunehmen, aber der Uniat-Teil – die Kette selbst – zerbrach bei seinem

Tod. Die Adligen aus seinem inneren Kreis stahlen die restlichen Stücke.«

Hatte es sich für Ryvček so angefühlt, als sie endlich die Gelegenheit bekam, die Last dieses Geheimnisses mit jemandem zu teilen? Rens Augen wurden immer größer, je länger er weitersprach. »Seitdem wird wegen der Medaillons gekämpft und getötet. Die Frau, die den Raben erschaffen hat, wusste, dass diese Macht Nadežra weiterhin vergiften würde. Sie führte ihren eigenen Untergang herbei, als sie versuchte, diese Teile zurückzuholen und zu zerstören, aber der Rabe ... machte weiter.« Nicht ganz Geist, nicht ganz Gespenst – alle drei Teile ihrer Seele waren im Gewebe der Kapuze gefangen. Indem sie zum Raben wurde, tat sie mehr, als nur die Bestandteile einer Verkleidung zu erschaffen; sie schuf eine Identität, eine Persönlichkeit. Und sie durchdrang sie derart mit ihrer Leidenschaft, dass danach nichts mehr von ihr übrig blieb – nicht einmal ein Körper.

Zumindest mussten all jene, die die Kapuze später trugen, keinen so hohen Preis bezahlen.

»Dessen hast du mich also verdächtigt«, sagte Ren leise. »Zu Recht, wie sich herausstellt. Aber ich – ich wusste wirklich nicht, was das war. Das Medaillon befand sich bei dem Schmuck, den ich Letilia gestohlen habe, bevor ich Ganllech verließ. Sie muss es vor ihrer *Flucht* den Traementis entwendet haben.«

Genau das hatte Ryvček schon immer vermutet. Der Niedergang des Hauses setzte mit der Flucht einer verwöhnten Göre ein.

»Wo ist es jetzt?«, fragte Grey. *Zwei* Medaillons in Reichweite zu haben ... »Und wo ist Beldipassi? Was ist letzte Nacht passiert?«

Ren zog eine Augenbraue hoch, und ein Lächeln umspielte ihre Lippen. »Das sind ja gleich drei Fragen auf einmal. Welche soll ich zuerst beantworten?«

»Du hättest statt dieser kecken Erwiderung schon zwei davon beantworten können.« Er unterdrückte ein Grinsen. »Wo ist Beldipassi?«

»Bei Ryvček.« Als Grey die Schultern lockerte, nickte Ren. »Dann habe ich richtig geraten. Ich wusste, dass sie deine Lehrerin war, und – raus mit der Sprache: Trug sie nach der Flucht aus dem Gefängnis die Kapuze?«

»Weißt du überhaupt, wie schwer es war, das einzufädeln? Trotz meiner Bemühungen, es zu verbergen, hast du es vermutet. Wir haben uns große Mühe gegeben, um dich von der Fährte abzubringen – nur damit zwei Wochen später doch alles auffliegt.« Grey ließ sie los und fuhr sich seufzend mit der Hand durchs Haar. »Beldipassi ist also bei Ryvček. Was ist mit seinem Medaillon? Und Tricat?«

»Seins sah für mich aus wie Illi in seinem Nullaspekt. Er hat es noch bei sich – mir gefiel die Vorstellung nicht, es an mich zu nehmen. Aber wer auch immer das letzte Nacht eingefädelt hat, schickte einen falschen Raben, um mit ihm zu sprechen – Fontimi, den Schauspieler vom Agnasce-Theater.« Ein leises Lachen ließ ihre Schultern beben. »Er war *grauenhaft*. Ich kann nur hoffen, dass ich nicht so albern aufgetreten bin. Er hat Beldipassi begleitet; ich konnte ihn davon überzeugen, dass die Alternative darin bestünde, von seinem Auftraggeber getötet zu werden. Und was Tricat betrifft … Mütterchen Lindwurm hat es mir während der Nacht der Höllen entrissen. Es fiel herunter, als ich ihr im Amphitheater den Knotenzauber abnahm. Ich …« Ren verzog das Gesicht. »Ich bin nicht auf die Idee gekommen, es aufzuheben.«

Das konnte er ihr kaum verdenken. Sie war ohne das Medaillon ohnehin besser dran.

Für alle anderen wäre es allerdings schlimmer, wenn es in Ažerais' Traum verloren ginge.

Kurz breitete sich Stille aus. Gestern hatte Grey die Ruhe in diesen Räumen ohne Alinka und die Kinder, die ihn ablenkten, gefürchtet, doch nun fühlte sie sich warm und sanft an, und die Einsamkeit der letzten Jahre machte sich nicht mehr so deutlich bemerkbar.

Wegen Ren.

Das konnte er ihr nicht gestehen, jedenfalls noch nicht. Stattdessen fragte er: »Wie kommt es, dass ich noch lebe? Dieser Fluch hätte mich töten müssen.«

Rens Teetasse landete klappernd auf dem Tisch, anstatt zu ihren Lippen geführt zu werden. Sie öffnete den Mund, fing sich dann aber wieder; er konnte ihren inneren Zwiespalt erkennen, als sie zögerte. Schließlich schüttelte sie den Kopf. »Ich … kann mich nicht zu einer Lüge durchringen. Dies ist unser erstes ehrliches Gespräch; es wäre falsch, es zu trüben. Aber … ich kann es dir auch nicht verraten.«

Ihre Weigerung steigerte seine Neugier. Was hätte ihn retten können, das sie nicht zugeben wollte? Kein Medaillon; Tricat war verschwunden, und Beldipassi besaß seines noch. Tanaquis Fienola hatte sich mit dem Traementis-Fluch auseinandergesetzt; vielleicht war Ren erneut zu ihr gegangen? Oder der Fluch war nicht so schlimm gewesen, wie er gedacht hatte – immerhin hatte er ihn beschädigen können. Aber in diesem Fall hätte es keinen Grund gegeben, etwas zu verbergen. Hatte es etwas mit Mustern zu tun? Womöglich beherrschte sogar Tess irgendeine geheimnisvolle Ganllechyn-Stichhexerei.

Grey unterband derartige Gedanken. Selbst wenn er richtig riet, würde sie es ihm nicht sagen, und allein durch derartige Überlegungen bedrängte er sie bereits – und das hatte er schon viel zu oft getan.

Zumal hinter ihren Worten eine unausgesprochene Frage steckte. *Vertraust du mir?*

Er war bereit, ihr seine Mission und sein Leben anzuvertrauen. Das hatte er letzte Nacht entschieden.

»Dann werde ich dich nicht drängen«, gab Grey nach.

Ren spielte mit ihrer Teetasse. »Dein Wachmantel – ich habe vergessen, ihn mitzubringen. Ich lasse ihn dir bringen. Und …« Sie zögerte, griff dann in ihre Tasche und holte die Karte *der beständige Geist* heraus.

Er legte seine Hand auf ihre. »Sie war als Geschenk gedacht. Behalte sie.«

»Wie bist du an diese Karte gekommen?«

Es war faszinierend, den subtilen Veränderungen in ihrer Ausdrucksweise zu lauschen. Sie war als Arenza verkleidet, sprach aber als Ren: Ihr Akzent wurde schwächer und nahm immer wieder Anwandlungen der vraszenianischen Sprache an. Wenn sie von Mustern sprach, wurden diese Elemente stärker – und seine Stimme reagierte darauf und löste sich vom nadežranischen Akzent, den er in letzter Zeit nur allzu leicht übernahm. »Sie gehörte meiner Mutter.«

»Deine Mutter war …«, entwich es Ren.

»Eine Meszaros? Ja, in den Adern dieses Kiralys fließt das Blut eines Arbeitspferds.« Er lächelte bei ihrer sichtlichen Verlegenheit. »Aber ich weiß, was du meinst. Ja, sie war eine Szorsa, wenngleich sie nicht über deine Gabe verfügte.«

»Eine Szorsa? Aber du …« Ren presste die Lippen aufeinander.

Ihre Diplomatie war mehr, als er verdiente, da er aus seiner Verachtung keinen Hehl gemacht hatte. Grey rieb sich die Erschöpfung aus dem Gesicht. »Ich habe kein Problem mit Szorsas, sondern mit Betrügern. Ažerais' Geschenk sollte gewürdigt werden.«

Verbitterung schwang in diesen Worten mit – den Worten seiner Großmutter. Aber jetzt war nicht der richtige Zeitpunkt, um Ren mit seiner Vergangenheit zu belasten. Er zwang sich, entspannter fortzufahren. »Dieser Tee ist kaum genießbar. Was hältst du von etwas Besserem?«

Zum Glück hatte sie keine Einwände gegen den Themenwechsel. Und ihr belustigtes Lächeln erfreute ihn ebenso sehr wie das Sonnenlicht, das durch das Fenster fiel. »Etwas Besseres? Ist es klug, so früh am Tag schon Alkohol zu trinken?«

»Wer hat denn was von Alkohol gesagt?« Er holte das Päckchen hervor, das Alinka für ihn zurückgelassen hatte, denn er wusste ganz genau, mit wem er es sich ihrer Meinung nach teilen sollte. Rasch nahm er die Tassen und fragte: »Magst du gewürzte Schokolade?«

* * *

Isla Traementis, die Perlen: 4. Canilun

Ren hatte noch immer die süße Wärme der Schokolade auf der Zunge, als sie Eisvogel verließ, die Rolle wechselte und ein Boot nach Oberufer nahm. Doch es war mehr als nur der Geschmack; es war das seltsame und ziemlich ungewohnte Gefühl, an Grey Serrados Küchentisch gesessen zu haben, ohne dass Masken zwischen ihnen standen.

Irgendwie kam es ihr so vor, als hätte sie sich zum ersten Mal vor einem Geliebten entblößt. Nur dass er die Wahrheit über sie offenbar schon seit Monaten kannte, seit der Nacht, in der der Rabe in ihre Küche eingedrungen war. Und er akzeptierte sie. Die ganze Zeit hatte sie befürchtet, er würde sich gegen Arenza wenden, wenn er wüsste, wer sie wirklich war … dabei hatte er es längst gewusst.

War es ihm ebenso gegangen? Hatte er befürchtet, sie könnte ihn wegen seiner Lüge hassen? Ren konnte allerdings verstehen, warum er sich so verhalten hatte. Während sich der verletzte Teil ihrer Seele immer wieder dagegen wappnete, dass etwas anderes wehtun würde, hatte sie sich Zentimeter für Zentimeter, Atemzug für Atemzug entspannt und dieses neue Gefühl genossen, sie selbst zu sein, wenn sie mit jemand anders als Tess und Sedge zusammen war.

Wäre mit dem Lüften seiner Geheimnisse nur nicht auch die Kunde von einem uralten Gift einhergegangen, das Nadežra zerfraß.

Die Maske der Würmer in ihrem Muster für den Raben. Kaius Rex' Amtskette, in Stücke zerbrochen, aber jedes davon barg noch ein Fragment der ursprünglichen Macht. Sibiliat hatte behauptet, das Medaillon, das Ren Letilia gestohlen hatte, sei ein Familienerbstück der Acrenix, was Ren bezweifelte und Grey bestätigt hatte. Die Acrenix wiesen keine Hinweise auf einen Niedergang auf, der mit einem solchen Verlust einhergegangen wäre. Tatsächlich verdächtigte er das Haus jetzt, das Quinat-Medaillon zu besitzen – und möglicherweise auch Sessat, das beim Untergang von Haus Indestor verloren gegangen war.

Auf halber Höhe der Flusstreppe blieb sie stehen und stützte sich mit einer Hand auf den feuchten Steinen ab, um nicht das Gleichgewicht zu verlieren. *Der Untergang von Haus Indestor.*

Meppe.

Die Leute starrten die schöne Alta an, die durch die Straßen eilte, was sie nicht weiter scherte. Renata stürmte durch die Eingangstür des Herrenhauses und rief: »Meppe!«

Suilis erschien. »Er ist in Era Traementis' Arbeitszimmer, Alta.«

Dorthin hatte Renata ihn geschickt, um mit der Arbeit an den Hauptbüchern anzufangen. Meppe war bei dieser Aussicht geradezu ins Schwärmen geraten; er schien die schlichte Langeweile der Büroarbeit wirklich zu genießen. Als sie ins Arbeitszimmer platzte, stieß er vor Schreck das Tintenfass um. »Renata ...«

»Du begleitest mich nach Weißsegel.«

* * *

Isla Stresla, Eisvogel: 4. Canilun

Grey hätte sich nur zu gern wieder in sein Bett verkrochen, nachdem Ren gegangen war, doch diesen Luxus konnte er sich nicht leisten. Er nahm sich nur die Zeit, um sich zu waschen und zu rasieren, bevor er vorsichtig die Kapuze zusammenfaltete und in den Teil von Eisvogel eilte, in dem Oksana Ryvček lebte.

Die mittäglichen Straßen waren seltsam ruhig, sogar auf den Marktplätzen herrschte wenig Betrieb. Er kam an Ladenbesitzern vorbei, die vor ihren Türen Ausschau nach nicht vorhandener Kundschaft hielten, und erwiderte das vorsichtige Nicken einiger Fuhrleute, die ihn sogar ohne Uniform erkannten, aber das in Eisvogel übliche Gedränge und geschäftige Treiben schien zum Erliegen gekommen zu sein. Seit der Dockmauer-Flucht patrouillierte die Wache mit mehr Nachdruck als sonst am Unterufer, und die Ordo Apis drang immer wieder in Gebäude vor, um nach den verschwundenen Gefangenen zu suchen. Angeblich ging sie Hinweisen nach, aber Grey vermutete, dass es sich dabei zumindest zur Hälfte um zufällige Übergriffe handelte, um die Leute in Angst und Schrecken zu versetzen, damit niemand Andrejek Unterschlupf gewährte.

Was rein gar nichts brachte. Grey war nicht besonders erfreut darüber, das Anduske-Trio in Vargos Händen zu wissen, aber er wusste besser als manch anderer, welche Vorsichtsmaßnahmen der Mann traf. *Niemand* würde sie in absehbarer Zeit finden. Und das war gut so, denn Koszars neue Verletzungen hatten seine Pläne, Branek zu konfrontieren, fast wieder auf den Stand nach dem Fest des verschleiernden Wassers zurückgeworfen. Das einzig Positive war, dass Branek Prazode beschuldigte, Gulavka nicht beschützt zu haben, und Prazode Branek vorwarf, Ažerais geschmäht zu haben. Die daraus resultierenden internen Streitigkeiten würden die

Stretsko noch eine Weile beschäftigen. Was Rens Werk war, wie sie beim Schokoladetrinken zugegeben hatte.

Ein schiefes bewunderndes Lächeln umspielte seine Lippen, als er die Stufen zu Ryvčeks Stadthaus hinaufstieg. Seine Lehrerin musste eine ihrer Cousinen damit beauftragt haben, Wache zu halten, denn kaum hatte er den Türklopfer mit dem Fuchskopf losgelassen, ging die Tür auch schon auf.

»Sie ist im Trainingsraum«, sagte das Mädchen, als wäre Ryvček nicht immer dort. Mit einem dankenden Nicken ging Grey in den hinteren Teil des Hauses.

»Ihr hattet eine aufregende Nacht«, sagte Ryvček zur Begrüßung, ohne ihr übliches Training zu unterbrechen.

»Beldipassi?«

»Hat sich in meinem Dachboden eingerichtet. Und Fontimi befindet sich im Keller, allerdings weniger bequem und gefesselt. Beim Frühstück fing er bereits an, seine Kooperation zu hinterfragen.« Sie verneigte sich vor ihrem imaginären Gegner, bevor sie ihre Übungsklinge ablegte und sich das schweißnasse Gesicht mit einem Handtuch abtrocknete. »Nach zwei Jahrzehnten, in denen ich nichts Nennenswertes erreicht habe, bin ich froh, aber auch überrascht, daran teilzuhaben. Warum habt Ihr sie zu mir geschickt?«

Grey schloss die Tür, damit sie nicht belauscht werden konnten. »Ich habe sie ebenso wenig zu Euch geschickt wie unser vermummter Freund. Wer auch immer Fontimi angeheuert hat, überfiel mich mit einem numinatrischen Fluch, der mich beinahe getötet hätte. Es war Ren, die letzte Nacht die Kapuze getragen hat.«

Er kannte Ryvček gut genug, um mit ihrem Lachen zu rechnen, wodurch es sich jedoch auch nicht leichter ertragen ließ. »Nach all der Mühe, die wir …«

»Ich weiß, ich weiß.« Er verschränkte die Arme und starrte sie wütend an. »Nehmt die Sache lieber ernst, denn ich wäre fast gestorben.«

»Heute tanzt niemand die Kanina für Euch.«

Er konnte ihre unbekümmerte Haltung nachvollziehen. Jeder Rabe riskierte den Tod; sie war eine der wenigen, die lange genug überlebt hatten, um in den Ruhestand zu gehen. Wenn er wirklich gestorben wäre, hätte sie um ihn getrauert – aber da er lebte, musste sie sich keine Sorgen machen.

Ryvček hatte diesen Fluch nicht zu spüren bekommen, dieses widerliche, *falsche* Gefühl, das ihm die Lebenskraft ausgesaugt und sich in seine Knochen gefressen hatte. Es war nicht nur Schmerz gewesen, vielmehr hatte er das Verlangen zu leben mehr und mehr verloren.

Ihr Lachen verstummte, als er erklärte, wie er dem Netz entkommen war. »Du hast dich dem Raben ausgeliefert? Grey …«

»Es war der einzige Weg. Er wollte weitermachen. Ich … nicht. Aber als er mich befreit hatte, gewann ich die Kontrolle zurück.« Er begegnete ihrem Blick und ließ sie nach einem Hinweis auf den Schatten des Raben suchen. Vielleicht würde sie etwas finden.

Die meisten Menschen dachten, dass sich eine Durchdringung nur auf das Handwerk, die Herstellung physischer Dinge, bezog. Manche konnten stattdessen auch Darbietungen durchdringen und übernatürliche Kraft oder Geschicklichkeit an den Tag legen. Ryvček hatte ihm das Durchdringen beim Fechten beigebracht.

Die Verbindung zwischen dem Raben und seinen Trägern ging sogar noch darüber hinaus. Zwar konnten sie ihn nicht derart durchdringen, wie es einst seiner Schöpferin gelungen war – das mussten sie auch nicht, da das Gerüst bereits stand –, aber sie fügten ihm mit jeder Person, die die Kapuze trug, eine neue Schicht hinzu. Und anders als bei der Numinatria wurde die Kraft der Durchdringung nicht von außen bezogen. Sie kam von innen, war ein Geistfaden, der in das eingewebt wurde, was sie schufen. Deshalb war es tödlich, die Inskription eines Numinats zu durchdringen. Und zu viel von sich selbst in den Raben zu übermitteln …

Andere Träger hatten sich in der Kapuze verloren, sie nie abgenommen, sich nie ausgeruht. Oder sie dachten wie der Rabe, während sie ihr normales Leben weiterführten, bis von der ursprünglichen Person nichts mehr übrig war. Ryvček hatte ihn immer wieder gewarnt, dass er einen Teil von sich zurückhalten müsse.

Letzte Nacht hatte er das nicht getan.

Andernfalls wäre er jetzt wahrscheinlich tot. Doch seine Entscheidung hatte Konsequenzen.

Was Ryvček sah, musste sie zumindest für den Moment beruhigt haben. »Dann hast du Renata einfach die Kapuze gegeben? Und der Rabe …«

»Hat sie toleriert«, sagte Grey. »Aber nicht akzeptiert.« Der Rabe wählte seinen Nachfolger selbst und schuf Bande, die über den Tod hinaus Bestand hatten. Ryvček hatte ihm einmal gesagt, dass sie vermute, der Rabe nähme sich die Szekani der Träger der Kapuze – den Teil der Seele, der in Ažerais' Traum übergehen sollte.

Das war in Ordnung. Schließlich würden ihn seine Verwandten ohnehin nicht mit der Kanina beschwören.

Ryvček zog die Augenbrauen hoch. »Um wirklich etwas zu erreichen, scheint sogar unser vermummter Freund Kompromisse einzugehen. Wen wollt Ihr zuerst einschüchtern, den Schauspieler oder den Narren?«

»Den Schauspieler. Je länger wir ihn festhalten, desto unwahrscheinlicher wird sein Überleben, sobald wir ihn gehen lassen.« Fontimi war ein ahnungsloses und, wie Grey vermutete, ein entbehrliches Werkzeug in den Machenschaften des Adels. Das war kein Verbrechen, das den Tod verdiente.

Ryvček grinste. »In diesem Fall ist wohl ein bisschen Bühnenkunst angebracht.«

Grey erwiderte das Lächeln. Ren hatte recht; einige Aspekte des Lebens als Rabe machten definitiv Spaß. »Auf dem Dach?«

»Auf dem Dach.«

Er verabschiedete sich ostentativ und ging hinaus, um in die schmale Lücke zwischen Ryvčeks Haus und dem ihrer Nachbarin zu huschen. Dort zog er die Kapuze heraus, strich widerstrebend die Wolle glatt … und zwang sich dann, sie aufzusetzen.

Schattenhafte Eindrücke der vergangenen Nacht bestürmten ihn. Keine klaren Erinnerungen, aber ein widerwilliges Gefühl der Duldung, als Ren die Kapuze aufsetzte. Belustigung, als sie einem zweiten Betrüger gegenüberstanden. Triumph, als Beldipassi ihnen das Medaillon zeigte.

Und schwelendes Misstrauen, als Ren die Ähnlichkeit mit einem Medaillon erkannte, das sie einmal besessen hatte. Auch wenn sie nicht gewusst hatte, was es war, und es nicht einmal bewusst eingesetzt hatte, war sie von dieser Macht befleckt worden.

Ja – und dann hat sie es zurückgelassen. Nicht freiwillig, nicht beim ersten Mal, aber sie hatte es während der Konfrontation im Amphitheater einfach so aufgegeben. So sehr sich ein Teil von ihm wünschte, sie hätte es nicht getan – wie sollten sie es zurückbekommen? –, hasste der Rabe vor allem die Anstrengungen, die die Leute für diese Macht auf sich nehmen würden. Dass sie ihm den Rücken zugewandt hatte, sprach trotz ihrer Unwissenheit für sie.

Er verdrängte die Gedanken an Ren, stemmte sich gegen die Wände und kletterte am Schornstein aufs Dach.

Das Flachdach war als nächtlicher Zufluchtsort vor der stickigen Sommerluft gebaut worden. Heute wirbelten vom Dežera herüberwehende Böen, die den ersten Hauch der Herbstkälte mit sich brachten, die Rockzipfel des Raben auf. Einen Moment später stieß Ryvček einen Mann mit verbundenen Augen durch die Dachluke – der immer noch mit den Überresten dessen bekleidet war, was offensichtlich die Verkleidung des Raben darstellen sollte.

»Ihr hättet auf Eurer üblichen Bühne bleiben sollen, Fontimi«, sagte er, als Ryvček den Mann auf die Knie drückte. »Ich bin nicht besonders freundlich im Umgang mit Hochstaplern.«

Er kniete nieder, bevor er die Augenbinde abnahm, damit der Schauspieler als Erstes in die tiefen Schatten unter der Kapuze blickte. Fontimis unterdrückter Schrei klang wie das Quaken eines Frosches.

»Danke für Eure Hilfe, Duellantin«, wandte sich der Rabe an Ryvček und stand auf, richtete die Aufmerksamkeit aber weiterhin auf Fontimi. »Jetzt könnt ihr ihn mir überlassen.«

»Sorgt nur dafür, dass ich hinterher nicht groß vor meiner Tür saubermachen muss«, entgegnete Ryvček mit einem bedeutungsvollen Blick hinunter zur Straße.

Der Rabe ließ seine Stimme gespielt bedrohlich klingen. »Das hängt ganz von der Kooperation meines Nachahmers ab.«

»Ich werde kooperieren! Ich werde kooperieren!«, rief Fontimi, während Ryvček das Dach verließ. »Wobei kooperiere ich?«

Um Leute zum Reden zu bringen, war Einschüchterung viel wirksamer als Schmerz. Einschüchterung und das Versprechen von Hilfe, wenn sie mitspielten. »Ihr werdet mir verraten, wer Euch angeheuert hat und wozu. Antwortet ehrlich, und ich werde Euch beschützen.«

»Nillas Marpremi! Er hat mich engagiert. Er hat mir auch dieses Kostüm gegeben. Es ist viel besser als mein normales Bühnenkostüm. Ihr glaubt ja nicht, wie dünn das Ding ist, es ist nicht einmal gefüttert. Und niemand würde mich für den echten Raben halten, wenn ich meinen Oberkörper entblöße ...« Fontimi stockte und schwitzte immer stärker. »Das interessiert Euch sicher nicht. Marpremi hat mich engagiert, um eine Art Medaillon zu besorgen. Er sagte, ich müsse Beldipassi überreden, es mir auszuhändigen oder mich dorthin zu bringen, wo er es versteckt hat, falls er es nicht bei sich hätte. Dabei deutete er auch an, dass ich ihn verprügeln soll, wenn er nicht kooperiert, aber ich war mir nicht sicher, ob ich das wirklich tun würde. Marpremi hat mich nicht so gut bezahlt, und außerdem kenne ich mich nur mit dem Bühnenkampf aus.«

»Und weiter?«

»Sobald es sich in meinem Besitz befände, sollte ich zum Brunnen auf der Plaza Giotraia gehen und es Marpremi übergeben. Inzwischen wird er wissen, dass etwas schiefgelaufen ist.«

Ohne den Todesfluch hätte der Rabe dies vielleicht als recht unspektakulär abgetan. Das Illi-Medaillon mit Null-Aspekt war nahezu unmöglich aufzuspüren; es wechselte zu oft den Besitzer und verfluchte jene, die es zurückließ. Seine Vorgänger hatten seinen Weg nur anhand der Verwüstung zurückverfolgen können, die es hinterließ.

Doch der Hinterhalt war viel zu ausgeklügelt gewesen für einen Mann, der darauf aus war, der nächste Träger des Medaillons zu werden. Er vermutete, dass Marpremi als Mittelsmann für jemand anders arbeitete. Aber für wen?

Vargo besaß Illi-Null also doch nicht – aber vielleicht wollte er es haben. Der Mann war auf jeden Fall ein begabter Inskriptor. Begabt genug, um den Fluch zu ersinnen, der den Raben erwischt hatte?

Weitere Fragen ließen erkennen, dass Fontimi nichts Nützliches wusste, und die Ungeduld des Raben, der als Nächstes Beldipassi befragen wollte, ließ ihn schroff werden. »Herrin Ryvček wird Euch ein paar Münzen und Kleidung zum Wechseln geben«, sagte er. »Ich schlage vor, Ihr heuert bei den nächsten Schaustellern an, die Nadežra verlassen, und kehrt … für eine Weile nicht zurück – oder nie.«

»Aber …« Fontimi verzog ebenso desorientiert wie schockiert das Gesicht. »Meine Karriere ist hier in Nadežra. Mein *Leben*!«

Im Großen und Ganzen waren die Verluste dieses Mannes vernachlässigbar. Aber so verlief der Kampf um die Medaillons nun einmal: Er ruinierte das Leben vieler Menschen, und das auf viele verschiedene Arten.

»Wenn Ihr hierbleibt, lebt Ihr nicht mehr lange.« Der Rabe legte ihm erneut die Augenbinde um. »Die Entscheidung liegt bei Euch.« Er klopfte an die Dachluke und wartete, bis Ryvček Fontimi weggebracht hatte.

Bei Beldipassi war eine andere Taktik gefragt. Ryvčeks Dachboden war eine ihrer Unterkünfte für ihre scheinbar endlose Reihe von Cousins und Cousinen, die abwechselnd im Haus ein- und ausgingen. Es gab ein einziges Fenster, das gerade groß genug war, um hindurchzuklettern, aber der Rabe hatte sich schon durch kleinere gezwängt. Dass seine Arme ob der Anstrengung vor Schwäche zitterten, musste Beldipassi ja nicht wissen.

Der Mann saß dösend in einem Lesesessel, gekleidet in einen reich verzierten Morgenmantel, ein offenes Buch im Schoß. Beldipassi schreckte hoch, als der Rabe das Buch nahm und sich auf den Schemel setzte.

»*Zehn Sommer in Seteris*«, las der Rabe und betrachtete die Titelseite, bevor er das Buch beiseitelegte. »Mögt Ihr Poesie, Mede Beldipassi?«

»Ich ziehe Geschichte vor, aber es war das einzige Buch, das ich hier finden konnte.« Beldipassi rieb sich den Schlaf und das Erstaunen aus den Augen und etwas Sabber vom Kinn. »Ihr seid zurückgekehrt.«

»Ihr habt etwas, das mich sehr interessiert.«

»Das hier?« Beldipassi griff in die Tasche seines Morgenmantels und zog ein abgenutztes Medaillon heraus. »Wenn Ihr es wollt, dann nehmt es. Nach letzter Nacht will ich nichts mehr damit zu tun haben.«

Die goldene Scheibe kam ihm zugleich vertraut und unbekannt vor – etwas, das der Rabe gesehen hatte, Grey jedoch nicht. Bei dem Anblick wurde ihm übel, und er kämpfte gegen den Drang an, davor zurückzuweichen. Nur zwei Jahrhunderte Gelassenheit ließen seine Stimme ruhig bleiben. »So leicht könnt Ihr Euch bedauerlicherweise nicht davon trennen.«

Beldipassi erschauderte und legte die Finger schützend um die Scheibe. Hätte er sie wirklich losgelassen, wenn der Rabe danach gegriffen hätte? Was auch immer den Medaillons ihre Macht verlieh, sie war verführerisch. Je häufiger man sie benutzte, desto schwerer fiel es, sie aufzugeben, als müsste ein Süchtiger von seiner Droge lassen. »Was *ist* das? Ich habe Euch auf Essuntas Feier gesehen und wusste – ich bin mir nicht einmal sicher, wieso – ich wusste, dass Ihr mir diese Frage beantworten könnt.«

Es stand außer Frage, dass Beldipassi das Medaillon verwendet hatte, ob nun wissentlich oder nicht. »Es verleiht einem Einblicke in die Menschen um einen herum und führt zu den Dingen, die man benötigt, um seine Ziele zu erreichen.«

Beldipassi betrachtete das Medaillon, als sähe er es zum ersten Mal. »Ah. Ich dachte, es bringt einfach Glück, aber das ergab bei einem Illi-Medaillon keinen Sinn. Glück ist Quarats Domäne.«

»Es hat nichts mit Glück zu tun. Mit einem ausreichend tiefen Verständnis der Numinatria könnt Ihr die Menschen um Euch herum sogar dazu bringen, das zu begehren, was *Ihr* wollt.« Der Rabe nickte, als Beldipassi erbleichte. »Ihr sagtet, Ihr würdet die Geschichte der Poesie vorziehen, dann könnt Ihr mir gewiss verraten, was Haus Persater, Contorio, Taspernum und Adrexa gemeinsam haben?«

Beldipassi schloss die Finger fester um das Medaillon und flüsterte: »Sie sind alle tot.«

»Sie alle haben ein Medaillon aus der Amtskette des Tyrannen benutzt – und es dann verloren. Ein Medaillon wie das in Eurer Hand.«

Beldipassi ließ das Medaillon los.

Dann schrie er auf und schnappte es sich wieder. »Nein! Das habe ich nicht so gemeint! Ich habe es nur fallen lassen – sagt mir, dass das nicht dasselbe ist wie es zu verlieren!«

Ein Lachen entrang sich der Kehle des Raben. »Wenn dem nur so wäre. Ich hätte die Kapuze schon vor Ewigkeiten ablegen können, wenn die Leute die Medaillons immer bei sich tragen müssten. Nein, Besitz ist mehr als bloßer Kontakt. Tut mir einen Gefallen und legt es wieder auf den Boden.«

Beldipassi gehorchte eifrig, wich dann aber noch schneller zurück, als der Rabe die Klinge zog. Die Wahrscheinlichkeit, dass das funktionierte, war verschwindend gering … aber er musste es einfach versuchen.

Dies war nicht das erste Medaillon, das der Rabe in seinen jahrhundertelangen Bemühungen fand. Alle vorherigen Versuche, sie zu zerstören, waren jedoch gescheitert. Er hatte zwei Theorien dazu: Entweder konnten sie nur zerstört werden, wenn sie alle zusammengebracht wurden, oder man musste am Anfang beginnen. Bei Illi-Null.

Er nahm das Schwert in beide Hände und rammte die Spitze in das Medaillon.

Gewöhnliches Gold hätte nachgegeben. Eine gewöhnliche Klinge wäre zerbrochen. Nichts davon geschah: Das durchdrungene Schwert des Raben bog sich durch und sprang zurück, und das Medaillon wies nicht einmal einen Kratzer auf.

Er unterdrückte einen Fluch und steckte das Schwert zurück in die Scheide. Die Medaillons waren durch Numinatria geschaffen worden, und es würde mit ziemlicher Sicherheit auch Numinatria brauchen, um sie zu zerstören. Er musste entweder einen Inskriptor finden, dem er genug vertraute … oder sich tief genug in die Erinnerungen vergangener Raben versenken, um herauszufinden, was sie schon alles versucht hatten.

Beides barg mehr als nur einen Hauch von Gefahr. Und nichts davon sollte heute versucht werden.

Seufzend sagte der Rabe: »Ich muss Euch um etwas sehr Schwieriges bitten, Mede Beldipassi.«

Beldipassi schluckte schwer. »Ihr wollt bestimmt, dass ich es behalte, oder?«

»Bis ich herausgefunden habe, wie ich es zerstören kann. Es behalten und nicht benutzen – das ist der schwierigere Part.«

»Nicht an das zu denken, was ich begehre? Oh ja, *das* wird bestimmt kein Problem.« Beldipassis spitze Erwiderung schlug bei seinen nächsten Worten in Angst um. »Was passiert mit mir, wenn Ihr es zerstört? Werde ich …«

»Keine Sorge, ich kenne einen Weg, den Fluch zu brechen.« Der Rabe wunderte sich selbst über diese glückliche Fügung – was möglicherweise irgendwie dem Einfluss der Medaillons zuzuschreiben war, denn ohne die Zusammenarbeit mit Ren – die einst Tricat besessen hatte – in der Nacht zuvor hätte er vielleicht nicht von Fienolas Entdeckung erfahren.

Wenn man zu lange darüber nachdachte und sich fragte, wie weit dieser Einfluss reichte, konnte man glatt den Verstand verlieren.

Vielleicht war das sogar für den Hinterhalt verantwortlich. »Wie konnte irgendjemand auf die Idee kommen, einen Betrüger zu Euch zu schicken?«, wollte der Rabe wissen. »Wem habt Ihr von unserem Treffen erzählt?«

»Niemandem!«

Die Antwort kam sofort, aber er glaubte sie nicht. Der Rabe sah Beldipassi nur schweigend an, bis der Mann sich wand und gestand: »Nur meinem Diener. Er sollte wissen, dass ich nicht gestört werden wollte!«

Der Rabe biss die Zähne so fest zusammen, dass es schmerzte. *Sein Diener. Aufgrund dieser Dummheit …*

Andernfalls wäre er nicht beinahe gestorben. Er hätte sich Ren nicht offenbart.

Vielleicht war am Ende doch alles zum Besten ausgegangen.

»Euer Diener wird mit ziemlicher Sicherheit von jemand anders bezahlt. Ich werde der Sache auf den Grund gehen. In der Zwischenzeit rate ich Euch davon ab, nach Hause zurückzukehren.«

Beldipassi erbleichte. »Wie Ihr meint, aber – muss ich dann auf diesem Dachboden bleiben? Und wie lange?«

Nicht auf dem Dachboden. Früher oder später würden die Leute über Ryvčeks einsiedlerischen Untermieter tratschen. Angesichts des Rufs, den sie sich im Laufe der Jahre aufgebaut hatte, war es wahrscheinlich, dass manch einer sie bereits verdächtigte, der Rabe zu sein; Beldipassi hierzubehalten, würde dieses Risiko noch erhöhen.

Aber wohin sollten sie ihn bringen? Er konnte den Mann nicht wegschicken, wie er es mit Fontimi getan hatte; er musste sicherstellen, dass ihm dieses Medaillon nicht durch die Lappen ging. Beldipassi konnte sich auch nicht bei Grey verstecken, denn er brauchte jemanden, der auf ihn aufpasste. Und auch nicht bei Ren, denn dort lebten viel zu viele Leute.

Er musste den Mann an einen Ort bringen, an dem man sich unauffällig ein Zimmer nehmen konnte. An einen vertrauenswürdigen Ort.

Es gab keine guten Optionen. Er konnte nur die mit den wenigsten Mängeln wählen.

»Ich werde Grey Serrado zu Euch schicken«, entschied der Rabe. »Er wird Euch woanders hinbringen. Aber Ihr müsst mir bei dem, was Euch am liebsten und teuersten ist, schwören, dass Ihr dortbleibt und niemandem verratet, wo Ihr Euch aufhaltet und was Ihr bei Euch habt.«

Beldipassi fiel auf ein Knie und legte eine Hand auf sein Herz. »Ich schwöre es bei meiner Sammlung goldener Walnüsse aus dem Grab der Schattenlilie!«

Das musste genügen. In der Zwischenzeit würde sich der Rabe wieder in Grey verwandeln und bei Dvaran im *Glotzenden Karpfen* ein Zimmer mieten.

* * *

Weißsegel, Oberufer: 4. Canilun

Renata fragte sich nicht, ob ihre neue Cousine wohl bereit war, Gäste zu empfangen. Glücklicherweise legte Tanaquis keinen großen Wert auf die üblichen gesellschaftlichen Sitten. Anstatt sich von Zlatsa zum Warten in den Salon führen zu lassen, ging Renata mit Meppe hinauf zum Observatorium unter dem Dach. An der Tür blieb sie verwirrt stehen.

Tanaquis lag bäuchlings auf dem polierten Boden, nur mit einer mit Kreide bestäubten Hose und einem eng anliegenden Hemd bekleidet. In jeder Hand – und auch zwischen den Zehen beider Füße – hielt sie ein Stück Kreide. Sie bewegte die Gliedmaßen auf und ab und malte große Bögen auf den Schiefer. Als Meppe krächzend kicherte, hob sie den Kopf und blinzelte verwirrt.

»Hätte ich irgendetwas tun sollen, das mir entfallen ist?« Sie erhob sich auf die Knie und legte die Kreidestücke auf den Boden.

Obwohl sie es eilig hatte, konnte Renata einfach nicht anders, als zu fragen: »Was in aller Welt treibst du da?«

»Hm?« Tanaquis folgte Renatas Blick zu den mit Kreide gezeichneten Bögen. »Oh! Ich markiere die Dimensionen eines personalisierten Numinats mit Kreide. Natürlich kann man Standardmaße verwenden – die meisten Inskriptoren tun das –, aber ich habe festgestellt, dass ein organischer Ansatz häufig effektiver ist, wenn man das Ende der Spira aurea im Verhältnis zu ...«

»Richtig. Jetzt verstehe ich es«, fiel Renata ihr ins Wort, bevor Tanaquis noch zu sehr ins Detail ging. »Ich bringe Meppe wegen der Angelegenheit her, die du gestern Abend angesprochen hast. Die Reinigung?« Sie wandte sich an Meppe, der völlig verwirrt wirkte, und improvisierte: »Tanaquis war besorgt, dass es negative Auswirkungen haben könnte, weil das Indestor-Register verbrannt und nicht korrekt gereinigt wurde. Ich wollte sicherstellen, dass wir uns so schnell wie möglich darum kümmern.«

Tanaquis war aufgestanden und hüpfte auf einem Bein, während sie versuchte, sich die Zehen mit einem Lappen abzuwischen. »Das ist nicht ... Oh. Ja.« Sie schenkte Meppe ein strahlendes Lächeln; Renata hoffte nur, dass es auf ihn nicht so falsch wirkte wie auf sie. »Verbranntes Register. Lasst uns das in Ordnung bringen. Renata, würdest du mir, äh, den Gefallen tun und das ... Ding holen, das du schon einmal benutzt hast?«

Renata hatte ein Kartendeck dabei, das sie als Ersatz für das ihrer Mutter benutzte. Sie trat an den Tisch, zog die Karten heraus und mischte sie, wobei sie den anderen den Rücken zuwandte, damit sie nicht sahen, wie sich ihre Lippen im stillen Gebet zu ihren vraszenianischen Vorfahren bewegten. Dann zog sie eine einzelne Karte: *Schwert in der Hand*.

»Mischst du sie immer siebenmal?«, erkundigte sich Tanaquis, als sie ihr das Deck überreichte. »Faszinierend. Ich frage mich, ob es irgendeinen Bezug zu Sebat gibt. Was bedeutet diese Karte?«

Sie bedeutet, dass ich mich dem Kreuzzug des Raben angeschlossen habe. »Es ist die Karte der Verpflichtung«, antwortete Renata. »In diesem Fall symbolisiert sie vermutlich Meppes Verpflichtung gegenüber seinem neuen Haus.«

Tanaquis runzelte die Stirn, als sie die Karte betrachtete. »Beim letzten Mal hast du drei gezogen.«

Weil sie eine Drei-Karten-Reihe für Haus Traementis gelegt hatte. Aber auch für den Fluch, der auf Tricat lag, ob nun wissentlich oder nicht. »Ich glaube«, setzte Renata an und zögerte. Wenn der Rabe recht hatte, dass Mettore Sessat besaß … »Für Cousin Meppes neue Loyalität sollten es diesmal sechs sein.«

»Faszinierend. Ich werde rasch den Boden reinigen.«

Ungebrochenes Schilf, *das Versprechen der Perle*, *der Lügnerknoten*, *der Ruf des Aža*, *ein sich ausbreitendes Feuer*, *Ertrinkender Atemzug*. Sie erklärte die Karten, während Tanaquis die Dielen abwischte: Ausdauer, Belohnung, Vertrauen, Illusionen, Leidenschaft, Angst. Verhüllt standen sie für die unheilvolle Variante dieser Bedeutung. »Ich bin mir jedoch nicht sicher, wie ich ihren Stellenwert interpretieren soll. Mir sind keine Sechs-Karten-Anordnungen bekannt.«

»Wir werden trotzdem damit arbeiten und abwarten, was passiert«, erklärte Tanaquis fröhlich und überreichte Meppe vier Kreidestücke. »Also gut, Cousin. Zieh deine Stiefel aus.«

Als Tanaquis den Fluch von Donaia, Giuna und Renata genommen hatte, war das Numinat bereits vorbereitet gewesen, als sie im Stadthaus eintrafen. Jetzt wurde Renata zum zweiten Mal in weniger als einem Tag mit dem Schauspiel eines Meister-Inskriptors konfrontiert, der Zeichen niederschrieb, die Leben retten konnten.

Tanaquis arbeitete nicht wie Vargo. Sie murmelte nur vor sich hin, sprach nicht zu einem Geist eines Acrenix und legte weder Obszönität noch Frustration an den Tag. Während Vargos Bewegungen kalkuliert und präzise wirkten, tanzte Tanaquis barfuß um die Figuren herum, die sie mit Kreide schuf, und die Schritte und Figuren gingen fließend ineinander über.

»Ich beschäftige mich auch mit der Numinatria«, sagte Meppe zu Renata und fummelte an seinen Stiefeln herum, als wüsste er nicht, ob er sie wieder anziehen durfte, nachdem er seinen Schneeengel auf dem Boden gemacht hatte. »Ich habe nie verstanden, wie ein Inskriptor sich so in seiner Arbeit verlieren kann, dass er aus Versehen ein Numinat durchtränkt. Aber das hier …«

»Keine Sorge«, trällerte Tanaquis fröhlich, als sie aus dem Kreis hüpfte, um ihr Werk zu begutachten. »Ich bin noch nicht ganz bereit dazu, den Kosmos *derart* intim kennenzulernen.«

Der Vorgang, um Meppe vom Fluch zu befreien, wirkte weit weniger dramatisch, als Renata ihn in Erinnerung hatte. Weil es nur um eine Person ging? Weil es sich um einen weniger intensiven Fluch handelte? Oder weil sie eine außenstehende Zuschauerin war? In jedem Fall war es eine Erleichterung, als Tanaquis den Prozess für abgeschlossen erklärte. Meppe, der immer noch verwirrt war, verließ den Kreis und zog endlich seine Stiefel wieder an. »Danke, dass du uns den Gefallen getan hast.« Renata schenkte ihm ein strahlendes Lächeln, bevor ihr einfiel, dass Meppe nur Augen für Idaglio hatte. »Entschuldige bitte, dass ich dich dafür von deinen Aufgaben abgehalten habe. Tanaquis, würde es dir etwas ausmachen, wenn ich noch bleibe, um mit dir eine andere Angelegenheit zu besprechen?«

»Selbstverständlich nicht.« Tanaquis blickte auf ihre mit Kreide verschmierte Hose und ihre nackten Zehen. Dann knurrte ihr Magen hörbar. »Könntest du uns vielleicht etwas zu essen besorgen, während ich mir etwas Sauberes anziehe?«

Renata begleitete Meppe nach draußen und kehrte kurze Zeit später mit dem Laufburschen von der Ostretta an der Ecke zurück, aus dessen Korb alle möglichen verführerischen

Gerüche hervordrangen. Der tatsächliche Geschmack erwies sich als weitaus weniger beeindruckend, aber sie hatte in ihrem Leben schon Schlimmeres gegessen. Tanaquis gesellte sich zu ihr, jetzt in einen Surcot mit Tintenfleck am Knie gekleidet, und langte zu, als wäre sie ein Kamin, der dringend mit Kohle bestückt werden musste.

»Das war faszinierend«, sagte Tanaquis, nachdem sie die Füllung aus ihren Teigtaschen genommen und verspeist hatte, und widmete sich dann den schlaffen, gedämpften Hüllen. »Als ich die Reinigung gestern Abend ansprach, war das eher eine Vorsichtsmaßnahme, aber an ihrer Notwendigkeit bestand kein Zweifel.« Sie rollte eine Teigtasche auf und betrachtete Renata mit einer Intensität, bei der die meisten Leute zusammengezuckt wären. »Ebenso interessant ist, dass du die Herkunft korrekt als Indestor-Register identifiziert hast. Haben dir das deine Musterkarten verraten?«

Es war äußerst nützlich, während solcher Gespräche zu essen; die Zeit, die man mit dem Kauen und Schlucken verbrachte, überdeckte jedes Zögern. »Offen gesagt habe ich mir das ausgedacht«, gestand Renata. »Ich wollte Meppe nicht verraten, dass die Traementis' früher verflucht waren. Aber letzte Nacht hatte ich einen schrecklichen Albtraum um ihn, und das hat mich nervös gemacht.«

»Es gehen ziemlich viele Albträume um«, murmelte Tanaquis und rollte eine weitere Teigtasche zu einer Kugel zusammen, ohne auf das Fett an ihren Fingern zu achten. »Nur von Meppe?«

Renata nickte. Grey hatte ihr bei ihren Tassen voller köstlicher Schokolade noch viel mehr erzählt; er glaubte nicht, dass Haus Fintenus ein Medaillon besaß. Die Hälfte befand sich meist in den Händen des Cinquerats: Tuat bei Argentet, Tricat bei Fulvet, Quarat bei Prasinet, Sessat bei Caerulet und Sebat bei Iridet, entsprechend den numinatrischen Verbindungen dieser Sitze. Viele der anderen ließen sich anhand der

Art und Weise verfolgen, wie der Einfluss des Numens durch die Register der Inhaber nach außen drang. Quinat und Ninat waren schwer zu finden, aber der Hedonismus der Mitglieder von Haus Extaquium deutete darauf hin, dass sie Noctat besaßen, während die gesellschaftliche Dominanz von Coscanum den Schluss zuließ, dass ihnen das Illi-Medaillon gehörte, das die Zehn repräsentierte. Und bis Beldipassi ihn ansprach, hatte Grey vermutet, dass Vargos außergewöhnlicher Aufstieg von der anderen Hälfte von Illi angetrieben wurde, der für die Null stand.

Aber das Wissen, wo die Medaillons sein konnten, reichte ihm nicht. Er musste sie zerstören. Zwar konnte dieser Prozess mit Beldipassis Illi-Null seinen Anfang nehmen, dennoch überlegte sie, Tricat für ihn zurückholen – ihren Fehler wiedergutzumachen, es verloren zu haben …

In einem seltenen Anflug von Mitgefühl sagte Tanaquis: »Ich könnte das Haus noch einmal überprüfen, um das zu bestätigen, würde Donaia aber nur ungern noch mehr Sorgen bereiten.« Sie runzelte die Stirn, als sie ihren klumpigen Knödel betrachtete. »Wir müssen uns wohl auf Muster verlassen.«

Renata war inzwischen an die Aura von Neugier und Unzufriedenheit gewöhnt, die Tanaquis umgab, wenn von Mustern die Rede war. Es machte die Frau verrückt, dass sie deren intuitive Funktionsweise nicht in ihren geordneten Kosmos einfügen konnte – was nicht etwa daran lag, dass sie es nicht versucht hätte.

Renata wischte sich die Finger ab und erwiderte: »Wenn es dich tröstet: Für das andere Rätsel, das ich für dich habe, sollte es eine numinatrische Lösung geben. Kennst du eine Möglichkeit, ein physisches Objekt aus dem Reich der Gedanken zu holen?«

»Etwas wie deine Prismatiummaske?« Tanaquis beugte sich vor und warf beinahe den Tisch und die Teller um. »Bislang nicht. Vargo hat nur sehr spärliche Details über seine Erfahrung preisgegeben. Er will deine Privatsphäre schützen, dabei könnte man daraus doch so viel *lernen*! Ich hatte gehofft, es ihm nach seiner Aufnahme bei den Praeteri zu entlocken oder dass es dir gelingt, aber …«

Tanaquis zuckte zurück. »Ich vergaß. Ihr habt euch zerstritten.«

Renata wollte Vargo nichts über die Absichten des Raben verraten, auch wenn das Muster, das sie gelegt hatte, darauf hindeutete, dass er irgendwie darin verwickelt sein könnte. Was sie auch Tanaquis nicht erzählen würde – allerdings war sie sehr viel zuversichtlicher, dass sie Tanaquis eine Lügengeschichte auftischen konnte. »Während der Nacht der Höllen habe ich ein numinatrisches Medaillon getragen und verloren. Ich hätte es gern zurück.«

»Auf andere Weise, als Asche zu nehmen und sich dort auf die Suche zu machen? Hmmm. Abgesehen von dieser Maske habe ich noch nie gehört, dass jemand einen Gegenstand von einer spirituellen Reise mitgebracht hat. Besitzt du sie noch?«

»Die Maske? Ja.«

»Schick sie mir. Ich würde sie gern studieren.« Tanaquis klopfte auf ihr Knie, worauf der Tintenfleck mit einer Fettschicht überlagert wurde.

Renata wandte sich zum Gehen. »Wird sofort erledigt.«

»Was war das für ein Medaillon?«, fragte Tanaquis plötzlich.

»Ich bin mir nicht sicher, welchem Gott es gewidmet ist – ich habe die Siegel nie wirklich gelernt.« Vielleicht würde Grey das beantworten können, nachdem er Beldipassis Siegel genauer unter die Lupe genommen hätte. »Aber es war eine ziemlich einfache Anordnung aus drei einander überlappenden Tricats.«

Tanaquis summte. »Also Tricat in dreifacher Anordnung, zurückgelassen im Reich der Gedanken. Faszinierend. Warum hast du das nicht in dem Bericht erwähnt, den du nach der Nacht der Höllen für mich angefertigt hast?«

Djek.

Zumindest ergab es Sinn, überrascht zu erscheinen. »Ich dachte nicht, dass es relevant wäre. Du wolltest wissen, was wir erlebt und gesehen hatten. Mir ist nicht in den Sinn gekommen, dass du an einem verschwundenen Schmuckstück interessiert sein könntest.«

»Nicht relevant!« Tanaquis' Stimme wurde immer schriller, als sie aufsprang. »Was für einen Unsinn lehren sie heutzutage in Seteris? Ein physisch verkörpertes Numinat im Reich der Gedanken? Wer weiß, welche Wellen es in der realen Welt schlagen könnte! Und mit Wellen meine ich Fluten. Tricat verdreifacht und durch Asche dorthin gebracht ... Es würde den Zusammenbruch oder das ungesunde Wachstum familiärer und sozialer Bindungen bedeuten. Ein Versagen der Gerechtigkeit. Die Unfähigkeit, Kompromisse einzugehen. Rach...«

»*Oh.*« Tanaquis sank genauso schnell wieder auf ihren Stuhl zurück, wie sie aufgestanden war. »Es ist längst geschehen.«

Manche Erkenntnisse trafen einen so plötzlich wie ein Messerstich in die Rippen. Andere brauchten länger, um zu einem durchzudringen ... aber man blutete genauso stark. »Du meinst doch nicht etwa ...« Renata konnte nicht mehr gehen, selbst wenn sie es gewollt hätte; ihre Beine wollten sich nicht mehr bewegen. Die immer langsamer arbeitenden Mühlen im Privilegienhaus, Braneks Bestreben, alle Stretsko an die Anduske zu binden, sogar gut gemeinte Handlungen wie Giarron Quientatis' überstürzter Versuch, ein ganzes Waisenhaus zu adoptieren.

Und unerklärliche Gräueltaten wie Meda Scurezzas Ermordung ihrer gesamten Familie.

»Nein«, flüsterte sie. »Ein numinatrisches Stück kann doch nicht für all das verantwortlich sein.«

Nicht einmal eins, das früher Kaius Rex gehörte?

Tanaquis' Augen hatten einen allzu vertrauten Glanz angenommen, als die Flut ihrer Gedanken sie überrollte. »Verantwortlich? Nicht mehr als der Regen dafür verantwortlich ist, dass Unkraut wächst. Numinatria im Reich der Gedanken – aber bezeichnen die Vraszenianer es nicht als Ažerais' Traum? Ein Ort der Muster. Was wir gerade sehen, könnte das Ergebnis des Zusammenwirkens dieser beiden Konzepte sein. Was bedeutet, dass es möglich *ist*!«

»*Tanaquis.*« Renata beugte sich vor und umfasste Tanaquis' Handgelenk. »Wenn die Probleme in der Stadt dadurch verursacht werden, müssen wir es rausholen. Wie stellen wir das an?«

Sie musste es zurückbekommen. Nicht nur, um dem Raben zu helfen. Denn sie hatte das Medaillon verloren – hatte es unbeachtet zu Boden fallen lassen wie etwas völlig Unwichtiges, als sie die Zlyzen gegen Mütterchen Lindwurm wandte – und wer konnte schon sagen, wie viel von dem, was gerade in Nadežra geschah, ihre Schuld war.

»Ich weiß nicht«, antwortete Tanaquis mit aufgeregtem Grinsen. Sie unterdrückte es, als Renatas Griff fester wurde. »Ich weiß es *noch* nicht – aber du hast die Muster, und ich habe meinen Kompass, mein Lineal, meine Kreide und mich. Gemeinsam können wir es herausfinden.«

2

Eine Mohnblume weint

Isla Čaprila, Ostbrück: 5. Canilun

Erst als Renata am nächsten Morgen vor Vargos Haus stand, fragte sie sich, ob dies ein Fehler war.

Doch nun stand sie schon einmal hier, und wenn sie jetzt einen Rückzieher machte, würde sie vermutlich kein zweites Mal den Mut dazu finden. Sie stieg die Stufen hinauf und klingelte selbstbewusster, als sie sich fühlte.

Nichts geschah. Nachdem sie noch zweimal geklingelt hatte, wollte sie es gerade in seinem Büro in Dockmauer versuchen, als die Tür aufgerissen wurde.

Vargo sah aus, als hätte er mit dem Tod Sechser gespielt und nur schlechte Karten gehabt. Sein Haar war fettig, seine blutunterlaufenen Augen mit zwei Tage altem Kohl verschmiert. Eingehüllt in einen prächtigen Patchwork-Hausmantel aus blauem und grünem Brokat, dessen Kragen weit genug geöffnet war, um die Narbe an seinem Hals zu entblößen, entsprach er dem Bild, das die Welt von ihm hatte: als Adel verkleideter Straßenabschaum.

Er starrte sie an, als könnte er nicht genug Energie für ein richtiges Stirnrunzeln aufbringen. »Was zum Henker wollt Ihr?«

»Ich …« Das fing ja gut an, wenn sie nicht einmal zu einer angemessenen Begrüßung in der Lage war. »Ich wollte sicherstellen, dass es Euch gut geht.«

»Ich lebe. Serrado vermutlich auch, sonst wärt Ihr früher vorbeigekommen.« Er fuhr sich mit den Fingernägeln durch die Bartstoppeln und trat zur Seite. »Dann kommt halt rein. Wir können das wohl kaum vor der Tür besprechen.«

Er führte sie in das kleine Esszimmer im hinteren Teil des Hauses, wo sie vor einer gefühlten Ewigkeit zusammen gefrühstückt hatten. Auf dem Tisch stand eine Schüssel mit gerinnendem Tolatsy und auf dem kleinen Wärmenuminat auf dem Sideboard anstelle einer Teekanne eine Schüssel mit leicht dampfendem Wasser. Rasiermesser und Seife daneben deuteten darauf hin, dass Vargo sich gerade rasieren wollte, aber nun ließ er sich lieber auf eines der pflaumenfarbenen Samtsofas fallen. »Ich kann Euch keinen Kaffee anbieten. Es gibt Tee, falls Ihr Euch einen zubereiten möchtet.« Er deutete in Richtung Sideboard.

Auf diese Weise hätte sie sich ablenken und die Hände beschäftigen können, aber Renata setzte sich stattdessen hin. »Ich habe Euch an diesem Abend bereits gedankt, aber in Anbetracht Eures Zustands bin ich mir nicht sicher, ob Ihr mich überhaupt hören konntet.«

»Das habe ich durchaus. Gern geschehen. Nicht der Rede wert, wie ich bereits sagte.« Er runzelte die vernarbte Stirn, als wollte er sie wortlos fragen: *War das alles?*

»Ich habe Hauptmann Serrado nichts erzählt«, versicherte sie ihm. »Aber – nun ja, ich hatte erwartet, dass *Ihr* mir Fragen stellen würdet.«

Vargo zuckte bloß mit den Achseln. »Uns verbindet das Flussnuminat. Wenn dies nichts damit zu tun hat, wieso ist es dann von Bedeutung?«

Es ist von Bedeutung, weil Ihr fast gestorben wärt, um ihn zu retten. Und weil die Geschichte, die sie sich ausgedacht hatte, um Greys Zustand zu erklären, darauf abzielte, Vargo aus der Reserve zu locken und ihn dazu zu bringen, über andere Angelegenheiten zu sprechen.

Aber wenn er nicht fragen wollte, musste sie eben nachhaken. »Ihr habt in jener Nacht die Praeteri erwähnt, sobald Ihr die Male bei Hauptmann Serrado bemerkt hattet. Warum?«

»Praeteri-Numinata können einige unangenehme Dinge bewirken. Wie Ihr auf die harte Tour herausgefunden habt. Ich wollte Euch davor warnen, aber ich kam zu spät.« Er spielte mit dem Löffel im geronnenen Tolatsy, stellte ihn aufrecht in den Reisbrei und beobachtete, wie er langsam zur Seite kippte. »Und was Todesflüche angeht – wer weiß schon, welche Geheimnisse hinter den Toren, die wir gesehen haben, zu ergründen sind? Es schien eine logische Schlussfolgerung zu sein.«

Das war bei Weitem nicht die ganze Wahrheit – aber sie konnte kaum zugeben, dass sie sein Gespräch mit Alsius belauscht hatte. Und sie durfte auch nicht die absurde Möglichkeit ansprechen, dass Alsius der Geist von Ghiscolos totem Bruder war, der im Körper einer Königspfauenspinne weiterlebte. Sie wünschte sich, dass einer von ihnen einen mentalen Kommentar abgeben würde, aber entweder war die Spinne nicht da, oder Ren hatte irgendwie die Fähigkeit verloren, sie zu hören.

Zu viele Geheimnisse standen zwischen ihnen. Ihre ebenso wie seine. »Was in dieser Nacht im Tempel passiert ist … hat mich überrascht. Ich bin mir nicht sicher, was Diomen erreichen wollte; und ich kann nur hoffen, dass er es nicht erreicht hat. Und dass Ihr mir meine Worte verzeihen könnt.«

Er lachte leise auf. »Ihr wollt Euch dafür entschuldigen, dass Ihr die Wahrheit gesagt habt? Gut. Ich vergebe Euch, denn ich bin Euch vermutlich etwas schuldig nach …«

Fast genau dasselbe hatte er gesagt, als sie nach der Heilung ihrer Schlaflosigkeit zu ihm gekommen war. Vargo musste das Echo ebenfalls gehört haben, denn er verzog das Gesicht und murmelte: »Ich wusste nicht, was Mettore vorhatte, und habe nicht damit gerechnet, dass Ihr verletzt werden könntet.« Er verzog die Lippen und fügte hinzu: »Das sage ich in letzter Zeit ziemlich oft.«

Die Vergebung fiel ihm zu leicht, um aufrichtig zu sein. Im Tempel hatte sie die Absicht gehabt, ihn zu verletzen – und es schien, als wäre ihr das gelungen. Plötzlich empfand sie Bedauern. »Ich werde nicht so tun, als wäre diese Nacht nicht schrecklich gewesen. Aber was mich am meisten verletzt hat, war der Glaube, es wäre Euch vollkommen egal. Nachdem ich es herausgefunden hatte ... hörte ich Euch mit Ghiscolo Acrenix sprechen. Er fragte, ob ich ein Problem werden könnte, und Ihr ... Ihr habt erwidert: ›Ich hänge nicht an meinen Werkzeugen.‹«

Vargo verkrampfte den Kiefer. Renata fuhr leise fort: »Danach ging ich davon aus, Euch völlig falsch eingeschätzt zu haben und dass alles zwischen uns von Anfang an eine Lüge gewesen ist.«

»Und Euch ist nie in den Sinn gekommen, dass ich stattdessen Ghiscolo angelogen haben könnte?«

»In diesem Moment? Nachdem ich gerade von Eurer Abmachung mit Mettore erfahren hatte? Nein. Ihr habt sehr überzeugend geklungen und zudem einen gewissen Ruf.« Sie steckte eine Hand in die Tasche. »Einen Ruf, der nicht unbegründet ist ... aber auch nicht die ganze Wahrheit widerspiegelt.«

In der Hoffnung, dass man ihr das Zittern ihrer Hand nicht anmerkte, legte sie die Maske der Schwarzen Rose auf den Tisch.

Die Möglichkeit, ihm dies zu gestehen, war ihr gestern auf dem Rückweg aus Eisvogel in den Sinn gekommen. Sie war sich jedoch nicht sicher gewesen, ob sie es tun würde – erst, als er diese verbitterte, resignierte Antwort gegeben hatte.

Sie unterdrückte den Drang, die Maske zurückzunehmen, als Vargo sie aufhob. Er ließ den Stoff wie Blütenblätter durch die Finger gleiten, hielt ihn dann hoch und musterte sie durch die Spitze hindurch, als suche er in Renatas angespannter Miene nach Hinweisen auf die Schwarze Rose.

Mit einer plötzlichen Geste ließ er die Maske sinken. »Jetzt verstehe ich, warum Ihr Serrado zu mir gebracht habt – aber ich bin immer noch verwirrt. Ihr hasst mich ... trotzdem habt Ihr mir geholfen?«

Sie rieb sich seufzend mit einer Hand übers Gesicht. »Es fing damit an, dass ich Euch ausspioniert habe. Nachdem Sostira mir erzählt hatte, was Ihr getan habt, wollte ich Euch genauer im Auge behalten. Insbesondere wenn Ihr der Ansicht wart, ich wäre gar nicht in der Nähe.«

»Sostira.« Vargos Haut rötete sich leicht, und ein Hauch von Mordlust blitzte in seinen Augen auf. Er erhob sich unverhofft, ging zum Sideboard und schwieg, bis er die Schüssel gegen die Teekanne ausgetauscht und den Tee abgemessen hatte.

Als er abermals das Wort ergriff, klang seine Stimme ein wenig unsicher. »Das ist Euer wahrer Feind. Sie stellt eine Gefahr für Euch dar, solange sie Argentet hält. Ich kann nur eine bestimmte Menge an Briefen aus Seteris zerstören, bevor doch einer durchkommt.«

Sie stöhnte leise, und Vargo drehte sich um. »Was ist?«

Drei verschiedene Antworten lagen ihr auf der Zunge, alle feinfühlig, politisch – manipulativ. Aber sie war es leid, um den heißen Brei herumzureden. »Ich versuche, Euch zu verstehen, Eret Vargo.«

»Ich bin kein besonders komplizierter Mann, *Renata*.« Durch die Betonung ihres Namens und das Auslassen des Titels verhöhnte er bewusst den Respekt, den sie ihm eben erwiesen hatte. Genau wie durch seinen nachlassenden Akzent. »Ihr habt es selbst gesagt: Ich bin eine arrogante Unterufer-

Flussratte. Jeder von Froschloch bis Dockmauer könnte Euch verraten, was ich vorhabe. Doch ihr Schnösel habt nicht die geringste Ahnung, wie Menschen sind, denen nicht schon bei der Geburt ein Paar Handschuhe aus dem Arsch ragten.« Er unterstrich seine vernichtende Selbsteinschätzung mit einem Haifischgrinsen.

Dann ging er wieder zur einstudierten Eleganz über. »Danke für Eure Entschuldigung, aber wir wissen beide, dass Eure Worte im Praeteri-Numinat Lumens ganze Wahrheit waren. Wie heißt es so schön? ›Den Schmutz von Unterufer kann man nicht abwaschen.‹«

Sie stand auf und sah ihn durch den Frühstücksraum an, der ihr plötzlich zu klein und gleichzeitig sehr groß vorkam. Vargo zog nur abermals eine Braue hoch, als wollte er sie herausfordern, ihm zu widersprechen.

Stattdessen zeigte sie auf die Waschschüssel, die neben seinen vergessenen Rasierutensilien stand. »Darf ich?«

Er zuckte mit den Achseln und ging zurück zu seinem Platz, wo er sich derart schwungvoll fallen ließ, dass das Holz knarrte. Sie tauchte das Stück Seife ins Becken und schwenkte es herum. »Möglicherweise habt Ihr recht und man kann ihn nicht abwaschen.« Ihre Stimme klang gedämpft, als sie sich das Gesicht wusch. »Nichts an Nadežra ist sauber, und das gilt vom Unterufer bis zum Oberufer. Aber dies ist und war schon immer eine Stadt der Masken.«

Den letzten Satz sprach sie mit ihrem eigenen Akzent aus und drehte sich mit sauber geschrubbtem Gesicht zu ihm um.

Vargo richtete sich ruckartig auf und blickte zum Sideboard, als würde er nach der für ihre Verwandlung verantwortlichen Schminke Ausschau halten, bevor er sie erneut fixierte. Als sie ihm die Maske der Schwarzen Rose gezeigt hatte, war seine Miene zurückhaltend gewesen. Jetzt spiegelte sie ungezügelte, unverhohlene Verwirrung wider.

Er stand langsam auf. »Was in aller Welt hat das zu bedeuten?«

»Mein Name ist Ren«, sagte sie mit zugeschnürter Kehle. *Was habe ich getan?* »Ich wurde in Spitzenwasser geboren und als einer von Ondrakjas Fingern ausgebildet. Ich war in meinem ganzen Leben noch nicht in Seteris und bin eine Betrügerin.«

»Ihr seid …« Vargo stieß zischend den Atem durch die Zähne aus. Er war weder ein dummer noch ein unaufmerksamer Mann. Sie beobachtete, wie er den Knoten entwirrte. »Ihr seid Lenskaya. Und wenn Ihr ein Finger wart, dann ist Sedge …«

»Mein Bruder.« Sie hob ihr Handgelenk und zeigte ihm ihre schwache Narbe.

Sie zwang sich, still zu halten, als er ihre Hand ergriff und die Narbe betrachtete, als würde sie eine weitere Schicht an Geheimnissen offenbaren. Ihre Finger waren nach fast einem Jahr, in dem sie Handschuhe trug, weich geworden, seine Schwielen fühlten sich rau an.

Er ließ sie los, als hätte er einen toten Fisch aufgehoben. »Wie nett.« Es war etwas Hässliches an der Art, wie er ihr Handgelenk anstarrte, und etwas noch Hässlicheres schwang in seiner Stimme mit. »Also sind wir beide Lügner und Heuchler. Habt Ihr ebenfalls gemordet?«

Sie hatte ihre Maske abgenommen. Als das Messer zwischen ihre Rippen glitt, gab es nichts, hinter dem sie sich verstecken konnte. *Leato.*

Das Zucken ließ ihren ganzen Körper beben, und Vargos Gesichtsausdruck verwandelte sich augenblicklich von Wut in Entsetzen. »*Verdammt*! Renata … Ren … ich …«

Er erstarrte auf halbem Weg, als wüsste er nicht, wie man tröstete statt verletzte. Als wüsste er nicht, ob er dazu überhaupt in der Lage war. Einen Augenblick lang starrte sie seine Hand an. Dann wollte sich Vargo zurückziehen …

Sie streckte die Hand aus und umklammerte unbeholfen seine Finger. Das war das Einzige, was ihr einfiel, denn zum ersten Mal in ihrem Leben hatte es ihr die Sprache verschlagen. Sie hatte mit dieser Enthüllung die Spannung zwischen ihnen verringern und beweisen wollen, dass sie es durchaus verstand. Stattdessen hatte sie ihn verletzt – wieder einmal –, ebenso wie er sie.

Doch diese Hand stand für eine andere Wahrheit. Für die Freundschaft, an die sie einmal geglaubt hatte, auch wenn sie beide momentan ihr Bestes gaben, um sie zu zerstören.

Vargo stand da, atmete kaum und blickte auf ihre Hände hinab. Es dauerte so lange, dass Ren verlegen wurde und nach Worten rang; dann brach Vargo das Schweigen. »Ich … brauche etwas zu trinken.«

Sie ließ ihn los, und er ging zum Sideboard, um aus den Tiefen eine staubige, fast volle Flasche Likörwein hervorzubefördern. Er füllte eine der Teetassen und hielt sie ihr dann wie ein Friedensangebot hin.

Ach, was soll's? Ren stürzte den Inhalt hinunter wie die Spitzenwasser-Ratte, die sie nun einmal war.

Vargo füllte ihre Tasse nach, nahm dann einen Schluck direkt aus der Flasche und drückte sie sich an die Brust, während er sich setzte. Als er schließlich das Schweigen brach, klang seine Stimme heiser. »Lass uns noch mal von vorne anfangen, ja? Ich bin Vargo. Knotenanführer von Unterufer, kürzlich in den Adelsstand erhoben worden. Und ein Esel, der manchmal Dinge sagt, die er bereut. Und du?«

Sie lachte unsicher auf. »Ich bin Ren. Ich heiße wirklich Arenza Lenskaya, nutze diesen Namen jetzt aber nur noch, wenn … na ja. Du weißt schon. Ich bin außerdem Renata Viraudax Traementatis, falsche Adlige, und die Schwarze Rose. Obwohl ich das Letztere nicht geplant hatte.«

Sein Lächeln war widerwillig, aber echt. »Keine falsche Adlige; ich habe gesehen, wie du ins Register eingetragen wurdest. Verdammt, das war ein noch größerer Coup, als ich dachte. Setz dich, damit ich nicht länger zu dir aufblicken muss. Schließlich bin ich vor Kurzem gestorben und erst vor ein paar Glocken wieder aufgewacht.«

Sitzen schien eine ausgezeichnete Idee zu sein. Vargo nahm einen weiteren Schluck und musterte sie. Plötzlich fragte er: »Wie alt bist du?«

Sie kämpfte gegen den Drang an, ihr nacktes Gesicht zu berühren. »Im Equilun werde ich zwanzig.«

»Ist nicht wahr. Ich wusste, dass du jünger bist als ich, aber unter der Schminke hast du immer noch Babyspeck. Jetzt fühle ich mich wie ein alter Mann.« Er beäugte die Flasche, als würde er abschätzen, ob sie ausreichte, um dieses Gespräch durchzustehen. »Wie bei den Höllen ist es dir gelungen, dich bei den Traementis' einzuschleichen?«

»Ich war fünf Jahre lang Letilias Dienstmädchen. Nachdem Tess und ich vor den Fingern geflohen waren.« Auf gar keinen Fall würde sie Vargo gegenüber zugeben, dass sie eine Knotenverräterin war, die Ondrakja vergiftet hatte. Jedenfalls nicht jetzt. »Denkst du etwa, ich würde all deine Fragen beantworten und keine eigenen stellen? Welches Interesse hast du an den Praeteri?«

Er stieß den Atem aus. »Ich werde sie zerstören, wenn ich kann.«

Der Wein wirkte so schnell, dass sie die Augenbrauen hochzog. »Allerdings will ich auch wissen, wie sie das tun, was sie da so treiben«, ergänzte Vargo. »Es gibt eine Geisterart namens Eisar …«

»Ja, davon hat Tanaquis erzählt.«

»Hat sie dir auch verraten, dass die Praeteri diesen ganzen Mist in ganz Nadežra anwenden, um ihre Macht zu stärken?« Er verzog das Gesicht und trank erneut etwas. »Wahrscheinlich nicht. Sie ist wahrscheinlich die einzige Person in diesem Kult, die tatsächlich die Geheimnisse der Numinatria studieren will. Diese Leute tun das allerdings schon seit Jahren – ich würde dir ja meine Notizen zeigen, aber der Rabe hat sie verbrannt. Während der Traumweber-Unruhen bekam ich zum ersten Mal ein aktives Eisar-Numinat zu Gesicht. Aber ich ließ mich nur aus einem einzigen Grund zum Schnösel machen: um eine Einladung zu den Praeteri zu bekommen und herauszufinden, wie sie die verdammten Dinger anfertigen.«

Dann blickte er sich in seinem gemütlichen Frühstückszimmer um und schnaubte. »Na ja. Das war einer der Gründe.«

Ren konnte wohl kaum jemanden dafür kritisieren, dass er nach Luxus strebte. Sie nippte am Wein: reichhaltig und dunkel, mit dem Duft von Sommerkirschen – keiner von ihnen hätte ihn sich in der Vergangenheit leisten können. »Ich bin wieder dran«, erklärte Vargo. »Warum die Schwarze Rose? Was hatte eine Betrügerin in jener Nacht im Amphitheater zu suchen?«

»Anfangs war ich eine Gefangene. Mettores Plan sah vor, jemanden, der während des Großen Traums gezeugt wurde, mit Asche zu vergiften. Er hatte zwei davon: mich und …«

Ren hielt inne, denn ihr war plötzlich kalt. *Daher wusste Mettore Bescheid.* Sie hatte sich schon lange gefragt, wie er das erraten konnte – vor allem bei Arkady. Aber Grey hatte gesagt, dass jene, die ein Medaillon trugen, erkennen konnten, wann jemand oder etwas für ihre Ziele von Nutzen sein würde.

Sie spülte ihre Angst mit einem Schluck Wein hinunter. »Der Fluch, mit dem Grey belegt wurde. Du hast ihn erkannt, und er war mehr als nur das Werk der Praeteri. Du …« Es ließ sich nun kaum noch umgehen. Als Vargo ihre Tasse erneut füllen wollte, gestand sie: »Ich kann deine Gespräche mit Alsius hören.«

Der Wein spritzte ihr fast über die Hand. Vargo fluchte laut und hielt inne, dann kramte er ein zerknittertes Taschentuch hervor und warf es ihr zu. Während Ren den Fleck auftupfte, verlangte er zu erfahren: »Wie in aller Welt …«

»Nach dem Fest des verschleiernden Wassers bist du zusammengebrochen. Ich konnte einen Faden sehen, der uns miteinander verband. Und ich … habe ihn verstärkt. Irgendwie. Seitdem kann ich euch hören, wenn ich in eurer Nähe bin und darauf achte.« Sie sah sich um. »Aber momentan höre ich ihn nicht.«

»Das liegt daran, dass er immer noch bewusstlos ist. Scheiße! Und ich habe noch zu Alsius gesagt, dass ich in jener Nacht eine Stimme hören konnte.« Vargo sank auf das Sofa zurück und starrte sie an. »Ich werde verrückt werden, wenn ich mir jedes Gespräch, das wir seitdem in deiner Gegenwart geführt haben, durch den Kopf gehen lasse.«

Dann, mitten in einem weiteren Schluck, verschluckte er sich am Wein und musste husten. »Kannst du nur ihn hören oder …« Er kniff die Augen zusammen, als würde er ihr einen Gedanken übermitteln wollen.

»Ich höre euch nur, wenn ihr beide miteinander redet.« Ren wartete, bis er die Flasche abgestellt hatte, und fragte dann: »Ist er wirklich Ghiscolos Bruder?« Als Vargo nickte, fügte sie hinzu: »Und er wurde von demselben Fluch getötet, der Grey beinahe erwischt hätte.«

»Anscheinend hast du schon viel zu viel gehört.«

»Aber mit Ghiscolo arbeitest du noch zusammen.« Ihre Sprache wurde immer vraszenianischer, je mehr sie trank.

Vargo schnaubte. »Man muss nah genug an den Feind herankommen, um ihm das Messer in die Brust zu rammen. Vor sechzehn Jahren hat er versucht, Alsius mit einem Todesfluch zu ermorden. Demselben Fluch, mit dem auch Serrado belegt wurde. Wie kam es dazu? So etwas kann man nicht einfach irgend jemandem antun. Es gibt tausend einfachere Wege, einen Menschen zu töten.«

Ren zögerte. Das war die andere Seite der Medaille, die

Grey ihr gezeigt hatte: Geheimnisse, die sie nicht teilen konnte, weil es nicht ihre eigenen waren.

Bevor Vargos Gesichtsausdruck derart wechseln konnte, wie es häufiger geschah, sprach sie ihre Gedanken aus. »Ich würde es dir erzählen, wenn ich könnte. Aber dieses Geheimnis …«

»Ist nicht das deine. Verstanden. Nur aus reiner Neugier: Welche Lüge wolltest du mir auftischen, wenn ich dich gefragt hätte, bevor wir angefangen haben, ganz ehrlich zueinander zu sein?«

»Dass er mir geholfen hat, mehr über die Ordo Apis herauszufinden.«

Vargo zeichnete ein Numinat auf die Flasche und wischte es unvollendet wieder weg. »Alsius erging es nicht so gut wie Serrado. Sein Geist wurde im Körper meiner Hausspinne gefangen, und wir waren miteinander verbunden.« Er klopfte auf seine Brust, wo das numinatrische Brandmal verborgen lag. »Als wir begriffen, dass wir ihn nicht befreien konnten, ohne uns beide zu töten, machten wir uns auf die Suche nach der Person, die für den Fluch verantwortlich war. Die Spur führte zu Diomen. Guebris, das alte Acrenix-Oberhaupt, hatte ihn nach Nadežra geholt und fungierte als sein Gönner. Alsius hielt Diomen für einen Scharlatan, der seinen Vater mit Tricks kontrollieren wollte. Wie sich herausstellte, hatten seine Tricks durchaus Hand und Fuß. Aber wir fanden heraus, dass Diomen zwar den Fluch erschaffen haben mochte, das Attentat jedoch nicht seine Idee gewesen war.«

»Ghiscolo.«

Vargo nickte. »Er gründete den Kult, nachdem er Haus Acrenix übernommen hatte. Unser Plan war also, ihre Geheimnisse zu ergründen und Ghiscolo und Diomen im Anschluss zu töten. Um danach dafür zu sorgen, dass diese Stadt nicht länger so ein elendiges Drecksloch ist.«

Vorausgesetzt, er konnte das alles durchziehen, ohne selbst

verhaftet und hingerichtet zu werden. Aber Ren war klug genug, das nicht zu erwähnen, und Vargo fuhr in bewusst leichterem Tonfall fort. »Aber das ist Zukunftsmusik. Heute müssen wir Masken abnehmen, Schlamm abwaschen und welche anderen Metaphern dir sonst noch so einfallen.«

Er schenkte ihr nach und stieß dann mit seiner Flasche so fest gegen ihre Tasse, dass er erneut etwas verschüttete. Ren suchte nach seinem Taschentuch, um die Tropfen dann doch einfach abzulecken. Vargo sah einen Moment lang zu wie ein Mann, der seinen Morgenbrei nicht gegessen hat, brummelte dann: »Ich bin nicht nüchtern oder betrunken genug für das hier« und trank noch einen Schluck.

Sie hatte genug Wein intus, um über seinen Kommentar zu kichern. »Meine restlichen Angelegenheiten können ebenfalls warten. Was hältst du von der Idee, uns zu betrinken und einander mehr zu erzählen? Ich war in letzter Zeit seltsam ehrlich, und es fühlt sich … gut an.« Mehr als gut. Als ob …

Als ob es in Ordnung wäre, sie selbst zu sein.

»Ich muss nirgends hin. Und ich habe auch keine besondere Lust, von dieser Couch aufzustehen.« Vargo legte die pantoffelbewehrten Füße auf die Kissen und machte es sich schamlos bequem. »Du warst also einer der berüchtigten Finger von Spitzenwasser? Erzähl mir mehr darüber.«

* * *

Isla Čaprila, Ostbrück: 5. Canilun

Die Nachricht, die Tess erhielt, war kurz, kryptisch und beunruhigend.

Bring meine Schminke zu Vargo.

Ren war am Vormittag nach Ostbrück aufgebrochen. Inzwischen war es schon weit nach Mittag und sie hatte zwei

Termine verpasst. Was war schiefgelaufen? Warum brauchte sie ihre Schminke? Wenn es blaue Flecken waren, die abgedeckt werden mussten – wenn dieser Mann sie verletzt hatte …

Bei dem lauten Poltern, das einen Moment, nachdem Tess an die Tür geklopft hatte, zu hören war, wurde ihr mulmig. Aber danach … War das ein *Kichern*?

Bevor sie sich noch mehr aufregen konnte, schwang die Tür weit auf und der *sehr* betrunkene und zerzauste Vargo klammerte sich an den Türrahmen. »Tess!«, rief er. »Ich hörte, du bist eine in Ganllech gesuchte Verbrecherin!«

»Was …« Tess starrte an ihm vorbei und sah Ren auf dem Flurboden sitzen … gänzlich ungeschminkt.

Ihre Schwester winkte mit einer Hand in Tess' Richtung. »Er weiß alles. Lange Geschichte. Komm rein. Vargo glaubt nicht, dass ich mich betrunken schminken kann. Ich werde ihm das Gegenteil beweisen.«

* * *

Privilegienhaus, Morgendämmerungstor: 6. Canilun

Vargo erwachte am nächsten Morgen und wünschte sich, die dem Wein innewohnende Wahrheit hätte keine derart vorhersehbaren Konsequenzen. Gestern hatte er sich beim Aufwachen tot gefühlt, weil er gestorben war. Heute wünschte er sich nur, es wäre wirklich so.

::Es ist deine eigene Schuld, wenn du mich wichtige Gespräche verschlafen lässt::, brummelte Alsius. Nach zwei Tagen tiefen Schlafs war er munter aufgewacht – bis Vargo ihm den Grund für seinen Kater verraten hatte. ::Ein Gespräch, an dem ich tatsächlich hätte *teilnehmen* können!::

»Bitte nicht so laut«, bat Vargo und mischte ein Gebräu

aus Birnensaft, Ingwer und Weidenrinde zusammen, das ihn noch nie enttäuscht hatte. Vielleicht sollte er eine Kopie des Rezepts ins Traementis-Herrenhaus schicken.

Er konnte Alsius' Begeisterung verstehen. Sechzehn Jahre lang hatte der alte Mann genau eine Person gehabt, mit der er reden konnte; und die Aussicht, sein soziales Umfeld verdoppeln zu können, erfreute ihn sehr. Zudem war Alsius erwartungsgemäß ganz versessen darauf, zu erfahren, wie sie das hinbekommen hatte, und erklärte Vargos verkaterte Erklärung aus zweiter Hand für »völlig unzureichend«.

Doch aus Gründen, die Vargo lieber nicht näher untersuchen wollte, störte ihn diese Begeisterung trotzdem.

Vargo ließ die Flut an Fragen größtenteils unbeantwortet, während er badete, sich rasierte und überlegte, ob er noch einen weiteren Tag im Bademantel verbringen sollte. Er hatte seine Geschäfte allerdings schon zwei Tage lang schleifen lassen – drei mehr, als er es sich erlauben konnte –, daher zog er sich schließlich an. Dann schickte er einen Boten zum Isarnah-Anwesen in Flutwacht, um Varuni wissen zu lassen, dass er sich gut genug fühlte, um sich wieder zur Zielscheibe zu machen, und sie im Froschloch-Hauptquartier treffen wollte.

::Könnten wir vorher noch einen kurzen Abstecher zum Traementis-Herrenhaus machen? Ich möchte Renata persönlich meinen Respekt aussprechen.::

»Gib der Frau doch erst einmal die Gelegenheit, sich auszuruhen, bevor sie deinetwegen noch bereut, überhaupt etwas gesagt zu haben.« Es klang säuerlicher, als Vargo beabsichtigt hatte. »Wir werden sie bald genug sehen, aber das Geschäft wartet nicht.«

Doch gerade als sich Vargo die Handschuhe anzog, traf ein Bote in der Livree des Privilegienhauses mit einer Vorladung ein, die er nicht ignorieren durfte.

Die Aussicht auf einen Besuch im Privilegienhaus weckte bei Vargo den Wunsch, seinen Kater zu pflegen und in sein

Sterbebett zurückzukriechen. Die Bürokratie, die sonst ohnehin nur langsam arbeitete, war bis zur Stagnation festgefahren. Vargo hätte auf den Einfluss der Praeteri getippt, aber sie hatten es nicht mit dem üblichen Hin und Her verfeindeter Deltahäuser zu tun, vielmehr brachte *niemand* mehr etwas durch, nicht einmal mit der Hilfe von Freunden aus dem Kult.

Der livrierte Bote führte Vargo an der morgendlichen Menge aus Bittstellern und Anwälten vorbei, die das Hauptatrium verstopften. Vorbei an den Türen des öffentlichen Audienzsaals des Cinquerats und den Torbögen, die zu den einzelnen Büros führten, und weiter zu den Fluren in den oberen Stockwerken, in denen die düstere Stille hallte, die durch die seltene Nutzung der Räume entstand.

::Vielleicht führt er uns in einen Hinterhalt.::

So wie die Dinge in letzter Zeit gelaufen sind, kann ich über diesen Witz nicht lachen, dachte Vargo, als sie durch eine Reihe polierter Kirschholztüren in eine intimere Version des darunterliegenden Audienzsaals geleitet wurden. Es gab keine Zuschauertribüne, die Cinquerat-Throne waren eher schlicht als protzig, und statt Hausbänken für den Adel standen Reihen mit bequemen Stühlen bereit.

Sie waren nicht die Ersten. Inmitten der leise plaudernden Menschen entdeckte Vargo Faella Coscanum und ihren Bruder, Paumilla Cleoter und ihren Erben und Ersatz, Sibiliat und Fadrin Acrenix – Vargo schaute schnell weg, bevor er ihre Aufmerksamkeit erregte – und …

::Schau, da ist sie! Renata! Ich meine, Alta Renata. Verzeih mein Benehmen. Es ist nur so lange her, dass ich ein richtiges Gespräch geführt habe …::

Ich rede jeden Tag mit dir, alter Mann, grummelte Vargo, der spürte, wie ihm das Blut in die Wangen schoss. So etwas konnte Ren also schon seit Monaten mithören. Er wollte lieber nicht darüber nachdenken, was sie vielleicht alles mitbekommen hatte.

Als er sah, wie sie den Rücken versteifte, wusste er, dass sie Alsius' Worte klar und deutlich verstehen konnte, aber falls sie zu antworten versuchte, kam nichts an. Peabody kitzelte Vargo am Hals, als er aus seinem Versteck kroch, und hob den bunten Bauch, um ihre Aufmerksamkeit zu erregen.

::Warum sagt sie nichts?::, fragte er traurig.

Ich glaube nicht, dass sie das kann. Vargo ignorierte die in ihm aufsteigende kleinliche Genugtuung darüber, dass wenigstens einige Dinge privat blieben. *Wir können sie später fragen. Im Moment wüsste ich gern, warum alle herzitiert wurden.*

::Vertreter aller Adelshäuser? Irgendjemand muss sein Recht auf ein privates Tribunal geltend gemacht haben.::

Furcht überkam Vargo, als er den Blick erneut über die Versammlung schweifen ließ und nach einem Hinweis darauf Ausschau hielt, wer dies getan haben könnte und warum.

Nun wünschte er sich, Renata – Ren – und er hätten am Vortag etwas weniger Zeit mit dem Trinken verbracht und etwas mehr mit dem Planen. Sie war hier nicht auf ihn zugekommen; sollten sie die Fassade der Entfremdung aufrechterhalten? Es könnte sich als nützlich erweisen, insbesondere weil sich die Leute über eine Versöhnung so kurz nach den Ereignissen beim Adoptionsball des Haus Traementis wundern würden.

Das bedeutete allerdings, dass er sich anstrengen musste, um nicht zu ihr hinüberzuschauen. Obwohl er die Wahrheit kannte, konnte er kaum glauben, dass die Frau, die sich mit Parma unterhielt, die Spitzenwasser-Ratte war, die er gestern getroffen hatte, und schon gar nicht die vraszenianische Szorsa, die er zum Verhör hatte zu sich schleifen lassen. Anders als bei ihm waren die Hinweise auf ihr hartes Leben nicht offen sichtbar; sie hatte in jungen Jahren eine Mutter gehabt, und danach hatte Ondrakja darauf geachtet, ihr »hübsches Gesicht« zu schützen.

Vargo bekam eine Gänsehaut, als er sich an den Abscheu erinnerte, mit dem Ren diesen Satz ausgesprochen hatte. Es war kein Wunder, dass sie es vorzog, für ihren klugen Verstand bewundert zu werden.

Aber das wahre Wunder lag in ihrer Haltung. Sie nahm ihre Rolle so selbstverständlich ein, wie sie atmete – als ob sie felsenfest daran glaubte, dass sie genauso gut war wie die Menschen um sie herum. Als ob es ihr nie in den Sinn gekommen wäre, *sie* könnten das auch nur infrage stellen.

Er starrte zu ihr hinüber, obwohl er es eigentlich nicht tun wollte. Vargo schob Alsius unter den Kragen zurück, bevor ihn jemand sehen konnte, dann drehte er sich um und ließ sich schwerfällig auf den einzigen Stuhl fallen, der für sein Ein-Mann-Haus reserviert war.

Weitere Adlige waren hereingekommen; nun nickten zwei der Destaelio-Töchter – die einzigen beiden, die derzeit nicht geschäftlich für ihre Mutter unterwegs waren – dem Diener zu, damit er die Tür hinter ihnen schloss.

Als alle Platz genommen hatten, stand Sostira Novrus auf.

Vargo umklammerte die Armlehnen seines Stuhls fester. Er konnte sie immer noch nicht ansehen, ohne zu denken: *Ich würde diese Aufgabe besser bewältigen.* Nicht weil er Argentets Pflichten voller Leidenschaft erfüllt hätte; falls ihm jemand den Cinquerat-Sitz seiner Wahl anbot, wären ihm Prasinet oder Iridet oder sogar Fulvet lieber. Nein, vielmehr würde er sich nicht in kleinliche Fehden verwickeln lassen. *Er* hätte sich nicht aufgrund von Vorurteilen und Gier von den vraszenianischen Einwohnern der Stadt entfremdet. Wenn er ihre Macht hätte …

::Ruhig, mein Junge.::

Dankbar für Alsius' stabilisierende Anwesenheit setzte Vargo sich auf, als Sostira das Wort ergriff.

»Ich danke allen für ihr Erscheinen bei diesem Tribunal und werde direkt zum Punkt kommen. Vor drei Nächten ist jemand in das Novrus-Büro in Weißsegel eingebrochen und hat einen bestimmten Brief vernichtet. Alle Mitglieder des Cinquerats haben die Aussagen mehrerer Zeugen hinsichtlich der Existenz dieses Briefes und der Manipulation des Schranks, in dem er aufbewahrt wurde, sowie der Asche rund um das Feuernuminat, in dem man ihn zerstört hat, geprüft und akzeptiert.«

Cibrial Destaelio und Scaperto Quientis wirkten bei Sostiras Worten sichtlich gequält, doch keiner bestritt ihre Behauptung. Mit einem selbstgefälligen Emporrecken des Kinns fuhr Sostira fort: »Der verschwundene Brief stammte von Eret Ebarius Viraudax, Alta Renata Viraudax Traementatis' Vater.«

::Das ist übel.::

Vargo stimmte ihm zu ... aber er war sich auch deutlich bewusst, dass Renata auf der anderen Seite des Raumes saß und alles hören konnte, was sie mental teilten. Während Vargo Alsius' Trübsinn gewöhnt war, galt das nicht für sie. *Unsinn. Alle Beweise, die Argentet haben könnte, sind bestenfalls Indizien.*

::Sostira Novrus ist keine Närrin. Sie würde die Sache nicht vor ein Tribunal bringen, wenn sie sich ihrer Beweise nicht sicher wäre.::

Ach nein? Iascat hatte gesagt, seine Tante wäre immer unberechenbarer geworden. Er war ebenfalls anwesend und beobachtete Sostira mit zusammengepressten Lippen.

Aber die Aufmerksamkeit der meisten hier Versammelten galt Renata, die Sostiras Anschuldigung so pikiert zur Kenntnis nahm, wie man es von einer Frau erwarten würde, die grundlos politisch attackiert wurde. Jetzt entgegnete sie: »Ich empfinde es als höchst beunruhigend, Eure Eleganz, dass Ihr offenbar hinter meinem Rücken in meinen Familienangelegenheiten herumgeschnüffelt habt – umso mehr, da mir völlig schleierhaft ist, aus welchem Grund Ihr so etwas tun solltet. Ich bin eine registrierte Adlige Nadežras und habe kein Verbrechen begangen. Aber unabhängig von Euren Motiven schwöre ich bei Lumens Licht, dass ich keinen Brief vernichtet habe, der an Euch adressiert war.«

»Dann wärt Ihr vielleicht so freundlich, uns Euren Aufenthaltsort am Abend des Traementis-Balls zu erläutern.«

Renatas makellose Stirn wies vor Erstaunen eine leichte Falte auf. »Ich hielt mich auf dem Ball auf, Eure Eleganz. Ich habe mich zugegebenermaßen früh zurückgezogen – aber nicht, weil ich mich nach Weißsegel begeben wollte. Ich war in letzter Zeit einfach sehr beschäftigt und wusste, dass ich ab dem folgenden Tag die Pflichten der Hausherrin zu erfüllen hatte. Daher hielt ich es für klüger, ein wenig zu schlafen.«

»Ist dem so?« Sostira drehte sich um und sah den Mann zu ihrer Linken an. »Hat Fulvet etwas dazu zu sagen?«

Quientis holte so zaghaft Luft, als müsste er Glassplitter einatmen, bevor er etwas erwiderte. »Ich habe den Großteil des Abends in Era Traementis' Gesellschaft verbracht. Gegen Mitternacht wollte sie sich für die Nacht zurückziehen – und ihrer Familie Gute Nacht sagen. Alta Renata war nirgends zu finden. Wir haben überall gesucht, auch in ihrem Zimmer. Es war fast siebte Erde, als Era Traementis aufgab und mir gestattete, sie zu Bett zu bringen.«

Jetzt musste Vargo seine eigenen düsteren Gedanken unterdrücken. Lügen hatten ihren Nutzen, aber Ehrlichkeit war die schärfste Klinge. Quientis' Aussage zeigte eine derart große Wirkung, weil er sich trotz seiner Vorlieben so deutlich ausdrückte. Zweifellos hatte Sostira das einkalkuliert, als sie Renata zu der Lüge verleitet hatte.

Sie wartete, bis das Geflüster verstummte, bevor sie ihre Aufmerksamkeit erneut Renata zuwandte. »Ein Verbrechen gegen das Oberhaupt eines Hauses und ein Mitglied des Cinquerats ist keine Kleinigkeit. Man könnte es sogar als Verrat betrachten. Möchtet Ihr Eure Aussage korrigieren, Alta

Renata? Schließlich weiß hier jeder, wie überzeugend Ihr sein könnt.«

::Gut gespielt::, sagte Alsius leise. ::Wenn sie versucht, sich herauszureden, wird sie nur noch schuldiger erscheinen.::

Vargo ballte eine Faust. Er konnte nicht sagen, ob der Wunsch, Sostira zu erwürgen, natürlichen Ursprungs war oder ein Produkt des Verlangens, das seit jener Nacht in der Villa Acrenix in seinem Kopf herumschwirrte.

Renata machte keinen Versuch, ihre Lüge zu revidieren. Stattdessen verhärtete sich ihr Gesicht. »Verrat, Eure Eleganz? Das ist ein starkes Wort, wenn man es so beiläufig verwendet. Was genau soll ich denn zerstört haben, das eine Bedrohung für Nadežra selbst darstellt?«

»Ich glaube, wir beide wissen genau, was zerstört wurde und warum Ihr es riskiert habt, Euch von einem Ball, den Ihr veranstaltet habt, davonzuschleichen, um so etwas zu tun.«

Indem sie so über den Inhalt des Briefes sprach, würde sie nur die Neugier der anderen erregen. Vargo vermutete, dass bei der nächsten Flut zwanzig weitere Briefe verschickt würden, in denen Eret Viraudax nach der Tochter gefragt wurde, die er nicht hatte.

Doch es gab einen Weg, Sostira aufzuhalten … und möglicherweise die Umstände weit genug zu beeinflussen, sodass Cibrial Destaelio ihr Argentet entreißen konnte. Vargos Motive wurden möglicherweise von dem Drang beeinflusst, den Ghiscolo in ihm geweckt hatte, aber letzten Endes spielte das keine Rolle. Selbst wenn es Ghiscolo half, konnte auch Ren davon profitieren.

»Ich fürchte, Ihr beschuldigt die falsche Person, Eure Eleganz.« Vargo stand auf und schlug mit seinem Stockdegen auf den Boden, um die Aufmerksamkeit aller auf sich zu ziehen. »Alta Renata hat diesen Brief nicht vernichtet. Das war ich.«

Bevor er sein Publikum durch eine Flut von Spekulationen verlieren konnte, fügte Vargo hinzu: »Und ich war nicht der

Einzige, der an diesem Abend dort war. Fadrin Acrenix versuchte ebenfalls, in dieses Büro einzubrechen. Ich empfing ihn mit einem Faustschlag ins Gemächt.«

»Das wart Ihr?«, knurrte Fadrin und sprang auf. Die Kratzer und Prellungen von der Tracht Prügel, die Vargo ihm verpasst hatte, waren in den vergangenen Tagen noch offensichtlicher geworden. Nicht einmal Schminke konnte sie vor neugierigen Blicken verbergen – die nun alle Anwesenden auf ihn richteten.

»Ich habe ihn in der Acrenix-Sänfte den Dežera hinuntertreiben lassen, in der rot lackierten. Wenn Ihr sie untersucht, lässt sich gewiss ein Wasserschaden feststellen. Vorausgesetzt, sie liegt nicht auf dem Grund des Flusses.« Vargos spöttisches Grinsen forderte Fadrin förmlich auf, seinen Behauptungen körperliche Vergeltung folgen zu lassen.

Tragischerweise gelang es Sibiliat, ihren Cousin wieder auf den Stuhl zu zerren. Vargo wandte sich dem Cinquerat zu und wich Ghiscolos kaltem Blick aus. »Wenn jemand des Hochverrats angeklagt werden soll, dann sind es Haus Vargo und Haus Acrenix. Aber ich habe mir die Freiheit genommen, Eret Viraudax' Brief vor der Zerstörung zu lesen. Darin stand nichts, was irgendjemand gegen seine Tochter verwenden könnte – was, wie ich annehme, Euer Ziel war.«

Vargo verkniff sich ein Lachen und verneigte sich vor Renata. »Euer Vater lässt Euch grüßen und hofft, dass Ihr Euch weiterhin guter Gesundheit erfreut. Eure Mutter … ist ebenfalls wohlauf.«

Renata verzog bei dieser Anspielung auf Letilia den Mund, und Sostira knurrte: »Das beweist nur, dass Ihr gemeinsame Sache gemacht habt …«

»Renata und ich?« Vargo lachte fassungslos auf. »Ich dachte, Argentet wüsste alles, was in Nadežra vor sich geht. Nein, Eure Eleganz – ich habe bloß etwas dagegen, wenn jemand anders die Lorbeeren für meine Erfolge einheimst.«

Die Hälfte der Anwesenden unterhielt sich jetzt, aber so weit Vargo es verstehen konnte, ging es mehr um ihn und die Acrenix' als um Renata, und Ghiscolo starrte Sibiliat und Fadrin voller Mordlust an. Das reichte ihm für den Moment. *Das, was auch immer Ihr mir in dieser Nacht angetan habt, werdet Ihr noch bereuen!*

Sostira versuchte, erneut das Wort zu ergreifen, aber der Tumult hielt an, bis Cibrial Destaelio aufstand. »Unter diesen Umständen«, verkündete Prasinet und übertönte mit ihrer Stimme den Lärm, »denke ich, dass dies eine viel unbedeutendere Angelegenheit ist, als Ihre Eleganz behauptet. Wegen der Einmischung in die Korrespondenz eines Cinquerat-Sitzes schlage ich vor, Haus Vargo mit einer Strafe von zweihundert Forri zu belegen. Wegen versuchter Einmischung wird Haus Acrenix mit zwanzig Forri bestraft. Alta Renata, möchtet Ihr wegen falscher Anschuldigungen Beschwerde gegen Era Novrus einreichen?«

An ihrer Stelle hätte Vargo Ja gesagt. Aber er konnte seinem eigenen Urteil nicht länger trauen.

»Danke, Eure Barmherzigkeit, aber davon möchte ich absehen.« Renata hielt den Blick fest auf Sostira gerichtet. »Ich bin der Ansicht, dass ein Streit zwischen uns auf andere Weise beigelegt werden kann. Oksana Ryvček hat angeboten, für mich einzuspringen, falls es jemals nötig werden sollte.«

Sostira zuckte angesichts der angedeuteten Drohung zusammen. Prasinet unterdrückte ein Lächeln und fuhr fort. »Altan Fadrin, möchtet Ihr Eret Vargo wegen Körperverletzung anzeigen?«

»Das will er nicht«, erwiderte Sibiliat, bevor Fadrin antworten konnte. Ihr Cousin mahlte mit dem Kiefer. Vargo fragte sich, ob auch er bald eine Forderung zum Duell erhalten würde – und ob Ren Ryvček überreden könnte, ihn ebenfalls zu vertreten.

Destaelio nickte knapp. »Wie entscheiden die anderen Mitglieder des Cinquerats?«

Quientis stimmte zu, noch bevor sie den Satz beendet hatte, gefolgt von Simendis. Da sich zwei Cinquerat-Mitglieder enthielten, war das Urteil einstimmig, und sie erklärten die Angelegenheit sogleich für beendet.

Aber das war noch lange nicht das Ende. Renata wurde von Menschen umringt, die ihr Mitgefühl ausdrücken – oder einfach nur so nah wie möglich an den Klatsch herankommen wollten. Vargo hatte wie immer freie Bahn und konnte gehen. Diesmal machte es ihm nichts aus, dass die anderen Adligen ihn mieden.

Doch als er den Gerichtssaal verließ, musste er feststellen, dass ihm nicht jeder aus dem Weg ging.

»Ich wünschte, ich hätte sehen können, wie du Fadrin einen Schlag ins Gemächt verpasst hast«, sagte Iascat, als Vargo näher kam.

»Ich kann es gern wiederholen, wenn du willst. Einmal war noch lange nicht genug.« Vargo trat ein wenig zur Seite, damit er die Tür im Auge behalten konnte. Er wollte auf gar keinen Fall, dass Iascat seine Tante verärgerte, weil er bei einer Plauderei mit dem Feind erwischt wurde.

Ein weiterer Wunsch, dem er nicht trauen konnte.

»Ich bin nur froh, dass niemand auf die Idee gekommen ist, sich danach zu erkundigen, wie du von dem Brief erfahren hast.« Iascat presste die vollen Lippen verbittert aufeinander. »Obwohl meine Tante es bestimmt längst weiß.«

»Ich hätte dich niemals verraten.«

»Warum fühlt es sich dann so an?«

Bevor Vargo antworten konnte, knarrten die Türen hinter ihnen. Iascat warf ihm einen letzten undeutbaren Blick zu und eilte von dannen.

Renata kam umgeben von einer Wolke anderer Adliger heraus. Vargo verschränkte die Arme, lehnte sich an die Wand und warf ihr seinen unverschämtesten Blick zu – aber zu Alsius sagte er: *Ich habe das getan, um Renata zu helfen, aber ich bin mir nicht sicher, ob es nicht teilweise auch auf den Zwang zurückzuführen war, mit dem mich Ghiscolo beim letzten Praeteri-Treffen belegt hat, damit ich Sostira Novrus unterwandere und ihren Platz einnehme. Es ist gut, dass du mir dabei geholfen hast, dagegen anzukämpfen, sonst hätte ich sie vielleicht längst getötet.*

::Das habe ich mir schon gedacht. Warum erzählst du … Oh! Sehr clever. Lebt wohl, Alta Renata. Ich hoffe wirklich, dass wir bald die Gelegenheit bekommen, miteinander zu plaudern!::

Sie konnte bedauerlicherweise nicht antworten. Aber Vargo sah hinter ihrer ernsten Maske etwas aufblitzen und fragte sich, was sie ihm noch nicht erzählt hatte.

* * *

Eisvogel, Unterufer: 8. Canilun

»Hauptmann«, sagte Ranieri, »sollte das Zeug nicht verkauft werden?«

Er hob die Kiste hoch und stemmte sie diesmal auf die linke Schulter, nachdem er die rechte bereits genug belastet hatte. Grey bekam ein schlechtes Gewissen, weil er ihn alles allein tragen ließ – aber zumindest wurde der Inhalt mit der Zeit weniger.

Er warf einen Blick auf seine Notizen, denn er hatte die Gegenstände und ihre vorherigen Besitzer darin vermerkt. »Güter, die von der *Wache* konfisziert werden, gehen in den Verkauf.«

»Und diese …«

»Wurden nicht von der Wache sichergestellt. Die Ordo

Apis ist eine eigenständige Organisation, und laut Alta Renata enthält ihre Satzung keine Bestimmungen über die Verwendung von Gegenständen. Diese Leute hatten von Anfang an nicht das Recht, das alles mitzunehmen, daher haben sie jetzt auch nicht das Recht, die Sachen zu verkaufen. Und wir auch nicht.« Das galt auch für die Gegenstände, die die anderen Mitglieder der Wache mitgenommen hatten, aber Grey lehnte sich bereits weit aus dem Fenster, indem er diese Objekte ihren Besitzern zurückgab.

Cercel hatte ihn der Form halber befragt, als Gil Vasterbol sich beschwerte. Grey hatte fröhlich auf die Beschränkungen im Privileg hingewiesen, die es Vasterbol erlaubten, lediglich von Falken konfiszierte Waren über sein Pfandhaus zu verkaufen, und das Ganze mit einem Kommentar über die Wiederherstellung der Beziehungen der Wache in Eisvogel gekrönt. Ersteres brachte Vasterbol zum Schweigen; Letzteres ließ Cercel nachdenklich nicken.

Es bestand kein Zweifel daran, dass die Zusammenarbeit mit der Schwarzen Rose dem Raben bei seiner Mission geholfen hatte, aber Grey hatte sich nie erlaubt, genauer darüber nachzudenken, wie befriedigend es sein würde, mit Alta Renata zusammenzuarbeiten.

Oder wie ablenkend, dachte er, als er zu dem Mietshaus zurückkehrte, an dem er vorbeigegangen war, weil er an sie gedacht hatte.

Viele der Menschen, an deren Türen sie klopften, öffneten nur widerwillig. Einige dieser Türen wiesen noch Schrammen und Stiefelabdrücke von den Männern auf, die sie eingetreten hatten. Auch wenn es niemand wagte, ihn und Ranieri anzuspucken, war Dank so selten wie Traumweber im Winter.

»Ein bisschen Dankbarkeit wäre nicht schlecht«, brummelte Levinci, als sie zum Wagen zurückkehrten, um eine weitere Ladung zu holen. Da Lud Kaineto fort war, hatte Grey einen neuen Leutnant gebraucht. Er hätte lieber Ranieri befördert, aber ein Bäckerjunge mit gemischter Abstammung statt eines Delta-Sohnes … zumindest waren Greys andere Unruhestifter mit Levinci an Kainetos Position weniger unausstehlich geworden. Aber sie würden die Verbitterung, die sich am Unterufer breitmachte, niemals verstehen.

»Ihr bekommt eine Medaille, wenn wir zum Horst zurückkehren«, versprach Grey und deutete auf eine weitere Tasche, die Ranieri tragen sollte.

Als sie zur nächsten Straße auf seiner Liste gingen, fragte Ranieri: »Hauptmann, haltet Ihr die Austerknacker für gefährlich?«

»Es kommt darauf an, welche Art von Gefahr Ihr meint. Es sind Diebe, keine Mörder; sie ziehen es vor, sich unbemerkt rein- und rauszuschleichen. Warum die Frage?«

»Tess hat mich gebeten, einer Sache nachzugehen.« Ranieri war auf einmal sehr mit der Tasche auf seiner Schulter beschäftigt. Das war derart offensichtlich, dass Grey nicht weiter nachbohrte. Er war einfach froh, dass die beiden wieder miteinander redeten, nachdem es zum Streit gekommen war, weil Tess herausgefunden hatte, dass Pavlin ein Falke war – solange es nicht bedeutete, dass Tess wieder in ein Leben als Kriminelle zurückkehren wollte.

Seine gute Laune verflog, als er den Kopf hob und feststellte, dass Kaineto mit drei anderen Männern auf ihn zukam, die alle die goldbesetzte schwarze Armbinde der Wespen trugen.

Kaineto verzog die leberblassen Lippen zu einem höhnischen Grinsen. »Serrado. Ihr müsst zur Befragung erscheinen.«

Grey bedeutete Ranieri, zurückzutreten. »Weswegen? Ich bin gerade im Dienst.«

»Die Angelegenheiten der Ordo Apis haben Vorrang vor allem anderen. Begleitet uns – es sei denn, Ihr wollt noch mehr Ärger in Eisvogel.«

Grey blickte sich um. Die Straße war ruhig, aber nicht leer. Jeder in Sichtweite beobachtete sie misstrauisch und war bereit, jederzeit wegzurennen.

Eisvogel hatte schon genug Ärger mit den Wespen erlebt. »Wir sind hier sowieso fast fertig. Ranieri, sagt Levinci, dass er das Kommando übernehmen muss.«

»Hauptmann …«

Ein Zucken von Greys Hand beendete den Protest. »Macht einfach. Wir sehen uns später im Horst.«

Er konnte nur hoffen, dass dem auch so sein würde.

* * *

Sonnenkreuz, Alte Insel: 8. Canilun

Grey hatte so eine Ahnung, was ihn erwartete. Die Wespen waren entstanden, um sich um die Stadnem Anduske zu kümmern; er war Vraszenianer und hatte letztes Jahr mit den Ziemetse zusammengearbeitet. Dabei spielte es keine Rolle, dass die Ziemetse die Anduske als fast ebenso große Bedrohung betrachtete wie der Cinquerat. In den Augen von Liganti-Schnöseln wie Kaineto waren alle Vraszenianer gleich.

Er hatte Geschichten vorbereitet, sowohl falls sie wussten, dass er Andrejek nach der Spaltung geholfen hatte, als auch für den gegenteiligen Fall.

Doch nichts davon fand Verwendung, da sich seine Vermutung als falsch herausstellte.

Kaineto und die anderen brachten ihn zu dem unscheinbaren Gebäude in Sonnenkreuz, das die Wespen als ihr Hauptquartier beansprucht hatten. Sie hatten bereits sein Schwert, sein Messer und seinen Knüppel konfisziert; weiter durchsuchten sie ihn nicht. *Dumm. Aber gut für mich.* Die Tasche, in der die Kapuze des Raben steckte, war gut versteckt, aber das bedeutete nicht, dass man sie bei einer intensiven Suche nicht finden konnte. Nach dem heutigen Tag würde er das nicht noch einmal riskieren.

Sie führten ihn in einen kleinen gemauerten Raum, drückten ihn auf einen Stuhl und banden ihn daran fest. Obwohl auf den Steinplatten unter ihm ein Numinat prangte, bezweifelte Grey, dass es aktiv war. Der Fokus musste sich unter seinem Stuhl befinden, daher konnte er nicht erkennen, ob er sich dort befand, aber er fühlte sich nicht anders als sonst.

»Ist das wirklich nötig?«, fragte er und ließ seine Verärgerung durchscheinen. Wenn sie ihn zunächst fesselten, musste er nicht länger freundlich sein. Er starrte Kaineto wütend an. »Oder macht Euch diese Kleinlichkeit einfach Spaß?«

»Ja. Das ist die Antwort auf beide Fragen. Und jetzt beantwortet Ihr vielleicht meine. Was wisst Ihr über das Verschwinden von Mede Rimbon Beldipassi?«

Es fühlte sich an, als würde der Stuhl zusammen mit dem daran gefesselten Grey durch ein Loch in die Tiefen stürzen; der stickige, kalte Schock der Angst überkam ihn. *Djek!* Ryvček hatte ihn immer gewarnt, seine beiden Leben voneinander zu trennen, und mindestens ein Dutzend Falken mussten gesehen haben, wie Beldipassi ihn im Horst aufsuchte. Dennoch war die Anschuldigung weit hergeholt.

Marpremi, der Mann, der Fontimi angeheuert hatte, war tot aus dem Pomcaro-Kanal gefischt worden, und Beldipassis Diener waren alle verschwunden. Hatte einer von ihnen …

»Sein Diener behauptet, Ihr hättet ein Treffen für ihn arrangiert, und seitdem wurde er nicht mehr gesehen. Daher wiederhole ich meine Frage: Was wisst Ihr über sein Verschwinden?«

»Nichts weiter als das, was Ihr bereits gesagt habt«, erwiderte Grey. Hatten sie erfahren, mit wem er sich treffen wollte? Wenn ja, sollten sie es erst zugeben. »Ich wusste nicht einmal, dass er vermisst wird, bis Ihr es mir gesagt habt. Er lebt nicht in Eisvogel, daher geht er mich nichts an.«

Obwohl Grey gegenüber ein leerer Stuhl stand, blieb Kaineto stehen, um sich besser vorbeugen zu können. Er war nicht besonders gut darin, andere einzuschüchtern, aber unter diesen Umständen umgab ihn eine bedrohliche Ausstrahlung. »Vielleicht solltet Ihr diese Antwort noch einmal überdenken.«

»Die Fakten lassen sich nicht ändern.«

»Mit dem richtigen Druck kann man einen Mann dazu bringen, alles zu überdenken.« Kaineto richtete sich auf und deutete auf eine andere Wespe, eine Frau, die Grey nicht erkannte. Sie reichte ihm einen kleinen, runden Gegenstand, der nicht mit dem Siegel eines Gottes versehen war, und Grey verspannte sich. *Praeteri-Numinatria.*

Kaineto ging in die Hocke, um den Gegenstand unter Greys Stuhl zu schieben, dann trat er zurück und ließ die Frau den Aktivierungskreis schließen. Er grinste Grey an, wobei er seine Zähne und Bosheit zur Schau stellte. »Denkt in Ruhe darüber nach.«

Grey ließ den Kopf hängen, als sie die Tür zuschlugen, und war angespannt wegen dem, was das Numinat tun sollte.

Er konnte nichts fühlen. Was umso heimtückischer war, da Kaineto nicht so gegrinst hätte, wenn ihn nicht etwas Schreckliches erwarten würde. Grey kannte dieses Grinsen; er war damit aufgewachsen, mit kleinen Messern, die immer wieder oberflächliche Verletzungen zufügten, damit die Wunden nie heilten und sich nie Narben bildeten. Das Lächeln einer alten Frau, das einen mit den scharfen Kanten jeder Karte, die sie zog, durchbohrte und blutend, leer und hohl zurückließ. Angesichts dessen schien der Tod keine so schreckliche Alternative zu sein, und man verstand, warum einen die eigene Mutter ins kalte Wasser tauchte, selbst hineinwatete und nie mehr auftauchte. *Deine Schuld, deine*

Schuld, deine Schuld, nagte es an ihm wie Wellen, die ans Ufer schlugen.

Grey fröstelte vor Grauen und ließ die Stuhlbeine über den Boden schaben. Er holte tief Luft, aber seine Lunge fühlte sich zu eng an, um irgendetwas aufzunehmen.

Nein. Kolya hatte ihn rausgeholt. Sie waren nach Nadežra geflohen und hatten so getan, als würden sie sich vor Leuten verstecken, denen sie nicht wichtig genug waren, als dass sie nach ihnen suchten. Aber Kolya lag er am Herzen. Ebenso Leato. Und Donaia.

Tot. Tot. Und die dritte verlor nach so vielen Verlusten zunehmend den Lebenswillen. Er hatte einen Bruder getäuscht, den anderen im Stich gelassen und konnte einer Frau nicht helfen, die zu gut war, um ihm eine Mutter zu sein. Grey war nicht vor dem Leid geflohen; er hatte es mitgebracht und den Menschen um sich herum zugefügt. Genau wie die anderen. Genau wie *sie*. Und Ren wäre die Nächste.

Ein Schluchzen drang aus seiner Kehle. Er zitterte so heftig, dass sein Stuhl zur Seite kippte, er sich die Schulter verrenkte und die gefesselten Handgelenke verbog, als er auf dem Boden aufkam.

Jemand zog ihn hoch. Setzte ihn zurück ins Numinat. Ging um ihn herum, nahm ihm gegenüber Platz und starrte ihn an.

Ghiscolo Acrenix.

»Hauptmann Serrado.« Ghiscolo seufzte enttäuscht. »Ich wünschte, es wäre nicht so weit gekommen.«

Für einen kurzen Augenblick, als er auf der Seite lag und seine Position verlassen hatte, war Greys Kopf ein klein wenig klarer geworden. Klar genug, um zu erkennen, dass diese Gedanken das Werk des Numinats waren – sie griffen nicht seinen Körper, sondern seinen Geist an und zogen ihn in einen Abgrund aus Herzschmerz.

Ghiscolo beugte sich vor und sprach leise weiter. »Ich weiß, dass Ihr dieses Treffen für Beldipassi arrangiert habt.

Ich weiß, dass Ihr mit dem Raben in Kontakt steht. Sagt mir, wie ich ihn finden kann.«

Grey war nicht die erste Person, die deswegen gequält wurde. »Nein.«

»Ich mache das nicht gern, Hauptmann Serrado. Aber ich habe eine Pflicht gegenüber dieser Stadt zu erfüllen. Die Pflicht, Ordnung nach Nadežra zu bringen und die Einwohner nach besten Kräften anzuführen. Ich vermute, dass der Rabe Mede Beldipassi hat – dass er den Mann bei diesem Treffen entführt hat. Ein Treffen, das Ihr arrangiert habt. Es erstaunt mich, dass ausgerechnet Ihr insgeheim mit dem Raben zusammenarbeitet.«

Kolya, bis zur Unkenntlichkeit verbrannt. Grey vertiefte sich in diese Erinnerung, in die Qualen, die sie mit sich brachte, denn sie waren ein Schutzschild gegen Acrenix' Fragen. »Ich will, dass mein Bruder gerächt wird«, knurrte er. »Der Rabe kann mir dabei helfen.«

Ghiscolo legte sich seufzend die Hände aufs Herz. »Ihr müsst nicht so leiden. Es kann jederzeit vorbei sein, wenn Ihr mir verratet, was Ihr wisst. Wo Beldipassi sein könnte. Wohin der Rabe ihn gebracht haben könnte. Im Gegenzug werde ich Euch helfen, Euch an Derossi Vargo zu rächen. Dann könnt Ihr endlich genesen.«

Vargo, gegen die Seite einer Kutsche gedrückt, Greys Arm an seiner Kehle. So, wie ihn sein eigener Vater oft festgehalten hatte. *Ich bin genauso übel wie er.*

Ghiscolos Worte klangen süß und verlockend. *Der Schmerz kann enden. Ihr könnt genesen.*

Ghiscolo hatte zwei Finger zwischen die Knöpfe seines Hemdes geschoben. Er berührte nicht etwa sein Herz.

Er berührte sein Medaillon.

Panik durchdrang den Nebel von Greys Qualen. Nach dem Tribunal im Privilegienhaus hatte Ren ihm mitgeteilt, was Ghiscolo Vargo angetan hatte. Er besaß nicht nur ein

Medaillon; er wusste auch, wie er dessen volle Macht nutzen konnte, um die Wünsche anderer zu kontrollieren. Dies war Quinat, das Numen der Macht … und auch der Heilung.

Der Rabe war gegen diesen Einfluss immun – aber Grey war nicht der Rabe. Zumindest nicht in diesem Moment.

Er hatte keine Zeit, über Ryvčeks Warnungen nachzudenken. Die Macht des Medaillons nährte seinen Wunsch, der Qual des Numinats zu entkommen, bis sie alles andere überwältigte. Schon öffnete er den Mund.

Die Kapuze befand sich an der Innenseite seiner Uniform, direkt über seinem Herzen.

Hilf mir.

Und wie zuvor – wie in der Nacht, in der er überfallen worden war, in der Nacht, in der Ghiscolo die Wespen losgeschickt hatte, um ihn aus dem Hinterhalt anzugreifen, denn Ghiscolo wusste von dem Treffen, Ghiscolo *wusste Bescheid* – überließ sich Grey den Schatten.

»Ich kann Euch nichts sagen, was ich nicht weiß.«

Ghiscolo beugte sich noch weiter vor. »Wollt Ihr nicht, dass es aufhört?«

»*Doch.*« Das war nicht gespielt, sondern die Wahrheit. Der Rabe wollte, dass das Leiden ein Ende fand. Das Leiden aller, auch sein eigenes. Die Verzweiflung des Hinterhaltsnuminats hatte ihre Klauen nur oberflächlich versenkt, denn der Rabe verkörperte alle Ablehnung der Vorstellung, dass man nichts tun könne – aber diese Ablehnung war aus Schmerz geboren worden. Trauer, Verlust und Schrecken waren die Fundamente dieses Hauses, und alle Schatten, die es bewohnten, hatten seine Mauern mit ihrem eigenen Leid weiter erhöht. Aber eines Tages, so betete der Rabe, würde dieses Haus einstürzen.

»Dann sagt mir …«

»Da gibt es nichts zu sagen. Der Rabe hat mich gefunden, nicht umgekehrt. Ich kann Euch nicht geben, was Ihr verlangt.«

Ghiscolo spannte den Kiefer an. »Hauptmann Serrado …«

Mit einem Knall wie ein Donnerschlag gegen Stein schwang die Tür links des Raben auf und enthüllte eine Frau, die so groß und unbeweglich wirkte wie die Spitze. »Was geht hier vor sich?«, verlangte Cercel zu erfahren.

Ihre rechtschaffene Wut verdoppelte sich, als sie Ghiscolo erblickte. »Euer Gnaden«, sagte sie. »Warum wurde einer meiner Hauptmänner zum Verhör hergebracht? Mir wurde gesagt, es hätte etwas mit der Anduske zu tun, aber Eure Männer scheinen zu glauben, es gäbe einen Zusammenhang mit dem Verschwinden eines Delta-Gentlemans.« Durch seine Tränen hindurch sah der Rabe, wie Ranieri und Kaineto finstere Blicke tauschten.

Ghiscolo stand auf, zog seine Hand zurück und strich Hemd und Weste glatt. »Ihr stellt Caerulet infrage?« Wäre der unterdrückte Zorn nicht spürbar gewesen, hätte sein Lächeln beinahe freundlich gewirkt.

»So etwas würde ich mir niemals anmaßen.« Cercels Verbeugung schien seinen Zorn etwas zu lindern. »Aber ich stelle die Übergriffe der Ordo Apis infrage. Ich habe die Satzung gelesen, und sie beschränkt den Umfang ihrer Macht eindeutig auf Angelegenheiten, die mit den Aktivitäten der Stadnem Anduske in Nadežra zu tun haben. Wenn es hier um das Verschwinden eines Gentlemans geht …« Ihr Lächeln war stahlhart. »Dann ist das eine Angelegenheit der Wache.«

Ghiscolo nickte. »Was auch in meinen Zuständigkeitsbereich fällt …«

»Euren Zuständigkeitsbereich, aber nicht Eure direkte Autorität. Wenn Ihr einen Offizier der Wache festnehmen wollt, dann sprecht mit Oberbefehlshaber Dimiterro. Was Ihr nicht getan habt.«

Der Rabe stöhnte leise. Cercels Aufmerksamkeit richtete sich auf die Dielenbretter, und sie erbleichte. »Habt Ihr ihn etwa *gefoltert*?«

Bevor Ghiscolo antworten konnte, zog sie ihren Dolch und fuhr damit durch das Numinat, wodurch die umschließende Linie durchbrochen wurde. Licht blitzte auf, und das Miasma des Leidens verschwand.

»Schutzmann, helft dem Hauptmann auf«, befahl Cercel und reichte Ranieri ihr Messer, der den Raben schnell losschnitt und ihm beim Aufstehen half.

Diese Hand auf seinem Arm war die Rettung. Der Rabe hatte kurz davorgestanden, die Kapuze herauszuziehen und sich mit dieser mehrschichtigen Verteidigung zu schützen. Dadurch wäre Grey Serrados Leben zerstört worden, aber das spielte keine Rolle. Ghiscolo befand sich *direkt vor ihm*. Und der Schock, den Raben unverhofft in ihrer Mitte vorzufinden, hätte ihm die nötige Gelegenheit verschafft.

Doch Ranieris Hand lag auf seinem Arm und verlangsamte seinen Griff nach der versteckten Tasche. Das reichte aus, damit sich Grey wieder zusammenreißen konnte.

Ich bin Grey Serrado. Nicht der Rabe. Nicht hier, nicht jetzt.

Seine Überzeugung hielt. Für den Moment.

Cercel begegnete Ghiscolo mit der strengen Korrektheit eines Offiziers. »Ich werde Oberbefehlshaber Dimiterro selbstverständlich Bericht erstatten und mich jeder Strafe unterwerfen, die er für notwendig hält.« Als sie zurücktrat, um Grey und Ranieri vorbeizulassen, warf sie dem ganzen Raum, Caerulet und Wespen gleichermaßen, einen vernichtenden Blick zu. »Natürlich in Übereinstimmung mit dem Gesetz. Guten Tag, Euer Gnaden.«

3

Der Ruf des Aža

Ostbrück und die Perlen: 9. Canilun

In den Jahren, die seit ihrer Zeit bei den Fingern vergangen waren, hatte Ren eins vergessen: Manche Betrügereien ließen sich umso leichter durchziehen, je mehr Helfer man hatte.

Sie war berechtigterweise zu Vargo gegangen, um mit ihm über ein Modell des Flussnuminats für Donaia und Scaperto zu sprechen. Und jeder, der nachfragte, würde erfahren, dass ihr Treffen aufgrund von Streitigkeiten hinsichtlich seiner Herangehensweise ziemlich lange gedauert hatte. Aber das eigentliche Gespräch dauerte kaum eine Glocke, und danach schlich eine Ganllechyn-Frau durch Vargos Hintertür hinaus, um sich mit Tess und Sedge zu treffen.

Tess stöhnte auf, als sie Ren in der gestreiften Wollkleidung ihres Landes sah. »Versuch bloß nicht, den Akzent nachzuahmen«, flehte sie. »Ich habe dich als Vraszenianerin, Seterin-, Liganti- und sogar Isarnah-Frau gehört, aber dein Ganllechyn ist miserabel.« *Sie schnalzte mit der Zunge.* »Dabei hast du fünf Jahre dort gelebt …«

»Klingt sie noch immer wie eine dieser Figuren im Puppentheater?«, fragte Sedge.

»Schlimmer! Sie klingt wie ich!«

»Och, das reicht jetzt aber.« Ren grinste, als die beiden

stöhnten, und hakte sich bei ihnen unter. Die Schminke ließ ihre Wangen voller und rosiger erscheinen, als es die Natur je geschafft hätte, aber Tess hatte recht, was den Akzent betraf; sie konnte ihn weder im Kopf hören noch auf der Zunge spüren und hatte allein die Stimme ihrer Schwester im Ohr. »Na gut. Ich werde den Akzent nicht ausprobieren. Aber so muss ich mir keine Sorgen machen, von jemandem gesehen zu werden, der mich kennt. Lasst uns gehen!«

Trotz ihres unbeschwerten Tons hatte Ren leichte Schuldgefühle, als sie aufbrachen. Diese Zeit mit Tess und Sedge bedeutete, das »Familienessen« im Traementis-Herrenhaus zu verpassen – ein Ritual, auf das Giuna nach den Adoptionen bestanden hatte und das Renata verabscheute, was sie jedoch nicht zugeben konnte.

Alles wäre einfacher gewesen, wenn Donaia geblieben wäre. In ihrer Abwesenheit musste Renata ihren Platz am Kopfende des Tisches einnehmen, an dem noch Giuna, Nencoral, Meppe und Idaglio saßen – und Tanaquis, die sich aber nur ein einziges Mal zu ihnen gesellt hatte. Renatas perfekte Haltung, während Gang um Gang serviert wurde, weckte Erinnerungen an Ondrakjas Training, bei dem sie ihren Lieblingsfingern beibrachte, sich als Schnösel auszugeben oder als Dienstboten in deren Häuser einzudringen. Dass der Teppich nicht schimmelig war und die verschiedenen Gerichte köstlich schmeckten, änderte nichts daran, dass es sich wie eine von Ondrakjas Prüfungen anfühlte – mit allen Konsequenzen, die ein Versagen nach sich zog.

Vor den Adoptionen waren die Mahlzeiten gemütlicher gewesen, als nur sie, Donaia und Giuna anwesend waren und es weniger formell zuging. Aber selbst da hatte sie sich nach den glücklichen Erinnerungen aus ihrer Kindheit gesehnt, als sie am Tisch saßen, an dem Ivrina ihren Kunden tagsüber Muster legte, während Ren selbst so klein war, dass ihre Füße den Boden nicht berührten. Oder an diese wenigen kostbaren

Abende in Serrados Haus, bei denen Grey Jagyi alberne Lieder vorgesungen hatte, und Alinka Lotoswurzeln und knusprige Sonnenbarsche frittierte und Ren Yvie ablenkte.

An Grey zu denken war ein Fehler. Er hatte eine knappe Nachricht auf ihrem Balkon hinterlassen, in der er ihr einen Teil der Geschichte verriet; durch Klatsch und Tratsch hatte sie weitere Bruchstücke erfahren. Sie konnte sich nur allzu gut vorstellen, was Ghiscolo ihm angetan hatte. In ihrem Innersten wünschte sie sich nichts sehnlicher, als über den Fluss zu eilen und mit eigenen Augen und Händen zu bestätigen, dass Grey nicht dauerhaft verletzt worden war.

Aber er hatte sie gebeten, sich vorerst fernzuhalten. Die Wahrscheinlichkeit war zu hoch, dass Ghiscolo ihn von Leuten beobachten ließ, die nach allem Ausschau hielten, was zu Beldipassi oder dem Raben führen konnte.

Diese Gedanken belasteten sie, als sie und ihre Geschwister sich an einem Stand in der Nähe der Rotunda Nudeln kauften und sich dann auf eine leere Flusstreppe setzten, um sie hinunterzuschlingen. »Wir können uns jetzt zwar einen richtigen Tisch leisten«, sagte Tess schlürfend, »aber so schmecken sie besser.«

»Du hast recht«, stimmte Sedge ihr zu und aß eine Paprika, die so rot war wie der Sonnenuntergang und die er sich dazubestellt hatte.

»Als ob du irgendetwas anderes als Feuer schmecken könntest.« Lachend stieß Tess ihn sanft an.

Ren neigte den Kopf über ihre Schüssel. Als sie damit angefangen hatte, ehrlich zu den Menschen um sich herum zu sein, hatte sie nicht bedacht, dass das nicht all ihre Probleme lösen würde – da einige dieser Menschen selbst Geheimnisse hatten. Würde Grey zulassen, dass sie Tess und Sedge die Wahrheit über ihn erzählte? Oder, noch wichtiger, würde der Rabe es tun?

Da sie darauf keine Antwort wusste, erzählte sie Sedge lieber, was mit Vargo in Weißsegel passiert war, und von dem Gespräch, in dem sie ihm alles enthüllt hatte. Sedge war so sehr damit beschäftigt, diese Neuigkeiten zu verarbeiten, dass er sich beeilen und seine kalten Nudeln hastig hinunterschlingen musste, als die Glockentürme die zehnte und letzte Sonne schlugen.

Er gab Tess seine Schüssel, damit sie sie zum Verkäufer zurückbringen konnte, und sagte: »Das erklärt dann wohl, warum ich heute Abend nach Froschloch gerufen wurde. Ich weiß nicht, wie ich dem Mann in die Augen sehen soll, wenn ich weiß, dass er weiß, dass ich es weiß. Bist du sicher, dass er nicht sauer ist?«

»Das sollte er besser nicht sein, sonst muss er mir Rede und Antwort stehen«, drohte Tess und brachte sie beide zum Grinsen. »Geht nur. Ich muss die hier noch zurückbringen und dann nach Hause.«

Nach Hause. Dieses Wort blieb Ren im Gedächtnis haften, als sie zu Vargos Stadthaus zurückkehrte, den Wechsel zu Renata vollzog und gen Norden zur Isla Traementis fuhr. War das Herrenhaus ihr Zuhause? War das Stadthaus in Westbrück ihr Zuhause gewesen oder zuvor die Herberge in Spitzenwasser? Oder war ihr »Zuhause« in Flammen aufgegangen, als sie sechs Jahre alt war – und falls dem so war, was wäre notwendig, um es wieder aufzubauen?

Diese Gedanken verfolgten sie, als sie das Haus betrat und zur Treppe eilte. Auf halbem Weg nach oben hörte sie Giunas Stimme. »Renata!«

Sie drehte sich um und sah Giuna an der Balustrade stehen. Als Renata stehen blieb, eilte Giuna zu ihr. »Du gehst mir schon aus dem Weg seit … Wirst du mir endlich verraten, was passiert ist?«

»Wo?«

»In Weißsegel! Dieser Brief von deinem Vater! Ich habe gehört, was im Privilegienhaus passiert ist, wo Ihre Eleganz dich beschuldigt und Vargo behauptet hat, es hätte nichts Wichtiges in diesem Brief gestanden. Doch da muss noch mehr dahinterstecken. Und du hast gerade sehr viel Zeit in seinem Haus verbracht. Was geht hier vor sich?«

Der Flur war leer, niemand sonst konnte sie hören. »Es ist erledigt, zumindest für den Moment. Du musst dir keine Sorgen machen.«

Giuna hielt sie am Arm fest, als sie sich abwenden wollte. Das war nicht ihr übliches vogelhaftes Zupfen, sondern ein fester Griff. »Nein«, erklärte Giuna eindringlich. »Wir arbeiten zusammen, schon vergessen? Bald werde ich achtzehn und trete Mutters Erbe an. Ich muss die Angelegenheiten unserer Familie verstehen, nicht davor geschützt werden. Und was auch immer passiert, wir stehen an deiner Seite.«

Gilt das auch für eine halb-vraszenianische Verbrecherin aus Spitzenwasser?

Natürlich nicht. Sie hätten Ren nie auch nur das Haus betreten lassen.

Es war schon schlimm genug, dass sie für Leatos Tod verantwortlich war, aber ihre Maskerade brachte auch Haus Traementis in Gefahr. Der einzige Ausweg bestand darin, zu überleben, bis Giuna volljährig wurde, und dann …

Und dann? Die Traementis' verlassen? Leatos Gesicht tauchte in ihrer Erinnerung auf, seine Reaktion, als er erfuhr, dass sie sie die ganze Zeit angelogen hatte. *Hast du auch nur eine Ahnung, was es für uns bedeutet hat, ein Familienmitglied dazuzugewinnen, anstatt eins zu verlieren?*

Sie hatten jetzt weitere Verwandte. Meppe, Idaglio, Nencoral, Tanaquis. Aber wie viel persönliche Wärme steckte in diesen Bindungen, mit Ausnahme von Tanaquis? Es konnte gelingen, eine echte Beziehung zu ihnen aufzubauen, aber das würde Zeit brauchen. Renata war mit Donaia und Giuna durch die Hölle gegangen. Sie konnte sich nicht vormachen, dass ihr Weggang ihnen nicht wehtun würde.

Ihre Gedanken mussten ihr anzusehen sein, denn Giuna berührte sie erneut am Arm, diesmal sanfter. Zusammen gingen sie in Donaias Arbeitszimmer, und Giuna schloss die Tür, bevor sie sich in einen der neuen, mit braunem Wildleder gepolsterten Sessel fallen ließ. »Erzähl es mir«, bat sie. »Behandle mich nicht wie ein Kind.«

Genau das tat sie, begriff Renata – oder zumindest zum Teil. Ihre eigene Kindheit war an dem Tag zu Ende gegangen, an dem sie ein Finger geworden war, wenn nicht sogar schon, als das Feuer sie und Ivrina auf die Straße trieb. Ein wenig beneidete sie Giuna um ihr behütetes Leben und wollte, dass sie es so lange wie möglich behielt.

Aber das war dumm und unfair. Giuna hatte ebenfalls schwere Zeiten durchgemacht, auch wenn sie keinen Hunger und Missbrauch durchleiden musste. Sie war kein kleiner Vogel in einem Käfig.

Renata rieb sich mit einer Hand über die Augen und überlegte, was sie gefahrlos sagen konnte. Nicht alles, so viel stand fest. Aber genug, um Giuna und Haus Traementis zu wappnen.

»Vargo hat den Brief vernichtet«, sagte sie. »Um meinetwillen. Wir haben uns versöhnt, aber wir halten das geheim, damit Novrus uns nicht beweisen kann, dass wir gemeinsame Sache machen. Was den Inhalt angeht …«

Es gab einen einfachen Weg, das zu regeln, wie die Trickknoten, die sich lösen, wenn man an der richtigen Stelle zieht. »Ich gehe davon aus, dass darin stand, Eret Viraudax habe keine Tochter namens Renata. Deine Mutter weiß es bereits – er ist nicht mein Vater. Davon hat Tanaquis im Agnasce-Theater gesprochen. Letilia war schwanger, als sie Nadežra verließ, hatte während des Fests des verschleiernden Wassers bei einem völlig Fremden gelegen. Aber ich habe deiner Mutter gegenüber behauptet, Eret Viraudax hätte mich adoptiert, und dieser Teil ist gelogen. Er hat meine Mutter zu seiner Geliebten genommen, mehr nicht. Sie ist nicht einmal seine Nebenfrau.«

»Aber du gehörst jetzt uns. Nichts davon sollte ...« Giuna schlug frustriert auf die Armlehne ihres Sessels. »Das ist so dumm. Sie werden es weiter aufbauschen, nicht wahr? Und du und Meppe, ihr habt schon genug zu kämpfen, wenn ihr versucht, alle neuen Privilegien zu ordnen. Mutter wird es nicht weiter interessieren – ich weiß, dass sie nur Eret Viraudax' gesunden Menschenverstand bewundern wird –, aber andere werden sich darauf stürzen.«

Die Last dieser Worte setzte Renata schwer zu. »Ich sehe keinen Ausweg, Giuna. Außer einen Brief von ihm zu fälschen, der alle irgendwie davon überzeugt, dass es in meiner Vergangenheit nichts Interessantes gibt ... Ich habe gelogen und irgendwann wird das ans Licht kommen. Dann werden sie euch alle verletzen – und das ist das Letzte, was ich will. Das ist der Tod durch tausend winzige Nadeln.« Früher hätte ihr so etwas nichts ausgemacht.

Doch einst hatte sie vorgehabt, ein Haus, das ihrer Meinung nach so wohlhabend war, dass es ihm nichts weiter ausmachen würde, um eine ordentliche Geldsumme zu bringen und dann spurlos zu verschwinden.

Giuna schüttelte bereits den Kopf. »Nicht wenn wir diese Nadeln in ... Nudeln verwandeln?« Sie musste kichern und versuchte dann, wieder ernst zu werden. »Das könnten wir tun. Du hast bereits herausgefunden, wie es geht. Es gibt immer noch Gerüchte über das, was Tanaquis im Theater rausgerutscht ist, und nicht alle drehen sich um Alsius Acrenix. Wenn du die Gerüchte unter Kontrolle bringst, werden alle so sehr damit beschäftigt sein, sich zu fragen, ob dein leiblicher Vater in Nadežra lebt, dass es ihnen egal sein wird, wenn herauskommt, dass Eret Viraudax gar nicht dein wahrer Vater ist. Solange die Leute gierig auf Klatsch sind, gib ihnen, was sie deiner Meinung nach bekommen sollen.«

Das war die letzte Reaktion, mit der Renata gerechnet hatte. Und sie hätte selbst darauf kommen müssen.

Wie oft Giuna ihr auch sagte, dass sie zur Familie gehörte, in Momenten der Not dachte sie nie an die Traementis'. Schließlich waren Tess und Sedge so viele Jahre lang die Einzigen gewesen, denen sie vertrauen konnte.

Aber jetzt gab es Grey und Vargo. Und Giuna, zumindest zum Teil, auch wenn sie nicht wusste, wer Ren wirklich war. Donaia und Tanaquis ebenfalls. Sogar Dalisva, mehr oder weniger. Als Ren innehielt und alles zusammenzählte … hatte sie in der Tat eine erstaunliche Anzahl an Verbündeten.

Ihre Anspannung ließ etwas nach. »Das ist ein ausgezeichneter Gedanke, Giuna. Aber bevor du fragst: Nein, ich habe nicht die leiseste Ahnung, wer mein Vater ist. Und es interessiert mich auch nicht besonders. Schließlich binden mich weder Geschichte noch Register an ihn.«

Giuna umarmte sie fest. »Du bist jetzt mit *uns* verbunden. Und wir werden dich nicht so leicht aufgeben.«

Einen Moment später war Renata wieder frei und Giuna hatte rote Wangen und sprühte vor Ideen. »Ich werde morgen mit Bondiro und Marvisal Boccia spielen und kann Alta Faella gegenüber etwas fallen lassen. Wenn du sie erst einmal am Haken hast, werden alle anderen Fische folgen. Oh, und Tess näht Avaquis Fintenus ein Kleid, nicht wahr? Sie neigt gewiss auch zum Tratschen.«

Einen Augenblick lang überlief Renata ein Schauder. Sie waren in Donaias Arbeitszimmer, wo sie im Albtraum über die Traementis' geherrscht hatte wie Ondrakja über die Finger.

Aber so musste es nicht sein. Giuna war eine Verbündete, keine Lakaiin. Niemand würde dafür bestraft werden, wenn er Ren enttäuschte. Sie würde niemanden benutzen und dann wegwerfen.

Giuna beugte sich vor und sah sie an. »Bist du immer noch besorgt?«

»Nein – ja, doch, aber das, was du eben gesagt hast, wird sich gewiss als hilfreich erweisen. Es ist nur …« Es auszusprechen war, als würde sie ihr Gewicht langsam auf ein Seil verlagern, ohne zu wissen, ob es halten würde. »Ich habe dir jetzt schon zweimal gestanden, dass ich gelogen habe. Hinsichtlich meiner Finanzen und jetzt meines Vaters. Trotzdem …«

»Habe ich mich gegen dich gewandt?« Giuna verdrehte die Augen. »Ich weiß, ich bin eine miserable Traementis. Rachsucht liegt mir nun einmal nicht. Aber, Renata – es stört mich nicht, dass du nicht reich warst oder dass du nicht weißt, wer dein Vater ist. Das Einzige, was mich stört, ist, dass du nicht das Gefühl hattest, mir die Wahrheit anvertrauen zu können.«

Aber die Wahrheit ist so viel größer, als du glaubst. Über einen kleinen Kieselstein zu steigen, war viel einfacher, als eine Mauer hochzuklettern. Und dennoch …

Zum ersten Mal fragte sich Ren, ob Giuna vielleicht doch die Mauer erklimmen konnte.

Das war keine Entscheidung, die sie heute Abend treffen konnte, nicht einmal morgen. Vielleicht nicht, bevor die Medaillons vernichtet waren. Aber der Gedanke war da, und sie hatte nicht darüber lachen müssen.

Unverhofft sprudelte eine kleine Wahrheit aus ihr heraus. »Muss das Familienessen eigentlich so furchtbar *steif* sein?«

Giuna blinzelte überrascht. »Ich habe versucht, es so zu machen, wie es früher war … aber wir sind nicht mehr, wer wir früher waren, nicht wahr? Wir sind ein neues Haus Traementis. Und du hast recht, es ist wirklich ziemlich furchtbar. Meppe und Idaglio entschuldigen sich, so schnell sie können, damit sie ihre Zweisamkeit genießen können, Nencoral sagt kaum zwei Worte – kein Wunder, dass Tanaquis nicht mehr herkommt. Ja, wir können es auf jeden Fall ändern.«

Renata umarmte ihre Cousine. »Danke. Dafür und für so vieles andere.«

* * *

Froschloch, Unterufer: 9. Canilun

Sedge war sich ziemlich sicher, dass die Monde neuerdings im Erassischen Meer untergingen. Ren – seine schweigsame Schwester, die ihre Geheimnisse besser für sich behielt als eine Muschel ihre Perle – hatte Vargo offenbar alles verraten, dem Mann, den sie noch vor wenigen Monaten vernichten wollte. Wenn *das* möglich war, konnte alles passieren.

Aber die Atmosphäre in Vargos Hauptquartier in Froschloch rief ihm in Erinnerung, dass das Leben nun mal nicht ganz so einfach war. Als Sedge wie angeordnet dort eintraf, waren alle Nebelspinnen versammelt, doch keiner wollte ihm in die Augen schauen. Nicht einmal Nikory.

So viel zum Thema Vergebung. Es war dumm von ihm gewesen, sich das überhaupt zu wünschen. *Hoffentlich wird mich Tess angemessen rächen.*

Seine Schwestern oder sein Knoten: Sedge hatte seine Wahl getroffen und würde sich nicht anmerken lassen, wie sehr es ihn innerlich schmerzte.

Vargo war allein in seinem Büro; selbst Varuni ging hinaus und schloss die Tür hinter sich. Sedges Rücken war vor Anspannung völlig verkrampft. Die Gewürze und das Fett der Nudeln, die er zu schnell hinuntergeschlungen hatte, brodelten unbehaglich in seinem Magen. *Dann reden wir wohl über Ren.* Immerhin behielt Vargo diese Wahrheit für sich.

»Ja?«, fragte Sedge, nachdem die Tür zugefallen war, und verschränkte die Arme, als wäre seine Zeit kostbar und von Vargo nicht bezahlt worden. Das stimmte sogar irgendwie.

»Also.« Vargos rätselhafter Blick verwandelte sich in ein Grinsen. »Deine Schwester?«

»Ach, hört auf.« Wenn die Sache so ablaufen sollte, würde Sedge ganz bestimmt nicht wie ein braunschnäbliger Falke dumm rumstehen. Er ließ sich mit trotzigem Blick auf einen von Vargos Stühlen fallen. »Schickt mir keine Vorladungen in meine Herberge, wenn Ihr nur wie ein Mütterchen aus Sieben Knoten tratschen wollt. Ich bin nicht länger eine von Euren Fäusten.«

»Ich erinnere mich nur an all die Male, die du Tess angehimmelt hast. Die meines Wissens *ebenfalls* deine Schwester ist.«

»Um die Wahrheit zu verbergen – und wenn Ihr eine von ihnen anhimmelt, verpasse ich Euch eine, bevor mich Varuni ihrer Murmelsammlung hinzufügt.« Trotz allem umspielte ein Lächeln Sedges Lippen. Vargo hatte immer etwas Abstand zu seinen Fäusten gehalten, aber man verbrachte nicht Jahre damit, für eine andere Person zu bluten, ohne dass sich ein gewisses Maß an Kameradschaft entwickelte. Sedge schlüpfte so mühelos hinein wie in seine Lieblingsstiefel.

Vargo runzelte die vernarbte Stirn, als würde er sich fragen, ob er überhaupt zu irgendetwas wie einem Anhimmeln fähig war. Sedge musste zugeben, dass er sich das nicht vorstellen konnte. Verlangen durchaus, romantischen Blödsinn eher nicht. »Das erklärt einiges«, sagte Vargo. »Obwohl ich zugeben muss, dass ich dir eine derartige Täuschung nicht zugetraut hätte.«

»Ich hab von der Besten gelernt«, erwiderte Sedge knapp und überließ es Vargo, ob er damit Ren oder Ondrakja meinte.

Vargo nickte. »Aber du musst zugeben, dass das ein Problem darstellt. Du hast Geheimnisse, die du nicht mit einem Knoten teilen kannst.«

Und da war es, so nackt wie das Gesicht, das Ren Vargo

gezeigt hatte. Sedge fragte sich, ob sie bedacht hatte, dass sie mit ihrem Geständnis nicht nur *ihre* Geheimnisse preisgab.

Doch nun war es zu spät, und der Vorwurf schmerzte sehr. Sedge mochte seinen Knotenschwur nicht gebrochen haben, als er in der Nacht des verschleierten Wassers Ren statt Vargo beschützt hatte ... doch das war schon viel früher geschehen, indem er ihre Identität verheimlichte, als sie in die Angelegenheiten der Nebelspinnen verwickelt worden war.

Er zuckte steif mit den Achseln. »Ich sehe da kein Problem, da ich keinem Knoten mehr verschworen bin.«

»Das ließe sich ändern.«

Sedge stockte der Atem, als Vargo fortfuhr. »Nikory will dich wieder aufnehmen. Jetzt, wo ich von Ren weiß, kannst du deine Geheimnisse als gebührend geteilt betrachten.«

Das war nicht ungewöhnlich. Knotengelübde verlangten zwar »keine Geheimnisse zwischen uns«, aber das bedeutete nicht, dass jeder alles wusste. Der Anführer eines Knotens stand etwas über allen anderen, und manchmal wusste diese Person etwas, das dem Rest verborgen blieb.

Das Problem dabei war, dass Vargo nicht Nikorys Knotenanführer war. Er gehörte zu niemandem – weil er sich an niemanden gebunden hatte.

Das Wort herauszupressen, fühlte sich an wie damals, als ein Knocheneinrichter Sedge einen Zahn ziehen musste, aber er zwang sich dazu. »Nein.«

Vargos Miene verfinsterte sich. Er war kein freundlicher Kamerad mehr; Sedge stand nun dem Mann gegenüber, der das Unterufer erobert hatte, weil er sich von niemandem ein »Nein« gefallen ließ. »Warum nicht?«

»Weil Ihr nicht mit den Nebelspinnen verbunden seid. Ihr könnt nicht behaupten, es wäre in Ordnung, meine Geheimnisse vor einem Knoten zu bewahren, dem Ihr nicht angehört. Der Ausschluss hat mich daran erinnert, dass Knotenschwüre etwas bedeuten. Zumindest mir, wenn auch nicht Euch.«

Beinahe bereute Sedge diesen letzten Satz – aber nicht wirklich. Denn anstatt hart oder wütend zu werden, brach Vargos verschlossener Gesichtsausdruck ein wenig auf. Und anstatt zu antworten, saß Vargo einen Moment lang da und trommelte mit den Fingern auf der Schreibtischplatte. Sedge fragte sich, ob er mit der Spinne sprach.

»Sie bedeuten etwas«, sagte Vargo ... mehr nicht.

Lange genug, um Sedge nervös zu machen, sodass er das Schweigen endlich brach. »Das war's dann wohl.« Der Stuhl knarrte, als er aufstand.

»Was wäre, wenn ich verspreche, Ren aus den Angelegenheiten der Nebelspinnen herauszuhalten?«

Sedge sank auf seinen Stuhl zurück und wusste nicht, ob er das richtig verstanden hatte. »Arbeitet Ihr nicht mit ihr zusammen?«

»Nicht in Bezug auf *diese* Geschäfte«, stellte Vargo klar. »Aber wie du schon sagtest, ich bin keine Nebelspinne. Du bekommst Probleme, wenn du vor Nikory und deinen Knotenkameraden stehen und so tun musst, als wäre ›Arenza Lenskaya‹ nur eine Musterleserin, die du von der Straße gezerrt hast. Wenn das nicht mehr passiert – wenn sich Ren, in welcher Gestalt auch immer, von diesem Knoten fernhält –, dann geht deine Schwester die Nebelspinne nichts an und du bist nicht verpflichtet, in Bezug auf sie etwas zu verraten.«

Es war immer noch ein Trick. Andererseits saß Vargo da und bot ihm an, sich die Mühe zu machen, nur damit Sedge das Gefühl hatte, er könnte sein Wort halten.

Auch Vargo hatte Geheimnisse. Wie seine Spinne und was auch immer ihn dazu verleitet hatte, ein Schnösel werden zu wollen, und viele andere Dinge, von denen Sedge Ren gleich gesagt hatte, dass er sie nicht wissen wollte.

Vielleicht war der Grund, warum Vargo sich an niemanden band, nicht, dass er Knotenschwüre nicht respektierte. Möglicherweise lag es daran, dass er es tat.

Letzten Endes ging es darum, was Sedge Nikory schuldete. »Ich werde Nikory sagen, dass ich etwas zurückhalte«, erklärte Sedge. »Und dass es auch etwas mit Euch zu tun hat. Wenn er damit einverstanden ist, dann – bin ich dabei.«

»Das klingt nicht besonders enthusiastisch«, fand Vargo, zog eine Schublade auf und holte eine kleine, schimmernde Phiole heraus.

In diesem Moment wurde ihm das Ausmaß dessen, was hier geschah, erst so richtig bewusst. Denn genau wie Schwüre nahm Sedge auch Aža nicht auf die leichte Schulter. Seine Hand zitterte, als er nach der Phiole griff, und er schämte sich nicht einmal dafür.

»Nur zu«, sagte Vargo leise. »Dein Knoten wartet.«

* * *

Froschloch, Unterufer: 9. Canilun

Vargo hätte Sedges Wiedereinführung lieber in der Sicherheit seines Büros abgewartet, aber die meisten Fäuste glaubten, Nikory wäre an Vargo gebunden. Daher würde seine Abwesenheit seltsam aussehen – und den Eindruck erwecken, Vargo wäre es nicht ganz recht, dass sie Sedge erneut bei sich aufnahmen.

Dabei hatte das nichts mit Sedge zu tun. Einer Initiation zuzusehen, fühlte sich für ihn immer so an, als wäre er wieder ein Junge auf der Straße, der durch die Schaufenster eines Ladens oder einer Ostretta schaut und all die Dinge sieht, die er nicht haben kann.

Immerhin würde es niemand merkwürdig finden, dass er sich am Rand des Raumes und im Schatten postierte – wie die rätselhafte Boss-Spinne, die sie alle im Auge behielt.

::Wenigstens sind wir uns jetzt sicher, dass wir Sedge vertrauen können::, sagte Alsius aus seinem schattigen Versteck unter Vargos Kragen. ::Was meinst du, wie lange es dauern wird, bis Nikory ihn zu seinem Stellvertreter machen kann?::

Das war Teil der Debatte über Sedges Wiedereingliederung gewesen. Nikory wollte ihn sofort einsetzen, aber Vargo hatte darauf hingewiesen, dass es für Sedge einfacher wäre, wenn er sich langsam eingewöhnte, bevor er wieder ins Zentrum gezerrt würde. Knotenerinnerungen gingen nicht weit zurück, aber sie konnten sich hinsichtlich der Zugehörigkeitsdauer verheddern.

Einige hatten immer derartige Probleme – vor allem die ältere Garde aus Ertzan Scrubs Tagen, die einen Aufstand gemacht hatten, als Nikory die Macht übernahm und sich mit Vargo verbündete. Diese Leute hielten sich jetzt zurück, während die jüngeren Männer und Frauen dem grinsenden, von Aža benebelten Sedge die Hand reichten und ihre Bande und Schwüre mit viel Neckereien und gutmütigen Beleidigungen bekräftigten.

Ein Jahr vielleicht, antwortete Vargo nach kurzem Überlegen. *Hängt davon ab, wie sich die Lage mit den Stretsko entwickelt. Vorausgesetzt, Andrejek erholt sich und kann sie beruhigen – sie aus unserem Revier vertreiben –, dann werden sich die Leute daran erinnern, dass Sedge uns diesen Faden geliefert hat.* Die Prügel, die Andrejek in Dockmauer erdulden musste, hatte diesen Plänen einen Dämpfer verpasst, allerdings war Vargo sogar froh darüber, etwas Luft zum Atmen zu haben, um zuerst vor seiner eigenen Tür kehren zu können. Solange er nicht herausfand, wer aus seinem Knoten auf beiden Seiten des Flusses aktiv war, musste er jederzeit damit rechnen, erneut verraten zu werden.

::Wir sollten Renata fragen. Ich meine, Arenza. Ich meine … Himmel! Wie soll ich sie nennen?::

Vargos Schultern bebten vor unterdrücktem Lachen. Einige Fäuste bemerkten sein Lächeln und erwiderten es zögerlich.

Sollten sie ruhig denken, er sei erfreut über Sedges Wiederaufnahme, anstatt zu glauben, er würde jemandem antworten, den sie nicht hören konnten. *Ren, wenn sie uns gegenübersteht. Ansonsten nutzt du den Namen, der zu der Maske passt, die sie gerade trägt. Was möchtest du sie denn fragen?*

::Ich bin fasziniert von ihren Aussagen über die Muster. Vielleicht kann sie uns hinsichtlich des Zeitpunkts beraten.::

Ich glaube nicht, dass es wie Astrologie funktioniert, dachte Vargo und straffte sich, als Varuni näher kam. Es war immer schwierig, sie einzuschätzen, aber die Haltung ihrer Schultern verriet, dass es ums Geschäft ging und sie ihn nicht wegen irgendeiner Sache, mit der Vargo sie diesmal genervt hatte, zurechtweisen wollte.

Sie sprach leise. »Arkady Bones steht draußen. Sie sagt, sie hat Neuigkeiten, die nur für Euch bestimmt sind.«

Arkady kam nicht so selbstsicher wie üblich herein. Vielmehr hing sie wie eine Klette an Varuni, behielt die Isarnah zwischen sich und den feiernden Nebelspinnen und folgte Vargo in sein Büro, ohne wie erwartet zu prahlen oder einen Kommentar über sein Hauptquartier abzugeben. Sie zuckte nur leicht mit den Achseln, als er ihr mitteilte, dass er ein mögliches Zuhause für Pitjin gefunden und ein paar Hinweise bezüglich einiger anderer Kinder hatte, die eine Unterkunft benötigten.

»Weiß irgendjemand von Euren Leuten, dass ich mich um Eure Angelegenheiten gekümmert habe?«, fragte sie, als sie allein waren und die Tür geschlossen war. Selbst dann sprach sie leise.

»Es wäre sinnlos, jemanden außerhalb meiner Organisation mit etwas zu betrauen, wenn ich dann zugebe, dass so etwas der Fall ist.«

»Richtig. Clever«, hauchte sie und spielte mit dem Ärmel ihres Patchworkmantels, der ihre Knotenanhänger verbarg. »Ja, die Sache ist die. Ihr solltet lieber unauffällig verschwinden. Behauptet einfach, ich wäre heulend wie ein Baby zu Euch gekommen, falls das hilft. Wir müssen nur von hier weg, ohne dass es jemand mitkommt. Höchstens diese Isarnah. Bei ihr bin ich mir nicht ganz sicher.«

»Ich vertraue ihr.«

»Habt auch Euren Knotenführern vertraut, und wohin hat Euch das gebracht, Breihirn?«

»Was soll das bedeuten?«

»Nikory ist derjenige, der Euch an die Falken verkauft.«

Bei diesen Worten fand er Arkadys Scheu ganz und gar nicht mehr amüsant. Sie meinte es ernst, und sie hatte Angst. Aber sie war trotzdem in feindliches Gebiet eingedrungen, um ihn zu warnen.

Selbst jetzt konnte er es nicht ganz glauben. »Unmöglich. Er hasst die Wache.«

»Gut. Dann bleibt und wartet ab, ob die Fäuste da draußen Euch oder ihm treu ergeben sind. Aber ich würde für Euch keine Hand ins Feuer legen und bin sofort wieder weg.«

»Nicht bevor du mir verrätst, wie du es herausgefunden hast.«

Arkady warf einen Blick über die Schulter, als erwarte sie, Nikory durch die Tür kommen zu sehen. »Er besucht Szorsas, nicht wahr? Die Leute erzählen ihnen alles Mögliche. Er ist ganz aufgebracht zu einer gegangen, nachdem Ihr verhaftet wurdet, und hat gesagt, er wüsste nicht, was er tun soll.«

Nicht Ren; sie hätte ihn gewarnt. Vargo konnte sich nach dem Namen der Szorsa erkundigen, sie aufspüren, sie befragen … aber dann müsste er Nikory lassen, wo er war. Doch das Messer steckte schon lange genug in Vargos Rücken.

»Verschwinde«, sagte er. »Ich kümmere mich darum.«

Als Varuni Nikory hereinbrachte, war Vargo bereit. Er hatte Messer zur Hand und Eis im Herzen. Das Töten machte ihm keinen Spaß – und es würde ihm noch weniger Spaß machen, Sedge und den Nebelspinnen die Notwendigkeit seines Handelns zu erklären –, aber man hielt die Knoten am Unterufer nicht mit Sanftheit in Schach.

Nikory kam bereitwillig herein und schien nicht den geringsten Verdacht zu hegen. Seine Pupillen waren vom Aža geweitet, und ein benommenes Grinsen blieb im Kielwasser des Gelächters zurück, das noch immer durch den Hauptraum hallte.

Bis die Tür zufiel, Varuni sich mit dem Rücken dagegenstellte und Vargo völlig humorlos sagte: »Setz dich.«

Die Vraszenianer behaupteten, Aža schenke wahre Visionen. Vargo wusste nicht, ob er das glauben sollte, aber er zweifelte nicht daran, dass es den Menschen dabei half, intuitiv über Abgründe zu springen, die zu groß waren, um sie nüchtern zu überqueren.

»Scheiße. Ihr wisst Bescheid«, flüsterte Nikory.

Einen Herzschlag später sank er zu Boden und fing an zu schluchzen.

Vargo starrte Varuni an, die zurückstarrte, als könnte das einer von ihnen erklären. Unterdessen plapperte Nikory weiter, zumindest versuchte er es, da heftige Schluchzer seinen ganzen Körper erschütterten.

::Vargo, das … ist nicht normal.::

Was du nicht sagst. Vargo ging um seinen Schreibtisch herum und hockte sich neben Nikory. Wenn das eine List war, um ihn nahe genug heranzulocken und ihn abzustechen, dann war Nikory in Froschloch erledigt und konnte als Hauptdarsteller im Agnasce-Theater anheuern.

»Ich … ich …« Nikory brachte kaum ein Wort hervor, weil er derart keuchte. »Ich weiß nicht einmal, warum – es hat mich gestört, ja, aber – ich – ich konnte einfach nicht …«

»Versuch, erst zu atmen und dann zu sprechen«, sagte Vargo und reichte Nikory das nach Nelken duftende Tuch, das er an warmen Tagen benutzte, wenn das Fischerei-Vorleben ihres Hauptquartiers wie ein Geist aus den Dielen aufstieg.

Nachdem er sich das Gesicht gereinigt und sein Schluchzen unter Kontrolle gebracht hatte, starrte Nikory das schmutzige Tuch an wie ein Mann, der sein eigenes Leichentuch betrachtet. Doch als er das Kinn hob, war sein Gesichtsausdruck unerwartet grimmig.

»Ihr seid nicht an uns gebunden«, sagte er. »Ihr tut so, aber das ist alles gelogen. Ihr lasst Leute wie Sedge glauben, es gäbe Loyalität und Bindungen, dass Ihr uns den Rücken freihaltet, so wie wir es bei Euch tun – aber Ihr habt nie einen Eid geschworen. Ich wusste das, als ich die Nebelspinnen übernommen habe, und ich war bereit, damit zu leben, aber in letzter Zeit …« Er umklammerte das Taschentuch fester. »Sie verdienen etwas Besseres als Euch.«

Vargos Stimme klang sogar in seinen eigenen Ohren kalt. »Daher wolltest du meinen Platz einnehmen.«

»Nein! Oder – ich weiß nicht. Es geht nicht darum, die Macht zu übernehmen. Es geht darum, was wir einander schulden. Ich möchte, dass sie einen richtigen Knoten haben. Wenn das bedeutet, dass die Nebelspinnen auf sich allein gestellt sind und Eure Organisation verschwindet …« Nikory verstummte, bevor er dumpf und hoffnungslos hinzufügte: »Ich habe Eure Geheimnisse bewahrt. Selbst als sie wissen wollten, was in Sieben Knoten bei den Stretsko passiert ist. Wisst Ihr, warum sie mich gehen ließen? Als Gefallen an *Euch*. Und ich kam zurück und fragte mich, warum in aller Welt ich einem Schnösel Loyalität schuldig sein sollte.«

Sie … Nicht die Nebelspinnen. Die Ordo Apis.

Caerulets Wespen.

»Nikory.« Vargo wartete, bis der Mann ihn ansah. »Das ist wichtig. Hast du mit Ghiscolo Acrenix gesprochen?«

Nikory nickte kläglich. »Damals im Colbrilun, als ich loszog, um Lurets aus dem Horst zu holen. Acrenix sagte den

Wespen, sie dürften uns nicht anrühren, weil wir zu Euch gehören …« Bei den letzten Worten verzog er die Lippen, als hätte er etwas Widerwärtiges im Mund.

::Du glaubst doch nicht etwa …::

Und ob ich das glaube.

::Aber was auch immer er bei dir angewendet hat, schien eher Quinats Domäne zu sein. Das fühlt sich wie Sessat an.::

Sessat, die Stärke der vielen, das Numen der Freundschaft und der Organisationen. Was Vargo gespürt hatte, war Quinat: die Hand, die die Welt hält, das Numen der individuellen Macht und der persönlichen Leistung. *Irgendwas sagt mir, dass Ghiscolo bei seinen Nachforschungen weiter gegangen ist, als wir vermutet haben.*

Aber Praeteri-Numinata waren nicht dazu in der Lage, aus dem Nichts etwas zu erschaffen. *Bereit, damit zu leben*, hatte Nikory gesagt. Das war nicht dasselbe, wie mit dem Zustand zufrieden zu sein. Und war das nicht der Kern von Vargos Gespräch mit Sedge gewesen?

Er hatte erwartet, dass das Gespräch mit Nikory damit enden würde, dass jemand die Leiche hinaustragen musste. Doch Nikorys Vorwurf war berechtigt – und was die Entscheidung hinsichtlich seiner Reaktion anging …

»Es ist nicht deine Schuld.«

Vargos Worte fielen wie Blei in die Stille und beendeten Nikorys unterdrücktes Schluchzen.

Nikory starrte Vargo an, als hätte er sich gerade in einen Fisch verwandelt. »Habt Ihr mit uns Aža genommen, als ich nicht hingesehen habe? Ich habe die Wache über das Spitzenwasser-Treffen informiert. Ich kann nicht erklären, warum …«

»Ich aber. Acrenix hat etwas mit dir gemacht. Wahrscheinlich wirkt es noch immer. Ich weiß Bescheid.« Vargo lehnte sich gegen seinen Schreibtisch und rieb sich das Gesicht. »Er hat mir etwas Ähnliches angetan. Deshalb habe ich dir und den anderen gesagt, dass ihr alle Befehle, die ich in Bezug auf Sostira Novrus' Vernichtung gebe, infrage stellen sollt.« Er spannte sich an, um dem Impuls zu widerstehen …

… aber es kam nicht wie erwartet.

Zugegeben, es war immer noch da. Die Vorstellung, den Argentet-Sitz einzunehmen, wirkte weiterhin verlockend. Aber sie schnürte ihm nicht länger die Kehle zu.

Ein geflüsterter Fluch durchbrach diese Ablenkung. Er kam von Varuni, und als Vargo aufblickte, konnte nicht einmal ihre steinerne Maske ihre Bestürzung verbergen. *Vielleicht hätte ich ihr davon erzählen sollen.*

»Ich komme damit klar«, sagte er. Vargo würde weder das Unterufer noch seinen Adelstitel verlieren. Nicht an den verdammten Ghiscolo Acrenix. An *niemanden.*

»Bittet eine Szorsa um Hilfe«, warf Nikory übereifrig ein. »Lenskaya zum Beispiel. Eine hat mir einen Zauberspruch gegeben und – er hilft. Glaube ich. Das Gefühl ist jetzt nicht mehr so stark.« Er verschränkte die Finger zum Zeichen für Glück.

Genau wie es bei Vargo weniger stark war. »Ist es allmählich verblasst oder ganz plötzlich?«

»Ganz plötzlich. Ungefähr zwei Tage, nachdem Ihr verhaftet wurdet.«

Über einen Monat nachdem Nikory betroffen war. Bei Vargo waren es weniger als zwei Wochen. Was hatte den Wandel ausgelöst?

Er wusste es nicht, aber es änderte nichts an seinen nächsten Schritten. »Nicht Lenskaya; ich werde sie nicht mehr in unsere Geschäfte einbeziehen. Aber ich werde mir einen Zauber besorgen. In der Zwischenzeit erzählst du weder Sedge noch sonst jemandem, was passiert ist, Nikory – aber *alle* haben sich von Acrenix fernzuhalten. Nicht nur von Ghiscolo, sondern von jedem in diesem Register.«

::Und die anderen Praeteri?::

Bisher scheint Ghiscolo diese Macht für sich zu behalten. Hoffen wir, dass das auch so bleibt. Vargo stand auf und klopfte sich den Staub von den Knien und dem Hintern. Nikory rappelte sich auf und hielt ihm vorsichtig das feuchte, mit Rotz verschmierte Tuch hin. Als Vargo die Augenbraue hochzog, zerknüllte er es in der Hand.

»Ich …« Nikory zögerte. Dann: »Ich dachte, ich wäre erledigt.«

Wenn sich Vargo bei einer Orgie gelangweilt hätte, wäre dem vielleicht so gewesen.

»Das bist du nicht«, erwiderte er. »Aber bei Ghiscolo Acrenix sieht die Sache anders aus.«

* * *

Villa Quientis, Bucht von Vraszan: 10. Canilun

Als sich das kleine Boot durch die rauen Wellen kämpfte, beugte sich Vargo vor und raunte Ren zu: »Alles in Ordnung?«

Sie antwortete nicht sofort, weil sie sich nicht sicher war, was herauskommen würde, wenn sie den Mund aufmachte: eine Antwort oder ihr Mittagessen. Erst als die Übelkeit nachließ, stieß sie zwischen zusammengebissenen Zähnen hervor: »Das Meer und ich vertragen uns nicht so gut.«

»Oh.« Vargo sah erst überrascht aus, dann mitfühlend. »Ich hätte Donaia und Quientis bitten können, in die Stadt zu kommen, anstatt sie aufzusuchen.«

»Nein.« Ren verzog kurz das Gesicht, bevor sie fortfuhr. »Das hier soll ihr Rückzugsort sein. Und ein bisschen Seekrankheit wird mich nicht umbringen.« Wenn das möglich wäre, hätte sie die Reisen nach Ganllech und zurück nicht überlebt.

Sie schlüpfte erneut in ihre Rolle, als sie am Dock der Villa anlegten. Zwei Quientis-Dienstboten warteten dort. Nachdem sie Renata und Vargo an Land geholfen hatten, schulterten sie die Kiste, die der Grund für diesen Besuch war, und führten die beiden zum Haus.

Vargo war ein vorsichtiger Mann. Er hatte seine Theorie der geschichteten Numinata zur Reinigung des Flusses überprüft, bevor er sie überhaupt angesprochen hatte, zumindest in vereinfachtem Maßstab, und er hatte nach seinen Beratungen mit Tanaquis ein weiteres, detaillierteres Modell gebaut. Da er aber eigentlich ein von Fulvet erteiltes Traementis-Privileg verwaltete, wollte er es ihnen vorführen, bevor er mit dem Zusammenbau der riesigen Version begann, die den Westkanal überspannen würde.

Scaperto war ein zu liebenswürdiger Gastgeber, um gleich zur Sache zu kommen, auch wenn er Vargo noch immer nicht ganz vertraute. »Ihr müsst den Nachmittagstee mit uns einnehmen«, schlug er nach der Begrüßung vor. »Bitte – Donaia besteht darauf.«

Obwohl Donaia erst vor weniger als einer Woche in die Bucht aufgebrochen war, sah sie schon deutlich besser aus. Ihr Haar war wieder richtig gepflegt, das Silber schimmerte durch Rotbraun, und sie bewegte sich nicht mehr, als würde sie bei jedem Schritt eine schwere Last hinter sich herziehen. Zwar verstummte sie immer noch manchmal während des Gesprächs, besonders wenn Scaperto über Mitglieder seiner Familie sprach, aber sie sah wieder lebendig aus, fand Renata. Und dann bemerkte sie, wie Donaia ihren Gastgeber anlächelte: auf eine Art, wie sie es vielleicht schon sehr lange nicht mehr getan hatte.

Aber Vargo war ungeduldig, daher entschuldigte er sich bald, um den Aufbau des Modells in einem langen, zu diesem Zweck ausgehobenen Graben zu überwachen. Renata brachte Donaia über die Angelegenheiten von Haus Traementis auf den neuesten Stand, während er Messungen durchführte, Anpassungen vornahm und die Diener einen Windschutz aufstellen ließ, als die Brise von der Bucht die Hälfte der Spirale erschütterte, die sich über die Oberfläche des Grabens wölbte.

»Die Winde über dem Dežera können stark sein, und dort werdet Ihr keine Schutzvorrichtungen haben. Wird das nicht ein Problem darstellen?«, fragte Scaperto und musterte den Prismatiumbogen besorgt.

»Ich werde Tricats auf die Stützen setzen. Und ich habe hier eine zusätzliche Sebat-Figur hinzugefügt.« Vargo fuhr mit einem Finger über eine Prismatiumkurve, die das Sonnenlicht in einem Regebogen zurückwarf. »Viele sehen es als Reinigung, aber es ist außerdem die Harmonie der Sphären. Die Winde werden diese Harmonie anregen und nutzen.« Mit einem trockenen Schmunzeln fügte er hinzu: »Es kann manchmal etwas laut werden, aber die Musik sollte angenehm sein.«

Scaperto wirkte weiterhin skeptisch, und das war auch gut so. Numinata, die im Miniaturformat gut funktionierten, ließen sich nicht immer im Maßstab vergrößern – aus genau diesem Grund war das Fluss-Numinat so schwer zu ersetzen. Aber der Schlamm, den die Diener auf Vargos Anweisung hin vorbereitet hatten, war weitaus stärker verunreinigt als selbst der Westkanal; wenn die Figur im Miniaturformat ihn zu reinigen vermochte, dann sollte die größere Version auch mit dem Dežera fertig werden.

Das hofften sie jedenfalls alle. Niemand würde es genau wissen, bis Vargo das ganze Gebilde gebaut hatte.

Der Geruch des Schlamms wurde in der frühen Herbstsonne immer intensiver, während Vargo am Mechanismus herumfummelte, der alle sieben Fokusse gleichzeitig in ihre jeweiligen Schichten fallen ließ. Donaia tupfte sich mit der Rückseite ihres Handschuhs den Schweiß ab, der ihr von Stirn und Lippe perlte, bis Scaperto ihr ein Leinentuch reichte.

::Der Moment der Wahrheit.::

Renata hörte Vargos Stimme und brauchte einen Atemzug,

um zu erkennen, dass es sich um einen an Alsius gerichteten Gedanken und nicht um etwas Ausgesprochenes handelte.

Er verschob den Block auf dem Mechanismus, und sieben Fokusse aus regenbogenfarbenem schimmerndem Prismatium glitten durch die Rinnen und fügten sich an ihrem Platz ein. Die Härchen auf Renatas Armen stellten sich auf, Energie vibrierte unter ihrer Haut wie Hitzeblitze. Dann löste sie sich mit einem Summen und Knacken auf und hinterließ nur die Wärme des Tages und das Zirpen der Zikaden.

Und das Wasser, das durch das Numinat floss, kam heraus …

Es sieht etwas sauberer aus, stellte sie fest. Eher durchscheinend als undurchsichtig. Aber immer noch nichts, in das sie gern eine Hand stecken, geschweige denn es trinken würde.

»Vielleicht muss es ein zweites Mal hindurchlaufen?« Donaia meinte den Vorschlag zweifellos nett, aber er bestätigte dennoch die unausgesprochene Wahrheit: Das Numinat leistete nicht das, was Vargo versprochen hatte.

Die Narbe auf Vargos Stirn trat deutlich hervor, als sich seine Miene verfinsterte. Er wirkte so gelassen, dass Renata sich beinahe fragte, ob sie sich das enttäuschende Ergebnis eingebildet hatte. Als sie jedoch auf seine Schultern statt in sein Gesicht blickte, sah sie die Wut, die in ihm brodelte. »Danke, Era Traementis, aber wenn der Dežera nicht bereit ist, netterweise zurückzufließen, wird das bedauerlicherweise keinen Unterschied machen.«

::Ich verstehe das nicht, Vargo. Das Vorgängermodell hat einwandfrei funktioniert!::

Scaperto räusperte sich. »Ich fürchte, das ist … nicht das, was ich erhofft hatte, Eret Vargo.«

Sein Tonfall klang nicht so misstrauisch, wie er hätte sein können, aber Renata hörte immer noch das, was darin mitschwang. Nadežra war voller Menschen, die mehr versprachen, als sie halten konnten; sie hatte es selbst getan bei hundert Betrügereien. Er würde sich fragen, ob dies hier auch ein solcher Fall war.

»Da muss etwas schiefgelaufen sein«, sagte sie. »Als ich es zuletzt gesehen habe, hat es einwandfrei funktioniert. Aber das war ein anderes Modell. Vielleicht wurde dieses beim Transport beschädigt?«

Vargos Blick zuckte zu ihr. Sie hatte das noch nie gesehen; dies war auch ihre erste Demonstration. Aber wenn Alsius behauptete, es habe funktioniert, dann vertraute sie ihnen.

Sein Erstaunen zeigte sich nur einen Augenblick lang, bevor er den Gesprächsfaden wieder aufnahm. »Wenn das der Fall wäre, hätte es überhaupt nicht funktioniert. Ich muss analysieren, was schiefgelaufen ist. Euer Gnaden, Era Traementis, ich entschuldige mich dafür, dass ich an diesem Nachmittag Eure Zeit verschwendet habe.«

»Das war keine Zeitverschwendung. Wir hatten ein wunderbares Mittagessen.« Donaia legte eine Hand in Renatas Armbeuge. »Und Ihr habt meine Nichte gezwungen, uns zu besuchen.«

Scaperto runzelte die Stirn. »Ihr müsst mit dem Bau warten, bis wir wissen, warum das Modell nicht funktioniert hat.«

»Natürlich.« Vargo sprach, als würde er den Rückschlag begrüßen, hatte die Hände offen und entspannte Schultern. Nichts deutete auf das Ausmaß dieser Katastrophe hin. »Ich würde nicht im Traum daran denken, öffentliche Gelder für etwas zu verschwenden, bei dem ich nicht sicher bin, ob es funktioniert.«

Der Laut, den Scaperto von sich gab, klang nicht gerade zuversichtlich. Als Vargo sich daranmachte, das Modell zu zerlegen, sah Renata einen Farbblitz das Prismatium hinaufhuschen: Peabody, der es genauer untersuchte. *Wie gut können Spinnen sehen?*

Gut genug, wie es schien. ::Vargo, das Metall. Sehen diese Farben richtig aus?::

Vargos hielt inne. ::Das tun sie. Warum?::

::Sie kommen mir komisch vor. Als ob bei der Transmutation etwas schiefgelaufen wäre.::

::Dann ... habe nicht ich es vermasselt.::

Vargo hatte Renata den Rücken zugewandt; alles, was sie sehen konnte, war der Stoff seines Mantels, der sich lockerte, als etwas von seiner Anspannung nachließ. Und seine mentale Antwort enthielt alles, was sein Gesicht nicht hatte erkennen lassen: die Angst, er könne sein Versprechen in der Tat nicht einhalten. Dass er bei diesem Unterfangen nicht nur seinen öffentlichen Ruf, sondern auch seine eigene Einschätzung über seine Fähigkeiten aufs Spiel gesetzt und den Kürzeren gezogen hatte.

::Deine Inskription war perfekt::, sagte Alsius sanft. ::Das Problem liegt im Metall.::

Vargos Antwort klang wie ein Fluch. ::*Sabotage*.::

Donaia redete noch immer und versuchte, alle zum Tee ins Haus zu schaffen. Renata tätschelte ihrer Tante die Hand. »Ich fürchte, wir können nicht bleiben. Eret Vargo muss mit Iridet sprechen.«

* * *

Ostbrück, Oberufer: 12. Canilun

Der Mann, den Iridet zwei Tage später zur Inspektion der Prismatium-Werkstatt schickte, fand ebenso wenig wie Vargo selbst. Aber wie Vargo Renata hinterher zuknurrte, hatte das rein gar nichts zu bedeuten. »Sie wussten, dass wir kommen«, sagte er. »Wenn es etwas zu verbergen gab, hätten sie es bis dahin versteckt.«

Und es gab mit ziemlicher Sicherheit etwas zu verbergen. Vargos Prismatium kam aus mehreren Werkstätten, da er eine große Menge benötigte. Sein erstes Modell – das er Renata nach der Sabotage unbedingt vorführen musste und das wie angekündigt funktioniert hatte – kam aus Haus Terdenzi. Das Prismatium, das er von Amananto bekommen hatte, war jedoch irgendwie mangelhaft. Ren konnte Alsius' technischer Erklärung nicht folgen, aber sie schloss daraus, dass es bei dem Metall um mehr ging als nur um seinen Regenbogenschimmer. Die Lieferung, die Vargo erhalten hatte, war fehlerhaft … auf eine Weise, die unbemerkt blieb, bis Lumens Kraft hindurchfloss und es offenbarte.

Es konnte ein Zufall gewesen sein. Vargo glaubte das jedoch ebenso wenig wie Ren. Deshalb lag die Schwarze Rose jetzt auf einem Dach von Ostbrück und wartete darauf, dass sich ihr ein zweiter Schatten anschloss.

Selbstverständlich hörte sie ihn nicht kommen. »Du hast *Derossi Vargo* verraten, wer du bist?«

Der Anblick des Raben war unbeschreiblich seltsam. Obwohl sie wusste, wer sich unter der Kapuze befand, konnte sie weder in seinem Gesicht noch in seiner Stimme etwas Identifizierbares ausmachen. Andererseits wäre dieses Gespräch mit Grey vermutlich auch nicht einfacher gewesen.

Sie seufzte. »Wir sind endlich ehrlich zueinander – auf beiden Seiten. Die Dinge, die er getan hat, lassen sich nicht leugnen …« Was er nicht nur ihr, sondern auch Kolya angetan hatte. Ren presste die Lippen aufeinander, bevor sie weitersprach. »Aber was seine Motive angeht, habe ich mich geirrt. Er will die Praeteri stürzen und diese Stadt zu einem besseren Ort machen. Und ich glaube, er hat kein Medaillon.«

»Das stimmt.« Er sprach so leise, dass sie es fast nicht hörte. Nach kurzem Zögern hockte sich der Rabe neben sie aufs Dach, nah genug, um sie auf angenehme Art abzulenken. »Ghiscolo hat Quinat auch bei ihm eingesetzt. Das Numinat erschafft nichts, sondern verstärkt nur; Vargo musste es schon nach Macht verlangt haben, wenn er so stark reagiert hat. Aber jeder, der ein Medaillon besitzt, wäre gegen diesen Einfluss immun.«

Sie konnte gut nachvollziehen, dass Vargo nach Macht strebte. *Kannst du dir vorstellen, wie diese Stadt aussehen könnte, wenn jeder einfach mal seinen verdammten Job machen würde?* Das war Teil einer Schimpftirade an diesem betrunkenen Nachmittag gewesen. Aber es gab einen Unterschied zwischen dem Streben nach Macht zum eigenen Vorteil oder zum Wohle anderer.

Manchmal jedenfalls. Kaius Rex' Gift neigte dazu, diese Grenze zu verwischen.

»Ich verlange nicht, dass du ihm deine Geheimnisse verrätst«, sagte sie. »Nur, dass du mir vertraust, ihn richtig einzuschätzen. Ich habe sein Muster gelegt, und jetzt ist vieles davon klarer. Er kann uns – dir – helfen, das zu tun, wofür der Rabe geschaffen wurde.«

Nach einem Moment legte er seine bedeckte Hand auf ihre. »Ich vertraue dir. Und, warum sind wir hier?«

Sie erklärte es ihm, während sie sich auf den Weg zum Sebatium in Ostbrück machten. Das Dach einer benachbarten Buchbinderei war ein guter Aussichtspunkt, um die Gegend im Auge zu behalten – und die schattige Nische eines Dachfensters gab ein gutes Versteck ab, falls jemand unerwartet um die Ecke bog und auf den Tempel zusteuerte.

»Hallo, Meda Amananto«, flüsterte Ren, als eine alte Frau mit krummem Rücken, die mehrere Schals hinter sich herzog, zur Tür humpelte und sie aufschloss. »Was treibt Euch denn zu dieser späten Stunde vor die Tür?«

»Gut, dass du mich dazugeholt hast«, raunte der Rabe ihr ins Ohr. »Sie sieht sehr gefährlich aus.«

Das Kitzeln seines Atems, der Druck seiner Brust an ihrem Rücken ... Sie hatten ihre Masken abgelegt, aber Ren wusste nicht, wohin das führen würde. Oder was angesichts all der damit verbundenen Komplikationen überhaupt möglich war.

Sie wusste nur, was sie wollte, und Schmerz durchfuhr sie von Kopf bis Fuß.

»Soll ich auf ihr sitzen, während du Fragen stellst, oder möchtest du lieber der Tyrann sein?«, fragte der Rabe.

Mit fester Stimme erwiderte sie: »So etwas erwarten die Schnösel von dir. Ich werde die Nette sein.«

»Wie Lady Rose es wünscht.« Sein Geruch blieb in der Luft hängen, als er davonschlich, um durch eines der Fenster des Sebatiums zu klettern. Und das Gefühl seines Handschuhs, der ihre Wange gestreift hatte.

Ren riss sich zusammen und folgte ihm ins Gebäude.

Die alte Frau war Orruciat, Orrucio Amanantos Großmutter, und ihre Werkstatt befand sich in einer der oberen Kammern des Sebatiums. Eine offene Tür und ein gedämpftes Quietschen verrieten Ren, dass der Rabe nicht gewartet hatte. Er vertraute darauf, dass sie ihm dicht auf den Fersen bleiben würde.

Als sie eintrat, hatte er Orruciat gepackt und hielt ihr mit einer Hand den Mund zu. »Aber, aber«, tadelte Ren mit der Stimme der Schwarzen Rose. »Das ist doch sicher nicht nötig.«

Der Rabe lachte schnaubend. »Sie sieht vielleicht aus wie ein freundliches altes Großmütterchen, aber sie hat spitze Ellbogen und weiß, wie man sie einsetzt.«

Als wollte sie seine Aussage unterstreichen, versuchte Orruciat, ihm auf den Fuß zu treten. Als er auswich, befreite sie ihren Kopf aus seiner Hand. »Lass mich los, du Rüpel, oder ich erdrossle dich mit meinem Schal!«

Sie wäre beinahe in das Reinigungsbecken gestolpert, als der Rabe gehorchte, fand aber gerade noch das Gleichgewicht wieder und strich die Schals glatt wie eine aufgeplusterte Taube ihr Gefieder. »Unverschämter Bengel.«

Ren unterdrückte ein Lachen und hob beschwichtigend eine Hand. »Wir sind nicht hier, um Euch wehzutun, Meda Amananto. Wir sind nur neugierig, was Ihr zu so später Stunde hier wollt.«

»Was hast du mit meinem Geschäft zu tun?« Sie nahm eine Brille heraus, setzte sie auf und sah Ren an. »Und wer bist du überhaupt? Ich habe noch nie Geschichten darüber gehört, dass der Rabe eine Geliebte hat. Pass auf dich auf, Mädchen. Man kann keinem Mann vertrauen, der einem nicht sein Gesicht zeigt.«

»Wer sagt, dass ich das nicht tue?«, fragte der Rabe, und Ren hörte Greys Echo in seinem Lachen.

»Sei still. Ich habe dir nichts zu sagen. Du!« Sie richtete einen krummen Finger auf Ren. »Weißt du, wer an meinem Prismatium herumgepfuscht hat?«

Ihre Empörung konnte nur Fassade sein, aber Ren bezweifelte es. »Aus diesem Grund sind wir hier. Dürfen wir uns ein wenig umsehen?« Sie deutete auf das in den Boden eingelassene Numinat.

Orruciat war sichtlich zwiegespalten, aber dann trat sie zur Seite und drehte sich um, damit sie den Raben im Blick behalten konnte. »Solange *der da* mir nicht die Hände bricht, wenn ihm nicht gefällt, was er findet. Ich habe es richtig gemacht – bei Lumen. Ich würde das Große Werk niemals missachten. Wenn etwas schiefgegangen ist, lag es nicht an mir.«

Ren deutete mit einer übertriebenen Geste auf die Tür und bemerkte das spielerische Achselzucken, mit dem der Rabe reagierte, während er ebenso übertrieben widerwillig zustimmte. Als er wie eine dekorative Säule am Türrahmen lehnte und die Arme vor der Brust verschränkte, trat sie vor und machte sich daran, das Numinat zu untersuchen.

Was sie zu finden erwartete, wusste sie nicht. Wenn mit dem Prismatium oder der Art, wie es in den Boden eingelassen war, etwas nicht stimmte, hätten Vargo und Iridets Inskriptor es bemerkt – oder Orruciat. Die Figur war nicht aktiv, aber das Metall schimmerte wie ein Regenbogen im Schein der Lichtsteine. »Die ganze Arbeit wurde hier erledigt?«

»Ja«, bestätigte Orruciat. »Und der Boden wurde auch neu verlegt – daher kann er sich unmöglich verzogen haben.«

Als Ren auf die Dielen trat, war nicht einmal ein Seufzen zu hören. Doch sie hörte etwas anderes, so leise, dass es fast nicht wahrnehmbar war. »Hört das sonst noch jemand?«

Schweigen von den anderen beiden. Dann fragte der Rabe: »Was?«

»Musik.« Ren drehte den Kopf und versuchte, die Quelle zu finden. »Vielleicht in der Ferne. Es ist …«

Sie verstummte und spitzte die Ohren, doch das Geräusch blieb ärgerlich leise. Wenn es jedoch nicht aus diesem Raum kam, war es irrelevant. Sie schüttelte das Kribbeln ab, das über ihre Haut tanzte, und blickte nach oben, als ob Vargo ein zweites Numinat an der Decke übersehen haben könnte.

Als sie den Kopf senkte, sah das Metall am Boden anders aus.

Ren kniete nieder, um es genauer zu betrachten. Es bildete weiterhin einen Regenbogen aus Farben, Rot und Gold und Grün und Blau und Violett – aber Teile davon waren matt geworden. Nein, nicht matt, nur verändert. Wo vorher Orange und Türkis gewesen waren, schimmerte das Prismatium jetzt eher wie der Stahl, der es vorher gewesen war, und wies Schattierungen von poliertem Grau bis zu strahlendem Weiß auf. Die Farben der vraszenianischen Clans: Anoškin-Weiß und Kiraly-Grau ersetzten die Farben am Rand.

»*Irgendetwas* stimmt nicht«, murmelte sie und wollte den Handschuh ausziehen, um es zu berühren.

Was jedoch nicht ging. Der Handschuh ließ sich nicht abstreifen.

Sie betrachtete ihn stirnrunzelnd. Das schwarze Leder schien mit ihrer Haut verschmolzen zu sein, sodass sie nicht mehr daran ziehen konnte. Und die Manschette verschmolz nun nahtlos mit ihrem Ärmel. Als ob …

Als ob er kein Kleidungsstück wäre, sondern … zu ihr gehörte.

»Was ist?«, erkundigte sich der Rabe und richtete sich auf. Orruciat stieß ein warnendes Geräusch aus, aber er schenkte ihr keine Beachtung.

»Nichts.« Nichts außer ihrer dummen Weigerung, es vorher wahrzunehmen.

Sie erinnerte sich an den Moment im Traum, als sie nach einer Möglichkeit gesucht hatte, ihre Identität vor Grey zu verbergen. Aber … das war nicht das, was Ažerais ihr gegeben hatte, oder? Hatte sie in den letzten Monaten nicht mehr als einmal gedacht, dass sie sich nie glücklicher und freier fühlte, als wenn sie die Maske der Schwarzen Rose trug? Renata war eine Lüge, ebenso wie Arenza, aber die Schwarze Rose war echt.

Dies war ein Geschenk von Ažerais. Keine Maske, um ihr wahres Ich zu verbergen; eine Transmutation, eine Möglichkeit, aus dem unreinen Metall Ren etwas Besseres zu machen. *Ich wurde von Ažerais geboren. Gezeugt im Großen Traum. Vielleicht ist es das, was ich schon immer sein sollte.*

»Sprichst du Vraszenianisch?«, fauchte Orruciat. »Ich verstehe dieses Kauderwelsch nicht.«

Die Schwarze Rose musste ihre Gedanken laut ausgesprochen haben, noch dazu in der einzigen Sprache, die sie sprechen sollte. Aber um mit der alten Frau zu kommunizieren, musste sie ihre Zunge beschmutzen. »Ihr versteht mich nicht, weil Ihr nicht hierhergehört.«

»Wer gehört nicht hierher?« Die gebeugte alte Frau zitterte wie eine Zypresse im starken Wind. »Werd nicht frech, junge Dame! Das ist meine Werkstatt.«

»Und es ist mein Land!« Die Schwarze Rose stürzte sich mit erhobenem Arm auf sie. Sie hatte keine Dornen, aber um diesen Ort von einer alten Frau zu reinigen, brauchte sie auch keine.

Stattdessen prallte ihr Schlag vom Rücken des Raben ab. Er stieß die protestierende Orruciat aus dem Raum, schlug die Tür hinter ihr zu und kehrte dann zurück, um das Handgelenk der Schwarzen Rose zu packen.

»Ren«, zischte er. »Was ist los mit dir?«

»Ich bin nicht Ren«, erwiderte sie auf Vraszenianisch. »Sie war gebrochen, fehlerhaft. Unsere Göttin hat sie in etwas Besseres verwandelt. Sie hat mich dazu gebracht, diesen Ort zu verteidigen, so wie jemand dich dazu gebracht hat, ihre Feinde zu besiegen. Warum verleugnest du die Wahrheit? Du bist der Rabe, und zwar bis ins Mark! Akzeptiere es, wie ich es getan habe, und sei, was die Gesichter und Masken von dir erwarten!«

Sein Griff ruckte und lockerte sich. Sie riss sich los und zog sich zurück, schloss die Augen. Lauschte auf diese Musik, die jetzt lauter war; sie schwoll an, sobald sie aufhörte, gegen ihre Natur anzukämpfen. Sie war schon immer die Schwarze Rose gewesen, auch wenn sie es nicht gewusst hatte. Ren war genauso eine Rolle wie die anderen. Und diese Musik – es war das Lied der Traumweber, die Stimme von Ažerais, vor der sie viel zu lange die Ohren verschlossen hatte.

Doch jetzt hörte sie zu. Und sie würde nie wieder etwas anderes tun.

Die Musik zersplitterte wie Holz. Ren riss die Augen auf.

Der Rabe hatte sein Schwert bis zum Griff in den Boden gerammt und die Bretter zerbrochen. Er klemmte die Klinge in den Spalt, nutzte einen Stiefel als Angelpunkt und hebelte einen zentralen Teil des Numinats aus einem zerklüfteten Schlund aus Holz und verbogenem Prismatium heraus.

Ein Pfropf aus verwirbeltem regenbogenfarbenem Glas rollte klappernd über den Boden und blieb vor Rens Füßen liegen.

Sie wollte um den Traum weinen, der ihr eben durch die Finger geglitten war. Diese reine, unerschütterliche Gewissheit der Schwarzen Rose, die all die chaotischen Unvollkommenheiten von Ren hinter sich ließ. Und gleichzeitig … Nun, da sie fort war, erschreckte sie diese Gewissheit.

Die Tür flog wieder auf, und Orruciat gab ein krächzendes Geräusch von sich, das an einen zertrampelten Frosch erinnerte. »Was – du – mein Numinat!« Sie schlug einen Bogen um Ren und sackte neben dem Loch, das er in ihre makellosen neuen Dielen gebohrt hatte, auf die Knie.

Neu, hatte sie gesagt. Ren bückte sich und hob mit zitternder Hand das Glasstück vor ihren Füßen auf.

»Praeteri«, flüsterte sie, und Übelkeit machte sich in ihrer Magengrube breit. Ihr Handschuh war wieder ein Handschuh – sah aus wie immer. Sie hätte die Zeichen erkennen müssen. Aber es hatte sich so gut angefühlt, so *richtig*. Nicht wie die Wut, die sie in jener Nacht im Tempel zu unterdrücken versucht hatte; nur ihre Vernunft, die ihr wie das Meer bei Ebbe entglitt. Sie war immer verwirrter geworden, bis sie nicht mehr wusste, was real war und was nicht.

Orruciat schien es nicht annähernd so hart getroffen zu haben. Aber die alte Frau verbrachte ihr Leben auch nicht verstrickt in einem Knoten aus Lügen und spielte mit der Wahrheit Traumwebernest.

Ren wich zurück, als wäre der Fokus eine Viper. Der Rabe fing ihn auf, bevor er auf den Boden fallen konnte. Er drehte mit der Stiefelspitze eines der Bretter um, die Orruciat betrauerte; auf der Unterseite waren Markierungen angebracht. Linien eines anderen, verborgenen Numinats. »Aber zu welchem Zweck?«

Rens Kehle war wie zugeschnürt, und sie brachte keinen Ton heraus. *Wie oft werden sie noch in meinen Geist eindringen?*

Orruciat antwortete an ihrer statt, und ihr Schluchzen

wurde zu einem Schnauben. »Das ... das ist nicht richtig.« Auf Händen und Knien kroch sie zu einem unbeschädigten Teil des Transmutationsnuminats. »Das ... das sollte in Erdrichtung, nicht in Sonnenrichtung sein. Wie konnte ich das übersehen?«

Ren zwang sich, den leeren Fokus zu betrachten, den der Rabe in der Hand hielt. Ein Praeteri-Fokus – und diese konnten, anders als gewöhnliche Numinatria, den Geist beeinflussen.

»Sinnestäuschung«, sagte sie und begegnete dem Blick des Raben trotz des Schattens seiner Kapuze. Sie suchte darunter nach Grey: dem Mann, nicht der Maske, die er trug. »Sie verzerren die Wahrnehmung der Realität. Es ist nicht Eure Schuld, Meda Amananto.«

Die Antwort des Raben war so sanft wie die Schatten, aber so scharf wie Stahl. »Wir wissen, wer das getan hat.«

* * *

Westbrück, Unterufer: 13. Canilun

Grey ging in dieser Nacht nicht nach Hause.

Er riss sich die Kapuze vom Kopf, sobald er sich von Ren getrennt hatte, und stand zitternd und mit der Kapuze in den Händen da. Immer wieder hörte er Rens Stimme, die erklärte, sie sei in Wahrheit die Schwarze Rose. Diese Praeteri-Widerlinge waren erneut in ihren Kopf eingedrungen, und wenn derjenige, der für dieses verborgene Numinat verantwortlich war, jetzt vor Grey gestanden hätte, wäre der Schwur des Raben, nicht zu töten, vielleicht nicht zu halten gewesen.

Der Rabe.

Akzeptiere es, wie ich es getan habe, und sei, was die Gesichter und Masken von dir erwarten!

Ein Schauder durchlief ihn von Kopf bis Fuß. Nur für einen Augenblick hatte er bei ihren Worten gezweifelt.

Es lag nicht nur am Praeteri-Numinat. Jedes Mal, wenn er die Kapuze aufsetzte, wurde der Sims unter seinen Füßen schmaler und schmaler. Es wäre weise, sich nach einem Nachfolger umzusehen, wie Ryvček es getan hatte – aber wen sollte er auswählen? Ranieri? Sedge? Andrejek? Es gab niemanden, dem er das anvertrauen konnte. Und das Ende war in Reichweite; das hatte Ren ihm versprochen, und er musste daran glauben.

Er ging durch die Straßen, bis die Glocken zur ersten Sonne läuteten. Dann zwang er sich, die Kapuze wieder aufzusetzen, und machte sich auf die Suche nach der am besten geschützten und uninteressantesten Person Nadežras.

Selbst nach den Maßstäben seiner Iridet-Vorgänger war Utrinzi Simendis ein Einsiedler. Wenn ihn die Angelegenheiten des Cinquerats nicht gerade auf die Alte Insel führten, verbrachte er seine Tage in seinem kleinen Herrenhaus am Rand von Eulenfeld, umgeben von mehreren Schichten aus Verteidigungsnuminata. Der Rabe hatte mehrmals versucht, dort einzudringen, es aber nie über die Stützmauer geschafft, die das Anwesen umgab. Iridets Büro im Privilegienhaus war weniger gut geschützt, wurde aber so selten genutzt, dass die Diener sich kaum die Mühe machten, dort abzustauben.

Aber der Mann hatte ein Laster. Und Viljin Dmariskaya Gredzyka, die Besitzerin von *Gredzykas Emporium für exotische Waren*, schuldete dem Raben einen Gefallen.

»Es tut mir leid, Eure Heiligkeit«, sagte sie, als sie Utrinzi Simendis in ihren Salon führte. »Er sagte, er wolle nur reden, und ich …«

Simendis war beim Anblick des Raben sehr still geworden. Nachdem mehrere Herzschläge ohne Gewalt verstrichen waren, bewegte er sich nur, um Gredzyka zuzunicken. »Danke für Eure Ehrlichkeit. Ihr hättet behaupten können, er hätte

Euch bedroht. Das bedeutet dann vermutlich, dass Ihr gar keine siebensaitige Zither für mich gefunden habt?«

»Das habe ich durchaus!« Sie deutete auf einen ramponierten Lederkoffer, der an der Couch lehnte, und presste sich eine Hand an die Brust. »Ich hoffe – ich hoffe, Ihr bekommt noch die Gelegenheit, darauf zu spielen.«

»Das hängt von Seiner Heiligkeit ab«, erwiderte der Rabe leise. Er hatte die Lampe gelöscht, sodass zwischen den mit Vorhängen verdeckten Fenstern und den Ausstellungsregalen ein Schatten lag. »Ich bin wegen der Sünden eines anderen hier. Die Frage ist, ob er etwas dagegen unternehmen … oder wie so oft die Augen davor verschließen wird.«

Gredzyka ging widerstrebend hinaus. Simendis war einer ihrer besten Kunden; der Rabe konnte nur annehmen, dass das Haus in Eulenfeld bis unters Dach mit importierten Musikinstrumenten vollgestopft war. Der Mann liebte sie offenbar so sehr, dass er die Kühnheit besaß, den Koffer zu öffnen, den Gredzyka als Köder benutzt hatte, und ein elegantes Instrument aus lackiertem Holz, bespannt mit gedrehter Seide, auf seinen Schoß zu nehmen.

Der Rabe beobachtete ihn misstrauisch. Einige Iridet – oder vielmehr einige Träger des Sebat-Medaillons – hatten in ganz Nadežra religiöse Säuberungen angeordnet; sie waren der Grund, warum es am Oberufer keine Labyrinthe mehr gab. Dieser hier schien sich mit seiner Nutzlosigkeit zufriedenzugeben. Aber das war nicht dasselbe wie Ignoranz, und obwohl Simendis die Saiten berührte, ruhte sein Blick auf dem Raben.

Oder besser gesagt: auf der dezenten numinatrischen Stickerei entlang der Kapuzenkante.

Anstatt abzuwarten, ob der Mann seine Geheimnisse selbst lüften würde, ergriff der Rabe das Wort. »Die Illius Praeteri. Was wisst Ihr über sie?«

Simendis zupfte nachdenklich an einer Saite und drehte

an einem Stimmwirbel. »Ein numinatrischer Mysterienkult. Mein Schützling Tanaquis Fienola ist Mitglied bei ihnen. Genau wie eine Reihe führender Bürger.«

Stille breitete sich aus, bis auf den klagenden Ton einer anderen Saite. »Das ist alles?«, verlangte der Rabe zu erfahren.

»Ich entnehme Eurem Tonfall, dass es da noch etwas gibt, von dem ich wissen sollte.«

Nur der Respekt vor guter Handwerkskunst und sein herzliches Verhältnis zu Ča Gredzyka bewahrten den Raben davor, das Instrument zu zertrümmern. »Als Iridet solltet Ihr Euch eigentlich Sorgen darüber machen, dass die Praeteri in ganz Nadežra unlizenzierte Numinatria einsetzen. Und ja, sie ist unlizenziert – ich bin in Euer Büro eingebrochen, um die Privilegien zu überprüfen.«

Simendis zuckte mit den Achseln, als wäre der Einbruch zu erwarten gewesen. »Es ist unmöglich, jegliche Verwendung von Numinatria zu verfolgen oder zu kontrollieren. Aber ich nehme an, dass diese speziellen Verwendungen Anlass zur Sorge geben.«

Der Rabe machte sich daran, sie alle aufzuzählen, und wechselte zwischen den Händen, als ihm die Finger ausgingen. Ren hatte vor ein paar Tagen eine Liste auf ihrem Balkon hinterlassen; einige der Gegenstände darauf stimmten mit jenen überein, die die Sprengfalle in Vargos Büro überlebt hatten.

Das hatte die gewünschte Wirkung auf Simendis. Er stimmte das Instrument nicht länger, seine Hände lagen flach auf den Saiten, und er schloss die Augen, als würde er meditieren. Sein Gesichtsausdruck wirkte jedoch alles andere als heiter.

Als die Aufzählung beendet war, befeuchtete sich Simendis die Lippen und flüsterte: »Eisar. Das … hat sie mir nicht erzählt.«

Fienola, vermutete der Rabe. Er unterdrückte den Drang, Simendis hinauszuzerren und ihn an den Knöcheln am Morgendämmerungstor aufzuhängen. »Das passiert, wenn man seine Aufgaben an andere delegiert, *Eure Heiligkeit.*«

Simendis schlug die Augen auf und musterte den Raben. »Ich wüsste wirklich gern, wie viel Ihr über solche Dinge wisst.«

»Anscheinend mehr als Ihr.«

»Das bezweifle ich«, widersprach Simendis fast unhörbar.

Der Rabe überlegte, ihm gleich hier und jetzt ein paar Schläge zu verpassen. Das Leder knarrte, als er die Fäuste ballte – aber einen alten Mann zu verprügeln, würde nichts bringen. Stattdessen knurrte er: »Würmer hausen an dunklen Orten. Das muss ans Licht gebracht werden. Ich zähle darauf, dass Ihr das in die Hand nehmt.« Der Rabe beugte sich so weit vor, dass seine Kapuze das Licht verdeckte. »Säubert Euer Haus, Eure Heiligkeit. Ansonsten werde ich es tun.«

Dabei hätte er es belassen können. Doch bevor er durch die Hintertür verschwinden konnte, sprach Simendis ihn noch einmal an. »Ihr seid höfliche Unterhaltungen mit den Mitgliedern des Cinquerats nicht gewohnt. Vermutlich seid Ihr zu mir gekommen, weil Ihr Eure Grenzen kennt – aber habt Ihr auch die meinen berücksichtigt? Iridet verfügt über keine militärische Streitmacht. Ich verlasse mich darauf, dass Caerulet tut, was nötig ist. Das wird in diesem Fall kaum funktionieren.«

Der Rabe blieb stehen. Das war der Einwand eines Mannes, der den Kult *eigentlich* ausrotten wollte.

Er rang innerlich mit sich und konnte nicht einmal mit Gewissheit sagen, auf welcher Seite der Rabe und auf welcher Grey Serrado stand.

»Derossi Vargo«, gab er schließlich zu. »Er hat die Praeteri infiltriert. Und er hält ein Söldner-Privileg – gewährt vom vorherigen Caerulet.«

Der Rabe berührte in einer seltenen Geste des Respekts seine Kapuze und überließ Utrinzi Simendis seinen Geschäften.

4

Der bernsteinfarbene Diamant

Isla Traementis, die Perlen: 13. Canilun

Als Renata am nächsten Morgen nach dem Frühstück ihr Schlafzimmer betrat, dauerte es einen Moment, bis sie bemerkte, dass die kluge Natalya vergeblich an der Wand hinaufsprang und mit ihren Krallen die glatten Birkenpaneele zerkratzte. Renata, die ihrem unbeirrten Blick folgte, sah einen vertrauten Farbklecks an der Zierleiste, sicher außerhalb von Natalyas Reichweite.

Wie Meister Peabody in ihr Zimmer gelangt war, wusste sie nicht, aber er gab ein viel zu verlockendes Ziel für die Katze ab. Renata trat dazwischen, und Peabody sprang auf die Vorderseite ihres Surcots. Sie schützte ihn mit einer Hand, eilte ins Wohnzimmer, wo Tess ihre Morgenkorrespondenz durchging, und schloss die Tür hinter sich.

Renata erwartete eine Flut von enthusiastischen und übertrieben formellen Begrüßungen und Dankbekundungen, aber nachdem er einen Moment lang auf ihrer Schulter auf und ab gesprungen war, huschte er an ihrem Arm entlang und wedelte mit den Vorderbeinen in Richtung Schreibtisch. Tess riss bei diesem Anblick die Augen auf. »Ist das …«

Die Wohnzimmertür war geschlossen, aber Tess verstummte dennoch. Renata kam näher, ließ Peabody zum Schreibtisch hinunterhuschen und flüsterte Tess zu: »Ja. Ich habe keine Ahnung, was er da tut.«

Die Spinne war auf den Briefstapel geklettert und versuchte mühsam, den obersten Brief herunterzuschieben. Als Tess ihn wegnahm, widmete Peabody sich dem Brief darunter und wiederholte diesen Vorgang, bis er zu einem flachen Paket kam, das etwas zu dick war, um eine normale Einladung oder ein Brief zu sein. Dann hakte er ein Bein unter das Band, mit dem es verschnürt war, und zerrte in dem vergeblichen Versuch, den Knoten zu lösen, erbittert daran.

Das Paket kam von Vargo. Renata schob Peabody sanft beiseite, löste die Schleife und hielt ein gefaltetes Stück Stoff in den Händen, das sich nach dem Ausschütteln als ein gemaltes Numinat mit einer Notiz entpuppte.

Stell den Fokus in die Mitte und steck den Schnitt zusammen.

Tess räusperte sich. »Da der Winter vor der Tür steht, wäre jetzt ein guter Zeitpunkt, um über Ergänzungen für die Garderobe der Alta zu sprechen. Es wird schwierig, die besten Stoffe zu bekommen, da uns Eret Vargos Lagerhaus nicht länger zur Verfügung steht, aber ich habe da eine Idee für …«

Sie setzte zu einem sehr detaillierten Bericht über die Lage des Textilhandels in Nadežra an, während sich Renata dankbar auf den Boden hinter dem Schreibtisch setzte. Der Fokus wurde auf die Ecke des Stoffs geheftet; sie ordnete alles entsprechend Vargos Anweisungen an und schloss dann mit einer Stecknadel die umlaufende Linie.

Kaum war Peabody in die Mitte gesprungen, als ihr eine Flut von Worten durch den Kopf schoss.

::… funktioniert? Bitte sagt, dass es funktioniert. Wir waren uns nicht sicher, ob Ihr mich auch ohne Vargo hören könnt, da die Verbindung anscheinend über ihn läuft. Ihr müsst mir verraten, wie Ihr das gemacht habt; die Einzelheiten, die er mir nannte, waren bestenfalls dürftig. Ihr seid ja so still. Oje, vielleicht könnt Ihr immer noch nicht antworten. Blinzelt! Einmal, wenn Ihr mich hören könnt, zweimal, wenn nicht. Nein, wartet. Das ergibt keinen Sinn. Zweimal, wenn Ihr mich hören könnt, dreimal, wenn …::

»Ich kann Euch hören«, sagte Renata und rang sich ein Lächeln ab. Solange sie flüsterte, würde niemand sie hören, während Tess ins Schwärmen geriet, als sie die Webart eines ganz bestimmten feinen heidefarbenen Twills aus Ganllech lobte.

::Oh! Ja, so könnt Ihr natürlich auch antworten.:: Er krümmte zaghaft die Vorderbeine und hielt sie sich vor den Mund, aber einen Moment später war er schon wieder in Bewegung und hob seinen bunt gemusterten Körper zu einer umgekehrten Verbeugung. ::Wo sind denn meine Manieren? Altan Alsius Acrenix, zu Euren Diensten. Eine wahre Freude, endlich richtig Eure Bekanntschaft zu machen. Wir haben so viele interessante Themen zu besprechen – ich hoffe wirklich, dies ist kein ungünstiger Zeitpunkt. Es mag von Ostbrück bis zu den Perlen nicht besonders weit sein, aber dieser Ausflug ist nicht gerade einfach für mich. Um diese Tageszeit sind ziemlich viele Vögel unterwegs, und ich fühle mich so schlecht, wenn ich sie beißen muss. Mein Gift ist nämlich sehr schmerzhaft, müsst Ihr wissen. Ich könnte darauf verzichten, es zu verwenden, aber das würde den Zweck verfehlen, nicht wahr?::

»Ich dachte, ihr beide wärt unzerstörbar.«

::Das möchte ich lieber nicht im Verdauungstrakt einer Möwe testen.::

Sie unterdrückte ein Lachen über seine trockene Antwort. »Kann ich nachvollziehen. Das mit der Katze tut mir leid.«

::Ich nehme an, Ihr hängt an ihr?:: Als Renata die Augenbraue hochzog, schüttelte er sich. ::Da kann man nichts machen. Jetzt, da ich weiß, dass dieses Biest eine Gefahr darstellt, werde ich demnächst Vorkehrungen treffen. Vargo dachte, es wäre praktisch, wenn ich als Bote fungiere. Ich bin *sehr* erleichtert, dass ihr euch wieder vertragen habt. Und ziemlich schockiert! Ich kannte Letilia, müsst Ihr wissen. Nicht gut. Aber ich muss zugeben, dass ich Euch immer zu interessant fand, als dass Ihr mit ihr verwandt sein könntet. Das war keine Beleidigung. Obwohl ich annehme, dass Ihr nicht beleidigt wärt, da sie nicht wirklich eure Mutter ist.::

Es bestand kaum die Gefahr, dass jemand sie belauschte, wenn zehn Worte von Renata tausend von Alsius nach sich zogen. Aber da Vargo die einzige Person war, mit der er sprechen konnte, konnte sie es ihm kaum verübeln, dass er sich über diese neue Gelegenheit freute. »Würdet Ihr mir etwas verraten … Wie seid Ihr so geworden?« Sie deutete auf die Pfauenspinne.

::Ah, das.:: Er wanderte umher, aber seine Bewegung wurde durch die Grenzen des Numinats eingeschränkt. ::Meines Wissens habt Ihr unser Gespräch in der Nacht gehört, in der Ihr Hauptmann Serrado zu uns brachtet? Bei mir war es eine ähnliche Situation. Ein Fluch, mit dem mich mein Bruder umbringen wollte.::

Wie viele Menschen in Nadežra würden ihm das glauben, wo Ghiscolo doch so umgänglich wirkte? »Dieser Teil ist mir bekannt. Aber ich habe noch nie von einer Situation wie Eurer gehört.« Nach kurzem Zögern fügte sie hinzu: »Wenn ich zu neugierig bin, entschuldige ich mich, aber … ich habe Vargo ziemlich falsch eingeschätzt und versuche, das wiedergutzumachen. Und Ihr seid offensichtlich ein wichtiger Teil seines Lebens.«

::Lebenswichtig sogar.:: Alsius zog die Beine an und ließ sich dem Fokus gegenüber als kleiner Klumpen nieder. Seine vier Hauptaugen glänzten wie polierter Onyx. ::Anfangs war es nicht so. Ihr müsst wissen, dass Vargo der Botenjunge war, der den Umhang überbrachte, in den der Fluch eingewebt worden war. Und ich … Ich war mehr an meinem Überleben interessiert als an seinem. Wenn Meister Peabody – ich meine das Original – nicht in Vargos Tasche gesteckt hätte, wäre die Sache vielleicht ganz anders ausgegangen.::

Er verstummte nachdenklich, nur das leise Flüstern seiner Vorderbeine, die gegen die Mandibeln rieben, war noch zu hören. ::Wenn Ihr Vargo verstehen wollt, müsst Ihr nur wissen, dass die unbeabsichtigten Folgen seiner Handlungen ihn mehr beunruhigen, als er jemals zugeben wird.::

Die Nacht der Höllen. Kolya Serrado. Zweifellos auch andere, von denen sie nie erfahren würde. Aber der Schwere in Alsius' Stimme nach zu urteilen, war er nicht der Einzige, der so dachte. Obwohl sie sehr wenig über Numinatria wusste, konnte sie spekulieren: Alsius Acrenix versuchte, sein Leben zu retten, ohne Rücksicht auf den Botenjungen ... Wenn es möglich war, einen Geist in einen neuen Körper zu übertragen, bezweifelte sie, dass er es auf die Spinne abgesehen hatte.

Und doch hatten sie irgendwie diese seltsam familiäre Beziehung entwickelt, die sie heute verband. »Gehe ich recht in der Annahme, dass Ihr bei seinem Aufstieg die Hand im Spiel hattet?«

::Sogar acht Hände::, erwiderte Alsius mit mentalem Kichern. ::Es hat ziemlich viel Mühe gekostet, Vargo zu jemandem zu formen, den die Praeteri in ihre Reihen aufnehmen würden, aber ich war zu Recht besorgt über ihr Treiben – wie Ihr ja selbst erfahren habt. Und jetzt noch ... Hat Sedge Euch erzählt, dass Ghiscolo auch Nikory irgendwie beeinflusst hat? Obwohl es bei beiden nachgelassen hat. Vargo sagt, der unmittelbare Druck sei vor ein paar Tagen ziemlich abrupt weniger geworden, obwohl der Impuls noch immer da ist. Wir sind uns nicht sicher, warum das so ist.::

Sie atmete aus, und so langsam dämmerte es ihr. »Er hat letzte Woche versucht, es bei Grey Serrado anzuwenden. Glücklicherweise wusste Hauptmann Serrado nicht, was Ghiscolo hören wollte.«

Alsius klopfte mit den Füßen auf den Boden. ::Also kann er vielleicht immer nur einen Menschen beeinflussen? Das ist beruhigend, schätze ich. Insofern irgendetwas daran beruhigend sein kann. Ich frage mich, bei wem er Sessat später noch eingesetzt hat? Ihr wärt gut beraten, Euch von meiner Familie fernzuhalten. Obwohl ... Sibiliat und Mutter sind größtenteils harmlos.::

Harmlos wie Vipern. Der Einfluss von Ghiscolos Medaillons würde sich auf sein gesamtes Register auswirken und ein Verlangen nach Autorität und Macht erzeugen. Wie konnte es sein, dass die Acrenix' bisher noch nie einen Sitz im Cinquerat hatten? Entweder waren sie erst vor Kurzem in den Besitz des Quinat-Medaillons gekommen, oder die Verbindung zwischen diesem Numen und der Exzellenz bedeutete, dass sie ihr Spiel sehr gut beherrschten. Hatte Haus Acrenix nicht überall in Nadežra Einfluss, ohne jemals die Karten offenzulegen?

Und wenn Ghiscolo jetzt auch noch Sessat besaß, erklärte das eine Menge hinsichtlich seines Handelns als Caerulet. Er war sehr schnell den Impulsen dieses Numens erlegen. So schlimm ein Medaillon auch sein mochte, vielleicht war es noch schlimmer, zwei zu besitzen.

Renata zögerte und überlegte, wie sie Alsius ihre Sorgen mitteilen konnte, ohne etwas über Kaius Rex' Amtskette zu sagen. Bevor sie dazu kam, schüttelte sich Alsius. ::Ich muss Euch wohl nicht sagen, welche Gefahren es zu vermeiden gilt. Ihr seid auch allein geschickt genug. Ziemlich erstaunlich, was Ihr ohne jede Hilfe aus Euch gemacht habt. Ich bin sehr froh, dass Ihr unsere Verbündete seid. Apropos, besteht die Möglichkeit, dass Ihr mit dem Raben sprechen könnt? Ich habe mich nie besonders um diesen Vigilanten geschert, aber er verärgert Vargo, müsst Ihr wissen. Und er durchkreuzt unsere Pläne.::

Wenn Alsius glaubte, sie hätte das ohne Hilfe geschafft, dann hatte Vargo ihm wohl nichts von Ondrakja erzählt.

Oder – und das war durchaus möglich – Alsius hielt Ondrakja für unbedeutend, denn schließlich war sie keine Adlige gewesen. So freundlich er auch war, so war er als Schnösel aufgewachsen und mit all den Anmaßungen und der Arroganz, die das mit sich brachte. *Und vielleicht noch einem Hauch von Quinat.*

Aber sie mussten ihn im Register als tot gekennzeichnet haben, sodass er jetzt nicht länger betroffen sein konnte. Was seine Bitte anging … Sie beugte sich über das Numinat, damit sie kaum lauter als ein Atemzug sprechen musste. »Der Rabe will, dass Ghiscolo beseitigt wird. Und die Praeteri. Solange sich daran nichts ändert, muss sich Vargo nicht vor ihm fürchten.«

::Danke. Ich bin froh, dass Vargo Euch zur Freundin hat. Der Junge ist viel zu ernst, auch wenn ich das nie zugeben würde.::

Ein Geräusch im Flur unterbrach Tess' Monolog: Eines der jüngeren Dienstmädchen rief nach einem anderen.. Peabody rappelte sich auf, blieb aber im Numinat. ::Bevor ich gehe – und wenn es nicht zu viel verlangt ist –, habe ich noch eine Bitte.::

Renata antwortete mit einem kurzen, neugierigen Laut und spähte um den Schreibtisch herum, um jederzeit den Boden von Numinat, Spinne und allem anderen säubern zu können.

::Ich bin sehr beeindruckt von Tess' Arbeit. Da sie schon hier ist, könntet Ihr sie vielleicht fragen, ob sie bereit wäre, mir ein Paar Handschuhe anzufertigen? Oder vielmehr vier Paare?:: Er hob zwei seiner Beine zum fröhlichen Winken, obwohl die Stimme in Renatas Kopf eher an ein trauriges Wehklagen erinnerte. ::Seit sechzehn Jahren fühle ich mich, als würde ich nackt herumlaufen!::

* * *

Ostbrück, Oberufer: 13. Canilun

Seit dem Adoptionsball waren Briefe von Sibiliat im Traementis-Herrenhaus eingetroffen, in denen Giuna zum einen oder anderen Zeitvertreib eingeladen wurde. Jeden einzelnen dieser Briefe übergab Giuna dem Kamin im Büro ihrer Mutter.

Bis ihr bewusst wurde, dass sie Sibiliat nicht ewig ausweichen konnte, und selbst eine Nachricht zurückschickte.

Einen Tisch im Atrium des *Ossiter* zu ergattern, war einfacher als erwartet. Ihr Verstand weilte noch in der Zeit, in der man sich mit dem Namen Traementis nicht einmal zwei zueinander passende Handschuhe kaufen konnte, geschweige denn Aufmerksamkeit in einem exklusiven Geschäft. Giuna trug einen von Tess' neuesten Entwürfen, einen geteilten Surcot aus Kupfernetz, der passend zum Kleid darunter mit einem hauchfeinen Überwurf aus rosa Turmalinen beschwert war, und achtete darauf, viel zu früh einzutreffen.

Lange Zeit war sie das kleine Vögelchen gewesen. Das Fischchen. Das Mädchen, das brav und ruhig im Schatten der Älteren stand. Heute nahm sie sich ein Beispiel an ihrer Cousine. Renata würde sich so positionieren, dass sie das Licht einfing – um sicherzustellen, dass alle Augen auf sie gerichtet waren.

»Giuna! Da bist du ja«, begrüßte Sibiliat sie bei ihrer Ankunft, als wäre Giuna ein Haustier, das kommt, wenn man es ruft.

Aber Giuna ließ sich nicht aus der Ruhe bringen. Sie wich Sibiliats Versuch aus, ihre Hände zu ergreifen, und zog den Stuhl so heran, dass ihr Gast im Sonnenlicht blinzeln musste. »Ich würde dich wohl kaum einladen und dann nicht auftauchen.«

Dieser kühle Empfang dämpfte Sibiliats herablassende Überschwänglichkeit. Sie setzte sich und versuchte dann unauffällig, ihren Stuhl so zurechtzurücken, dass sie Giuna ansehen konnte, ohne wegen der Helligkeit die Augen zusammenkneifen zu müssen.

Giuna bedeutete einem Kellner, den Wein zu bringen, den sie bestellt hatte, und machte für Sibiliat einen Teller mit Herbstfrüchten, Nüssen und Käse zurecht. Und sie ließ Sibiliat sich sattsehen. Sie besaß nicht die Fähigkeit, sich vor diesen scharfen Augen zu verstecken, warum sollte sie sich dann überhaupt die Mühe machen? Sollte Sibiliat doch alles sehen. Sollte sie sich einbilden, sie könne reparieren, was sie kaputt gemacht hatte. Sollte sie es nur versuchen.

»Du bist böse auf mich«, murmelte Sibiliat, nachdem der Kellner ihnen beiden gekühlten Weißwein eingeschenkt hatte, der so hell war wie ein Herbstnachmittag. Sie lutschte an einer kandierten Heidelbeere und wandte den Blick von Giuna ab, um sich im Atrium umzuschauen und die Zeugen ihres kleinen Dramas zu erfassen. Bisher war es eher eine Pantomime als ein Theaterstück, und Sibiliat sprach leise genug, um ihnen den Dialog zu verwehren.

Giuna nahm sich die Zeit, einen cremigen Weichkäse auszuwählen und ihn auf eine dünne Toastscheibe zu streichen. »Wie kommst du nur auf diese Idee?«, säuselte sie. Normalerweise konnte sie die Lieblichkeit beim Sprechen nicht verbergen, aber jetzt fühlte sie sich so falsch an wie Zähne aus Elfenbein. »Es sei denn, du glaubst, ich hätte Grund, wütend zu sein. Hat deine Familie vielleicht kürzlich etwas gegen meine getan?«

»Verdammt sei Fadrin, dieser Idiot!« Sibiliats Glas klirrte laut, als sie es nach einem zu großen Schluck Wein abstellte. »Du weißt, was für ein Narr mein Cousin ist. Mein Vater kann ihn kaum kontrollieren. Glaub mir, er wurde ordentlich gerügt wegen seiner …«

»Ich habe dich gehört, Sibiliat.« Giuna faltete die Hände, damit sie – und ihre Stimme – nicht zitterten. »Am Abend des Adoptionsballs. Ich hörte, wie Benvanna dir etwas anbot, das du gegen meine Cousine einsetzen kannst, und ich sah mit eigenen Augen, wie du Fadrin losgeschickt hast, um es zu holen.«

Sibiliat lächelte Giuna zaghaft an und reichte ihr die Hand, als gäbe es noch etwas zu retten. »Kleines Vögelchen ...«

»*Nicht*!« Giunas Stimme hallte durch das Atrium, als sie Sibiliats Hand wegschob.

Jetzt gab es im *Ossiter* niemanden mehr, der sie nicht beobachtete. Giuna hielt den Rücken gerade und senkte abermals die Stimme. Sollte ihr Publikum die Stille doch mit eigenen Mutmaßungen füllen. »Ich bin kein Vogel. Und kein Fischchen. Oder ein Welpe, den du zu deinem treuen Hund ausbilden kannst. Ich bin kein Kind und habe weder um deinen Schutz gebeten noch ihn gewollt. Du hast mich angelogen und behauptet, *für mich* zu lügen – aber in Wahrheit lügst du nur für dich selbst. Ich habe genug von all den Lügen, Sibiliat. Und ich habe genug von dir.«

Ihre Wangen waren heiß, obwohl sie keinen Schluck Wein getrunken hatte. Es fühlte sich gut an, die Worte auszusprechen, die sie eingeübt hatte, und sie genau wie beabsichtigt herauszubringen. Sie wünschte sich fast, sie hätte laut genug gesprochen, damit es jeder hören konnte.

Aber nein. Diese Worte sollten die Verbindung trennen und nicht den Stolz von jemandem verletzen, der nicht wusste, wie es sich anfühlte, verletzt zu werden.

Giuna trank einen einzigen Schluck Wein und tupfte sich dann die Lippen mit der Serviette ab. »Ich reise heute Nachmittag ab, um ein paar Tage mit meiner Mutter in der Villa von Euer Ehren zu verbringen. Wenn ich zurückkomme, werde ich damit beschäftigt sein, meine Pflichten als Traementis-Erbin zu übernehmen. Demzufolge bleibt mir keine Zeit für Frivolitäten; du musst dir also nicht die Mühe machen, mir weiter Einladungen zu schicken. Das wäre nur Papierverschwendung.«

Damit hatte sie gesagt, was sie sagen wollte. Es gab keinen Grund, noch länger zu bleiben.

Doch Sibiliat packte Giuna am Handgelenk, als sie aufstand, und ihre Stimme nahm den tiefen, harten Tonfall an, den sie normalerweise vor Giuna zu verbergen versuchte. »Bist du dir da sicher? Du willst mich nicht zur Feindin haben.«

»Zur Feindin?« Giuna drehte den Arm so, wie Leato es ihr einst beigebracht hatte, um sich jemandem zu entwinden, und befreite sich aus Sibiliats Griff. Sie lächelte und brachte sogar ein echtes Lachen zustande. »So dramatisch. Wer hat etwas von Feinden gesagt? Bist du nicht diejenige, die stets darauf hinweist, dass Haus Acrenix jedermanns Freund ist?«

»Aber …«

»Es gibt keinen Grund, warum wir in der Öffentlichkeit nicht höflich miteinander umgehen können.« Giuna beugte sich über den Tisch und legte die Lippen an Sibiliats Ohr. »Solange du eins nicht vergisst. Du magst eine Acrenix sein … aber ich bin eine Traementis. Wir beschützen unsere Familie. Wenn du meine Familie bedrohst, dann machst du dich zu meiner Feindin.«

Als sie sich zurückzog, bemerkte sie einen Anflug von Angst in Sibiliats Augen, den sie schnell verbarg. Nein, der Ruf der Traementis' war längst nicht vergessen.

Mit einem zufriedenen Lächeln beglich Giuna die Rechnung und ließ Sibiliat allein am Tisch zurück.

* * *

Isla Traementis, die Perlen: 14. Canilun

Tess stand in ihrer winzigen Werkstatt und entwarf gerade das Schnittmuster für Faella Coscanums Wintersurcot, als Suilis ihr mitteilte, dass Pavlin im Küchengarten auf sie wartete.

»Was ist aus dem anderen geworden? Der hier ist ja ganz hübsch, aber der andere hatte Schultern, für die ich sterben könnte«, schwärmte Suilis und stöberte in Tess' Korb. Obwohl er nichts Belastenderes enthielt als ein Stück bestickten Besatz, der aus Ganllech herausgeschmuggelt worden war, klappte Tess den Deckel zu, als wollte eine Schildkröte einen neugierigen Finger abbeißen.

Suilis verwechselte ihre Eile mit Zorn und hob beschwichtigend die Hand. »Nicht dass ich es ohne dein Einverständnis bei Sedge versuchen würde.«

»Nur zu«, sagte Tess, strich sich die Locken glatt und biss sich Farbe in die Lippen. »Aber eine Warnung: Seine Küsse unterscheiden sich nicht sehr von Klops' Liebkosungen.«

Du wirst mir noch danken, Sedge, dachte sie, während sie sich einen Schal aus preiselbeerfarbenem Tartan über ihre Dienstmädchenuniform legte und nach unten ging. Selbst wenn Suilis nicht mehr war, als sie zu sein schien, war sie nicht Sedges Typ. Jeder mit Augen im Kopf konnte erkennen, dass Tess' Bruder es lieber ruhig und ein wenig gefährlich mochte.

Pavlin stand da und wandte das Gesicht der Sonne zu. Das goldene Licht brachte die Wärme des Wollmantels, den Tess ihm geschneidert hatte, und den Honigton seines Haars gut zur Geltung. Tess konnte Suilis' Kritik überhaupt nicht nachvollziehen. Diese Schultern sahen doch ziemlich breit aus.

Mutter und Jungfrau, reiß dich gefälligst zusammen! Du bist das Dummerchen, das ihn weggestoßen hat.

Und er hatte es mit sich machen lassen. Tess war klug genug, um diesen Respekt zu schätzen … und dumm genug, sich zu wünschen, er hätte sich anders verhalten.

»Hast du Neuigkeiten für mich?«, fragte sie und bemühte sich, streng zu wirken, was ihr jedoch nicht gelang.

Pavlin nickte und hielt ihr einen Korb mit Kuchen hin. »Obwohl ich wünschte, es wäre anders, denn gleich wirst du nicht mehr so schön lächeln.«

Und dann sagte er solche Dinge. Wie sollte sich Tess da nicht völlig zur Närrin machen?

Aber sie war nie so dumm, dass sie sich keine Gedanken darüber machte, wer vielleicht aus einem der Fenster zuhörte. »Nicht hier«, flüsterte sie. Sie holte zwei Kuchen aus dem Korb, verstaute den Rest in der Küche und führte ihn den Weg entlang, den sie normalerweise nahm, wenn sie mit Klops Gassi ging.

Der Herbstwind hatte aufgefrischt, und Tess war froh über ihren Schal und die Wärme des Gewürzkuchens auf der Zunge. Pavlin bot eine willkommene Ablenkung, als sie den Flussweg entlangschlenderten und er ihre Fragen über seine Familie und die Bäckerei beantwortete, als hätte sich zwischen ihnen nichts geändert. Sie stieß einen Seufzer aus, der sich dem Wind anschloss, sobald sie die Becchia-Brücke erreichten und sich auf den Rückweg machen mussten. Schließlich konnte sie sich nicht lange vormachen, sie wäre die Zofe einer Alta, die mit einem Schutzmann spazieren ging, der ihr den Hof machte.

»Dann hatte ich also recht?«, fragte sie, nachdem zu lange Stille zwischen ihnen geherrscht hatte. »Wegen Suilis?«

Pavlin blieb stehen und stützte sich mit den Ellenbogen auf die Flussmauer, was Tess zwang, ebenfalls stehen zu bleiben. Der Wind peitschte Schaumkronen auf die goldenen Wellen des Dežera. Aus dieser Entfernung sah sogar die Pfahlstadt wie eine malerische Ruine aus Rauch und Möwennestern aus.

»Sie hat schon früher als Hausmädchen gearbeitet«, berichtete er, »meist tagsüber, aber das ist nicht ihr eigentlicher Beruf.«

Die Bestätigung ließ Tess mehr als die Böen frösteln. Sie umklammerte ihren Schal fester. »Was dann?«

»Sie gehört zu den Austerknackern.« Sein forschender Blick wurde von einem Nicken unterbrochen, als sie bei dem Namen die Stirn runzelte. Wer würde ihn nicht erkennen? Das war eine der legendärsten Einbrecherbanden am Oberufer. Alle Finger träumten davon, eine Einladung in ihre Reihen zu bekommen, so wie sie darauf hofften, dem Raben zu begegnen.

Letzteres ist dir gelungen. Unwahrscheinlich, dass Suilis dich den Ersteren ausliefern wird.

Pavlins nächste Worte waren der letzte Stein auf dem Grabhügel von Tess' Optimismus. »Sie ist Teil des Trupps, der von Sibiliat Acrenix angeheuert worden war, um euer Haus in Westbrück zu durchsuchen.«

Tess bohrte die Finger in ihre Arme. »Als sich meine Alta von ihrer Schlaflosigkeit erholte.«

»Und während der Traumweber-Unruhen, als du …«

Sie musste die Worte, die er herunterschluckte, gar nicht erst hören. Tess erinnerte sich nur zu gut an die Angst, die sie beim Klang der zerberstenden Fenster und dem Gepolter der umgestürzten Möbelstücke übermannt hatte. Diese Angst hatte sie auf die Straße getrieben – und zu dem Posten, den Pavlin mit den anderen Falken bezogen hatte.

Er wurde immer unruhiger, zog die Schultern hoch und ließ das weiche Haar vor die sonnengewärmten Augen fallen. »Tess, ich …«

»Hättest du es mir erzählt?« Suilis' Verrat schmerzte nicht, und das zwang Tess dazu, sich einzugestehen, warum Pavlins ihr so wehgetan hatte. Nur er besaß die Macht, sie zu verletzen. »Wenn ich dich an diesem Tag nicht getroffen hätte, wüsste ich es dann überhaupt?«

»Ja.«

»Warum?«

»Weil es mir vom ersten Tag an leidtat, dass ich gelogen habe.«

Ihr Brustkorb zog sich zusammen. *Das könnte ich genauso gut zu dir sagen.*

Pavlin plapperte weiter, um ihr Schweigen zu überbrücken. »Du hast jedes Recht, wütend zu sein …«

»Nein. Ich bin eine Heuchlerin, weil ich wütend bin«, murmelte Tess, bevor sie begriff, was sie gerade gesagt hatte. Sie konnte es nicht zurücknehmen und überlegte rasch, was sie ihm erzählen sollte. Rens Geheimnisse durfte sie nicht preisgeben. Aber … vielleicht einige ihrer eigenen?

Mit sanfter Stimme fuhr sie fort: »Du lagst mit deinem Verdacht gar nicht mal so falsch. Weder du noch der Hauptmann. Meine Alta und ich sind mit einer Schatulle voller Schmuck und sonst nicht viel mehr aus Letilias Haus geflohen.« Auch wenn es stimmte, klang es wie eine Lüge. »Es gibt noch mehr zu erzählen – doch das steht mir nicht zu.«

Er nahm ihre Hand. »Du musst mir gar nichts erzählen.«

»Oh doch. Wenn ich will …« Sie begegnete seinem feuchten Blick und konnte dann nicht mehr wegsehen. »Oh doch.«

Sie wollte es so sehr. Ehrlichkeit und Gewürzkuchen und ein eigenes Geschäft, kein beengtes Arbeitszimmer im Haus von jemand anders, eine Küche, in der sie ihr Stickmuster aufhängen konnte, während sie seine schlecht geschneiderten Mäntel richtete und Verbände für ihn nähte. Seine Blicke, seine Lippen auf ihren und so viel mehr, auch wenn sie das zur Närrin machte.

Jungfrau, hilf mir, Mutter zu werden. Es war das Gebet einer alten Ganllechyn-Liebsten, und vielleicht wollte sie das jetzt noch nicht alles. Aber sie konnte es sich durchaus vorstellen.

»Ich wurde in Ganllech geboren, bin aber in Nadežra aufgewachsen. Dort drüben.« Sie zeigte über den Kanal nach Spitzenwasser. »Ich war einer von Ondrakjas Fingern.«

Bei seinem ungläubigen Blick ließ Tess den Tränen freien Lauf, was ihr schon immer mühelos gelungen war. Nicht den echten, die ihr Gesicht rot und rotznasig machten; den falschen, die ihre Augen zum Leuchten brachten und ihre Lippen so zittern ließen, dass sie jedem Schnösel Münzen aus der Tasche zu ziehen vermochte. »Ihre beste Mitleidshascherin.«

Nach einem Moment schockierten Schweigens kramte Pavlin in seinen Manteltaschen. Er holte ein paar Centira hervor und drückte sie ihr in die Hand.

»Was …?«

»Schau mich nicht so an. Ich glaube, das hält mein Herz nicht aus. Spitzenwassers beste Mitleidshascherin.«

Tess wischte sich mit einer Hand die falschen Tränen weg, wobei sie kichern musste. Die andere lag noch immer in Pavlins, und sie war nicht geneigt, ihn jemals wieder loszulassen.

»Was hast du vor?«, fragte er, nachdem sie sich zu lange albern angegrinst hatten. »Wegen Suilis, meine ich. Kann ich dir helfen?«

Tess musste mit Ren sprechen, schmiedete jedoch bereits einen Plan. Suilis wollte Renatas Geheimnisse ergründen? Dann würde Tess wie eine Quelle sprudeln … und herausfinden, welcher Köder am besten wirkte.

»Die Austerknacker«, erwiderte sie. »Suilis gibt wahrscheinlich über sie weiter, was sie erfährt. Kannst du herausfinden, wo sie sich aufhalten?«

»Ich kann es versuchen.« Pavlin legte ihre Finger an seinen Mund. »Und sei es nur, um zu verhindern, dass du selbst nach ihnen suchst.«

Sein Atem wärmte in der herbstlichen Kälte ihre Haut. Liebliche Jungfrau, das war nicht fair! Tess tippte tadelnd auf seine Lippen, bevor er ihre Entschlossenheit ins Wanken bringen konnte. »Als ob ich je so etwas Sinnloses tun würde.« Die

Heldentaten überließ sie nur zu gern Ren. Tess bevorzugte ein Leben, ruhig, ereignislos und ohne Täuschungen.

Und sie hätte zu gern Pavlin darin gehabt. »Komm mit«, sagte sie und zog ihn in Richtung des Hauses.

»Wohin gehen wir?«, fragte er, folgte ihr jedoch bereitwillig.

»In meine Werkstatt. Ich brauche genaue Maße, wenn ich dir einen ordentlichen Polizistenmantel nähen soll.«

* * *

Weißsegel, Oberufer: 14. Canilun

Ren wäre beinahe zu spät zu ihrer Verabredung mit Tanaquis gekommen. Sie war damit beschäftigt, Briefe an Donaia und Scaperto zu schreiben, in denen sie die Störungen in der Prismatium-Werkstatt erklärte – Störungen, die Orruciat pflichtbewusst gemeldet hatte, sodass Ren sich keine Erklärung dafür ausdenken musste, wie sie davon erfahren hatte – und wenn ihr Fenster nicht offen gewesen wäre, hätte das Läuten des nächsten Glockenturms vielleicht nicht ihre Aufmerksamkeit erregt.

Sie eilte gen Norden und stellte fest, dass sie nicht die Einzige war, die zu spät kam. Vargo stieg gerade aus einer Sänfte, als ihre eintraf, und er wartete, bis die Träger sie abgesetzt hatten und bezahlt worden waren. Um den Anschein zu wahren, dass sie nur widerwillig miteinander Umgang pflegten, beschränkte er seine verbale Begrüßung auf ein kühles »Alta Renata«.

Doch über seine Verbindung zu Alsius hörte sie ihn fragen: ::Geht es hier um weiteren Praeteri-Mist?::

Ren hätte ihm beinahe nicht erzählt, was ihr in der Prismatium-Werkstatt passiert war, weil sie wusste, dass er es nicht gut aufnehmen würde. Aber es wäre bedauerlich gewesen, einander erneut Dinge vorzuenthalten. In seiner mentalen Stimme schwang nun die gezügelte Wut eines Mannes mit, der es satthatte, im Zentrum seines Netzes zu sitzen, und der kurz davor war, zur Abwechslung mal jemandem die Zähne einzuschlagen.

Auf dem Weg zum Stadthaus sagte sie: »Nein, sondern um meine eigenen Angelegenheiten, die derart verzwickt sind, dass ich sowohl Tanaquis als auch Euch beide brauche, um sie zu entwirren.«

»Wenn das so weitergeht, wird es für uns schwierig, den Anschein aufrechtzuerhalten, wir wollten uns gegenseitig an die Gurgel gehen.«

Sie konnten eine Art Feindseligkeit vortäuschen, aber die Aussicht darauf ermüdete Ren. Sie spielte bereits mit drei Kartenstapeln voller Geheimnisse und wollte keinen vierten hinzuzufügen. »Giuna arbeitet daran, alles zu entschärfen, was Sostira über mich ausgraben könnte. Ich schlage vor, wir verhalten uns wie immer und lassen die Leute annehmen, dass ich Euch vergeben habe, nachdem Ihr den Angriff im Privilegienhaus vereitelt habt.« Das war erst wenige Tage her.

Im Stadthaus winkte Zlatsa sie nach oben und murmelte mürrisch: »Es sei denn, Ihr wollt bis Anbruch der Dunkelheit im Salon warten.« Ihr finsterer Gesichtsausdruck wurde sanfter, als Vargo ihr zwei Decira reichte und sie anwies, Erfrischungen aus der nächsten Ostretta zu holen.

Im Vergleich zu ihrem merkwürdigen Verhalten bei Renatas letztem Besuch wirkte Tanaquis heute geradezu gelassen. Wie eine Eule hockte sie auf einer Sprosse ihrer Bücherregalleiter und sah aus, als sei sie in ihre Lektüre vertieft und hätte es nicht für nötig befunden, wieder nach unten zu steigen. Als Vargo sich räusperte, verlor sie das Gleichgewicht und wäre gestürzt, wenn er nicht vorgesprungen wäre, um sie zu stützen. Das Buch fiel mit einem dumpfen Knall auf den Boden.

Tanaquis schüttelte Vargos Griff ab und versuchte, es aufzuheben.

»Nichts passiert!« Sorgfältig glättete sie die Seiten und überprüfte sie auf Beschädigungen. Das Papier war alt genug, um an den Rändern zu zerbröseln, und sie schnalzte mit der Zunge. »Ich sollte wirklich eine Kopie davon anfertigen, um das Original zu erhalten.«

::Ist das Mirscellis' *Mundum Praeterire*? Wie ist sie an dieses Buch gelangt? Ich habe für meins ein kleines Vermögen ausgegeben.::

Ein weiterer Grund, aus dem Renata die vermeintliche Entfremdung nicht länger aufrechterhalten konnte, bestand darin, dass sie nicht wusste, ob sie ihre eisige Fassade wahren konnte, während sie Alsius' Geschwafel lauschte. Es war höchst bedauerlich, dass Tanaquis ihn nicht ebenfalls hören konnte; die beiden hätten sich sicher prächtig verstanden.

Nachdem das Wohl des Buches sichergestellt war, sah Tanaquis ihre Besucher blinzelnd an. »Waren wir verabredet? Ich fürchte, dies ist kein guter Zeitpunkt.«

Sie klang eher irritiert als verärgert, aber es gab Renata dennoch zu denken. »Stimmt etwas nicht?«

»Utrinzi sagte …« Tanaquis schnaubte ungeduldig vor sich hin. »Wie es scheint, hat der Rabe Eret Simendis gestern einen Besuch abgestattet. Wie dieser Mann – falls er denn ein Mann ist – so viel über die Praeteri herausfinden konnte, ist mir schleierhaft, aber ich wurde ins Privilegienhaus gezerrt und bekam eine Standpauke, wie ich sie seit meiner Kindheit nicht mehr erlebt habe. Seine Heiligkeit ist *überaus* verärgert, dass ich ihn nicht gründlicher über die Art der numinatrischen Arbeit unseres Zirkels informiert habe.«

Vargo brachte so etwas wie einen mitfühlenden Gesichtsausdruck zustande, fragte aber im Stillen: ::Hast du ihn dorthin geschickt, Ren? Egal – du kannst mir ohnehin nicht antworten.::

»Oje«, murmelte Renata. »Ist er einfach nur wütend, weil er es nicht wusste, oder …«

»Er ist entschlossen, den Kult zu zerschlagen.« Behutsam legte Tanaquis das Buch zur Seite. »Ich werde die Treffen vermissen, schätze ich … Aber ich habe so viel gelernt, wie ich konnte, und es scheint, dass die meisten Mitglieder unsere Künste ziemlich verantwortungslos eingesetzt haben. Er hat mich beauftragt, mit Euch zu sprechen, Vargo.«

Diese plötzliche Wendung ließ ihn die Augenbrauen hochziehen. »Stehe ich unter Arrest, weil ich Teil des Kults bin?«

»Nein, Ihr seid für die Zerschlagung zuständig. Er will, dass so viele andere Mitglieder wie möglich verhaftet werden, am besten während eines Rituals. Ich habe hier irgendwo ein Privileg für Euch – Ah! Da ist es.« Sie angelte ein Päckchen unter einer astrologischen Karte hervor, das mit dem Siebensternesiegel von Iridet verschlossen war. Als Vargo es entgegennahm, fügte sie hinzu: »Offenbar wurdet Ihr ihm vom Raben empfohlen.«

Der Laut, der ihm entschlüpfte, ließ vermuten, dass er fast an seiner eigenen Zunge erstickte. Tanaquis klopfte ihm geistesabwesend auf den Rücken und wandte sich an Renata. »Jetzt erinnere ich mich. Ja, du hast mich um ein Treffen zu dieser Uhrzeit gebeten. Warum ist Vargo hier?«

»Weil dies möglicherweise eurer beider Verstand erfordert – und weil er und ich unsere Kluft überwunden haben.«

Tanaquis sah aus, als würde sie sich im Kopf Notizen machen. »Interessant. Vielleicht sind nicht alle Auswirkungen negativ.«

»Auswirkungen?« Vargo, der eben Iridets Privileg in seiner Tasche verstauen wollte, hielt inne.

»Das ist es, was ich mit euch besprechen muss.« Renata erzählte ihm das, was Tanaquis bereits über den numinatrischen Schmuck, den sie im Traum verloren hatte, wusste.

Mitten in der Erzählung sagte Alsius: ::Ich habe ihre Aussage gelesen, als wir ihre Schlaflosigkeit untersuchten. War sie nicht angeblich in Seteris und hatte Albträume, in denen sie ihre Mutter bedienen musste?::

Vargo beugte sich vor, um den Tee einzuschenken, den Zlatsa gebracht hatte, und verbarg dabei das Lächeln, das seine Lippen umspielte, vor Tanaquis' Blick. ::Vielleicht erfahren wir später die wahre Geschichte.::

Während Renata weiterredete, legte Tanaquis eine Reihe kleiner Kuchen in einer nur für sie verständlichen Reihenfolge auf ihren Teller. Als Renata fertig war, hatte sie noch immer keinen davon gegessen, da sie unbedingt ihre eigenen Überlegungen ergänzen musste. »Unter normalen Umständen wäre ich lediglich neugierig, wie sich ein numinatrisches Stück im Reich der Gedanken auswirkt. Aber die Beweise legen nahe, dass dies ein Objekt mit einer gewissen Macht ist, oder dass etwas im Reich der Gedanken als Verstärker dient. Oder beides.«

::Das erklärt den Mirscellis.::

»Das erklärt den Mirscellis«, wiederholte Vargo.

Mit leuchtenden Augen fragte Tanaquis: »Oh, habt Ihr ihn gelesen?«

»Ich habe Zusammenfassungen gehört.« Sein gedehnter Tonfall ließ bei Renata keinen Zweifel daran aufkommen, von wem diese Zusammenfassungen stammten.

Bevor sich Tanaquis auf eine anscheinend langwierige Reise durch die numinatrische Geschichte begeben konnte, sagte Renata: »Tanaquis glaubt, dass mein Schmuck im Reich der Gedanken ganz Nadežra beeinflusst – zum Nachteil der Stadt. Deshalb hoffe ich, dass ihr beide mir sagen könnt, wie ich ihn wieder loswerde.«

Tanaquis rieb die Glasur von einem Kuchen und leckte sie nachdenklich von ihrem Finger. »Nadežra. Hmmm. Hat einer von euch von ähnlichen Problemen anderswo gehört? Möglicherweise durch geschäftliche Beziehungen?« Als Vargo und Renata Blicke tauschten und den Kopf schüttelten, ergänzte sie: »Das deutet darauf hin, dass das Medaillon tatsächlich hier sein könnte und sich nicht in Seteris befindet. Wir wissen, dass das Reich der Gedanken Bewohner hat – Geister und dergleichen; vielleicht haben sie es bewegt. Wie faszinierend!«

::Wirklich faszinierend!::

»So *faszinierend* das Ganze ist«, entgegnete Vargo in einem Tonfall, der so trocken war wie Brot vom Vortag, »interessiert mich mehr, wie wir es zurückbekommen. Mirscellis ist immer nur im Geiste gereist.«

»Ihr habt Renatas Prismatiummaske zurückgebracht«, bemerkte Tanaquis.

»Und ich weiß immer noch nicht, wie mir das gelingen konnte.«

Tanaquis verzog den Mund, als wollte sie zum Ausdruck bringen, dass sie diese Antwort weiterhin nicht zufriedenstellte. Renata lenkte sie rasch ab. »Ich habe den Anhänger unter mehr oder weniger denselben Umständen verloren wie die Maske. Vielleicht könnte eine spirituelle Reise wie Vargos ihn auf dieselbe Weise zurückbringen? Auch wenn wir nicht verstehen, wie es möglich ist.«

Renata konnte der Hälfte der sich anschließenden Unterhaltung nicht folgen, nicht einmal den Teilen, in denen Vargo Alsius' Einwürfe wiederholte. Der allgemeine Konsens schien jedoch zu sein, dass niemand es für wahrscheinlich hielt. Nicht solange dieses Fragment ihres Geistes im Traum nicht länger anwesend war.

»Es gibt aber noch andere Möglichkeiten«, warf Tanaquis ein, und ihre Miene hellte sich auf, als sie sich Renata zuwandte. »Die Vraszenianer bezeichnen das Reich der Gedanken als ›Ažerais' Traum‹, und es scheint tatsächlich eine Verbindung zu Mustern zu geben. Vielleicht könnten wir weiter mit der Verwendung von Karten als sekundäre Fokusse experimentieren. Gibt es eine, die du für diesen Zweck empfehlen würdest?«

Natürlich sah sie darin eine Gelegenheit, ihre Forschungen zur Überschneidung von Mustern und Numinatria fortzusetzen. Renata seufzte. »Ja ... sie kommt bedauerlicherweise nicht infrage.«

»Warum nicht?«

»Es ist eine der Clan-Karten, von denen ich dir erzählt habe – die nicht länger verwendet werden. Und es geht nicht nur darum, eine Kopie zu finden. Es geht um die Ižranyi-Karte, und den Geschichten zufolge waren alle diese Karten nach dem Tod des Clans leer.« Niemand wusste, warum dem so war, aber man hielt es für eine Folge des urtümlichen Schreckens, der die Menschen auslöschte. »Deshalb werden die Clan-Karten heutzutage kaum noch verwendet, obwohl die anderen sechs überlebt haben.«

Tanaquis holte tief Luft und wollte sich zweifellos in das Mysterium stürzen, das ihr Renata eben enthüllt hatte. Vargos Worte hielten sie davon ab. »Was ist mit Asche?«

Das war die offensichtliche Antwort. Aža ermöglichte es einer Person, in den Traum zu blicken, aber durch Asche konnte sie physisch mit ihm interagieren. Tanaquis hatte das schon einmal erwähnt; Renata hatte gewusst, dass es erneut zur Sprache kommen würde.

Obwohl sie darauf vorbereitet war, konnte sie das Schaudern nicht verbergen, das sie bei dem Gedanken durchfuhr.

»Ich habe Zugang zu Iridets beschlagnahmten Proben«, erwiderte Tanaquis langsam. »Und Renata ist mit einer doppelten Dosis dorthin gereist ...«

»Ich meinte mich selbst«, fiel Vargo ihr ins Wort. »Mithilfe des Numinats im Großen Amphitheater. Ich bin über das ganze Ding gekrochen und habe mir danach ausführliche Notizen gemacht. Daher gehe ich davon aus, dass wir in der

Lage sein dürften, einen ähnlichen Effekt nachzuahmen. Solange wir nicht dumm genug sind, einen anständigen Eindämmungskreis wegzulassen und die verdammte *Quelle* als Fokus zu nehmen, sollte es sicher sein.« Vargo räusperte sich, als er Tanaquis' beleidigten Blick bemerkte. »Entschuldigt die Ausdrucksweise.«

»Eure verdammte Ausdrucksweise ist mir egal«, erklärte Tanaquis mit einer klaren Präzision, die im Widerspruch zu ihren obszönen Worten stand. »Aber dieses Numinat zu kopieren …«

Die Art, wie sie verstummte, war allen nur zu gut bekannt. Schließlich gab sie mit widerwilligem Respekt zu: »Das ergibt Sinn.«

Vargo sah mehr als zufrieden aus. Doch Renata machte ihm einen Strich durch die Rechnung, indem sie sagte: »Wenn kein anderer Plan funktioniert, dann muss es wohl so sein. Aber ich bin diejenige, die den Anhänger verloren hat, und *ich* werde ihn zurückholen.«

Sie wollte das nicht tun. Lieber hätte sie sich die Fingernägel ausgerissen und anschließend Salz in die Wunden gestreut.

Aber Vargo wusste nicht, was das Medaillon war. Wenn er es an sich nahm …

»Ich stimme ihr zu«, erklärte Tanaquis schnell und unterbrach damit Vargos Protest. »Angesichts der jeweiligen Geburtstage, Tricats Banden und Renatas früherer Verbindung zu diesem Stück hat sie bessere Erfolgsaussichten.«

::Du könntest immer noch lügen, was deinen Geburtstag betrifft.:: Alsius' an Vargo gerichtete Bemerkung bewirkte, dass sich Renata an ihrem Tee verschluckte.

Tanaquis schob das Essen beiseite und legte ein Blatt Papier auf den Tisch. Sie beugte sich zusammen mit Vargo darüber, um Linien zu ziehen und zu diskutieren. Renata stand auf und ging zum Fenster. So konnte sie den anderen den Rücken zuwenden, damit niemand die Angst sehen konnte, gegen die sie ankämpfte.

Fast niemand.

Der helle Farbfleck namens Peabody krabbelte aufs Fensterbrett. ::Wenn Ihr ganz leise flüstert, wird Tanaquis Euch nicht hören; sie ist damit beschäftigt, Vargos Erinnerungen anzuzweifeln. Geht es Euch gut, meine Liebe?::

Asche. Dieses entweihende Gift sollte erneut durch ihren Körper strömen und alles in Albträume verwandeln. »Das wird es bald wieder.«

::Seid Ihr sicher?::

Nicht im Geringsten. Aber … »Ich muss das wieder in Ordnung bringen. Mütterchen Lindwurm hatte das Medaillon. Ich habe es ihr während des Kampfs abgenommen und nicht daran gedacht, es aufzuheben.«

::Verstehe.:: Alsius hielt inne und wackelte unruhig mit den Beinen. ::Dann lasst uns über angenehmere Themen sprechen.::

Sie ließ ihn gern weiterplappern, beschäftigte sich mit jedem Gedanken, der ihm in den Sinn kam, und spekulierte mit ihm darüber, ob das Exemplar von Mirscellis' Buch vielleicht sein eigenes war, das seine Familie nach seinem Tod verkauft hatte. Vargo beschwerte sich nicht einmal über die Ablenkung – erst als Alsius fragte: ::Und wie läuft es mit den Handschuhen?::

::Handschuhe?:: Diese Unterbrechung kam nicht von Alsius, sondern von Vargo. Renata blickte über die Schulter. Tanaquis beugte sich über ihre verstreuten Notizen, aber er saß aufrecht und reckte die Arme über den Kopf, sodass sich sein maulbeerfarbener Mantel eng an seine Schultern schmiegte.

::Ich habe Herrin Tess gebeten, mir welche anzufertigen.::

Vargo zog seine Handschuhe aus, die von den Aktivitäten des Nachmittags mit Graphit, Kohle und Kreide verschmiert waren. Dann entledigte er sich noch seines Mantels und widmete sich erneut seiner Arbeit. ::Wie könnten das Handschuhe sein? Du hast doch keine Daumen. Es sind bestenfalls Fäustlinge.::

::Wie bitte?::, fauchte Alsius empört. ::Wenn ich sie an den Händen trage, sind es Handschuhe. Meine Daumen oder deren Fehlen spielen dabei keine Rolle.::

::Füße. Keine Hände. Das wären im Grunde genommen Socken.::

Ihr Geplänkel war ein so wirksamer Balsam, dass Renata, als Tanaquis sich aufrichtete und den Rücken streckte, mit überzeugender Gelassenheit sagen konnte: »Ich möchte zuvor noch einige Traementis-Angelegenheiten regeln, da Giuna ihre Mutter in der Bucht besucht und ich nicht weiß, wie lange ich brauchen werde, um mich zu erholen.«

Tanaquis rollte den letzten Entwurf zusammen. »Die Inskription wird ohnehin eine Weile dauern. Ich würde sie am liebsten im Amphitheater anfertigen, aber ich bezweifle, dass Ihre Eleganz das zulässt … Oh! Ich kann den Tempel nutzen. Er befindet sich mehr oder weniger unter dem Amphitheater, und ich muss mir keine Sorgen machen, dass andere hindurchtrampeln. Ich werde das gleich heute Nachmittag angehen, sobald ich Seiner Eminenz eine Nachricht bezüglich der Ascheproben geschickt habe.«

»Dann hole ich meine Sachen und treffe Euch dort, um Euch zu helfen.« Vargo schlüpfte wieder in seinen Mantel und ging an Renata vorbei, um Peabody aufzuheben. »Soll ich Euch hinausbegleiten, Renata? Und wenn ich schon dabei bin … Kann ich das Haus Traementis vielleicht davon überzeugen, ein paar niedliche Unterufer-Waisenkinder zu adoptieren?«

* * *

Tempel der Illius Praeteri, Alte Insel: 14. Canilun

Da Vargo die Numinatria unter der Anleitung einer Spinne gelernt hatte, kannte er sich mit kooperativer Inskription nicht aus – zumindest nicht mit jemandem, der einen Körper hatte, mit dem er zusammenstoßen konnte. Mit Tanaquis zu arbeiten, war jedoch überraschend einfach. Sie besaß ein intuitives Verständnis dafür, wie die Kurven und Linien ineinander übergehen sollten, und eine Konzentration, die schlichtweg einschüchternd war. Zudem kritisierte sie seine Technik nicht, wischte sich nur zufrieden die staubigen Hände ab, als sie fertig waren, und trat beiseite, um ihr Werk zu bewundern.

Vom Punkt Illi-Null durchlief die Spirale die Numina-Sequenz, die Vargo in jener Nacht im Großen Amphitheater entlanggekrochen war, wobei jede Nebenfigur inaktiv blieb und auf ihren Fokus wartete. Das Ganze war in Quinat eingeschlossen, umgeben von Illi-Zehn – Körper und Geist. Dazu ein eindämmendes Uniat für die Gedanken, denn er war nicht so verrückt wie einst Breccone Indestris.

Er war ein Verrückter anderer Art.

::Ich werde es dir wohl nicht ausreden können::, erkannte Alsius, als Vargo Tanaquis aus dem Praeteri-Tempel folgte.

Vargo machte sich nicht die Mühe, so zu tun, als wüsste er nicht, was Alsius meinte. *Wenn du an eine solche Möglichkeit glauben würdest, hättest du es längst versucht.*

Das hatte Alsius nicht getan. Abgesehen von ein paar Vorschlägen, während Tanaquis und Vargo das Numinat inskribierten, hatte er seit Verlassen des Stadthauses in Weißsegel sehr wenig gesagt.

»Ich gehe jetzt zum Sebatium und sehe nach der Asche«, sagte Tanaquis, als sie den Tunnel verlassen hatten und wieder in dem leeren Geschäft in Sonnenkreuz standen, das den Eingang verbarg. »Und schicke Renata eine Nachricht, dass wir bereit sind, wenn sie es ist. Treffen wir uns morgen früh zur dritten Sonne wieder?«

»Nicht früher?«, neckte Vargo sie, der überrascht über ihre Zurückhaltung war.

Tanaquis lachte auf. »Sogar ich weiß, dass ich Renata nicht stören darf, bevor sie ihren Morgenkaffee getrunken hat.«

Doch Renata – Ren – hatte Vargo gegenüber zugegeben, dass sie das Zeug verabscheute und es nur trank, um ihren Ruf als kultivierte Seterin-Adlige aufrechtzuerhalten. Allmählich wurde ihm klar, dass sie so etwas häufig tat. Sie zwang sich zu Dingen, die sie nicht mochte, ja, sogar fürchtete, weil sie es tun musste.

Er würde nicht zulassen, dass das Zurückholen des verlorenen Anhängers auch dazu gehörte. Diese Frau hatte seinetwegen schon genug Albträume durchstehen müssen.

»Ist es auch wirklich sicher, das Numinat über Nacht unbeaufsichtigt zu lassen?«, wollte Vargo von Tanaquis wissen.

Das Erstaunen vertrieb ihre Belustigung. »Warum denn nicht? Der Tempel ist vor Fremden sicher, und keiner der Praeteri würde ein Numinat stören, das er dort vorfindet.«

»Natürlich.« Diese Sorge war zweitrangig gegenüber Vargos größter Furcht, Tanaquis könnte früher zurückkehren, um danach zu sehen. Ihre naive Zuversicht ließ ihn darauf hoffen, dass er ohne Unterbrechung fortfahren konnte.

Nachdem er sie in eine Sänfte gesetzt und sich von ihr verabschiedet hatte, erwarb Vargo an einem Eckstand ein schnelles Abendessen aus frittierten Frühlingszwiebelkuchen und knusprigen Sonnenbarschen und wartete eine Glocke lang, um sicherzugehen, dass Tanaquis nicht zurückkehrte. Trotz all ihrer Konzentration schien sie auch durchaus in der Lage zu sein, etwas zu vergessen und umzukehren, um es zu holen.

Dann begab er sich zurück in den Tempel und in die zentrale Kammer, in der sie das Numinat inskribiert hatten.

::Nimm mich wenigstens mit::, bat Alsius, als Vargo die

Fokusse gesetzt und den Kreis geschlossen hatte, der das Numinat aktivierte. Es erwachte summend zum Leben, und die Spannung ließ ihm die Haare an den Armen zu Berge stehen, als er eine Phiole mit Asche hervorholte. Iridet war nicht der Einzige, der eine Probe griffbereit hatte, auch wenn der Großteil der Straßendroge vernichtet worden war.

»Willst du es riskieren, die für eine Spinne ungefährliche Dosis zu schätzen?«, fragte Vargo und verzog das Gesicht, nachdem er die eigene Dosis hinuntergewürgt hatte. Die Asche lag ihm unangenehm im Magen, was aber auch daher kommen konnte, dass er wusste, wie das Zeug hergestellt wurde. Er wusste aus bitterer Erfahrung, dass Asche etwa eine Glocke brauchte, um zu wirken. »Außerdem«, fügte er hinzu, während er seine Inskriptorenwerkzeuge wieder verstaute und sich den Riemen der Tasche über die Schulter schlang, »wer wird dann im Ninatium freundliche Worte über meiner Leiche sprechen, falls das hier nicht funktioniert, wenn du mitkommst?«

::Ich nicht::, entgegnete Alsius spröde.

Vargo lächelte über all die Dinge, die unausgesprochen blieben. »Werden deine Worte etwa nicht freundlich sein?«

::Nein, doch es wird keine Leiche geben, über der ich sie sprechen könnte.::

Sie verstummten beide, und keiner von ihnen sprach aus, was Alsius wirklich dachte. *Wag es ja nicht zu scheitern.*

Die Spannung in der Luft nahm langsam zu und wurde zu einem leisen Summen, und die Linien des Numinats fingen an zu funkeln, als wären sie aus Prismatium. Vargo setzte Peabody sicher auf einen Säulensockel, trat über den Begrenzungskreis und auf den Pfad der Spira aurea, wo sie Illi-Zehn kreuzte.

Die Spirale erstreckte sich wie eine Straße vor ihm. Der längste Streit, den sie darüber geführt hatten, wie man das hier angehen sollte, hatte sich um die Reihenfolge der Numina gedreht, wobei Alsius in Vargos Kopf schrie, dass es ein Sakrileg sei, den Weg rückwärts zu beschreiten, und Tanaquis hartnäckig darauf beharrte, dass das Paradoxon, den Weg am Ende zu beginnen, ein notwendiges Element wäre. Ein Streit, den Vargo schließlich beendete, indem er darauf hinwies, dass das äußerste Numen des Amphitheater-Numinats ebenfalls Ninat gewesen war.

Als er an Ninat vorbeiging und sich die Luft um ihn herum wie ein Schleier zwischen einer Welt und der nächsten bewegte, erkannte er die Wahrheit hinter Tanaquis' Argumenten. Wenn Illi-Zehn das Tor darstellte, dann war Ninat der Wächter.

Aber er verstand auch Alsius' Bedenken. Dieser umgekehrte Weg war für die Geister der Toten bestimmt. Bittsteller im Tempel gingen die Numina durch den Mittelgang ab, verließen den Tempel aber durch die kahlen Seitengänge. Das Urteil Lumens lastete schwer auf Vargo, als er das Tabu brach; es drückte seine Schultern nieder, verlangsamte seine Schritte zu einem mühsamen Voranschreiten und raubte ihm den Atem. Es war, als würde man bei Flut gegen die Strömung des Dežera schwimmen. Die Welt um ihn herum wurde düster und dunkel, bis nur noch er allein übrig war. Dann wurde sogar das weggerissen, Fleisch löste sich auf, Gedanken verblassten, der Geist zerstreute sich wie Blätter im Wasser.

Bis alles mit einem schmerzhaften Ruck wieder auf ihn einströmte, als er in das weindunkle Zwielicht von Noctat stolperte.

Vargo brauchte einen Moment, um seine Lunge mit Luft zu füllen, und wischte sich den kalten Schweiß von der Stirn. Vor einigen Wochen hätte er diese Empfindungen nicht erkannt, aber heute waren sie ihm überdeutlich vertraut. Er hatte sie in der Nacht gespürt, in der er sich und Serrado getötet hatte, in dem Moment vor dem Ruck, als sein Leben erlosch – in dem Moment, in dem er sich festhielt, das Brennen begrüßte und der körperliche Schmerz eine Erinnerung daran war, dass er noch lebte.

Andere Empfindungen stürmten auf ihn ein, während er sich durch Noctat kämpfte: Sibiliat, die ihn warm und feucht umfing, Fadrins Hand, Iascats Mund, Fingernägel auf seinem Rücken und zerbrochenes Glas, das seine Kehle durchschnitt. Der Schmerz, als sich Ren klebrigen Wein von den Fingern leckte wie die Flussratte, die sie unter ihrer Maske war; der Aufprall von Serrados Faust, die sich in Vargos Bauch bohrte, und der Arm, der ihm den Atem raubte. Diese Vision von Noctat war weder angenehm noch schmerzhaft: Es waren bloß Empfindungen, die ihn daran erinnerten, dass die Trennung von Geist und Körper eine Illusion war.

Eine Illusion, die wie ein Prisma in Regenbogenlicht zersplitterte, als Vargo Noctats Verlockung entkam und in Sebat hineinwirbelte.

Es war die Glückseligkeit nach dem Orgasmus, der schwebende Dunst von Mohnrauch, das Schimmern von Aža. Vargo war sich seines gesamten Selbst bewusst, aber aus der Ferne konnte er die Risse sehen, die sich golden durch ihn hindurchzogen.

Risse – und Fäden, feiner als Seide.

Alsius?

Die Fäden vibrierten bei Vargos Gedanken wie angeschlagene Saiten und kräuselten sich über sein Sichtfeld hinaus. Es kam keine Antwort, aber die zurückkehrenden Wellen reichten aus, um ihm zu versichern, dass er nicht allein war.

Niemals allein. Das Band, das ihn mit Alsius verband, war aus Schuld, Zuneigung, Zielstrebigkeit, Vertrautheit, Belehrung und Bedürfnis gesponnen. Vargo hätte sich nie freiwillig dafür entschieden, aber er konnte es nicht bereuen. Sebat: Perfektion in der Unvollkommenheit.

Er kletterte diese Linie wie eine Spinne zu Sessat hinauf. Überall um ihn herum erstreckten sich komplexe Netze aus endlosen, miteinander verbundenen Knoten: Verwicklungen, Knoten, Webstühle, ein ganzer Kosmos aus Kette und Schuss, und Vargo hatte nur zwei Fäden, an denen er sich festhalten konnte. Einer war dick und stabil und erstreckte sich unter seinen Füßen, die Straße der Spira aurea; der andere glich einem hauchdünnen Stahldraht in seinen Händen.

Ren. Er konnte ihn hier durchtrennen, ungeschehen machen, was auch immer er getan hatte, als er ihre Seele aus dem Reich der Gedanken holte. Was auch immer sie während des Fests des verschleiernden Wassers erwidert und verstärkt hatte. Er konnte sie aus dem Netz befreien, das ihn und Alsius seit sechzehn Jahren gefangen hielt. Aber noch während er daran dachte, konnte Vargo sich ihre wütende Reaktion vorstellen. Das war keine Entscheidung, die er allein treffen durfte.

Sie würde auch so schon sauer genug auf ihn sein. Lächelnd legte er eine Hand auf ihren Faden und benutzte ihn als Orientierungshilfe, als er von Sessat zu Quinat ging.

Sein Griff wurde fester, als die bläulich gefärbte Gedankenwelt sich zu einem bösartigen Rot verdunkelte, das blutig und warm über seine Haut glitt und im Takt seines Herzens pulsierte. Die Asche schlug ihre Klauen tiefer in ihn, und Verlangen und Abscheu schnürten ihm die Kehle zu und würgten ihn wie dieser fremdartige Drang, Sostira Novrus zu stürzen. Nur der Prismatiumpfad unter seinen Füßen und der Stahldraht in seiner Hand hielten ihn auf Kurs, während er durch die Blutflut von Quinat auf die grünen Felder von Quarat gelangte.

Es hätte wunderschön sein sollen, eine Erleichterung nach dem bedrohlichen Druck von Quinat. Aber je weiter Vargo ging, desto stärker roch er die Fäulnis in der honigdicken Luft, desto mehr spürte er den Mulch der toten Vegetation unter dem grünen Gewächs, während ihn die Asche durchströmte. Übermäßiger Reichtum basierte auf der Armut anderer. Fülle wuchs aus Samen, die in leichenreiche Erde gepflanzt worden waren. Vargo wusste das. Er war der Boden, der Samen, die Frucht, der Bauer gewesen. Er mochte jetzt am Tisch essen, doch dieser war mit seinem eigenen Leichenschmaus gedeckt.

Übelkeit stieg in ihm auf. Sein eigenes Festmahl und das unzähliger, namenloser anderer.

Nicht alle waren namenlos, begriff er, als er vom üppigen Quarat in die sonnenverbrannte Wüste von Tricat wechselte. Dort sah er Schatten, die er erkannte und deren Gesichter vor Wut verzerrt waren. Leato Traementis mit Donaia, Giuna – und sogar Renata stand hinter ihm. Kolya Serrado neben seinem Bruder. So viele Fäuste und Knotenanführer, die im Zuge von Vargos Aufstieg niedergetrampelt worden waren.

Und Alsius Acrenix, der auf dem Weg vor ihm auftauchte, mit einem Gesicht, das Vargo seit seiner Kindheit nicht mehr gesehen hatte. In Vargos kindlichen Augen hatte Alsius damals alt ausgesehen. Aber er war bei seinem Tod mit knapp dreißig nur ein paar Jahre älter gewesen, als Vargo heute war.

Als ich starb? Du meinst, als du mich getötet hast. Jetzt bist du mir was schuldig. Diese Worte hallten durch seine Gedankenwelt wie ein roter Faden, der sich an einer Tangente kreuzte und von der Vergangenheit in die Gegenwart und in die Zukunft führte.

»Ich schulde vielen Leuten etwas.« Vargos Stimme kräuselte den Faden. *Ich habe viele Menschen getötet.* Es lief ihm kalt den Rücken hinunter, was er trotz seines heftigen Zitterns nicht abzuschütteln vermochte. Gerechtigkeit fiel in Tricats Zuständigkeitsbereich. Genau wie Rache.

Hinter den Gesichtern am Rand dieser Wellen beobachteten ihn andere Augen. Augen, die in Schatten aus Zähnen und Klauen und nach hinten gebogenen Gliedmaßen lagen. Die Narben auf Vargos Rücken brannten, als er die Schultern hochzog, um nicht gesehen zu werden, bis Tuats Mondlicht über ihn hinwegflutete und ihn vor den Blicken verbarg.

Die rachsüchtigen Schatten waren verschwunden, und

Vargo blieb allein auf der Spira aurea zurück. Angesichts der Muster der anderen Numina hatte er erwartet, jemanden zu sehen … irgendjemanden. Tuats Selbst im anderen. Aber während Vargo in Corillis' silberblauem Licht stand, reflektierte Paumillis' Kupferspiegel nichts.

Das ergab vermutlich Sinn. Er stand an der Grenze zwischen allem: weder Liganti noch Vraszenianer, weder Held noch Monster, ein Schnösel und doch Abschaum vom Unterufer. Er passte nirgendwohin. Er hatte Verbindungen, aber bedeutete eine davon wirklich etwas? Für die Menschen um ihn herum war er ein Hindernis oder ein Werkzeug, mehr nicht. Sogar Alsius hatte ihn nur aufgenommen, weil er nützlich war, ein Mittel zum Zweck, um zuerst Nachforschungen anzustellen und dann seinen Tod zu rächen. Vargo war das, was er sein musste – was andere Leute von ihm verlangten –, um zu tun, was getan werden musste.

Jetzt musste er allerdings erst einmal dafür sorgen, dass er wach und aufmerksam blieb. Vargo trat durch eine Spiegelscheibe, wurde zu seinem eigenen Spiegelbild und ging in das Illi des Selbst über …

… und wäre beinahe in die Quelle gestürzt, die wie eine von Ažerais' Rosen in der Mitte des Amphitheaters leuchtete.

Der Dunst, der sie umgab, war ein strahlender Schleier, der das Wasser selbst verbarg. Doch der ekelhafte, giftige Geruch, der sie während Mettores Versuch, sie zu zerstören, umgeben hatte, war weggespült und durch reines, schimmerndes Licht ersetzt worden. Dieses Licht schien durch all die Visionen der verschiedenen übereinanderliegenden Amphitheater, Theaterstücke und Feste und der blutigen, von Kaius Rex ersonnenen Veranstaltungen, jede so dünn wie eine Teigschicht – aber unbeweglich. Sie waren an ihrem Platz fixiert wie Gemälde.

In allen glitzerte, nur wenige Schritte von der leuchtenden Quelle entfernt, ein kleiner Kreis aus Bronze.

Erleichterung durchströmte Vargo: weil er den Anhänger so mühelos gefunden hatte, weil er nicht in die Quelle gestürzt war. Er ging am Rand entlang und bückte sich, um ihn aufzuheben.

In den Tagen, bevor er Alsius getroffen hatte und in denen er als Botenjunge jede Art von bezahlter Arbeit annahm, spielten einige der Ratten, mit denen er zu tun hatte, ein Spiel, bei dem sie Münzen auf die Treppe eines reichen Kaufmanns klebten. Manchmal als Ablenkung, damit sie schnell hinein- und wieder hinausgelangen konnten, manchmal nur aus Spaß, damit sich einer dieser Käsefresser die Handschuhe schmutzig machte, während er versuchte, einen Mill aufzuheben, und dann schnaufte und so tat, als wäre ihm sein Scheitern gleichgültig.

Vargo konnte die Frustration und Verlegenheit dieser Schnösel nun nachempfinden. Mit heißen Wangen zog er die Handschuhe aus, trocknete die verschwitzten Hände an seinen Mantelschößen und versuchte, die Fingernägel unter den Anhänger zu schieben. Dann zückte er sein Stiefelmesser. Und zu guter Letzt die Metallform, mit der er einfache Numinata nachzeichnete.

Als es ihm nicht gelang, es aufzuheben – weder mit dem Zirkel, noch mit der Klinge, einem Messschieber oder einem anderen Werkzeug aus seiner Inskriptorentasche – und jedes erdenkliche Schimpfwort verbraucht war, war Vargo heiß, verschwitzt, und er zitterte vor Ärger. Das Ding lag auf dem Boden, als wäre es dort festgeschweißt.

»Verdammtes Tricat«, knurrte er. Starrheit: dieselbe maskenverdammte Facette dieses Numens, die das Privilegienhaus seit Monaten vergiftete.

Anders als damals, als er hergekommen war, um den fehlenden Teil von Rens Geist zurückzuholen, wusste er jedoch, wie er damit umgehen musste. Erneut holte er die Werkzeuge hervor und zeichnete eine neue Spira aurea auf den Boden, wobei das Medaillon die Mitte bildete. Aber er malte sie in Sonnenrichtung, sodass das Dreieck, das er ins Numinat inskribierte, Tricats Grundbedeutung umkehrte. Keine Unbeweglichkeit, sondern Bewegung.

Er hielt den Kopf beim Arbeiten gesenkt und war dankbar dafür, dass das Medaillon auch alles um ihn herum an Ort und Stelle zu halten schien und er sich keine Sorgen machen musste, dass ihn seine Albträume heimsuchen könnten. Es war eine einfache Figur. Er stellte einen neuen Rekord für die schnellste Inskription auf, und dieses Mal löste sich die Bronzescheibe mühelos, als er sie berührte.

Vargo stopfte sie sich in die Tasche und stand mit schmerzenden Gelenken da, während er sich fragte, ob er das verdammte Tempel-Numinat erneut inskribieren musste – dieses Mal in der richtigen Richtung –, um hier rauszukommen.

Sobald das Medaillon bewegt wurde, lösten sich die festen Schichten um ihn herum. Der Boden unter ihm bebte, und als er endlich das Gleichgewicht wiederfand, befand er sich im Amphitheater, genau wie in jener Nacht während des Fests des verschleiernden Wassers. Doch jetzt waren zwei Numinata in den Boden inskribiert: das eine, das er zerlegt hatte, und das andere, über das er hier hergelangt war.

An diesem Ort, an dem die Schatten die Stufen des Amphitheaters hinabströmten wie eine Flut monströser Insekten. Nach hinten gebogene Gliedmaßen, Lumpen, die weder aus Fleisch noch aus Fell bestanden, Krallen, die beim Näherkommen über den Stein kratzten und schabten.

Die Narben auf seinem Rücken brannten, als wären sie wieder aufgerissen worden, und der Schmerz wurde durch die Übelkeit, die der ihm entgegenschlagende modrig-feuchte Gestank auslöste, noch schlimmer.

Ich bin ein verdammter Idiot.

Er hatte Asche genommen – und die Zlyzen kamen, um ihn zu holen.

5

Truhe und Schlüssel

Isla Traementis, die Perlen: 14. Canilun

Ren hatte erneut einen Albtraum.

Es passierte immer noch, wenn auch deutlich seltener als früher. Ein Kätzchen vermochte nicht alles fernzuhalten, genauso wenig wie ein Fadenlabyrinth oder ein roter Faden um ihr Bett. Aber sie konnte besser schlafen, wenngleich nicht jede Nacht.

Dies war eine der schlechten Nächte.

Die Zlyzen – es waren immer die Zlyzen. Nur waren sie diesmal nicht hinter ihr her: Sie quälten Vargo, umkreisten ihn wie ein lebendes Uniat, ihre Klauen klackerten, ihre Gelenke krümmten sich in die falsche Richtung. Ren versuchte, nach ihm zu greifen …

… und wurde schlagartig wach, als die kluge Natalya auf ihrem Kopf landete.

Ren zuckte zusammen und schleuderte die empört kreischende Katze von sich weg. Fluchend setzte sich Ren auf und fragte sich, was in Ninats Hölle Natalya dazu gebracht hatte, sie auf diese Weise zu attackieren. Im Mondlicht, das durch ihr Fenster hereinfiel, konnte sie gerade noch den dunkleren Schatten des Kätzchens erkennen, das auf das Bett zurücksprang und sich auf die Hinterpfoten stellte, um nach etwas zu krallen.

Etwas kletterte hektisch an den Bettvorhängen nach oben, als ginge es um Leben und Tod.

Ren hatte nicht die geringste Ahnung, was Peabody zu dieser Stunde in ihrem Schlafzimmer zu suchen hatte. Ihr Herz raste noch immer, und ihre Gedanken waren durch den Albtraum noch völlig durcheinander. Sie sprang gerade rechtzeitig auf, um Natalya davon abzuhalten, hinter ihm her in die Vorhänge zu klettern. Peabody flüchtete auf ihre Schulter, und Ren stolperte über den Boden und versuchte, sich daran zu erinnern, wo sie das Stoff-Numinat versteckt hatte.

Als sie es endlich herausgeholt und zusammengesetzt hatte, war die Hitze der Überraschung in eiskalte Angst umgeschlagen. Nein, Vargo war nicht hier. Aus diesem Grund war Peabody ihr vermutlich auf den Kopf gesprungen: in dem vergeblichen Versuch, sie aufzuwecken, oder als wagemutiges Unterfangen, um die kluge Natalya dazu zu verleiten, es für ihn zu tun.

Sie brachte das Kätzchen ins Wohnzimmer und schloss die Tür. Sobald diese mit einem Klicken ins Schloss fiel …

::… Reich der Gedanken, aber irgendetwas ist schiefgelaufen. Er kann nicht über die Grenze hinweg mit mir kommunizieren. Ich spüre nur, dass er schreckliche Angst hat, und das liegt nicht nur an der Asche – obwohl die schlimm genug ist … Es schien, als ob alles so gut lief, wie es nur ging, aber plötzlich …::

»Alsius!« Mit Mühe konnte Ren ihre Stimme zu einem Murmeln senken und dankte den Gesichtern, dass sie noch immer im Gästetrakt des Herrenhauses lebte und die Nachbarzimmer leer standen. »Fangt von vorne an.«

Der kleine Leib der Pfauenspinne zitterte im Numinat. ::Vargo wollte nicht, dass Ihr wieder Asche nehmen müsst, daher holt er den Anhänger an Eurer statt. Aber er ist nicht zurückgekehrt – etwas Schlimmes muss passiert sein.::

Ren ließ sich auf den Boden sinken. *Den Anhänger holen.* Bei der Gnade der Masken – zeigte sich da Vargos selbstlose Ader? Oder war es die verderbliche Macht des Medaillons, die ihn anlockte? Sie wusste es nicht, und es spielte auch keine Rolle; denn es war schlimm genug, dass Vargo es nun möglicherweise besaß.

Aber selbst *das* wäre unwichtig, wenn er in diesem Traum gefangen wäre. Einem Albtraum, in den er sich ihretwegen hineingewagt hatte.

::Bitte, Ihr müsst ihm helfen …::

»Selbstverständlich.« Ren rappelte sich auf und sah sich in ihrem Zimmer um. Was brauchte sie? Kleidung. Die Maske der Schwarzen Rose. Ihr Musterdeck. Die kleine Schminktasche, die sie seit jenem durchzechten Nachmittag bei sich trug. Sie schrieb Tanaquis eine kurze Nachricht und beschloss, Tess auf dem Weg nach draußen zu wecken und sie zu bitten, diese nach Weißsegel zu bringen. Hoffentlich hatte Tanaquis inzwischen Iridets Ascheproben oder konnte sie besorgen.

Im letzten Moment kam sie auf die Idee, Alsius vom Stoff-Numinat abzuschütteln, die Nadel zu entfernen und es in ihre Tasche zu stecken. Er sprang auf ihren Arm und huschte zu ihrer Schulter hinauf, jetzt stumm – aber so konnte er sie unterweisen, wenn sie den Praeteri-Tempel erreicht hatten.

Draußen traf die kühle Nachtluft sie derart unverhofft, dass sie schlagartig hellwach wurde. Ren betete, dass sie nicht zu spät kam, und brach schnellen Schrittes zur Alten Insel auf.

* * *

Tempel der Illius Praeteri, Alte Insel: 14. Canilun

Im Tempel herrschte unheimliche Stille. Ren hatte es hier schon bei der Initiation nicht gefallen – weder als man ihr die Augen verbunden hatte noch als man ihr sagte, er sei von Kaius Rex benutzt worden, und erst recht nicht, als Diomen sie ins Wutnuminat geführt hatte.

Doch jetzt fand sie es hier noch weitaus schrecklicher, denn auf den Boden war mit Kreide eine Figur gemalt, an die sie sich noch zu gut aus dem Großen Amphitheater erinnerte.

Der einzige Hinweis auf Vargo bestand in einer kleinen verkorkten Phiole auf dem Boden, in der schwach widerliche Aschereste zu erkennen waren. Sie hätte dieses giftige Schillern überall wiedererkannt. Ren zwang sich, die Phiole aufzuheben. Damals, als Breccone Indestris den Überschuss auf der Straße verkauft hatte, war es nur in Einzeldosen erhältlich gewesen. Vargo hatte ihr nichts übrig gelassen, das sie verwenden konnte.

Das bedeutete, sie musste auf Tanaquis warten. Wie lange würde Tess nach Weißsegel brauchen? Wie lange würde es dauern, Tanaquis zu wecken und mit ihr zur Alten Insel zu eilen? Ren ging ruhelos um das Numinat herum und war dankbar, dass es dieses Mal wenigstens nicht mit Traumweberblut angefertigt worden war und dass es nicht glühte und versuchte, die Welt zu zerfetzen.

Peabody sprang von ihrer Schulter und führte einen aufgeregten Tanz auf dem Boden auf. Schuldbewusst kramte Ren das Tuch hervor und heftete es wieder zusammen.

::Es wird schlimmer. Begreift Ihr es denn nicht? Er hat *Asche* genommen – und muss nun all seine schlimmsten Albträume durchleben. Und bei einem Mann wie ihm …::

Ren hatte viel zu viele von Vargos unangenehmen Erfahrungen geteilt, um nicht zu verstehen, was Alsius meinte. »Wird er körperlich verletzt?«

Alsius zuckte. ::Ich … ich glaube nicht. Aber …::

»Das reicht fürs Erste.« Solange die Zlyzen ihn noch nicht gefunden hatten, ihn nicht so zerfleischten, wie sie es mit Leato getan hatten. Solange Ren Vargo erreichen konnte, bevor sie es taten. Sie wusste nicht, wohin die Zlyzen gegangen waren, nachdem sie sich gegen Mütterchen Lindwurm gewandt hatten; vielleicht lauerten sie immer in Ažerais' Traum, diese Monster aus der vraszenianischen Legende, vor denen sich Kinder fürchteten und Erwachsene vorgaben, keine Angst zu haben. Ondrakja hatte diese Bedrohung gebändigt, aber Ren hatte diese Verbindungen gekappt und die Zlyzen waren verschwunden. Wenn Alsius nicht spürte, dass Vargo verletzt wurde, konnte sie sich an die Hoffnung klammern, dass sie nicht zurückgekehrt waren.

Alsius huschte planlos ins Numinat, wo er jämmerlich zusammengekauert hockte. ::Ich glaube, es geht ihm nicht gut. Alta Renata … Ren … *Bitte.* Dein Volk nennt das Reich der Gedanken Ažerais' Traum. Du hast eine gewisse Verbindung dazu. Kannst du denn gar nichts tun?::

»Ich habe keine …«, begann sie hilflos, doch der Protest erstarb ihr auf der Zunge. *Asche.* Sie hatte keine Asche … Aber sie konnte etwas anderes versuchen.

::Wo gehst du hin?::

Wenn Alsius danach noch etwas sagte, konnte sie ihn schon nicht mehr hören. Ren huschte in eine Seitenkammer und tastete herum, bis sie die Abdeckung des Lichtsteinleuchters fand und aufzog. Ja, sie hatte den richtigen Raum gewählt. Hier hatte man damals das Festmahl aufgebaut, und hier befanden sich die Schränke und Vorräte …

Inklusive einer kleinen Flasche Aža. Zum ersten Mal in ihrem Leben hatte Ren Grund, Sureggio Extaquium und seinen Gelüsten zu danken.

::Ja!::, rief Alsius, als sie zurückkehrte. ::Warte – reicht das?::

»Vielleicht«, antwortete Ren und maß eine kleine Dosis Aža in ihre Handfläche ab. Normalerweise nahm man es mit Wein oder einem anderen Getränk, aber sie wollte keine Zeit verschwenden. Daher schüttete sie sich das schimmernde Pulver direkt in den Mund und würgte es hinunter.

Aža ließ einen nur in den Traum hineinsehen, ihn aber nicht körperlich berühren. Aber da war das Numinat, und sie war im Großen Traum gezeugt worden. Vielleicht würde das alles zusammen genügen. »Wo muss ich stehen?«

::Siehst du, wo die Spirale auf den Rand des Kreises trifft? Dort musst du anfangen – aber warte! Nimm mich mit!::

Ren sah die Spinne zweifelnd an. Sie konnte nachvollziehen, dass Alsius den Wunsch hatte, zu helfen, nichtsdestotrotz ... »Habt Ihr in dieser Gestalt schon einmal Aža genommen? Ich wüsste nicht, wie viel ich Euch geben muss.«

Alle acht Beine krümmten sich vor Frustration. ::Genau dasselbe hat Vargo auch gesagt!::

»Dann hatte er vielleicht recht.«

Aber ihr Verstand flüsterte: *Wie würdest du dich fühlen, wenn Tess oder Sedge in Gefahr wären?*

Deswegen wurde es nicht zu einer guten Idee, Peabody eine Dosis zu verabreichen. Stattdessen sagte sie: »Ihr seid sein Anker, Alsius. Geistig wie körperlich. Er braucht Euch hier, und zwar bei klarem Verstand. Was würde aus ihm werden, wenn Ihr in Eure eigenen Träume abdriftet?«

::Gutes Argument, aber möge Lumen dich dafür verbrennen.::

Es kamen keine weiteren Einwände. Ren ging zu der Stelle, auf die er gezeigt hatte, holte tief Luft und machte sich daran, die Spirale abzuschreiten.

Nichts geschah.

»Ist es noch aktiv?«

::Ja. Aža ist offenbar nicht genug. Verflixt! Wo bleibt diese verdammte Fienola?::

Bevor Ren antworten konnte, veränderte sich die Welt um sie herum unverhofft.

Unter ihren Füßen kräuselte sich der Boden wie die Oberfläche eines Teichs. Darin sah sie eine Spiegelung – aber als sie aufblickte, war da natürlich nichts als der bearbeitete Stein des Tempels. Es kam ihr so vor, als würde der Boden etwas reflektieren, das sowohl räumlich als auch zeitlich viel weiter entfernt war.

Das Labyrinth, das einst in die Oberfläche der Spitze gemeißelt worden war.

Der Weg wand sich um sie herum, kühn geschwungene schlangenartige Kurven, die vor Rens von Aža benebelten Augen schwach leuchteten. Als sie sich jedoch hinhockte, spürte sie nichts als Stein unter den Fingern.

::Was ist?::, wollte Alsius wissen. ::Was siehst du? Oh, warum konntest du dieses Tuch nicht näher ans Numinat legen!::

Ren verließ die mit Kreide gezogenen Linien und zog den Stoff näher heran, obwohl das im Grunde genommen nichts ausmachen würde. »Das Aža zeigt mir etwas. Ein Labyrinth. Ich werde es durchschreiten.«

::Ein Labyr… Etwa *im* Numinat?:: Trotz seiner Sorge stahl sich ein vertrauter, spekulativer Unterton in Alsius' Stimme. ::Ich habe mich immer gefragt, ob sie nicht eine Art volkstümlicher Version der Numinatria sein könnten, wie die alten Ganllechyn-Stichhexen. Könnte es dich zu Vargo führen?::

Bis Tanaquis hier eintraf, blieb Rens einzige Option, es zu versuchen. »Falls das funktioniert, kann ich nicht sagen, wie lange ich weg sein werde. Soll ich das Tuch dalassen? Ich weiß nicht, ob Ihr es benutzen könnt, um mit Tanaquis zu sprechen, oder das überhaupt wollt.«

Er zappelte einen Moment mit den beiden Vorderbeinen. ::Nein, das wird vermutlich nicht funktionieren. Wir haben Theorien über die Grenze zwischen … Ach, das ist im Augenblick unwichtig. Es würde sie nur zu sehr verwirren. Steck es ein. Wir werden uns ohne das Tuch unterhalten können, sobald du mit Vargo zurück bist.::

Ren war dankbar für seine entschlossene Gewissheit. Auch ohne Asche begab sie sich auf eine unbekannte und wahrscheinlich gefährliche Mission.

Vorausgesetzt, es funktionierte überhaupt.

Er huschte von dem Tuch, und sie löste die Nadel und steckte alles ein. Dann schritt Ren den Weg des Labyrinths ab und richtete dabei ein stummes Gebet an die Gesichter und Masken – und an Ažerais.

Nach innen und nach außen, nah an die Mitte heran, dann wieder spiralförmig davon weg. Sie richtete den Blick auf die strahlende Linie vor sich und dachte an Vargo. An die Verbindung zwischen ihnen. Den silbernen Faden, den Vargo bei der Rettung ihres Geists selbst gesponnen und den Ren verstärkt hatte, als er im Kampf zusammengebrochen war.

Nach einer letzten Biegung führte der Weg sie in die Mitte, wo in einem gewöhnlichen Labyrinth eine Schüssel mit reinigendem Wasser gestanden hätte.

Sie hob den Blick und stellte fest, dass jemand vor ihr kniete.

* * *

Der Horst, Abenddämmerungstor, Alte Insel: 15. Canilun

Der Aufruf zum allgemeinen Appell erging, als Grey gerade dabei war, eine neue Wachuniform anzufordern, um jene zu ersetzen, die in der Nacht des Traementis-Balls »unvermeidlicherweise zerstört« worden war.

Zumindest versuchte er es. Cauvis war schon unbeweglicher Fels gewesen, bevor das Tricat-Medaillon begonnen hatte, Nadežra zu vergiften. »Wir setzen das später fort«, sagte Grey zum Quartiermeister und verließ dessen Büro. »Oder Kommandantin Cercel wendet sich stattdessen an Euch.«

Die Drohung tat Cauvis' Entschlossenheit keinen Abbruch. »Ich werde zu ihr dasselbe sagen wie zu Euch. Im Apilun werden neue offizielle Uniformen ausgegeben, und Ihr müsst so lange warten.«

Grey ging, bevor er noch jemanden erwürgte. Cauvis. Sich selbst. Ersteres wäre ein Vergnügen, aber Letzteres könnte ihn wahrscheinlich besser von der immer weiter zunehmenden Anspannung erlösen.

Seitdem Cercel Grey gerettet hatte, war aus Hochkommandant Dimiterros Büro keine Reaktion gekommen – keine Rüge, nicht einmal eine Untersuchung. Cercel versuchte, die Sache mit der Behauptung abzutun, Ghiscolo müsse gemerkt haben, dass er die Befugnisse seines Amtes überschritten hatte, aber Grey bezweifelte, dass sie mehr daran glaubte als er.

Die Haupthalle des Horsts füllte sich noch immer, als Grey zu Cercels Untergebenen in der Menge stieß. Die anderen ihr unterstehenden Hauptmänner waren bereits mit ihren Leutnants und Schutzmännern angetreten, und auch Greys Leute standen parat.

»Was geht hier vor sich?«, murmelte Grey Ranieri zu. In vielen Gesichtern stand dieselbe Verwirrung, die auch er spürte.

Nicht so die Kommandanten. Sie trugen alle die stoische Maske einer Person zur Schau, die Befehle befolgte, ob sie ihr nun gefielen oder nicht.

Cercel hörte seine Frage. Sie hatte den Kiefer derart angespannt, dass er befürchtete, sie könnte sich einen Zahn ausbrechen. »Der Hochkommandant wird es schon früh genug verkünden, Serrado.«

Als sich alle versammelt hatten, betrat Dimiterro den Treppenabsatz, von dem aus er den ganzen Raum überblicken konnte. Er wartete, bis absolute Stille eingetreten war; dann ließ er seine volle Stimme erklingen.

»Männer und Frauen der Wache. Im letzten Jahr hat Nadežra viel Aufruhr erlebt. Nicht nur die üblichen Verbrechen und Unruhen, sondern auch Aktionen einer organisierten Gruppe von Unzufriedenen, die sich mit nichts weniger als dem Sturz des Cinquerats zufriedengeben wollen. Sie haben unsere Gefängnisse überfallen, unsere Adligen angegriffen und sogar versucht, das große Amphitheater zu sprengen.«

Die Anduske also. Neue Anweisungen, wie der Horst mit ihr umzugehen hatte? Der Einfluss des Sessat-Medaillons schien Ghiscolo ziemlich schnell überwältigt und in dem gelassenen Mann einen unerbittlichen Drang nach Ordnung hervorgerufen zu haben.

Ich hätte ihm den Garaus machen sollen, als ich die Gelegenheit dazu hatte.

Grey ballte die Hände, die er auf dem Rücken verschränkt hatte, zu Fäusten. Doch ob er Ghiscolo oder das Phantom in seinem eigenen Kopf schlagen wollte, konnte er nicht sagen.

Dimiterro erläuterte die Bösartigkeit der Anduske und wie wichtig es sei, sie aufzuhalten. Schließlich kam er zum Punkt – aber die Anweisungen waren nicht das, was Grey erwartet hatte.

»Um dieser Bedrohung zu begegnen«, sagte Dimiterro, »hat Seine Gnaden Ghiscolo Acrenix eine neue Organisation gegründet, die Ordo Apis. Aber das ist eine kleine Gruppe, die das Problem nicht allein zu lösen vermag. Aus diesem Grund wurde ihr Privileg angepasst. Mit sofortiger Wirkung hat sie das Recht, frei über die Ressourcen der Wache zu verfügen, seien es Waffen, Informationen oder Personal. Wer Befehle von einem Mitglied dieser Gruppe erhält, hat diesen schnell, bereitwillig und nach bestem Wissen und Gewissen Folge zu leisten.«

Greys Magen zog sich zusammen. Dimiterro sah nicht in seine Richtung, trotzdem spürte er die Last dieser Aufmerksamkeit und die unsichtbare Hand, die den Hochkommandanten leitete. Cercel hatte auf die Grenze hingewiesen, die Ghiscolo überschritt ... daraufhin hatte Ghiscolo die Karte verändert.

So machen sie das immer. Nadežra wird niemals frei sein, solange sie die Macht des Tyrannen ausüben. Wut loderte in Grey mit dem ganzen Schmerz des Fluchs, der ihn getroffen hatte, des Numinats, das von den Wespen gegen ihn eingesetzt worden war, der Erinnerungen und Ängste und der tiefen Verzweiflung, die er ein weiteres Mal erleben musste. Es gab keine Grenze zwischen der Wut des Raben und seiner eigenen.

Er war nicht der Einzige, der so reagierte. Um ihn herum erhob sich unzufriedenes Gemurmel, und einige der anderen Hauptmänner erhoben sogar die Stimmen, um das Schweigen ihrer Kommandanten zu übertönen. Allerdings waren es zu wenige. In den Gesichtern um sich herum sah Grey Schock – aber die Art von Schock, die in widerwilligen Gehorsam übergehen würde. Obwohl die Wespen nicht zu ihnen gehörten, war der Befehl von ganz oben gekommen und würde befolgt werden.

Bevor er merkte, dass er sich bewegte, schlug Grey mit der Faust auf einen nahestehenden Schreibtisch; der laute Knall hallte durch den offenen Raum, und er trat in die freie Stelle unter Dimiterros Treppenabsatz.

»Ein Falke zu werden, war für mich nie einfach«, sagte Grey laut über das Murren seiner Kameraden hinweg. »Nicht als Schutzmann und auch nicht, nachdem ich mich zum Hauptmann hochgearbeitet hatte. Aber ich habe das als Herausforderung gesehen und noch härter gearbeitet – weil ich glaube, dass die Wache einen Zweck hat. Den Einwohnern Nadežras zu dienen.«

Sein Blick schweifte durch den Raum und fiel auf Schutzmänner, Leutnants und Hauptmänner. Kommandantin Cercel. »Letzten Epytny haben mich die Wespen während meiner Patrouille gefangen genommen und gefoltert, um Informationen aus mir herauszupressen, die ich nicht hatte. Sie *spucken* auf unser Ziel. Und ihnen die Wache zu überlassen, bedeutet, auf jeden zu spucken, der unser Emblem trägt. Solange dieser Befehl bestehen bleibt, werde ich es daher nicht tragen.«

Mit einer raschen Bewegung zog Grey seinen mit dem Falkenemblem versehenen Mantel aus und legte ihn sanft auf den nächsten Schreibtisch. Dabei achtete er darauf, dass der Kragen mit dem Hauptmann-Hexagramm ganz oben lag.

Dimiterros Stimme knallte wie eine Peitsche durch die Luft. »Hauptmann Serrado. Wenn Ihr glaubt, Ihr könntet Euch von Euren Pflichten abwenden und jederzeit wieder zu ihnen zurückkehren, dann irrt Ihr Euch gewaltig.«

»Und wenn Ihr glaubt, ich würde den Kopf einziehen, während Ihr das unterhöhlt, wofür die Wache steht, dann seid *Ihr* derjenige, der sich irrt.« Die Wut kochte immer höher, aber Grey zwang seine Stimme, klar und hart zu bleiben. »Caerulet mag die Autorität haben, seine Geheimpolizei zu gründen, und er mag ebenso befugt sein, ihnen die Falken zu überlassen, aber ich werde ihm nicht dabei helfen.«

»Ich auch nicht!«

Ranieris Stimme klang schrill vor Anspannung und hallte laut durch den Raum. Grey drehte sich um und sah, wie er sich ebenfalls den Mantel auszog. »Ich war dabei, als die Wespen Hauptmann Serrado mitnahmen. Sie fesselten ihn über einem Folternuminat an einen Stuhl. *Das ist nicht richtig.*«

Pavlins Mantel gesellte sich zu Greys. Dverlis und Tarknias' folgten, und sogar Levinci legte seinen ab und zog die Schultern hoch, um den bösen Blicken seiner Kameraden zu entgehen.

»Jetzt können wir unsere Freunde besser von unseren Feinden unterscheiden«, sagte Ecchino sanft genug, um die Drohung zu überdecken, aber laut genug, um gehört zu werden.

»Hierbei geht es nicht um Freundschaft«, entgegnete Levinci. »Es geht darum, keine Kuckuckseier im Nest zu dulden.«

»Nein.« Cercel trat vor und entledigte sich ebenfalls ihres Mantels. Ihre Hand zitterte, als sie ihn auf den wachsenden Stapel legte, aber ihre Miene blieb entschlossen. »Es geht darum, die Wache an höheren Standards zu messen, statt zuzulassen, dass sie in die Politik des Cinquerats hineingezogen wird.«

Ihre Worte glichen einer Schleuse, die der Flut den Weg bereitete. Jene, die ihre Mäntel auszogen, waren immer noch in der Minderheit, und in manchen Fällen versuchten ihre Freunde, sie davon abzuhalten … aber Greys Einheit war nicht mehr die einzig abtrünnige. Obwohl sich Mettores Korruption und Ghiscolos Brutalität tief in die Wache geschlängelt hatten, waren nicht alle davon betroffen. Er bemerkte, dass sogar Atsarin und Calivaris, zwei andere Hauptmänner und ebenfalls Cercel unterstellt, sich ihnen anschlossen.

Dimiterro gab keine Drohungen mehr von sich und versuchte auch nicht, dem Einhalt zu gebieten. Er wartete nur, bis der letzte Mantel auf dem Boden landete, und sagte dann mit von Wut verzerrter Stimme: »Raus. Kommt mir ja nicht mehr unter die Augen. Ihr seid alle charakterlose Verräter!«

Dabei entsprach das genaue Gegenteil der Wahrheit. Es war ungemein mutig, den Horst zu verlassen, vorbei an den ehemaligen Kameraden, die sie dabei verfluchten oder sogar anspuckten. Dann standen sie draußen auf dem Platz und atmeten die kalte Herbstluft ein, und Grey versuchte, nicht zu zittern, als er sich umsah und erst jetzt richtig begriff, was er getan hatte.

Wenig überraschend war es nicht er, zu dem die Überläufer strömten. Er hatte das Ganze zwar ins Rollen gebracht, war jedoch immer noch Vraszenianer und bloß Hauptmann. Cercel war diejenige, die mit Fragen überhäuft wurde, und die ehemaligen Falken wollten wissen, was sie nun tun sollten. Sie schienen zu glauben, dies wäre ein einfacher Protest, ein Druckmittel, um etwas zu ändern – und dass sie zurückkehren würden, sobald das Problem behoben war.

Möglicherweise würde es dazu kommen. Aber er hatte das nicht vor.

Die Gruppe um Grey wurde kleiner. Levinci ging sofort, die Arme um sich geschlungen, als bereute er es bereits, den Mantel abgelegt zu haben. Den Rest schickte Grey mit dem Versprechen, sie morgen aufzusuchen, nach Hause. Er hatte zwar sein Kommando niedergelegt, aber sie waren immer noch seine Leute.

Als Pavlin ihm folgen wollte, hielt Grey ihn zurück. »Seid Ihr wieder mit Tess zusammen?« Er musste Ren informieren, aber Grey Serrado, der ehemalige Hauptmann, hatte keinen Grund, Alta Renata über die veränderten Umstände zu unterrichten. In Hemdsärmeln im Herrenhaus der Traementis aufzutauchen, hätte nur Klatsch und Tratsch zur Folge.

Und das würde zu weiteren Problemen führen.

»Ich ... ich weiß nicht, ob wir wieder *zusammen* sind, aber ...« Pavlin blickte zum hoch aufragenden Horst hinauf und verzog das Gesicht. »Sie hat mir einen neuen, besser geschneiderten Patrouillenmantel genäht, aber den brauche ich jetzt wohl nicht mehr.«

Perfekt. Grey musste sich keinen Grund ausdenken, um Pavlin dorthin zu schicken. »Geht zu ihr. Hier könnt Ihr nichts mehr tun, und wenn sie die Neuigkeiten an ihre Herrin weitergibt, ist Alta Renata vielleicht geneigt, ihre Unterstützung anzubieten.«

Pavlin salutierte reflexartig, hielt dann aber inne und zuckte zusammen. Grey klopfte ihm auf die Schulter und schenkte ihm ein müdes Lächeln. »Keine Formalitäten, Pavlin. Das haben wir hinter uns.«

Sein ehemaliger Schutzmann nickte und eilte von dannen. Grey drehte sich um und sah Cercel auf sich zukommen. Das Wort kam ihm über die Lippen, bevor er es zurückhalten konnte: »Kommandantin.«

Sie grinste schief. »Nicht mehr, dank Euch. Nein, entschuldigt Euch nicht – Ihr habt das Richtige getan. Ich habe lange versucht, die Probleme in der Wache zu bekämpfen, aber …«

Es war nicht nötig, diesen Satz zu beenden. Sie wussten beide, wie wenig eine einzelne Person ausrichten konnte.

Cercel schüttelte sich, als würde sie einen unerwünschten Umhang ablegen. »Gehen wir etwas trinken?«

»Es wäre mir eine Ehre, Meda Cercel.«

Die Verwendung ihres Adelstitels ließ sie schnauben. »Nennt mich Agniet. Kommt, ich kenne ein gutes Lokal in Sonnenkreuz.«

* * *

Tempel der Illius Praeteri, Ažerais' Traum

Einen halben Augenblick lang machte Rens Herz einen Satz – doch die Gestalt vor ihr war nicht Vargo.

Es war eine Vraszenianerin, eine Szorsa, deren Haare zu einer Krone geflochten waren, aus der dünnere Zöpfe wie Wasser herabfielen. Sie kniete vor Ren und mischte ihre Karten, während sich um sie herum die Linien eines Numinats erstreckten.

Nicht des Numinats, das Tanaquis und Vargo inskribiert hatten. Ein anderes mit Kästen für sekundäre Fokusse, die durch strahlenförmige Linien mit dem Zentrum und dem umgebenden Kreis verbunden waren. An der Stelle, an der die Szorsa kniete, befand sich der zentrale Fokus.

Ren blickte nach unten und stellte fest, dass sie weiterhin Renatas Kleidung trug und vermutlich auch wie Renata geschminkt war. Sie ignorierte es und sprach die Frau auf Vraszenianisch an. »Entschuldigt die Störung, Szorsa. Ich suche jemanden. Könnt Ihr mir helfen?«

Die Szorsa erschrak und sah Ren blinzelnd an, als wäre *sie* die Erscheinung. Sie trug seltsame Kleidung: Ihre Bluse war an beiden Schultern geknöpft, ein Stil, den Ren nur aus Theaterstücken über die Geschichte Vraszans kannte, und ihr hoher Kragen war in den Farben aller Clans bestickt. »Ich wusste nicht, dass Seterin unsere Sprache sprechen oder dem Pfad unserer Herrin folgen. Solltet Ihr nicht in Euer Lumen fliegen?«

Ren verzog das Gesicht. »Was Ihr seht, ist eine Maske. Ich bin …« Sie hielt kurz inne, als sie an die Zeit dachte, die sie damit verbracht hatte, sich vor Alinka und Idusza zu verkleiden und sich als etwas auszugeben, was sie nicht war. Aber diese Szorsa musste ihre verworrene Vergangenheit nicht kennen. »Vraszenianerin. Und nicht tot … hoffe ich jedenfalls.«

»Ihr geht wach durch den Traum. Ist es schon wieder so weit?« Die Frau blickte hinauf zu einem Himmel aus Stein, der von flackernden Phosphorstrahlen und Wellen aus quellenlosem Licht erhellt wurde. »Nein, unsere Herrin schläft noch. Was führt Euch hierher? Wenn Ihr im Traum nach Verwandten sucht, solltet Ihr die Kanina tanzen.«

Ihr Stirnrunzeln war so freundlich wie das einer Mutter, die ihr Kind schalt. Leise fügte sie hinzu: »Ihr würdet nicht wollen, dass Eure Čekani und Dlakani hier gefangen sind.«

Die anderen beiden Teile von Rens Seele. Sie schluckte schwer. »Ich suche keinen Verwandten, sondern einen Freund. Ich kann ihn nicht zurücklassen. Meinetwegen ist er hierhergekommen – in Fleisch und Blut, so wie ich. Ich dachte, ich würde ihn hier finden. Diese Figur, in der Ihr sitzt – wisst Ihr, was das ist?«

Die Szorsa warf einen Blick darauf und murmelte. »Ein Echo der Vergangenheit, die noch bevorsteht. Es ist etwas im Traum geschehen, wie ein Muster, das die Vergangenheit, Gegenwart und Zukunft sieht.«

Tricat. Eine von Tanaquis' ersten Beobachtungen hinsichtlich des Zusammenhangs zwischen Numinatria und Muster war, dass die drei Reihen eines vollständigen Musters Tricats Assoziation mit der Zeit widerspiegelten.

»Ihr sucht Führung.« Die Stimme der Szorsa holte sie aus ihren Gedanken. Der Satz war so alt wie Vraszan – und einer, den Ren gut kannte.

Sie kramte in ihrer Tasche und holte eine Decira heraus. Die Opferschale der Szorsa stand vor ihren Knien und fing das reflektierte Licht von oben ein. Ren kniete nieder und legte die Münze in die Hälfte für Ir Entrelke, das Gesicht. »Möge ich das Gesicht und nicht die Maske sehen.«

Es folgte das Mischen der Karten und das Murmeln von Gebeten, ein sanftes und vertrautes Wiegenlied. Doch statt der von Ren erwarteten Dreier- oder Neuneranordnung legte die Szorsa ihre Karten in einem ungewohnten Muster aus: sechs in einem Kreis und eine siebte in der Mitte.

»Was ist das für ein Muster?«, fragte Ren.

Die Finger der Szorsa verharrten auf der ersten Karte am unteren Rand des Kreises. »Habt Ihr noch nie ein Rad gesehen?« Sie schnalzte mit der Zunge. »Es wird selten verwendet, seit die Clan-Karten in Ungnade gefallen sind … aber es ist der beste Wegweiser, um seinen Platz in der Welt zu verstehen. Andere Muster sind Pfade oder Wandteppiche. Das Rad stellt den Wagen dar, der einen trägt. Seht.«

Sie drehte die Karte um. *Siegreiche Schwestern*: die Karte des Mutes. »Die Position des Pferds zeigt, was Ihr habt und wer neben Euch steht«, erklärte sie. »Euretwegen ist Euer Freund hier hergekommen; seinetwegen folgt Ihr ihm. Ihr seid beide tapfer, und diesen Mut werdet Ihr brauchen, um Euch dem zu stellen, was vor Euch liegt.«

Ren ließ sich im Schneidersitz nieder und beugte sich vor. Die letzte Szorsa, die ihr ein Muster gelegt hatte, war eine Frau gewesen, die für Vargo im *Klaue und Kniff* arbeitete und keine erkennbare Gabe besaß. Wer war diese Fremde, die das jetzt für sie tat – abgesehen vom Geist einer Szorsa, die schon lange tot und verschwunden war?

Die Hand der Szorsa bewegte sich in Sonnenrichtung zur nächsten Karte. »Die Rattenposition gibt, was Euch im Weg steht und wer gegen Euch ist.«

Ah – eine Karte für jeden Clan. Zuerst die Meszaros, jetzt die Stretsko mit *die Maske der Asche*. Die Szorsa sagte: »Ihr sucht mehr als nur Euren Freund – aber was Ihr sucht, ist eine Gefahr für Euch. Etwas, das auch Eure Feinde haben. Eine Quelle der Zerstörung, die alles auseinanderreißt.«

So wie die Zlyzen Leato und Vargo während der Schlacht im Amphitheater in Stücke gerissen hatten. Verkohltes und geschwärztes Holz war durch die graue Oberfläche der Maske zu sehen und erinnerte sie an ihre Albträume. Neue Angst kroch in Ren hoch.

Die Karte für den Anoškin-Clan war *Sprung zur Sonne*. Ein Sprung ins Ungewisse, im Vetrauen auf die Zukunft. »Die Eule für die Weisheit, die Ihr nicht vergessen dürft. Ohne Risiko kein Gewinn. Wenn die Zeit gekommen ist, müsst Ihr das tun, wovor Ihr Angst habt, das, wovon Ihr glaubt, es nicht tun zu können.«

Die Geschichte meines Lebens, dachte Ren sarkastisch.

Die meisten Mythen über Ažerais' Kinder besagten, dass sie als Zwillinge geboren wurden, was bedeutete, dass Varadi als Nächstes kommen musste. »Die Spinne für die Frage, die Ihr stellen müsst.«

Ren hatte sich schon einmal gefragt, ob in Vargos Adern Varadi-Blut floss. Nach allem, was sie über seine Vergangenheit wusste, konnte nicht einmal er es mit Sicherheit sagen; sie hatte den Eindruck, er hätte sich Peabody – den echten Peabody – als eine Art Talisman zugelegt. Betraf die unbeantwortete Frage etwa Vargo selbst?

Kette und Schuss besagte etwas anderes. Zum ersten Mal hob die Szorsa den Blick von den Karten und sah Ren fest in die Augen. »Die Karte der Vereinigung. Ihr wisst, was es bedeutet, wenn Ihr das Gesuchte wieder an Euch nehmt. Manche Fäden binden uns an jene, die wir lieben; andere binden uns an Gefahr und Schaden. Seid Ihr auf das vorbereitet, was diese Vereinigung mit sich bringt?«

Das Medaillon. Ren hatte sich so sehr auf die Notwendigkeit konzentriert, Tricat zurückzuholen, und gar nicht daran gedacht, dass sie dadurch wieder mit ihm verbunden werden würde. Wäre sie gezwungen, Tricat zu tragen, bis der Rabe bereit war, es zu zerstören? Wie lange würde das dauern? Was würde es ihr in der Zwischenzeit antun – und den Traementis'?

Rens Flüstern klang trocken und unsicher. »Das bin ich. Ich … ich muss es sein.«

Jede gute Musterleserin wusste, dass sie weitermachen musste, bevor ein Kunde zu tief in seine Gedanken abdriften konnte. »Der Fuchs für die Belohnung, die Ihr verdient«, fuhr die Szorsa mit einem rätselhaften Kichern fort. Die für die Dvornik aufgedeckte Karte war *das Gesicht der Rosen*, wunderschöne, einander überlappende Blütenblätter und leuchtend grüne Augen. »Wenn das Gift herausgesaugt wird, kann die Wunde heilen.«

Ihre freundliche Miene verblasste, und ihre Hände zitterten. »Ihr wisst, was das Gift ist.«

Die Maske der Würmer. Sie hatte diese Karte im Muster des Raben gesehen und ihr Gegenstück in Vargos. Die korrumpierende Macht von Kaius Rex’ zerbrochener Amtskette hatte sich durch ganz Nadežra gewunden – doch es war möglich, sie aus dem Fleisch ihrer Stadt herauszuschneiden.

Bisher war das Radmuster von wechselnden Stimmungen geprägt gewesen, wobei die guten Karten den schlechten vorausgingen. Als Nächstes würde Kiraly kommen, und Ren war nicht überrascht, als die Szorsa sagte: »Der Waschbär für das Risiko, das Ihr eingeht.«

Ren brachte *die Maske des Chaos* mit Mettore Indestor in Verbindung, dem Caerulet, der eigentlich für Recht und Gerechtigkeit hätte eintreten sollen, stattdessen aber einen Aufstand am Unterufer ausgelöst hatte. Ghiscolo hatte seinen Sitz übernommen – und ihn genutzt, um die Ordo Apis zu gründen, die Anduske ins Visier zu nehmen, Vargo zu beschuldigen und Grey zu foltern. Aber diese Karte konnte, wenn sie in einem Neun-Karten-Muster in der »guten« Position lag, auch bedeuten, dass man aus dem System aussteigen musste. Galt hier dasselbe, oder musste sie entsprechend ihres negativen Aspekts interpretiert werden?

Die Szorsa beobachtete sie mit wissendem Lächeln. »Versucht, nicht zu viel selbst zu sehen. Denkt nur an eines: Nicht alle müssen die Konsequenzen erleiden, wie sie es tun sollten. Manchmal ist der Preis für die Gerechtigkeit zu hoch.«

Nur die mittlere Karte blieb noch übrig. Ižranyi, Ažerais’ jüngstes Kind, ohne Zwilling geboren. Paradoxerweise war es *Orin und Orasz*: die Zwillingsmonde, von denen manchmal behauptet wird, sie seien Ažerais’ Liebhaber, von denen all ihre Kinder stammten. Die Karte der Dualität.

»Der Traumweber als Mittelpunkt, um den sich alles dreht«, murmelte die Szorsa. »Ihr sitzt vor mir mit einem Seterin-Gesicht und einer Vraszan-Stimme. Aber Ihr seid in Ažerais’ Traum: Wer von Euch kann Eurem verlorenen Freund helfen?«

Obwohl Tanaquis und Vargo dies als das Reich der Gedanken bezeichneten, war es für Ren ein zutiefst vraszenianischer Ort. Nicht Alta Renata würde Vargo retten, sondern Arenza Lenskaya.

Sie rechnete beinahe damit, dass sich ihr Aussehen schlagartig verändern würde. Ihre Kleidung war jedoch immer noch Seterin, und ihr Gesicht fühlte sich nicht anders an als vorher. Die Szorsa schien nicht auf eine Veränderung zu warten; sie sammelte ihre Karten ein, legte sie in ihr Deck zurück und flüsterte dabei das Dankgebet.

Ren legte zwei weitere Münzen in die Schale, eine für das Gesicht, eine für die Maske. »Danke – ich kenne Euren Namen nicht.«

Die Frau schloss die Hände fester um ihr Deck. Ohne aufzublicken, erwiderte sie: »Ich heiße Zevriz.«

Der Name traf sie wie ein Schlag. Zevriz: der Nicht-Name, der jenen gegeben wurde, die ganz ausgestoßen und für immer von der Gesellschaft Vraszans abgeschnitten waren. Man durfte ihnen nicht einmal etwas zu essen oder zu trinken geben. Ren erinnerte sich an ihre Opfergaben, warf einen Blick in die Schüssel … und stellte fest, dass sie leer war.

Was habt Ihr getan, um derart verflucht zu werden? Aber sie konnte diese Frage nicht aussprechen. Stattdessen legte sie eine Hand auf ihr Herz. »Ich danke Euch. Und …« Was konnte sie jemandem sagen, der zur Namenlosigkeit verdammt war? »Möget Ihr Frieden finden.«

Die Szorsa antwortete nicht. Ren sah sich um und überlegte, wo sie das Medaillon verloren hatte. Würde sie dort auch auf Vargo stoßen? Ein Sprung ins Ungewisse: Vielleicht war es das. Nach oben, durch den Stein …

Und der Traum erlaubte es ihr, zu springen.

* * *

Vargo wurde von Schüttelfrost gequält, einem endlosen Zittern, das er nicht kontrollieren konnte. Elende, vermaledeite *Hölle.* Als er das letzte Mal Asche genommen hatte, war er auf einer von der Pest heimgesuchten Straße gelandet und hatte zwischen toten und sterbenden Leibern schwimmen müssen, denen die Krankheit aus jeder Körperöffnung drang. Wie das Haus, aus dem er als Kind gerettet worden war, als eine weitere Seuche das Unterufer befiel. Vargo wäre nur zu gern in den Westkanal gesprungen, um wieder sauber zu werden.

Dieses Mal machte die Asche ernst. Vargo war krank. Und das war noch nicht einmal das schlimmste seiner Probleme.

»Passt mal auf ...« Er stieß die Worte qualvoll hervor und drückte die Finger gegen die anschwellenden Knoten an beiden Halsseiten, als würde das den Schmerz lindern. Dabei stellte er sich vor, wie sie platzten und Eiter seine Kehle hinuntersickerte. Ein weiterer Schauder durchfuhr ihn.

»Passt mal auf«, versuchte er es erneut. »Das ist doch sinnlos. Ich komme nicht raus und ihr kommt nicht rein, daher könnt ihr genauso gut aufgeben und jemand anders terrorisieren.«

Die Zlyzen, die den einfachen Schutzkreis um ihn herum umringten, zischten, schoben die schwarzen Zungen über die gezackten Zähne und drängten sich gegen die unsichtbare Barriere des Numinats. Vargo machte sich noch kleiner und sehnte sich einen roten Faden herbei. Oder sogar rote Kreide. Die Zlyzen wurden vorerst zurückgehalten, aber der hastig gezeichnete Kreis und die einander überlappenden Dreiecke, die Sessat bildeten, waren zu grob, um lange zu halten, und er hatte Zavn als Fokus verwenden müssen, weil seine Tasche alle wichtigeren Stempel verschluckt hatte.

»Ich bin mir nicht mal sicher, ob ihr echt seid.« Er war sich sicher. Sie waren so echt wie die Krankheit, die an den

Rändern seiner Fassung nagte. Die Asche machte das alles echt.

Gib ihnen einfach den verdammten Anhänger. Das Gewicht ruhte schwer in seiner Tasche. Er ballte eine Faust darum, da er sich wider jede Vernunft sicher war, dass die Zlyzen ihn haben wollten und unsicher, was sie tun würden, wenn sie ihn hätten.

Aber er gab noch nicht auf. Es wäre sinnlos gewesen, all diesen Unsinn durchzumachen *und* scheiternd zu sterben. Sein Kreis war einfach, aber er würde noch eine Weile halten. Lange genug, um einen Plan zu schmieden, wie er an den Zlyzen vorbei zum Ende des Pfads gelangen konnte – falls die Krankheit ihn nicht vorher tötete.

Der leuchtende Nebel rings um die Quelle wirbelte auf. Der verdammte Mettore Indestor hatte versucht, sie zu zerstören. Wenn er das nicht getan hätte, wäre Vargo nie von den Zlyzen zerfetzt worden und Ren hätte den Anhänger nicht fallen lassen …

Er murmelte einen Fluch, als der Nebel eine neue Gestalt ausspuckte. »Na großartig, noch ein verdammter Albtraum.«

Doch seine Vision von Ren war keine entsetzliche, schauderhafte Parodie. Sie war sie selbst – zumindest ihr falsches Seterin-Ich –, und sie schrak zurück, als sie die Zlyzen bemerkte, die sich ihr wie eine wabernde Woge zuwandten.

Verdammt. Sie war wirklich *echt*.

Vargo war auf den Beinen, bevor er wusste, wie ihm geschah. Im Stehen drehte sich ihm der Kopf, und sein Magen rumorte, aber er stieß krächzend hervor: »Verschwinde von hier. Ich werfe dir den Anhänger zu und versuche dann, sie wegzulocken.« Er war nicht in der Verfassung für eine Verfolgungsjagd, aber vielleicht verschaffte er ihr ja etwas Zeit.

»Um in Stücke gerissen werden?« Ren wich den herumstreunenden Zlyzen aus, doch ihr fassungsloser Blick war auf ihn gerichtet. »Nein. Ich habe bereits einen Freund an diese Monster verloren. Das wird mir kein zweites Mal passieren.«

Freund. Bei dem Wort wurde ihm schwindlig, und er schwankte näher an den Rand seines Schutzkreises heran. Die Kreaturen duckten sich und machten sich wie Katzen mit nach hinten gebogenen Gliedmaßen zum Sprung bereit.

Sie gab sich bereits die Schuld an Leatos Tod. Vargo hoffte immer noch, ihr Leid nicht weiter zu vergrößern, aber … »Wenn du mich fragst, ist es wichtiger, den Anhänger hier rauszuholen, meinst du nicht auch?«

»Nein.«

Das war eine rhetorische Frage gewesen, doch sie meinte ihre Antwort ernst. Ren hatte ihm in den letzten Wochen viele Wahrheiten gestanden, einige unangenehm, einige empörend … aber keine war so ehrlich gewesen wie diese.

Ren starrte ihn über das gierige Meer von Zlyzen hinweg an, und es lag keine Unsicherheit in ihrem Blick. Sie hatte es gewagt, in den Traum einzudringen, um ihn zu retten – nicht das Medaillon, sondern *ihn.*

Er hatte den ganzen Weg hierher auf sich genommen, um das Gleichgewicht zwischen ihnen wiederherzustellen, um wiedergutzumachen, was er getan hatte. Dass er sie in die Nacht der Höllen geschickt hatte. Aber wenn sie ihn jetzt rettete, würde die Waagschale in die andere Richtung kippen.

In seinem Kopf vielleicht. Aber nicht in ihrem. Er erkannte das mit derselben übernatürlichen Klarheit, die ihm verriet, was die Zlyzen begehrten …

Vargos Mund wurde staubtrocken. Wie ein Todesflüstern stieß er hervor: »Ren … *Lauf.*«

Sie rührte sich nicht. »Was?«

»Die Zlyzen …« Sie hielten ihn noch immer gefangen, doch mit Ausnahme der wenigen, die ihm am nächsten standen, galt ihre Aufmerksamkeit nicht ihm.

Sondern ihr.

Das Flüstern steigerte sich zu einem erstickten Schrei. »Sie wollen dich! Sie haben gewartet – als ob sie gewusst hätten, dass du zurückkommen würdest!«

Die Zlyzen schwärmten aus und umkreisten Ren. Sie verfolgten sie, griffen aber nicht an, und sie begegnete ihnen mit einem Mut, den er nicht einmal im Ansatz begreifen konnte. Ihre Ausweichmanöver trieben sie auf Vargo zu, bis sie ihm so nahe war, dass er sie murmeln hören konnte: »Ein Sprung ins Ungewisse.«

»Was?«

Ren drehte sich zu ihm um. »Vargo. Vertraust du mir?«

Vertrauen ist der Faden, der uns verbindet … und das Seil, an dem wir hängen.

»Ja«, antwortete Vargo.

Sie war ihm jetzt ganz nah. Ren streckte eine Hand aus. Er sprang aus der Sicherheit seines Numinats, um sie zu ergreifen …

Und der Traum um ihn herum veränderte sich.

* * *

Das Labyrinth von Nadežra, Ažerais' Traum

Die Wände von Kaius Rex' Amphitheater stürzten ein und hinterließen Fragmente, die sich zu Säulen mit stilisierten, gemeißelten Köpfen formten. Nicht die bemalten Tonfiguren, die Ren aus ihrer Kindheit kannte, sondern wunderschöne Kunstwerke, manche emailliert, andere vergoldet, einige aus seltenen und farbenfrohen Hölzern geschnitzt. Auf einer Seite jeder Säule schimmerten juwelenbesetzte Augen wie Sterne; auf der anderen Seite starrten die leeren Löcher einer Maske unverwandt heraus.

Und auf dem Boden erstreckte sich ein breiter, eingelegter Pfad – das größte Labyrinth, das Ren je gesehen hatte.

Sie war sich nicht sicher, welche Veränderung sie erwartet hatte. Seit Monaten hatten die Zlyzen sie in ihren Albträumen verfolgt, und sie hatte alles getan, um sie fernzuhalten. Als Vargo sagte, dass die Zlyzen hinter ihr her wären … ergab das Sinn.

Aber nur teilweise. Sie wusste noch immer nicht, *warum*.

Daher hatte sie den Traum gebeten, es ihr zu zeigen.

Und er brachte sie hierher. Immer noch auf dem Gipfel der Spitze, doch statt des Monuments des Tyrannen umgab sie der uralte Tempel, den er zerstört hatte, und das Labyrinth, das zu Ehren von Ažerais' Quelle errichtet worden war.

»Was bedeutet das?«, flüsterte sie.

Vargos Hand lag weiterhin feucht und zitternd in ihrer. Er sah grauenhaft aus, hatte fahle Haut und blutunterlaufene Augen, und seine Stimme war nur noch ein Krächzen, als er sagte: »Ich glaube, das bedeutet, dass ich mit dem Kotzen warten sollte, um deine Göttin nicht zu beleidigen.«

Die Zlyzen waren noch immer da. Sie drängten sich jedoch nicht so dicht um sie herum wie im Amphitheater, sondern liefen im Säulengang, der den offenen Hof mit dem Labyrinthweg umschloss, auf und ab.

Ein Teil der Anspannung wich von ihr. Aber die Entfernung half ihnen nicht weiter: Sie war durch das Labyrinth gegangen, um in den Traum zu gelangen. Um ihn zu verlassen, musste sie ihrer Meinung nach tun, was eine Gläubige tun würde, und die gewundenen Linien auf geradem Weg überqueren und alles Unglück hinter sich lassen.

Und geradewegs auf das Unglück zugehen, das draußen lauerte, verkohlt, mit sich falsch verbiegenden Gelenken und gefletschten Zähnen.

»Kannst du erkennen, was sie wollen?«, murmelte sie ihm zu. Es war vermutlich keine gute Idee, ihn zu bitten, das

Medaillon zu nutzen, aber unter diesen Umständen ... »Abgesehen von ›mir‹.«

Sein Kopfschütteln war sowohl ein Schaudern als auch eine Verneinung. »Ich kann nicht einmal sagen, woher ich das weiß. Wahrscheinlich spricht da das Fieber aus mir. Aber sie haben nicht versucht, dich zu fressen.«

Nein, das hatten sie nicht. Genauso wenig, wie sie Mütterchen Lindwurm gefressen hatten, bis Ren sie gegen sie aufgehetzt hatte.

Als Ondrakja an Rens Gift starb, hatte sie einen Zlyzen getötet und sein Blut getrunken. Ren hatte nichts dergleichen getan ... aber sie hatte sich auf gewisse Weise an sie gebunden. An ihren Knoten. Durch die blasphemische Nachahmung der Freundschaft, die Mütterchen Lindwurm geschaffen und auf die sich Ren eingeschworen hatte, damit sie sich gegen Ondrakja wenden und sie erneut verraten konnte.

Sie mochte sich zwar gegen ihre Anführerin gewandt haben, aber ihre Verbindung zu den Zlyzen blieb bestehen, lila gesprenkelt wie ein alter Bluterguss. Und sie musste nur Vargo ansehen, um zu wissen, dass die Verbindungen, die in Ažerais' Traum geknüpft wurden, so real waren wie die Schnüre eines Knotenarmbands.

War es für sie ein Affront, mit einer Verräterin in Verbindung gebracht zu werden? Hatten sie sie in ihren Träumen heimgesucht, weil sie wollten, dass sie die Verbindung durchtrennte?

Als sie versuchsweise an dem Faden zog, bebte der Traum um sie herum und die Zlyzen jaulten auf, als hätten sie Schmerzen.

»Mein Fieber verrät mir, dass ihnen das, was immer es auch gewesen ist, nicht gefallen hat.« Vargo legte die Stirn auf ihre Schulter, als könne er den Kopf nicht länger aufrecht halten.

Ren nahm die Hände vom Faden. *Anscheinend nicht.* Aber was wollen sie dann?

Ein vraszenianischer Fluch entrang sich ihrer Kehle. Nachdem sie die Verbindung zu Vargo gestärkt hatte, war sie in der Lage gewesen, seine Gespräche mit Alsius zu belauschen.

Ihr drehte sich der Magen um. *Nein!* Sie hatte Monate damit verbracht, alles zu tun, um die Zlyzen fernzuhalten, und sie wollte sich auf gar keinen Fall noch stärker an sie binden.

Aber … sie musste herausfinden, was *sie* wollten. Sie schienen weder sprechen noch schreiben zu können; andererseits glaubte Ren, dass in ihnen eine wilde Intelligenz schlummerte, mehr als der Verstand eines einfachen Tiers. Mütterchen Lindwurm hatte mit ihnen gesprochen, als könnten sie einander verstehen.

Sie war ja auch verrückt.

Ren blickte über ihre Schulter und sah nicht die Quelle, sondern eine wunderschöne Alabasterschale, die so groß war, dass sie sie nicht mit den Armen umfassen konnte. Die Schale war mit kühlem, klarem Wasser gefüllt. Sie tauchte die Finger der freien Hand hinein, berührte damit ihre Stirn und betete kurz.

Dann legte sie diese Finger auf den Zlyzen-Faden und ließ ihn wachsen.

* * *

Das Labyrinth von Nadežra, Ažerais' Traum

Vargo zitterte, und die Angst pinnte ihn wie einen Käfer auf einem Stück Pappe fest, als der Faden, der Ren an die Zlyzen band, unter ihrer Hand pulsierend sichtbar wurde.

»Nicht«, stöhnte er, aber es war zu spät. Ren stand reglos da, blickte ins Leere, und die Zlyzen erstarrten.

Er wandte den Blick von ihr ab und schaute sich um. Das Numinat, das er inskribiert hatte, war verschwunden; stattdessen befanden sich an der Stelle kniehohe Markierungen aus Holz, das man poliert und geölt hatte, um den Elementen zu widerstehen, die wie Stifte auf einem Guziek-Brett aus dem moosbedeckten Boden ragten. Alle waren mit Schnitzereien verziert: Darauf prangten Spinnen und Füchse, Geistereulen und Ratten, Pferde und Waschbären und Traumwebervögel.

Konnte er sie herausziehen, während die Zlyzen abgelenkt waren? Die Kraft, die ihm die Asche verliehen hatte, schwand, seine Verbindung zu Alsius war derart geschwächt, dass er befürchtete, ein hartes Wort würde sie zerreißen. Und die Krankheit wirbelte durch ihn hindurch, pulsierte von seinem Kopf hinunter in seinen Bauch und wieder hinauf …

»Sie wollen kommunizieren.«

Rens Flüstern war kaum zu hören. Vargo griff danach wie nach einem Rettungsring. »Was?«, krächzte er.

Der Faden war verblasst, aber ihre Hand schwebte noch immer in der Luft. Ihre Mundwinkel zitterten vor Angst. »Sie wollen, dass ich … sehe.«

Scheiß drauf. Vargo griff nach seiner Tasche – wenn es sein musste, konnte er das Numinat, das sie hergebracht hatte, neu erschaffen. Dann stellte er fest, dass er seine Werkzeuge irgendwann nach dem Inskribieren seines Schutzkreises fallen gelassen hatte. Sie waren genauso verloren wie sie beide.

Er steckte die Hand in die Tasche und stellte erleichtert fest, dass der Grund für all diese Probleme noch immer da war. Er schloss die Faust fester um den Anhänger …

… und spürte einen Ruck, einen Drang, dem er folgen musste und der zu stark war, um natürlichen Ursprungs zu sein.

Vargo hatte Ren losgelassen. Er packte ihr Handgelenk genau in dem Augenblick, in dem etwas nach ihnen griff und sie aus dem Traum herausriss.

Fünfter Teil

6

Die Maske des Nichts

Tempel der Illius Praeteri, Alte Insel: 15. Canilun

::Pass auf, was du sagst – wir sind nicht allein!::

Vargo taumelte, und Ren prallte so heftig gegen ihn, dass sie beinahe umgefallen wären. Das Numinat um sie herum war nicht dasselbe, das er und Tanaquis inskribiert hatten, sondern ein einfaches Tricat, gerade groß genug für sie beide, und unter Vargos Füßen befand sich ein einfacher Fokus aus rotem Glas.

Ein Praeteri-Numinat. Und als er sich zwang, den Kopf zu heben, sah er in das besorgte Gesicht von Tanaquis … und das gierige, entzückte von Diomen.

»Es hat geklappt!« Tanaquis klatschte erleichtert in die Hände und gab Diomen sogar einen Klaps auf die Schulter. »Danke, Pontifex.«

::Sie hat ihn zu Hilfe geholt … Ren hat das Numinat zerstört, das du vorher genutzt hast … Aber ich bin besorgt, was Tanaquis ihm erzählt haben könnte …::

Vargo schwankte. Er hatte das Fieber nicht im Traum zurückgelassen; er war in Fleisch und Blut dorthin gegangen, und der Albtraum hatte sich darin eingenistet. In seinem Kopf drehte sich alles. Immer wenn er Ren ansah, fühlte sich sein

Schädel an wie eine Glocke, die gerade geläutet worden war, und die Desorientierung ließ ihn aus dem Numinat taumeln.

Es war leichter, Alsius anzusehen, der nun herbeihuschte und sich in Vargos Mantel versteckte. Er wollte nur, dass Vargo in Sicherheit war. Diomen wollte einen großen Plan zum Abschluss bringen. Und Tanaquis … Sie wollte die scheinbar unterschiedlichen Teile des Kosmos mit einer Reinheit vereinen, die offen gesagt beängstigend war.

Ich weiß diese Dinge. Woher weiß ich diese Dinge? Wie bei den Zlyzen. Vargo hatte nur … hingesehen. Und sie gewusst.

»Oje. Hast du dein Eifer-Opfer wiederholt?« Tanaquis fing Vargo auf, bevor er auf dem Tempelboden zusammenbrach. Sein Gewicht brachte sie beide ins Stolpern. »Komm. Wir bringen dich nach Hause, damit du dich erholen kannst.«

»Das war dumm.« Diomens starrer Blick war auf Ren gerichtet. »Was hat dich dazu gebracht, ein solches Risiko einzugehen, Schwester Renata? Es sind schon Menschen im Reich der Gedanken verloren gegangen. Meines Wissens ging ein Teil von dir vor nicht allzu langer Zeit dort verloren. Was auch immer du damals zurückgelassen hast, kann diese Gefahr nicht wert sein.«

Sie machte einen unsicheren Knicks und setzte beim Sprechen Renatas Akzent auf. »Ich bitte um Entschuldigung, Pontifex. Ich hätte das nicht versuchen dürfen.«

Diomen bückte sich, um die Linien des Numinats zu durchbrechen, dann trat er vor und ragte vor Ren auf. »Du hast meine Frage nicht beantwortet. Zeig mir, was dir dieses Risiko wert war. Zeig es mir, damit ich dir erklären kann, wie wenig es im Vergleich zu dir bedeutet.« Seine Worte klangen wie die eines verliebten Mannes, doch sein Tonfall enthielt nichts, was Zuneigung ähnelte.

Vargo hätte dem Mann am liebsten die Zunge herausgeschnitten, damit er nie wieder etwas sagen konnte. Mit Alsius wie ein zweites Herz unter seinem Mantel war sein Verlangen nach längst überfälliger Rache beinahe überwältigend. Ghiscolo mochte hinter dem Mordversuch an Alsius stecken, aber Diomen hatte diesen Fluch ersonnen. Und nun stand er hier vor ihm. Ein Messerstoß, und die erste Hälfte ihrer Rache wäre vollbracht. Vargo und Ren konnten sich etwas einfallen lassen, um Tanaquis das Geschehen zu erklären – sobald Diomen tot war.

::Tu das nicht, Vargo. Du bist krank und kannst nicht klar denken.::

Das Sprechen fühlte sich an, als würde man die Worte durch einen Fleischwolf drehen, aber er stieß krächzend hervor: »Selbst wenn sie wollte, kann sie es nicht tun. Wir waren noch auf der Suche danach, als du uns herausgezogen hast.«

::Dann war … alles umsonst?::

Das ist eine Lüge, alter Mann. Vargo behielt Ren im Auge. Er wollte schreien. Wegrennen. Sich die Kleider und dann das Fleisch vom Körper reißen, als könnte ihn das von diesem Fieber befreien. Er konnte sich kaum noch auf den Beinen halten; die Lüge gut zu verkaufen, lag an Ren.

Sie sah Diomen fest an. »Mir ist bewusst, was ich getan habe, Pontifex. Ich … ich wollte mir beweisen, nach dem, was ich letztes Jahr durchgemacht habe, einfach beweisen, dass ich keine Angst mehr verspüre. Ist das nicht der Weg der Praeteri? Dass wir uns selbst beherrschen?«

»Das Tor der Angst ist eines der großen Mysterien«, erklärte er mit abweisender Stimme. »Du bist noch nicht bereit dafür.«

Ein weiterer Knicks. »Was ich feststellen musste, Pontifex. In Zukunft werde ich deinen Rat einholen, bevor ich so etwas versuche.«

Irgendwie verwandelte sie diesen Knicks in einen Schritt zur Seite, der sie an Diomen vorbeibrachte. Tanaquis nutzte diese Gelegenheit und schritt ein. »Im Augenblick sollten wir erst einmal einen Arzt für Vargo suchen. Ich hoffe sehr, dass *dein* Bericht, Renata, über deine Erlebnisse aufschlussreicher sein wird, als es seine üblicherweise sind.«

Wenn Diomen versucht hätte, sie aufzuhalten, wäre Vargo seinem inneren Kampf erlegen und hätte ihm an Ort und Stelle den Garaus gemacht. Stattdessen schweifte der Blick des Pontifex durch die Kammer und fiel auf das Numinat, das Vargo und Tanaquis erschaffen hatten. Linien, die wie Aža glitzerten, bogen sich darüber und zeichneten die Form eines Labyrinths nach.

»Dann geht«, sagte er mit ufinsterer Miene. »Ich muss dieses blasphemische Durcheinander beseitigen. Und dann, Schwester Renata, werden wir beide uns erneut unterhalten.«

* * *

Alte Insel und Weißsegel: 15. Canilun

Renata wartete, bis sie weit genug vom Tempeleingang entfernt waren und sie sicher sein konnte, dass Diomen ihnen nicht folgte, bevor sie sagte: »Bitte vergib uns die Lüge, Tanaquis, aber der Pontifex …«

»Hat sich sehr merkwürdig verhalten«, stimmte Tanaquis zu. »Aber wenn ihr gelogen habt – bedeutet das dann, dass du dein Medaillon wiedergefunden hast?«

Vargo nickte knapp, als Renata ihn ansah. Sein fiebriger Blick war voller Fragen, aber Sonnenkreuz war nicht der Ort, um diese zu beantworten.

»Das haben wir«, bestätigte Renata. »Und wir brauchen immer noch deine Hilfe, was mir schrecklich leidtut. Vargo hat es gefunden. Wenn er es mir zurückgibt … fürchte ich, dass ihn dieselbe Krankheit treffen wird, die das gesamte Traementis-Register heimgesucht hat. Kannst du sie beseitigen, wie du es bei uns getan hast?«

Daraufhin blieben sie beide ruckartig stehen. »Was zum Teufel?«, krächzte Vargo, während Tanaquis nachdenklich die Lippen verzog.

Renata glaubte fast zu beobachten, wie sich die Zahnräder in dreifachem Tempo drehten, während Tanaquis Gedanken rasten. »Zu mir nach Hause«, entschied Tanaquis schließlich mit einem energischen Nicken. »Mit einem Zwischenstopp in einer Apotheke, um ein paar Medikamente zu besorgen.«

Auf der Bootsfahrt nach Weißsegel bekamen sie keine Gelegenheit zum Reden. Vargo war zu sehr damit beschäftigt, sich über die Reling zu übergeben, während Renata ihn festhielt, um sicherzustellen, dass er nicht ins Wasser fiel. Zwischen den Würgereizen flehte er Alsius im Geiste an, ihn nicht allein zu lassen, während Alsius auf Vargos Schulter saß und ihm erklärte, dass er nirgendwohin gehen würde und dass er nicht so albern sein solle.

»Hast du deine Karten dabei?«, erkundigte sich Tanaquis, nachdem sie Vargo über die Schwelle in ihr Wohnzimmer gehievt hatten. »Selbstverständlich hast du das. Ausgezeichnet. Zieh – hmmm – drei, während ich mich um diese Angelegenheit kümmere.« Sie machte sich daran, ein Numinat für das Tonikum zu zeichnen, das sie auf dem Rückweg gekauft hatte.

Die Gebete ergaben eine beruhigende Litanei in Rens Kopf. Kiraly, Anoškin, Varadi, Dvornik, Meszaros, Stretsko, Ižranyi: alle vraszenianischen Vorfahren, die im Rad angerufen worden waren, das die namenlose Szorsa ausgelegt hatte. Wer war sie nur?

Als Tanaquis ihre Arbeit beendet hatte, zeigte Renata ihr die Karten. »Dort, wo wir stehen, ist *die Maske der Asche* – Zerstörung. Für unseren Weg steht *das Gesicht des Gleichgewichts*, also Gerechtigkeit und Ordnung. Und das Ziel ist *die lachende Krähe.*«

»Ist das nicht eine Ostretta?«, fragte Tanaquis stirnrunzelnd.

»Es ist die Karte der Kommunikation. Vermutlich wurde die Ostretta danach benannt.«

»Faszinierend. Ich mache mich gleich an die Arbeit.«

Vargo hatte das Tonikum hinuntergestürzt und beugte sich vor, um seine Hilfe anzubieten, aber Tanaquis drückte ihn mit minimalem Kraftaufwand zurück in die liegende Position. »Ich mache das jetzt zum dritten Mal – wirklich passend. Allein komme ich schneller voran.«

Tanaquis nahm die drei Karten und verschwand in ihre Dachkammer. An ihrer Stelle erschien Zlatsa; Renata kritzelte eine Notiz auf die Rückseite eines Zettels, den Tanaquis im Salon liegen gelassen hatte, und wies das Dienstmädchen an, damit zum Traementis-Herrenhaus zu gehen und ihn nur Tess zu übergeben. Zlatsa murmelte einige vraszenianische Flüche, bei denen Renata so tat, als würde sie diese nicht verstehen, hüllte sich in einen Schal und eilte hinaus.

Somit war Ren mit Vargo allein, dessen Augen jetzt sowohl von den Stimulanzien als auch dem Fieber glänzten.

»Tja, dieser Plan ist in fast jeder Phase schiefgelaufen.« Seine Stimme klang dünn, als müsste er sich ein nervöses Lachen verkneifen. Er griff in seine Tasche, zog das Bronzemedaillon heraus und legte es mit einem bedrohlichen Knall neben sich auf den Tisch. »Willst du mir jetzt vielleicht auch verraten, in was ich da eigentlich hineingestolpert bin?«

»Das hättest du nicht tun sollen«, flüsterte Ren müde und kauerte sich neben ihm auf den Boden. Das Nachmittagssonnenlicht schien durch die Fenster; der ganze Vormittag war verstrichen, während sie sich im Traum aufgehalten hatten. »Dieses Medaillon ... Es gehörte einst dem Haus Traementis. Letilia hat es vor ihrer Abreise gestohlen; es befand sich unter dem Schmuck, den ich mitgenommen habe, als Tess und ich aus Ganllech geflohen sind. Es ist – nun ja – verflucht.«

Alsius huschte Vargos Arm hinunter und umkreiste vorsichtig das Medaillon. Immer wieder hob und senkte er den

Kopf, als würde ihm ein Fingerbreit mehr oder weniger Höhe eine bessere Perspektive verschaffen. ::Das ergibt keinen Sinn. Ich erkenne dieses Siegel nicht. Und … zähle ich die Anzahl der Seiten richtig? Es sind *elf*?::

»Es gibt noch viel mehr, das keinen Sinn ergibt. Als ich es in der Hand hielt, sah ich …« Vargos Hand schwebte über dem Medaillon, dann zog er sie zurück. »Du wolltest diesen Fluch auf dich nehmen? Ein weiteres Mal?«

»Statt es im Traum zu lassen oder zu riskieren, dass jemand anders betroffen ist? Ja.« Sie widerstand dem Drang, die Arme um sich zu schlingen. Das hätte die Kälte in ihrem Inneren nicht gelindert und Vargo nur ins Grübeln gebracht. *Als ich es in der Hand hielt, sah ich …* Was Ren in der Nacht der Glocken gesehen hatte. Die Macht des Medaillons gewährte einem Einblicke in die Menschen um einen herum.

Bevor Vargo das Offensichtliche aussprechen konnte, fügte sie hinzu: »Ich habe nicht die Absicht, es zu behalten. Aber es zu zerstören, wird einige Mühe kosten, und in der Zwischenzeit ist es bei mir am sichersten.«

::Es ist nur Bronze::, sagte Alsius. ::Es zu schmelzen, dürfte nicht allzu schwierig werden. Es sei denn, du willst damit andeuten, dass es bei seiner Herstellung durchdrungen wurde, um es widerstandsfähiger zu machen?::

Vargo starrte das Medaillon mit seinen seltsamen, verdrehten Dreiecken, die sich auf eine Weise miteinander verbanden, die der normalen Logik der Geometrie widersprach, finster an. »Was bei den Höllen ist das für ein Ding? Ich habe das Gefühl, es funktioniert wie ein Praeteri-Numinat, aber es hat ein Siegel. Und warum fertigt man etwas mit elf Seiten an? Die Elf ist bedeutungslos. Elf kommt …«

Sie kam im selben Augenblick zu der gleichen Erkenntnis wie er. »Nach Illi.«

Illius Praeteri.

Ren schluckte ein mulmiges Gefühl hinunter. »Ich weiß

nicht, wie es hergestellt wurde oder woher es stammt. Aber das hier … Es ist ein Teil von Kaius Rex' Amtskette.«

Das Knarren von Tanaquis' Schritten im oberen Stockwerk war das einzige Geräusch im Salon. Vorsichtig hob Vargo Alsius hoch und entfernte ihn vom Medaillon.

»Das wusste ich nicht, als ich es verloren habe«, fügte Ren hilflos hinzu. »Ich dachte, es wäre ein gewöhnlicher Anhänger. Als ich es herausfand …«

»… hast du versucht, es zurückzubekommen.« Vargo kramte in seinen Taschen herum, bis er ein Taschentuch fand, und wischte sich damit den Schweiß vom Gesicht.

Sie wollte ihm nicht noch mehr aufbürden, und sie wollte auch Greys Vertrauen nicht verraten. Aber angesichts ihrer Begegnung mit Diomen, ihrer Verwicklung mit den Praeteri und dem, was Vargo ihr an jenem Tag im Privilegienhaus erzählt hatte, gab es eine Sache, die er noch wissen *musste.* »Ghiscolo besitzt auch eins. Vielmehr befürchte ich, dass es jetzt schon zwei sind: Quinat und Sessat. Was er dir angetan hat – dazu hat er ein Medaillon benutzt.«

»Ich glaube, jetzt kommt der Teil, wo mir richtig schlecht wird.« Vargo faltete sein schweißnasses Tuch sorgfältig zusammen. »Aber in mir ist schlichtweg nichts mehr drin.«

::Ghiscolo besitzt ein solches Medaillon? Oder gar *zwei*?:: Alsius' mentale Stimme klang noch unsicherer als Vargos. ::Weißt du, wie es dazu kam?::

Ren wusste, woran man erkannte, dass ein Mensch log. Sie hatte hingegen nicht die geringste Ahnung, wie sie erkennen sollte, ob Alsius bereits davon gewusst hatte und nur das Gegenteil davon vorgab. Wenn er seines Vaters Erbe gewesen war und das Oberhaupt von Haus Acrenix werden sollte …

Dann entschlüpfte ihm ein schwacher Gedanke, so leise und verloren wie eine Kinderstimme. ::Hat mein Bruder mich deshalb getötet?::

Vargo drückte Peabody an seine Brust und hob die andere

Hand, um ihn abzuschirmen, als könnte er Alsius damit vor der Erkenntnis bewahren. ::Wir wissen es nicht …::

::Quinat. Macht. Das ergibt Sinn. Nichts anderes wollte je Sinn ergeben.::

Schritte auf der Treppe kündigten Tanaquis' Rückkehr an. Vargos Blick huschte zu dem Medaillon, das zwischen ihnen lag.

»Ich bin dafür verantwortlich«, sagte Ren leise. »Allerdings wäre ich sehr dankbar für eure Hilfe.«

Bevor sie noch mehr sagen konnte, kehrte Tanaquis zurück. »Ich bin fertig, nur eine Sache fehlt noch. Würdet Ihr bitte Euer Hemd ausziehen, Vargo?«

»Nicht ohne eine Erklärung oder einen Drink«, erwiderte er mit einem Anflug seiner üblichen Trockenheit.

»Das Numinat auf Eurer Brust, das Ihr mir letztes Jahr gezeigt habt«, sagte Tanaquis. »Renata hat mir erzählt, es würde Euch an eine Art Geist binden. Ich muss es untersuchen, um herauszufinden, ob die Wirkung des Medaillons auf den Geist übergehen kann – und wenn ja, ob er in die Reinigung miteinbezogen werden muss.«

Vargo sah nicht in Renatas Richtung, aber sie hörte Alsius stottern: ::Du hast *Tanaquis* von mir erzählt?::

::Fairerweise musst du bedenken, dass ich damals Rens Feind war::, erwiderte Vargo mental. Laut sagte er: »Ich vermute, es wäre besser, uns beide zu reinigen.«

»Ja, aber ohne Körper …«

Seufzend streckte Vargo die Hand aus, auf der Peabody balancierte. »Sein Körper ist hier.«

Tanaquis blinzelte. »Der Geist … ist eine Spinne.«

»So ähnlich. Können wir das erledigen, damit ich endlich in mein eigenes Bett komme?«

Sie schürzte die Lippen und nickte dann. »Aber wenn es Euch besser geht, gibt es ein paar Fragen, die Ihr mir *unbedingt* beantworten müsst.«

Geht uns das nicht allen so?, dachte Ren und folgte ihnen die Treppe hinauf.

* * *

Weißsegel, Oberufer: 15. Canilun

Dank der Erfahrung aus den beiden vorherigen Durchläufen konnte Tanaquis den Vorgang weitaus schneller beenden, als Renata erwartet hatte. Die einzige Abweichung bestand darin, dass Vargo das Medaillon als Fokus platzieren und Renata es entfernen musste, als alles erledigt war.

Einen Augenblick, bevor sie es aufhob, schoss ihr durch den Kopf: *Was würde passieren, wenn es niemand aufhebt?* Dank Tanaquis' Werk hatte zu diesem Zeitpunkt keiner eine Verbindung zum Medaillon. Konnten sie es nicht einfach irgendwie loswerden?

Allerdings hätte es jemand berührt, wenn man es bewegte – sie hatte keinen Grund zu der Annahme, dass Handschuhe oder Zangen spirituellen Schutz bieten würden –, und wenn es auf dem Boden von Tanaquis' Arbeitszimmer liegen bliebe, könnte es in die Hände des Dienstmädchens oder eines Einbrechers geraten, oder es würde automatisch in Tanaquis' Besitz übergehen, da es sich in ihrem Haus befand. Renata verstand die Natur der Medaillons nicht gut genug, um das zu riskieren.

Trotzdem zitterte ihre Hand, als sie danach griff.

»Darf ich es sehen?«, bat Tanaquis, als Renata die Finger um die Bronze schloss. »Ich möchte es mir nur anschauen, es aber nicht berühren.«

Die Vorsicht des Raben zuckte durch sie hindurch. Aber da das Medaillon ihr Bewusstsein beeinflusste, wusste sie, dass Tanaquis nur die Harmonie des kosmischen Systems verstehen wollte. Dies war ein ungewöhnlicher Teil davon; natürlich wollte sie ihn studieren.

Tanaquis wischte sich geistesabwesend den Kreidestaub vom Surcot, während sie das Medaillon betrachtete und sich von einer Seite zur anderen lehnte, um die einfache Gravur im Licht zu mustern. »Faszinierend«, murmelte sie, wie Renata erwartet hatte. »Weißt du, was das ist?«

Sie konnte lügen; Vargo, der auf dem Boden saß und Alsius in einer Hand hielt, würde sie nicht auffliegen lassen. Aber der Rabe hatte es bisher nicht geschafft, ein Medaillon zu zerstören. Möglicherweise lag er mit der Annahme richtig, dass er mit Illi-Null beginnen musste oder dass er das ganze Set brauchte … Aber es könnte auch sein, dass die Zerstörung ein größeres Verständnis von Numinatria erforderte, als sie beide besaßen. »Es ist ein Stück aus Kaius Rex' Amtskette.«

Tanaquis richtete sich abrupt auf. »Das ist eine nadežranische Überlieferung, die nicht viele Seterin kennen. Ja, du hast recht … Schau, man sieht noch, wo es früher an den Seiten mit den anderen Stücken verbunden war. Ich habe viel über seine Kette gelesen – oder zumindest alles, was meines Wissens darüber geschrieben wurde. Aber ich meinte eigentlich das Siegel in der Mitte.«

»Ich bin keine Inskriptorin und habe Enthaxn nur so weit studiert, wie es meine Lehrer von mir verlangt haben«, antwortete Renata, anstatt das auszusprechen, was sie nicht sagen durfte: dass sie das Siegel wohl kaum zu erkennen vermochte, wenn Vargo und Alsius es nicht konnten, und dass der Rabe dieses Wissen nicht weitergegeben hatte, falls er darüber verfügte.

Tanaquis tat ihre Worte ab. »Das hätte dir auch nicht weitergeholfen. Dieses Stück ist älter als das antike Enthaxis und war für dessen Volk ein Gräuel. Die Ilumve-Gläubigen waren bestrebt, sämtliche Aufzeichnungen darüber zu vernichten und dieses Wissen in der Dunkelheit verrotten zu lassen.« Bei Renatas verwirrtem Stirnrunzeln fügte sie hinzu: »Ilumve ist der Enthaxn-Name für Lumen.«

::Lächerlich::, murmelte Alsius unruhig. ::Sie will damit doch nicht etwa sagen, dass es ...::

»Es ist urzeitlich.« Vargos Stimme brach, und Renata bezweifelte, dass dies auf irgendeine Krankheit zurückzuführen war.

Die Urwesen: die namenlosen, dämonischen Kräfte, die von den Göttern unterworfen und aus den Grenzen der Realität verbannt worden waren. Ihr Einfluss war noch immer in der Welt spürbar, normalerweise in geringem Maße ... aber hin und wieder brach ihre Macht in stärkerer Form durch.

Wie damals, als der gesamte Ižranyi-Clan starb und die Stadt Fiavla zu einer leeren, verwunschenen Ruine wurde.

Ohne auf ihre Reaktionen zu achten, redete Tanaquis in ihrem üblichen belehrenden Ton weiter. »Die elfseitige Form verrät es. Elf ist die Zahl der Urtümlichen, obwohl umstritten ist, ob das wörtlich gemeint war oder einfach ›jenseits der Götter, die wir kennen‹ bedeuten sollte. Früher gab es Sets von Artefakten wie diesem, die die Kraft eines bestimmten Urtümlichen durch die zehn Numina kanalisierten. Das Siegel kennzeichnet dieses Medaillon als ein Set, das A'ash gewidmet ist. Sie haben Namen, musst du wissen, auch wenn sie größtenteils in Vergessenheit geraten sind. A'ash ist der Urtümliche der Begierde.«

Ren fiel das Medaillon aus der Hand.

Tanaquis blickte erst darauf hinunter und dann Ren an. *Renata. Ich muss Renata sein.*

Sie klammerte sich an diesen Gedanken wie an ein Seil. »Das erklärt den Fluch«, sagte Tanaquis, nun langsamer, als ob ihr bewusst wurde, dass nicht jeder dies als spannenden geschichtlichen oder mystischen Leckerbissen ansah. »Die Macht eines Urtümlichen überwältigt unweigerlich jeden, der sich ihrer bedient; Artefakte dieser Art sollten dieses Risiko begrenzen. Insofern eine unkontrollierbare, elementare Kraft überhaupt begrenzt werden kann. Aber selbst die Artefakte bergen eigene Risiken. Wenn man eins verliert, wird man irgendwann von derselben Macht zerstört, die man heraufbeschworen hat.«

Kette und Schuss. Diese Frage musste sich Ren stellen. War sie bereit für die Konsequenzen, die es mit sich brachte, sich mit einem Urtümlichenartefakt zu verbinden? Sie hatte sich unwissentlich dafür entschieden … und jetzt war es zu spät, diese Entscheidung rückgängig zu machen.

Sie konnte sich davon befreien. Tanaquis bitten, das Gift des Urtümlichen ein zweites Mal zu entfernen.

Danach sehnte sie sich so sehr, dass es sich wie ein unausgesprochener Schrei anfühlte. Das war die Macht, die sie während der Nacht der Höllen gespürt hatte, als der Sturm vor dem Privilegienhaus tobte. Keinen verdrehten Maskenaspekt von Ažerais. Einen *Urtümlichen* … Die Vorstellung, das Medaillon wieder vom Boden aufzuheben … sich mit der Art von Macht zu beflecken, die die Ižranyi in Fiavla und in ganz Vraszan vernichtet hatte … in diesem Sumpf zu versinken, obwohl sie *wusste*, was es war …

Doch ihre Ängste von zuvor bestanden weiterhin. Wer sollte das Medaillon besitzen, wenn nicht Ren?

Ihre Karten hatten ihr versprochen, dass es vielleicht eine Chance gab, Nadežra endlich von diesem Gift zu befreien. Darauf musste sie vertrauen.

»…nata? Ren.« Vargos Hand auf ihrer Schulter ließ sie zusammenschrecken. Er musste sie mehrmals angesprochen haben, bevor er es gewagt hatte, ihren richtigen Namen zu zischen. Tanaquis ging zum vertrauten Stirnrunzeln über – wie immer, wenn sie einen gesellschaftlichen Fehltritt bemerkte.

»Ich bin …« Sie berührte zum Dank seine Hand, brachte es aber nicht übers Herz zu lügen. Es ging ihr nicht gut. Sie konzentrierte sich stattdessen auf Tanaquis und versuchte, ihr Zittern zu unterdrücken. »Wenn die Aufzeichnungen vernichtet wurden, woher weißt du dann davon?«

Tanaquis wirkte beleidigt, dass jemand ihre Forschung infrage stellte. »Lumens Licht hat nicht alle Schriften zu diesem Thema verbrannt. Der Pontifex verfügt über eine beeindruckende Sammlung.«

»Der *Pontifex*?«, platzte es aus Renata und Vargo gleichzeitig heraus.

Die Wucht ihrer Reaktion ließ Tanaquis stutzen. »Ja, selbstverständlich. Ich nahm an, zumindest Ihr wüsstet das, Vargo – Ihr schient mit Eisar vertraut zu sein.«

Er bohrte die Finger schmerzhaft hart in Renatas Schulter. »Was meint Ihr damit?«

»Eisar«, wiederholte sie, als wäre es offensichtlich. »Deshalb beeinflussen sie die grundlegenden Emotionen – Verlangen, Besessenheit, Wut und so weiter. Denn sie sind Ausstrahlungen der Urtümlichen. Und was sind die Urtümlichen, wenn nicht diese ungezügelten Emotionen?«

Vargo ließ die Hand sinken, und Ren schlug sich ihre vor den Mund. *Jedes Mal, wenn ich in einem Praeteri-Numinat stand …*

Sie hatte Tanaquis noch nie so enttäuscht gesehen. »Ich hatte befürchtet, dass ihr so reagieren würdet. Die Leute tun so, als ob die Welt zusammenbrechen würde, wenn man nur das Wort ›Urtümlicher‹ ausspricht. Ich schlage ja nicht vor, ihre Anbetung zu legalisieren; das ist viel zu gefährlich. Ich möchte bloß verstehen, was sie sind. Sie sind ein Teil des Kosmos, auch wenn die Götter sie fernab von Lumen gebunden haben. Ja, die rohe Kraft eines Urtümlichen kann zerstörerisch sein – aber gerade deshalb ist diese Eisar-Forschung so vielversprechend! Sie bringen nur ein winziges Fragment der Kraft eines Urtümlichen in die Welt, so wie ein Fokus ein winziges bisschen von Lumens krudem Licht vermittelt. Die

Praeteri arbeiten seit Jahren mit ihnen, und das ohne negative Auswirkungen.«

Ohne negativen Auswirkungen ... außer denen, die Nadežra erleiden musste. Ren wurde noch schlechter.

Vargo schien dasselbe zu denken. »Ohne negative ...« Seine Schultern zuckten, als müsste er sich davon abhalten, Tanaquis zu packen. »Ihr habt nicht die geringste Ahnung, wofür die anderen Mitglieder diese Fokusse verwendet haben, nicht wahr?«

»Außerhalb der Rituale verbringe ich nicht viel Zeit mit den anderen. Warum sollte ich meine Energie mit belangloser Numinatria verschwenden, wenn es wichtigere Geheimnisse zu erforschen gilt?«

Er fuhr sich mit den Fingern durchs Haar, als könnte er die letzten Minuten aus seinem Schädel ziehen. »Ich bin nicht ansatzweise gut genug, um alles erklären zu können, was an dieser Frage falsch ist.«

»Du musst dich ausruhen«, sagte Renata. »Und ich – ich muss nachdenken.« Es kostete sie ihre ganze Willenskraft, sich zu bücken und das Bronzemedaillon mit den ineinander verschlungenen Dreiecken aufzuheben. Sie hatte es schon einmal berührt und nie etwas gespürt; das ungute Gefühl der *Falschheit*, das sie überkam, war bloße Einbildung. Anders konnte es nicht sein.

Als sie sich aufrichtete, gewann sie zumindest einen Teil ihrer Fassung zurück. Sie sah Tanaquis direkt in die Augen und sagte: »Das muss unter uns bleiben. Diomen und keiner der Praeteri darf erfahren, dass ich dieses Medaillon besitze.«

::Insbesondere nicht mein Bruder::, fügte Alsius hinzu.

Seine Worte riefen einen weiteren Gedanken hervor, den sie vor gefühlt zehn Jahren schon einmal gehabt hatte. »Und, Tanaquis – wenn du mich aus dem Traementis-Register streichst, werden dann alle anderen verflucht?«

»Dich streichen? Wieso denn das?«

Renata hielt das Medaillon hoch. »Damit es nicht alle beeinflussen kann.«

»Das dürfte nicht nötig sein«, entgegnete Tanaquis knapp. »Ich kann einen Schutzschild um deinen Namen inskribieren.«

Ihre Gewissheit löste die Anspannung ein wenig – aber nicht ganz. Nichts konnte den an ihr nagenden Zweifel beseitigen. Das Medaillon würde ihre Wünsche von Funken zu Flammen anfachen. Wie konnte sie sich selbst noch vertrauen? Versuchte sie, Giuna und die anderen zu beschützen, weil es das Richtige war … oder weil Tricat das Numen der Familie war?

Es ist das Richtige. Daran musste sie sich festhalten.

* * *

Ostbrück, Oberufer: 15. Canilun

Als Vargo sein Stadthaus erreichte, warf Varuni ihm einen Blick zu und presste die Lippen zusammen. »Ich lasse Euren Arzt rufen.«

Vargo brummte nur dankend, schleppte sich nach oben und ließ sich ins Bett fallen.

::Du solltest dich umziehen::, sagte Alsius. Er war aus Vargos Kragen geschlüpft und hatte es sich in einer der Lücken des gitterartigen Kopfteils bequem gemacht.

»Nerv mich nicht«, stöhnte Vargo, aber er gehorchte, zumindest zog er sich Stiefel, Mantel, Weste und Hose aus und hängte sie über die Rückenlehne seiner Récamiere. Erst als er wieder ins Bett kletterte, bemerkte er, dass sich Peabody so weit in sein Loch zurückgezogen hatte, dass man nicht einmal mehr seine Augen sehen konnte.

Ich bin ein Arschloch.

::Du bist krank.::

Und trotzdem ein Arschloch. Vargo war mit seiner Panik fertig geworden, indem er die Unvermeidlichkeit seines Zustands akzeptierte … aber wie konnte er von Alsius erwarten, dass er die Enthüllungen über Ghiscolo einfach hinnahm?

::Es ändert rein gar nichts. Wir wussten, dass er für den verfluchten Umhang verantwortlich war. Meine Zukunft als Eret Acrenix an sich zu reißen, dieses Medaillon zu nehmen … Das ist alles dasselbe.::

Es war nicht dasselbe. Alsius hätte bereitwillig auf das Erbe verzichtet, das er nie haben wollte. Für ihn war es eine Belastung, die ihn nur von seinen Forschungsarbeiten abgelenkt hatte.

Bei dem Medaillon sah die Sache hingegen ganz anders aus. Alsius glaubte an Lumens Licht. Wäre ihm die Natur der Macht des Medaillons bekannt gewesen, hätte er sich seiner Zerstörung verschrieben – zumindest *hoffte* Vargo das. Vielleicht hatte ihm sein Vater deshalb nie von dessen Existenz erzählt.

Vargo erschauderte. *Urtümliche.* Er dachte lieber an ein weltliches Monster wie Ghiscolo. Dieser Mann mochte Nadežra mit der Ordo Apis zugrunde richten, aber er konnte nicht innerhalb von elf Tagen Tausende von Menschen vernichten.

Allerdings richtete Ghiscolo Nadežra außerdem mit den Praeteri und ihren Eisar-Numinata zugrunde.

Alsius hatte ihm immer gesagt, dass die Elf für Inskriptoren eine blasphemische Zahl sei, aber er hatte ihm nie den Grund dafür erklärt. Es wäre einfach Tradition, Aberglaube. War dieses Numinat im großen Amphitheater, das die Quelle zerstören sollte – war die Figur, die es umschloss, wirklich ein Zehneck gewesen? Oder hätte Vargo stattdessen elf Seiten gezählt, wenn er in der Lage gewesen wäre, es von oben zu sehen und die Winkel zu messen?

Seine Gedanken kreisten wie die eines Betrunkenen um dieses Thema. Vargo wollte eigentlich viel lieber in der Lethargie ertrinken, die ihm die von Tanaquis verabreichten Medikamente ermöglichten. Stattdessen baute er sich ein Nest aus Decken, um sich auf Augenhöhe mit Alsius' Versteck zu begeben. Die Spinne kauerte so still darin, dass Vargo sich schon fragte, ob sie eingeschlafen war. Die von der Asche verursachte Krankheit hatte sicher auch ihn befallen. Er hoffte, dass sie beide so wie sonst auch schnell wieder auf die Beine kamen.

::Das ist vermutlich ohne Belang::, sagte Alsius schließlich und wagte sich so weit vor, bis das schwache Licht auf seine Vorderbeine fiel, die er zaghaft aneinander rieb. ::Glaubst du, mein Vater war daran beteiligt? An … meinem Tod?::

»Nein.« Dessen war sich Vargo zumindest sicher. »Er hätte Ghiscolo jederzeit zu seinem Erben machen oder ihm das Medaillon geben können. Oder beides.« Vielleicht nicht ohne Widerstand innerhalb des Hauses – aber wenn er die Menschen dazu zwingen konnte, seinen Befehlen zu gehorchen, so wie Ghiscolo es bei Vargo und Nikory getan hatte, welcher Widerstand hätte ihm da noch standhalten sollen?

Ein weiterer Schauder durchlief Vargo. Die Anbetung der Urtümlichen war seines Wissens überall verboten, nicht weil Angst, Verlangen oder Stolz grundsätzlich falsch waren, sondern weil die Macht dieser Elementarkräfte unweigerlich alles überwältigte, was sie berührte. Deshalb hatten die Götter die Urtümlichen aus der Realität verbannt, um zu verhindern, dass sie die Welt zerstörten. Nur Spuren dieser Macht sickerten noch herein und bildeten die Impulse des menschlichen Herzens.

Und die verdammten Praeteri griffen nach diesen Fäden und zogen daran!

Sogar *er* hatte diese Fäden ergriffen. Auf der Suche nach dem Geheimnis, wie man Eisar-Numinata herstellt. Er hatte diesen Fokus zusammen mit Sibiliat erschaffen und war davon ausgegangen, dass die Praeteri ihr Wissen zwar für selbstsüchtige, destruktive Zwecke einsetzen würden, er jedoch einen Weg finden könnte, es für das Gute zu nutzen.

Vargo schloss die Augen und zog die Decke fester um sich herum, da er abermals zu zittern anfing.

::Glaubst du … Glaubst du, dass der Makel seinen Geist daran gehindert hat, sich Lumen wieder anzuschließen?::

Vargo unterdrückte einen Fluch. Er konnte diese Art von esoterischen Fragen schon an guten Tagen nicht leiden. Für Alsius war Numinatria sowohl eine spirituelle als auch eine intellektuelle Praxis. Für Vargo war sie nur ein Werkzeug.

Aber er konnte Alsius nicht ohne Trost zurücklassen. »Möglicherweise benötigte dein Vater etwas mehr Zeit, um seine Seele zu reinigen, bevor er in den nächsten Zyklus überging, aber … ›Es gibt keine so tiefe Dunkelheit, keine derart verwurzelte Unwissenheit und keine so große Sünde, dass Lumens Licht sie nicht enthüllen und läutern könnte.‹«

Ein leises Kichern hallte durch Vargos Kopf, und Peabody schob sich weiter aus seinem Loch. Schwarze Onyxaugen reflektierten das Licht wie nicht vergossene Tränen. ::Jetzt zitierst du schon Mirscellis.::

»Du hast ihn mir gegenüber oft genug zitiert«, brummelte Vargo. Die Trockenheit des noch nicht gelinderten Fiebers machte ihn unruhig. Er ließ sich in sein Nest sinken und zupfte die Decke zu einer Kapuze zusammen, als wäre er ein Junge und würde Rabe spielen.

::Da hast du vermutlich recht.:: In Alsius' Stimme schwang etwas Wehmütiges mit, das Vargo am liebsten mit all den anderen Gedanken, die er nicht in Augenschein nehmen wollte, verdrängt hätte. Nach einem Moment sagte er: ::Du solltest dich ausruhen, bis der Arzt kommt. Du siehst schrecklich aus.::

Und fühle mich auch so, dachte Vargo, sank noch mehr in sich zusammen und schloss die Augen, doch der Schlaf überkam ihn derart rasch, dass er sich nicht sicher war, ob Alsius es überhaupt gehört hatte.

* * *

Eisvogel, Unterufer: 15. Canilun

Nachdem Cercel endlich mit dem Trinken aufgehört und sich von Grey verabschiedet hatte, nicht ohne die eindringliche Bitte, sie in den nächsten Tagen zu besuchen, machte er sich langsam und auf Umwegen auf den Weg zurück nach Eisvogel. Der Wind zerzauste ihm das Haar, als er die Sonnenuntergangsbrücke überquerte, und ihm schoss durch den Kopf, dass er es sich bald wieder schneiden lassen musste – Wachvorschriften –, bis ihm einfiel, dass das jetzt nicht mehr notwendig war.

Als er nach Hause kam, hatte sich die Dämmerung bereits über die Stadt herabgesenkt. Grey schloss die Tür hinter sich und blieb eine Weile im Halbdunkel stehen. Die Wirkung des Biers war so weit abgeklungen, dass ihm überdeutlich bewusst wurde, was er getan hatte, und er war wie gelähmt.

Und er fragte sich, was er jetzt tun sollte. Er konnte von seiner Arbeit als Rabe nicht leben, geschweige denn Alinka unterstützen. Einige seiner Vorgänger waren Diebe gewesen und hatten das Stehlen nicht als falsch angesehen, solange alles aus den Taschen und Salons der Adligen kam, aber Grey würde sich nicht dazu durchringen können. *Irgendein* Einkommen brauchte er allerdings. Cercel hatte trotz seiner Einwände die Rechnung bezahlt, und er war zu Fuß über die Brücke gegangen, anstatt ein Boot zu nehmen, weil Laufen nichts kostete. Auch jetzt war einer der Gründe, aus denen er kein Licht machte, der Hintergedanke, dass er allzu bald kein Geld mehr für neue Kerzen oder Kohle haben würde.

Er zwang sich, zur Zunderbüchse zu greifen und eine Kerze anzuzünden. Wie ernst seine Lage auch sein mochte, im Dunkeln zu sitzen würde sie nicht verbessern.

Ich muss mir eine andere Arbeit suchen, dachte er, während er sein Schwert abschnallte und es zur Seite legte. Immerhin gehörte diese Klinge ihm – ein Geschenk von Ryvček, keine Leihgabe der Wache –, obwohl er nach dem heutigen Tag kein Recht mehr hatte, sie zu tragen. Es sei denn, sein neuer Beruf gab ihm dieses Recht zurück. Die einzigen Fähigkeiten, die er besaß, machten ihn zum exzellenten Schwertkämpfer, mittelmäßigen Tischler und allerlei anderen Dingen, die nur zur Verhaftung durch seine ehemaligen Kameraden führen würden.

Keine Söldnertruppe, obwohl er vermutete, dass Cercel ihm einen Platz bei einer verschaffen könnte, wenn er sie darum bat. Dann stünde er nur wieder unter dem Kommando einer anderen Person, der man nicht unbedingt trauen konnte. Viele ehemalige Falken leiteten später Gefängnisse für Fulvet oder arbeiteten als private Wachen für Adelshäuser, aber allein bei dem Gedanken an Letzteres übermannte ihn die Wut des Raben, und er biss die Zähne zusammen. Selbst ein Haus ohne Medaillon, wie Traementis eins war, würde ihm noch zu viele Probleme bereiten.

Blieb nur noch, wie Ryvček Duellant zu werden. Auf diese Weise konnte er wenigstens auswählen, für wen er kämpfte, und sich vielleicht einen Namen unter den Handelsgilden und Kaufmannsfamilien machen. Die Masken allein wussten, dass es in Nadežra neuerdings mehr als genug Duelle gab, obwohl das hoffentlich weniger häufig vorkommen würde, wenn sie Tricat erst einmal aus dem Traum geholt hatten. Seine Lehrerin würde ihm gewiss gern helfen.

Er konnte sie sogar noch an diesem Abend fragen. Das war besser, als in einem Haus herumzusitzen, das sich viel zu leer anfühlte.

Gerade als Grey die Kerze auspusten wollte, hörte er ein Klopfen an der Tür.

Ein schwaches, unsicheres Geräusch, als würden die Knöchel eher über das Holz huschen, als dagegen zu schlagen. Er zog den Vorhang beiseite, um hinauszusehen.

Was macht Renata *hier?* Sie trug eine schlichte Hose und einen weiten Mantel, war aber eindeutig als Seterin geschminkt. Arenza kam recht häufig zu Besuch, die Traementis-Alta jedoch nie. Grey verhielt sich wie Hauptmann Serrado – *der allerdings kein Hauptmann mehr war* – und öffnete die Tür. »Alta Renata. Was führt Euch zu dieser Stunde hierher? Hoffentlich keine Traementis-Probleme.«

Sie kam wortlos herein. Sobald er die Tür geschlossen hatte, war die Starrheit, die er bei ihr bemerkt hatte, verschwunden. Ren war nicht nur angespannt, sondern regelrecht verängstigt.

»Ich habe im Horst nach dir gesucht«, sagte sie. Mit Renatas Akzent; dann schüttelte sie den Kopf und die nächsten Worte kamen in vraszenianischer Aussprache heraus. »Sie haben mir voller Freude mitgeteilt, dass du das Handtuch geworfen hast.«

»Ja«, gab Grey zaghaft zu. War es das, was sie so nervös machte? Nein, das konnte es unmöglich sein. »Die Wespen …« Welchen Sinn hatte es, weiterhin mit nadežranischem Akzent zu sprechen? Bei Ren brauchte er keine Masken. »Aber du bist nicht deswegen hergekommen. Was ist passiert, Ren?«

»Ich habe Tricat zurück.«

Grey stützte sich am Türrahmen ab, als eine Flut von Gefühlen – die nicht alle von ihm selbst stammten – ihn umzuwerfen drohte. Erleichterung, Sorge, Stolz … aber auch Wut und Angst.

Angst wie Rens, die sie dazu bewog, die Arme um ihren Oberkörper zu schlingen, als wäre es tiefster Winter. Sie besaß das Tricat-Medaillon mit all den Problemen, die damit einhergingen. Er verdrängte das Misstrauen des Raben – Warum hatte sie es zurückgeholt, ohne es ihm zu sagen? Was wollte sie damit anfangen? Wo war es jetzt? – und suchte nach tröstenden Worten. Denn er bezweifelte, dass sie ihn aufgesucht hatte, um verhört zu werden.

»Wollen wir uns nicht setzen?«, schlug er vor.

Wie eine schlecht geführte Marionette nahm Ren auf dem Stuhl Platz, den er ihr heranzog. Grey setzte sich neben sie, berührte sie aber nicht. Er konnte nicht einmal sagen, ob ihr das jetzt Trost spenden würde. Zum letzten Mal hatte er sie so verstört gesehen, als sie sein Muster gelesen und die Dunkelheit in seiner Zukunft gesehen hatte. Damals hatte er es gewagt, sie zu berühren, und es schien geholfen zu haben. Aber sie hatte die Arme immer noch um den Körper geschlungen, vielleicht nur, um sich zusammenzureißen, vielleicht, um sich seiner zu erwehren.

Sie sprach, ohne ihn anzusehen, ihr Blick war starr nach vorn gerichtet, und sie blinzelte zu schnell. »Wir hatten einen Plan. Tanaquis, Vargo und ich. Ich wollte Asche nehmen und es im Traum suchen.«

Asche. Galle stieg Greys Kehle hinauf. Dass Ren nach ihren vorherigen Erlebnissen dazu bereit gewesen war …

Aber sie hatte *wollte* gesagt. »Was ist passiert?«

Ein kurzer Laut kam über ihre Lippen. »Vargo ist mir zuvorgekommen. Um es mir zu ersparen. Aber er saß dort fest, daher bin ich ihm gefolgt – nicht mit Asche. Da war eine Frau, eine Szorsa-Szekani …« Sie schüttelte den Kopf. »Wir haben es den Zlyzen wieder abnehmen können. Vargo hat das geschafft. Danach hat er es mir gegeben.«

Der enge Knoten des Unbehagens löste sich. Aber – Zlyzen. Grey riskierte es, ihr eine Hand auf den Arm zu legen. Er wollte sie in die Arme schließen, bis seine Wärme die kalten Schatten verjagte, die sie quälten.

Einen Herzschlag lang lehnte sich Ren in seine Berührung; dann zuckte sie zurück. »Entschuldige«, murmelte Grey und ging auf Abstand.

Das Geräusch, das sie machte, klang fast wie ein Schrei. »Ich ... Tanaquis musste Vargos Fluch aufheben, weil er das Medaillon in der Hand hatte. Sie sah Tricat. Und dann erkannte sie ...«

Ihre Pupillen waren im Dämmerlicht weit aufgerissen, und in ihren Augen stand nackte Angst. »Es ist ein Urtümlicher. A'ash, der Urtümliche der Begierde. Daraus beziehen die Medaillons des Tyrannen ihre Macht. Was Menschen befleckt ... Was mich befleckt ... Es ist ... Es ist ...«

Grey wich zurück. Allein die Tatsache, dass der Rabe seine Gedanken kontrollierte, konnte verhindern, dass er wie Ren zusammenbrach. Ein Urtümlicher? Wenn die Zlyzen der Albtraum eines Kindes waren, dann waren Urtümliche die schlimmsten Ängste eines ganzen Volkes. Fiavla, die Ižranyi ... Ein Urtümlicher hatte sie beide vernichtet. Zumindest war Kaius Rex ein Mensch gewesen. Urtümliche ließen sich weder verstehen noch kontrollieren.

Mit einer Ausnahme. Wenn das, was Ren sagte, der Wahrheit entsprach, dann waren die beiden durch die Medaillons miteinander verflochten.

Du bist nicht befleckt, wollte Grey ihr sagen. Aber er wusste, dass das eine Lüge war, wusste es besser als jeder andere, vielleicht mit Ausnahme von Ryvček. Er konnte sich daran erinnern, wie er zwei Jahrhunderte lang miterlebt hatte, dass sich dieser Makel ausbreitete und zerstörte. Fiavla war in elf Nächten heulenden Wahnsinns gefallen. Nadežra versank so langsam und lautlos wie ein Ertrinkender.

»Wir werden es zerstören«, versprach er ihr und bemerkte dabei seinen unregelmäßigen Atem. »Wir finden einen Weg.«

Sie bewegte den Kopf in einer Art Nicken. »Wir müssen das tun. Aber – diese Dinge. Sie beeinflussen den Geist. Die

Emotionen. Du hast mir selbst gesagt, dass Menschen, die Medaillons tragen, von ihren eigenen Wünschen verzehrt werden. Wenn das stimmt …« Sie verzog gepeinigt das Gesicht. »Wie kann ich mir dann noch selbst vertrauen? Die Umstände haben mich gegen meinen Willen nach Nadežra zurückgebracht. Aber als wir hier an Land gingen, schien es mir selbstverständlich zu sein, mir von dieser Stadt das zu nehmen, was ich verdiente – was ich *wollte*. Rache zu nehmen für das, was sie mir angetan hat. So wie die Traementis' nach Rache gierten. Und um das zu tun, habe ich ihre Familie infiltriert. Hätte ich das getan, wenn ich das Tricat-Medaillon nicht gehabt hätte?«

In ihren Wimpern hingen Tränen, als sie ihn ansah, und drohten, ihr über die Wangen zu rinnen. Flüsternd fuhr sie fort: »Würde ich andernfalls dich wollen? Ist das, was ich für dich empfinde, echt … oder wird sogar dieses Verlangen von diesem Ding vergiftet?«

Sie war vor seinem Trost zurückgeschreckt; jetzt verstand er auch den Grund dafür. Wohin sie auch blickte, sah Ren Lügen. Ihre vielen Leben waren darauf aufgebaut. Für sie war die Wahrheit ein dünnerer Faden als der, mit dem er sie während des Fests des verschleierten Wassers aus Ažerais' Traum gezogen hatte.

Das Fest des verschleierten Wassers. Als sie das Medaillon verloren hatte.

Sie hatten diese Anziehungskraft in all ihren verschiedenen Gestalten monatelang gespürt … aber ihr Beginn ließ sich auf eine aufregende Nacht in einer Kellerküche zurückführen. Nachdem sie Tricat längst im Traum verloren hatte.

Er beugte sich vor. »Hast du während meiner Nachforschungen über dich etwas für mich empfunden? Oder hat das vielleicht erst heute Abend angefangen?« Sie schüttelte leicht, aber ohne zu zögern den Kopf. »Wie kann es dann nicht echt sein?«

Grey reichte ihr eine Hand, ein weiteres Seil, um sie aus dem Albtraum zu ziehen. »Wenn du dir selbst nicht vertrauen kannst, dann vertrau mir. Meine Gefühle für dich gehen weit über bloßes Verlangen hinaus ... Und mir wäre neu, dass Liebe die Domäne eines Urtümlichen ist.«

Jetzt brachen sich die Tränen Bahn. Ren blickte erst seine Hand an, dann Grey – und warf sich ihm so heftig in die Arme, dass sie beinahe seinen Stuhl umgeworfen hätte.

Er legte die Arme um sie und hielt sie fest, so wie er es sich schon so lange gewünscht hatte. Ren kuschelte sich zitternd an seine Brust, als Grey ihre Beine über seine zog, damit er sie in seinem Schoß wiegen konnte. Er streichelte ihr übers Haar und flüsterte beruhigende Worte auf Vraszenianisch, und der Klang dieser Sprache strömte wie warmes Wasser über sie beide hinweg und wusch die Angst fort.

Es gab noch immer vieles, wovor sie Angst haben konnten. Aber nicht vor dem, was sie füreinander empfanden.

Als Ren sich bewegte, ließ er sie aufstehen. Sie zerrte an ihrem Mantel, öffnete die Knöpfe, zog ihn aus und schleuderte ihn in die Ecke. Das gedämpfte Geräusch, das der Stoff beim Aufprall auf den Boden verursachte, verriet ihm, dass das Medaillon in einer Tasche stecken musste.

Ren zog Grey auf die Beine, legte ihm die Hände an die Wangen und sah ihn mit einer wortlosen Frage an.

Er antwortete, so gut er konnte, seine Lippen berührten ihre, und er bemerkte ihr Keuchen, als sie sich voneinander lösten. Und dann hielt er sie fest, als sie den Kuss erwiderte.

Die ersten Herzschläge lang war es angenehm. Sanft, tröstend, sie pressten sich aneinander. Aber die Hitze zwischen ihnen hatte sich zu lange aufgebaut und ließ sich nicht länger eindämmen. Irgendwie schafften sie es, am Stuhl vorbeizukommen, ohne zu stolpern; ihr blinder Weg die Treppe hinauf bestand mehr aus aneinanderstoßenden Ellbogen und zischenden Atemzügen als aus Anmut. Greys Arme blieben zwischen seinem Rücken und der Schlafzimmertür gefangen, seine Handgelenke waren in Mantelärmeln gefesselt. Rens Atem an seinem Hals wurde erst von ihrer Zunge und dann von ihren Zähnen abgelöst. Sie legte die Beine um seinen Oberschenkel, und es gelang ihm, sich aus seinem Mantel zu befreien, damit er sie eng an sich drücken konnte. Auf dem Treppenabsatz hallte ihrer beider verlangendes Stöhnen wider.

»Wir machen das nicht im Stehen«, flüsterte Grey ihr gegen die Wange.

»Du bist doch stehen geblieben.« Ihr Atem jagte ihm wohlige Schauder über die Haut.

»Ich versuche, mich daran zu erinnern, wie Türen funktionieren.«

Ihr Kichern traf ihn vollkommen neu. Er hatte zuvor von Liebe gesprochen, aber es war dieses sanfte Geräusch, das Wurzeln schlug und die drei Teile seiner Seele zu einer Gewissheit verband.

Er war derart versunken in ihre Wärme, ihren Geruch und ihr Gewicht, mit dem sie sich an ihn presste, dass sie beinahe umgefallen wären, als sie an ihm vorbeigriff und die Tür aufdrückte. Stattdessen gelang es Grey, sie taumelnd zum Bett zu lenken.

»Besser?«, fragte Ren und richtete sich gerade weit genug auf, um ihm in die Augen zu sehen, wobei ihre von ihrem Haar überschattet wurden. Er schob es zurück, damit die Monde, die durch das Fenster lugten, ihr Gesicht erhellten. Darin sah er keine Angst mehr. Nur dieselbe Frage wie zuvor, und ein Echo der Hitze, die durch ihn hindurchströmte – das Spiegelbild seiner Seele in ihren Augen.

»Ja«, sagte er zu allem und hob den Kopf, um ihren Kuss zu erwidern.

7

Drei Hände vereint

Eisvogel, Unterufer: 16. Canilun

In Rens erstem Monat im Traementis-Herrenhaus hatte jeder Morgen gleich begonnen: Sie erwachte in der beunruhigenden Stille einer unbekannten Umgebung, bis ihr wieder einfiel, wo sie sich befand. Diese Anspannung spürte sie im Augenblick nicht. Beim Aufwachen spürte sie als Erstes einen warmen Körper neben ihrem, und als sie die Augen aufschlug, sah sie Grey, der auf dem Rücken lag, noch tief und fest schlief und dem das dunkle Haar in die Stirn fiel.

Unwillkürlich musste sie lächeln und konnte gar nicht mehr damit aufhören.

Allerdings waren ihre Probleme längst nicht verschwunden. Die Zlyzen hatten sie im Schlaf nicht heimgesucht, und Diomen hatte sie aus dem Traum geholt, bevor sie über ihre gestärkte Verbindung kommunizieren konnten … Aber für sie bestand kein Zweifel daran, dass es noch dazu kommen würde. Tricat lag noch unten in ihrem Mantel; sie hatten bislang keine Möglichkeit, es zu zerstören. Die anderen Medaillons waren weiterhin da draußen, und die Praeteri manipulierten die Stadt immer noch mit Urtümlichen-Numinatria – ein Gedanke, der sie mit Schrecken erfüllte.

Doch als sie hier neben dem schlafenden Grey lag, glaubte

sie daran, dass sie einen Weg finden würden, diese Probleme zu lösen.

Die Nacht war mild gewesen, und sein Körper war nur zur Hälfte zugedeckt. Sie ließ den Blick schweifen und erinnerte sich daran, wie sie in der letzten Nacht übereinander hergefallen waren, nachdem sie sich das gegenseitige Verlangen endlich gestanden und es ausgelebt hatten. Grey hatte recht: Sie hatte sich mit Leib und Seele zu ihm hingezogen gefühlt, als Rabe und als Falke, und das schon lange bevor sie das Medaillon zurückbekommen hatte.

Als sie ihre Aufmerksamkeit wieder auf sein Gesicht richtete, stellte sie fest, dass seine Augen offen waren.

Er strich ihr mit den Fingerknöcheln über die Wange, wobei die Berührung etwas sanfter als sein Lächeln war. In den trägen Momenten vor dem Einschlafen hatte er ein Stück Seife und ein Tuch geholt und ihre durchdrungene Schminke abgewaschen. Zwar hatte sie da ein wenig geschmollt, aber jetzt war sie froh, dass er beim Aufwachen ihr eigenes Gesicht erblickte.

»Du hast gut geschlafen«, sagte er. Es war keine Frage. Er hatte sie schon früher aus Albträumen geweckt.

»Mm.« Ren schlang einen Arm um seine Brust und vergrub die Nase in der warmen Beuge zwischen Schulter und Hals. »Dafür bist du mindestens so nützlich wie ein Kätzchen, und du weckst mich nicht gleich bei Sonnenaufgang und verlangst nach deinem Frühstück.«

Sein Kichern wirbelte ihr Haar auf, als er ihr Küsse so sanft wie Kätzchenpfoten auf die Stirn drückte. »Wenn ich dich so früh geweckt hätte, dann sicher nicht zum Frühstücken.«

»Nein, wahrscheinlich eher, um in das Herrenhaus eines Adligen einzubrechen.«

Damit brachte sie ihn zum Lachen, und sein Brustkorb bebte unter ihrem Arm. »Da hast du mich erwischt, kluge Natalya.«

»Jetzt bin ich also das Kätzchen. Oder eher die Wildkatze.«

Er küsste sie auf die Nasenspitze. »Das ist doch in Ordnung. Ich mag deine Krallen.«

»Und was bist du dann?« Sie pikte ihn in die Seite.

»Das musst du mich noch fragen? Mit einer Maske über Dächer huschen – könnte ich noch mehr Kiraly sein?«

Ihr Lächeln verblasste ebenso wie Greys Belustigung. »Was ist? Stimmt etwas nicht?«

Ren fuhr ihm mit einer Fingerspitze über die Schulter, ohne ihn anzusehen. So viele Lügen zu korrigieren und Wahrheiten zu gestehen; sie könnten ein Jahr allein damit verbringen. »Nur, dass ich keine Dvornik bin, wie ich behauptet habe. Die Tsverin sind nicht mein Kureč. Das ist alles erfunden. Meine Mutter hat mir nie verraten, zu wem sie gehört.« Ihre träge Entspannung verschwand, ihre Kehle schnürte sich zu. »Sie haben sie verstoßen. Meinetwegen.«

Grey strich ihr übers Haar und senkte den Kopf. »Ich liebe dich nicht, weil du eine Dvornik bist, sondern weil du Ren bist. Und – na ja. Ich werde bestimmt nicht den ersten Stein werfen.«

Im Gegensatz zu ihr hatte er einen Kureč, die Szerado. Aber sein Vorname … »Ich gebe zu, dass mir das im Kopf herumspukt, seit Ryvček sagte, dass du eigentlich ganz anders heißt.«

Mit einem kläglichen Seufzer sank Grey zurück aufs Kissen.

»Ah«, sagte Ren. »Anscheinend magst du ihn nicht.«

»Ich hätte Karoslav sein können«, erklärte er nachdenklich und eher an die Zimmerdecke gewandt. »Ein schöner, guter Name. Oder Zlagomir. Oder etwas Altmodisches wie Piotr. Aber nein.«

Sie wartete gebannt, was er jedoch gar nicht sehen konnte.

»Gruzdan«, murmelte er.

Sie hatte sich zwar gewappnet, konnte ihr Lachen aber nicht ganz unterdrücken. »Oje.«

»Gruzdan Jakoski Szerado«, wiederholte er und verzog ironisch die Lippen. »Ich habe den Namen geändert, sobald wir in Nadežra ankamen.«

»Das kann ich nachvollziehen.« Jetzt stützte sich Ren auf einen Ellbogen und strich sich das Haar hinter ein Ohr. »Dann – es sei denn, du verspürst das brennende Verlangen, mit diesem Namen angesprochen zu werden ...«

»Lieber gebe ich mich vor der ganzen Stadt als Rabe zu erkennen.«

Sie brach in Gelächter aus. »Es tut mir leid«, sagte sie, obwohl sie ihn lächeln sah. »Ich sollte nicht lachen. Normalerweise habe ich mich besser unter Kontrolle.«

»Ist schon gut.« Grey strich ihr eine verirrte Haarsträhne aus dem Gesicht. »Meinetwegen musst du keine Maske aufsetzen.«

Da war noch mehr Dunkelheit, das konnte Ren erkennen. Er sprach nie von seiner Familie, außer von Kolya; er benutzte seinen Vatersnamen nicht. Da er im Augenblick nicht geneigt schien, tiefer vorzudringen, drängte sie ihn nicht. Stattdessen verlor sie sich in einem weiteren Kuss.

Oder versuchte, sich zu verlieren, bis sich Grey von ihr löste. »Etwas beunruhigt dich immer noch. Meine Vergangenheit?«

»Deine Zukunft«, gab Ren zu. »Das Muster, das ich für dich gelegt habe. Ich weiß immer noch nicht, warum es falsch ist.« Und auch nicht, wie es sich wiedergutmachen lässt. Sie hatte in seinem Namen Opfergaben im Sieben-Knoten-Labyrinth dargebracht, aber sie bezweifelte, dass das ausreichte.

Er hob eine Hand und rieb sich den Nacken. »Ah, das. Ich ... habe die Karten vielleicht ein bisschen manipuliert.«

»Du hast *was*?«

»Du hast es geschafft, ein Muster für *den Raben* zu legen!«, verteidigte er sich. »Ich wollte nicht herausfinden, was deine Gabe offenbaren würde, wenn du mir ein Muster legst. Darum habe ich, als du weggeschaut hast, zwei Karten vom unteren Ende des Stapels nach oben geschoben.«

Ren richtete sich kerzengerade auf. »Grey …«

Er ließ eine Hand ihren Arm hinuntergleiten. »Es tut mir leid, dass ich dich ausgetrickst habe …«

»Das ist es nicht. *Du hast dein Muster beeinträchtigt.* Ich habe schon Zweitdecks benutzt und Leuten etwas vorgemacht, aber nie, wenn ich versucht habe, ein echtes Muster zu legen. Bei dir wollte ich das tun.« Sie presste sich eine Hand auf den Bauch. »Ich glaube, was ich gespürt habe – es war, als würdest du dein eigenes Schicksal verdrehen.«

Grey richtete sich auf, um sie ernst, aber nicht verängstigt anzusehen. »Ich werde dir bestimmt nichts über das Musterlegen erzählen. Aber alles, was passiert ist – Beldipassi, der Fluch, dass ich mein Geheimnis mit dir geteilt habe …« Seine Hand bedeckte warm und rau die ihre. »Wenn mich ein verdrehtes Schicksal hierhergeführt hat, kann ich mich nicht beschweren.«

Zwei Karten hatte er reingeschmuggelt, wahrscheinlich *Lerche am Himmel* und *die Maske des Nichts*, die beiden, die sie nicht hatte interpretieren können. Andernfalls … Sie würde nie erfahren, was die letzten beiden Karten gewesen wären. Aber *Schlafende Wasser* war seine gute Zukunft gewesen. Der richtige Ort zur richtigen Zeit. Stattdessen hatte das, was er getan hatte, ihn dieser Chance beraubt.

Das konnte sich auf den Todesfluch beziehen, aber Ren war sich nicht sicher. So schrecklich der Hinterhalt auch gewesen war, der ihn fast das Leben gekostet hatte, so wurde sie das Gefühl nicht los, dass das Muster auf etwas anderes – und Schlimmeres – hingedeutet hatte.

Die Antwort hat weiterhin Bestand. Sie musste es in Ordnung bringen. Irgendwie.

Ren drückte ihm noch einen Kuss auf die Lippen, dann zog sie sich widerstrebend zurück. »Ich bin seit über einem Tag nicht mehr im Herrenhaus gewesen und habe zwar eine Nachricht geschickt, aber …«

»Die Pflicht ruft.« Er hielt sie noch einen Moment lang fest, bevor er sie aufstehen ließ.

Die Pflicht, und zwar mehr als nur die gegenüber den Traementis'. Dazu kamen noch das Medaillon, die Aktivitäten der Praeteri, all die Fragen, die sie Vargo nicht hatte stellen können, weil er zu krank gewesen war. Auch wenn sie am liebsten in Greys Bett geblieben wäre, bis der Fluss versiegte, erlaubte ihr keines ihrer Leben eine derartige Trägheit.

Die Hälfte ihrer Kleidung befand sich noch unten, auch ihre Schminktasche. Grey hatte keinen besonders guten Spiegel, aber sie glaubte, diesen im Augenblick auch nicht zu benötigen. Sie legte gerade letzte Hand an Renatas Maske an, als er frisch rasiert herunterkam und ihren Mantel anstarrte. »Ist es da drin?«

»Ja.« Sie zwang sich, den Mantel aufzuheben und dann das Medaillon aus der Innentasche zu angeln, damit er es sich ansehen konnte.

Grey versteifte sich, als würde sie ihn mit einem Schwert bedrohen. »Tanaquis hat es erkannt, hast du gesagt? Hat sie schon andere gesehen?«

»Nur das Siegel, glaube ich. Die Praeteri beziehen ebenfalls Kräfte von den Urtümlichen. Das sind die Eisar. Nicht nur Geister, die die Emotionen berühren können, sondern Ausstrahlungen der Urtümlichen.«

»So viel dazu, dass die Praeteri den Raben nichts angehen.«

Aus seiner Antwort sprach die Härte des Raben. »Es sind die vielzähligen Symptome einer Krankheit, da Haus Acrenix die Praeteri erschaffen hat«, erwiderte Ren. »Ich weiß nicht, was Ghiscolo bezweckt, aber …«

»Aber?«, hakte er nach.

»Vargo muss es erfahren«, sagte Ren leise und wappnete sich. »Nicht dass du der Rabe bist, aber den Rest. Sein Muster und deines vermischen sich. Auch mit meinem.«

Grey sagte nichts und wandte sich ab, als könnte er den Anblick des Medaillons nicht länger ertragen. Beinahe geistesabwesend berührte er seine Brust. Er hatte sich ein Hemd angezogen, aber letzte Nacht waren ihre Lippen über die Haut geglitten, die noch immer rot und straff von dem Numinat war, das sein Herz wieder hatte schlagen lassen.

»Du hast mich in dieser Nacht zu Vargo gebracht, nicht wahr?«

Bevor Ren den Konflikt zwischen der Ehrlichkeit Grey gegenüber und dem Halten ihres Vargo gegebenen Versprechens beenden konnte, fuhr er auch schon fort: »Du musst es mir nicht sagen. Aber es ist das Einzige, was Sinn ergibt. Um einen numinatrischen Fluch aufzuhalten, braucht man einen Inskriptor. Wenn es Tanaquis oder irgendjemand anders gewesen wäre, hättest du keinen Grund, es zu verheimlichen. Und keinen Tag später wart ihr, du und Vargo, wieder Freunde.« Er lachte verbittert auf. »Ich bin vor allem beleidigt, dass er denkt, ich sei dumm genug, es nicht zu erraten.«

Ruhig erklärte sie: »Er hat dir geholfen, bevor wir uns versöhnt haben. Und er weiß nicht, dass du der Rabe bist oder dass du meine Geheimnisse kennst. Er hat mich nur gebeten, es dir nicht zu erzählen.«

Grey schnaubte. »Richtig. Denn dann kann er sich selbst auf die Schulter klopfen, weil er mir geholfen hat, ohne sich tatsächlich mit mir auseinandersetzen zu müssen.«

Es bedeutet ganz im Gegenteil, dass er sich deine Vergebung nicht mit deinem Leben erkaufen will. Grey lag nicht völlig falsch, denn Vargo wich einem unangenehmen Gespräch auf diese Weise aus. Aber er weigerte sich auch, das

Gute, das er getan hatte, auszunutzen. Genau wie in Weißsegel, als wäre sie nicht selbst dabei gewesen und hätte es mit eigenen Augen gesehen.

Sie versteckten sich nicht länger wie früher voreinander, und Ren konnte die harten, widersprüchlichen Gefühle in Greys Gesicht erkennen. »Wie hast du erklärt, was passiert ist?«

»Gar nicht, und er hat nicht danach gefragt. Obwohl er …« Sie verstummte und wusste nicht genau, ob Greys Vermutung bedeutete, dass sie ihr Versprechen Vargo gegenüber nicht mehr halten konnte. Aber Grey musste erfahren, dass Ghiscolo den Todesfluch schon einmal angewandt hatte, und Vargo musste von den anderen Medaillons und der Gefahr, die sie darstellten, erfahren.

Stöhnend steckte sie das Medaillon ein und rieb sich das Gesicht. »Djek. Ihr beide habt zu viele Geheimnisse, und ich stecke mittendrin und versuche, die Fäden zu entwirren, damit ich weiß, was ich wem sagen darf.«

Grey zog ihre Hände von ihrem frisch geschminkten Gesicht und umarmte sie. »Dann ist es vielleicht an der Zeit, dass Vargo und ich mal miteinander reden.«

* * *

Ostbrück, Oberufer: 16. Canilun

Vargo wachte einmal in der Nacht auf, um erneut die Medizin zu nehmen, die ihm sein Arzt hinterlassen hatte, ansonsten schlief er wie ein Toter. Als er am Morgen schließlich aufstand, fühlte er sich gut genug, um sich nach einer dritten Dosis zu waschen, Hose und Bademantel anzuziehen und den noch dösenden Peabody in die Tasche zu stecken. Es war Zeit herauszufinden, welchen Schaden seine Geschäfte genommen hatten, während er mit den Zlyzen beschäftigt gewesen war.

Er öffnete die Tür und stand Varuni gegenüber.

Da sein Kopf vom nachlassenden Fieber noch ziemlich benommen war, konnte er das instinktive Zurückweichen nicht verhindern. Wie lange hatte sie schon dort gestanden? Möglicherweise hatte sie seine Schritte gehört – aber er traute ihr durchaus zu, dass sie seit dem Morgengrauen auf ihn gewartet hatte. Ihr Gesichtsausdruck war eindeutig der eines auf der Lauer liegenden Raubtiers.

Und ihre Worte waren nicht viel besser. »Wir müssen reden.«

»Müssen wir dieses Gespräch wirklich schon wieder führen?«, murmelte er, drängte sich an ihr vorbei und ging nach unten, um sich einen Tee zu kochen, der den Geschmack der Medizin wegspülen sollte, und Tolatsy für seinen leeren und vom vielen Erbrechen wunden Bauch. »Es tut mir leid, dass ich allein losgegangen bin; es war notwendig; es ist nichts allzu Schlimmes passiert. Ich bin zu Hause. Die Investition ist sicher. Möchtest du süßen oder herzhaften Reisbrei?« Da er keine Hausangestellten hatte, bereitete sich Vargo sein Frühstück normalerweise selbst zu. So konnte er Varuni auch gleich ein Friedensangebot machen.

»Wir werden dieses Gespräch nicht schon wieder führen«, fauchte Varuni, während er das Numinat für den Herd aktivierte. »Ich kenne das Drehbuch auswendig und brauche Euch dafür nicht mehr.«

Härte und Überdruss in ihrer Antwort veranlassten ihn, sie direkt anzusehen. »Welches Gespräch führen wir dann?«

»Das, bei dem ich wissen will, was bei den Höllen der Sinn meiner Anwesenheit hier ist, wenn Ihr meine Hilfe gar nicht in Anspruch nehmen wollt.«

»Gestern gab es nichts, bei dem du hättest helfen können. Es waren uauf Numinatria bezogenene Angelegenheiten.«

Das schien sie nicht zu beruhigen. »In letzter Zeit gab es eine Menge ›auf Numinatria bezogene Angelegenheiten‹.«

Er hatte ihr nichts von den Illius Praeteri erzählt. Eher aus Gewohnheit als aus Respekt vor den Geheimnissen der Praeteri, aber auch, weil er keinen Sinn darin sah. Das war nicht die Art von Gefahr, vor der sie ihn beschützen konnte, und es hatte auch nichts mit den Vereinbarungen zu tun, die er mit den Isarnah getroffen hatte. »Nichts davon war gefährlich.« Als sie höhnisch schnaubte, fuhr er sie an: »Hättest du mich etwa davor schützen können, von Ghiscolo Acrenix gedankengesteuert zu werden? Davor, dass ich krank wurde?«

Das Geschirr klapperte, als Varuni mit der Faust gegen das Sideboard schlug. »Wenn Euch scheißegal ist, ob Ihr mir erzählt, was Ihr so treibt, wieso sollte es mich dann scheren, was mit Euch passiert?«

»Vielleicht sollte es das nicht.« Er drehte sich weg, öffnete den Reisbehälter und maß Reis in den bereitstehenden Topf ab. »Du hast jetzt noch andere Verbindungen zum Graumarkt. Und da Era Destaelio bereit ist, die Zölle auf Isarnah-Importe zu senken, brauchst du mich eigentlich nicht mehr.«

»Genau«, spie Varuni aus. »Denn das ist alles, was ich bin. Eine Agentin, die hier hergeschickt wurde, um sicherzustellen, dass die Investitionen meiner Familie sicher sind. Ich habe fünf Jahre an Eurer Seite verbracht, ohne mir selbst eine Meinung zu bilden.«

Vargo krümmte die Schultern. War seine Last nicht schon groß genug? Alsius, die Knoten am Unterufer, die Einwohner Nadežras – auch wenn sie es nicht wussten. Und jetzt noch Ren und Tanaquis, denn er würde ganz bestimmt nicht zulassen, dass sie allein mit den Medaillons fertig werden mussten. Vargo brauchte keine zusätzliche Last.

Arschloch. Er konnte ihre Antwort hören, ohne sie dazu provozieren zu müssen. Sie verlangte von ihm nichts weiter, als mit ihr zusammenzuarbeiten, statt sie ständig zu umgehen.

Und sie hatte recht. Sie war in keinen seiner Knoten eingebunden; ihre Bande lagen im Süden bei ihrer Familie. Aber das bedeutete nicht, dass sie keine loyale Verbündete war. Eine, die er zunehmend wie eine Last behandelte, der er entkommen musste.

Er drückte einen Finger in den Reis, um den Wasserstand zu messen, und fragte: »Süß oder herzhaft? Solange er kocht, kannst du mir die Meinung geigen, und ich sage dir, was bei den Höllen gerade los ist.«

Es dauerte viel länger, als zum Kochen des Tolatsy nötig war. Vargo unterbrach das Gespräch nur, um sein Frühstück mit Honig und Trockenfrüchten und Varunis mit getrocknetem Pfeffer zu verfeinern, dann gingen sie ins Frühstückszimmer und fuhren fort. Varuni aß viel weniger als er und redete und starrte abwechselnd, während er redete, weil sie bessere Manieren hatte als er. Vargo schaufelte das Essen in sich hinein und sprach mit vollem Mund – und das war auch gut so, denn gerade als er mit dem Finger an der Innenseite der Schüssel entlangfuhr, um die letzten Reiskörner rauszukratzen, klopfte es an der Tür.

Varuni eilte los, blinzelte aber weiterhin viel zu selten, und einen Moment später ertönte aus dem Eingangsbereich der wenig förmliche Ruf: »Renata ist da!«

»Du siehst besser aus«, sagte Renata, als er nach vorn eilte, um sie zu begrüßen. »Gut. Es gibt einiges, was wir besprechen müssen.«

Ein Seitenblick zu Varuni ließ ihr Kopfschütteln erkennen; sie hatte für einen Vormittag offenbar genug von seinen Enthüllungen. »Gehen wir nach oben«, schlug Vargo vor. Die Wahrheit über Ren gehörte *nicht* zu dem, was er Varuni erzählt hatte. Dieses Geheimnis musste sie schon selbst offenbaren.

Im oberen Stockwerk öffnete er die Tür seines Studierzimmers. »Ich fürchte, ich bin nicht in …«

Die Worte erstarben ihm auf der Zunge, als er den Schatten vor sich bemerkte, die Arme vor der Brust verschränkt, eine Silhouette vor dem grauen Himmel hinter dem offenen Fenster.

Vargo schlug das Herz bis zum Hals. Doch der Rabe machte keine feindselige Bewegung, und Ren musste sich sichtlich ein Grinsen verkneifen.

Er drehte sich um und rief die Treppe hinunter: »Varuni, der Rabe ist hier. Aber er versucht nicht, mich zu verprügeln oder zu entführen. Genieß ruhig weiter dein Frühstück.«

Als er die Tür schloss, bemerkte er, dass Ren ihn fragend musterte. Er zuckte mit den Achseln. »Lange Geschichte. Nicht so lang wie die, die ich gleich hören werde, vermute ich. Wenn ihr beide vorhabt, mich wieder dazu zu bringen, mich auszuziehen, dann seid gewarnt: Das wird nicht schön. Ich habe heute Morgen nur eine Katzenwäsche gemacht.«

Er ließ sich in einen seiner Lesesessel fallen und überließ den anderen Ren. Vargo war es egal, ob der Rabe auf dem Fensterbrett sitzen blieb oder nicht.

Oder ob er aus dem Fenster stürzte. Auch das wäre für ihn kein Problem.

Ren schenkte Vargo ein entschuldigendes Lächeln. »Ja, wir haben das während des Kartenspiels inszeniert. Aber aus einem guten Grund.«

Kurze Zeit später war Vargo froh darüber, zu sitzen. Nicht weil Rens Worte überraschend kamen; wenn drei von Kaius Rex' Medaillons in Nadežra herumschwirrten, war es naheliegend, dass es noch mehr gab. Und angesichts der Verbindungen zu Illi-Null konnte er dem Raben die Annahme, er könnte es besitzen, nicht einmal verübeln.

Nein, was ihn umgehauen hätte, wäre die Welle von Ekel

und Wut gewesen. Er war davon ausgegangen, Ghiscolo hätte ihr ursprüngliches Abkommen nur vorgeschlagen, weil er wegen Mettore Indestor besorgt gewesen war und weil er einen Sitz im Cinquerat haben wollte. Mit den Informationen, über die Vargo jetzt verfügte …

»Er hat mich benutzt, um Sessat zu kriegen.« Die Worte schmerzten in seiner Kehle. »Weil Acrenix das Privileg besitzt, die konfiszierten Besitztümer von Kriminellen aufzubewahren und zu entsorgen.« Hatte Ghiscolo auch Quinat benutzt, um ihn in Bezug auf Indestor zu drängen? Subtiler als der Schubs in Richtung Sostira Novrus. Ghiscolo anzusprechen, war Vargos Idee gewesen, als er und Alsius herausgefunden hatten, dass Mettore die Praeteri entdeckt hatte und nach einer Ausrede suchte, um sie auszuschalten – aber damals hatte Vargo nicht vorgehabt, Mettore den Sitz zu nehmen.

All die Jahre hatte Vargo geglaubt, sein Geist wäre eine Festung. Selbst das war ihm nun genommen worden.

::Eine weitere Angelegenheit, die er bereuen wird, wenn wir mit ihm fertig sind.:: Alsius war während der Besprechung aufgewacht; er hockte nun auf Vargos Schulter und war bereit, in Deckung zu gehen, falls der Rabe sich ihm nähern sollte. ::Jetzt, da wir von diesen Medaillons wissen, kann ich anfangen, nach ihnen zu suchen. Wetten, dass ich darin besser bin als irgendein dahergelaufener durch Fenster kletternder Bengel.::

Und es könnte mir besser gelingen, sie zu zerstören.

Vargo sagte das in dem vollen Bewusstsein, dass Ren es hören würde, der Rabe jedoch nicht. Zweihundert Jahre und der Mann – oder was immer er war – hatte an dieser Front keine Fortschritte gemacht?

Ren runzelte die Stirn. Vargos nächster Gedanke galt Alsius, war aber eigentlich an Ren gerichtet. *Weißt du, wer sich unter der Kapuze verbirgt? Nick einfach oder beweg dich nicht.*

Einen Moment lang rechnete er damit, sie würde »nein« sagen. Doch dann sah er ein kaum merkliches Nicken.

Na gut, dachte er und behielt es für sich. Ren vertraute dem Raben; Vargo vertraute Ren. Zu dem Schatten auf der Fensterbank sagte er: »Erzählt mir, was Ihr bisher versucht habt, um die Medaillons zu zerstören.«

Die Antwort des Raben war bewundernswert umfassend und vermittelte Vargo eine Vorstellung vom Ausmaß des Problems. »Aber ich hatte nie die Gelegenheit, es mit Illi-Null zu versuchen«, schloss der Rabe.

»Dann fangen wir damit an«, sagte Vargo. »Vertraut Ihr Tanaquis genug, um sie mit einzubeziehen? Normalerweise widerspricht das Eingeständnis, dass jemand mehr weiß als ich, meinem Ego, aber sie ist von uns allen am besten informiert, wenn es um das Thema Urtümliche geht.« Er brachte das Wort fast ohne zu schaudern heraus. Fast, aber nicht ganz.

Der Rabe tauschte einen Blick mit Ren und nickte dann so widerwillig, wie er nur konnte.

Aber es war einfacher, ein Geheimnis zu bewahren, wenn man alle Eingeweihten kannte. »Was hat Serrado damit zu tun? Warum wurde er angegriffen?«

»Ich habe ihm nach der Essunta-Feier einen Besuch abgestattet«, antwortete der Rabe, und sein Ton war so kalt wie ein Meereswind. »Ich hatte das Gefühl, es wäre an der Zeit, dass wir uns mal offen unterhalten.«

»Serrado hat ein Treffen zwischen Beldipassi und dem Raben arrangiert.« Ren neigte den Kopf in Richtung des Vigilanten. »Ghiscolo hat irgendwie davon erfahren – wir verdächtigen Beldipassis Diener. Serrado nahm den Fluch auf sich, der für den Raben bestimmt war.«

Ghiscolo. Vargo spürte die Last von Rens Blick. Sie hatte das Gespräch mit der Aussage begonnen, sie sei es leid, mit Geheimnissen zu jonglieren ... aber sie behielt weiterhin einige von Vargos Geheimnissen für sich.

Darf ich es sagen?, fragte er Alsius mental.

::Mein Bruder – nein, er ist nicht mein Bruder. Ghiscolo ist eine Bedrohung. Ich bin entsetzt bei dem Gedanken, wen er sonst noch mit dieser Perversion der Gnade Lumens getötet haben könnte.::

Vargo ließ Alsius auf seine Hand klettern und setzte ihn auf die Armlehne seines Stuhls, dann sah er zum Raben auf. »Ihr steckt Eure Kapuze schon seit einer Weile in die Angelegenheiten des Adels. Erinnert Ihr Euch daran, dass Guebris Acrenix' Erbe vor sechzehn Jahren tot in seinem Haus aufgefunden wurde? Angeblich aufgrund eines gescheiterten numinatrischen Experiments?«

»Das ist mir bekannt.«

»Es war kein Experiment. Es war derselbe Todesfluch, der bei Serrado angewendet wurde. Und Alsius Acrenix ist nicht gestorben – nicht ganz.« Peabody hob salutierend den bunten Bauch. »Seitdem sind wir zusammen. Aus diesem Grund wusste ich, wie ich den Fluch aufheben konnte.«

Es war unmöglich zu sagen, in welche Richtung der Rabe blickte, aber die Kapuze schien die Spinne zu betrachten. Vargo fügte hinzu: »Nicht dass Ihr einen Grund hättet, mir zu glauben, aber er wusste bis letzte Nacht nichts von dem Acrenix-Medaillon. Und wenn er gewusst hätte, was es war …« Vargo atmete schwer. »Dann hätte er versucht, es zu zerstören.«

»Falls er erwartet, dass er sich dadurch bei mir beliebt macht«, erwidert der Rabe, »dann sagt ihm, dass mir Spinnen ungefähr so sympathisch sind wie Adlige.«

»Na ja, er mag Euch auch nicht. Ihr habt ihn aus dem Fenster geworfen.«

Ren räusperte sich. »*Der Punkt ist*, ihr habt gemeinsame Feinde. Und meine Muster besagen, dass eure Fäden, wenn man sie zusammenfügt, vielleicht gerade genug Seil ergeben, um unsere Probleme daran aufzuknüpfen.«

Vargo teilte ihr Vertrauen in Muster zwar nicht, aber er hätte nichts dagegen, den Raben auf seiner Seite zu haben, anstatt ihm ein Dorn im Auge zu sein. Tatsächlich … »Meines Wissens habt Ihr mich bewusst zu Utrinzi Simendis geschickt, um die Praeteri auszuschalten.«

»Soweit ich weiß, war das schon immer Euer Ziel. Allerdings habt Ihr Euch dabei ganz schön Zeit gelassen.«

»Weil ich in Erfahrung bringen wollte, wie ihre Numinatria funktioniert. Jetzt, da ich mehr weiß, als ich je wissen wollte, ist es höchste Zeit, dass sie verschwinden – und ihre Anführer mit ihnen.« Vargo ließ systematisch die Fingerknöchel knacken, erst an der einen, dann an der anderen Hand. »Dann lasst uns jetzt überlegen, wie wir das anstellen.«

* * *

Isla Extaquium, Ostbrück: 17. Canilun

Donnerschläge erschütterten den Himmel, als Renatas Sänfte auf dem Platz vor dem Extaquium-Herrenhaus hielt. Aber der Sturm hielt niemanden davon ab, Sureggios Feier beizuwohnen; vielmehr war er der Grund für den Anlass. Es gab eine alte Seterin-Tradition, Gedichte zu schreiben, die vom Tanz Lumens in den Wolken inspiriert waren.

Nicht dass sie heute Abend viele Gedichte erwartet hätte. Sureggios Version war ein Trinkspiel, bei dem die Gäste bei jedem Blitz einen Schnaps hinunterkippten. Sie hatte kein Interesse an dieser Art von Feier und hätte Parmas Einladung ausgeschlagen, wäre da nicht eine andere Sache gewesen.

Die Illius Praeteri hielten ebenfalls ein Ritual ab, und zwar bei einer exklusiven Versammlung inmitten der Feier.

Im verborgenen Tempel konnte Vargo nicht gegen sie vorgehen, da dieser gegen Eindringlinge geschützt war. Zwar konnte man Nichtmitglieder der Praeteri mitbringen – sonst hätten er und Ren nicht zu ihrer dritten Initiation gelangen können –, aber er hatte das Register des Kults studiert. Dieser Effekt wurde durch den Einsatz von Tuat erzeugt, was bedeutete, dass jedes Mitglied nur einen Gast mitbringen durfte. Für eine Razzia, wie Iridet sie plante, bei der möglichst viele hochrangige Kultisten gefangen genommen werden sollten, würde Vargo viel mehr Leute brauchen.

Stattdessen zielten sie auf ein Ritual, das außerhalb des Tempels stattfand. Renata war nicht weit genug in ihren Kreis eingeführt worden, um eine Einladung zu erhalten; Tanaquis schon, doch Simendis hatte ihr die Teilnahme bedauerlicherweise verboten. Er war immer noch wütend auf sie, weil sie ihm nichts über die wahre Natur der Praeteri verraten hatte, und er hatte sie nicht in die Nähe des Extaquium-Herrenhauses gelassen, damit niemand seinen Schützling mit dem Kult in Verbindung bringen konnte. Was bedeutete, dass es an Renata und Vargo lag, die geheime Versammlung zu finden, seine Leute zu holen und Iridet die Gründe zu liefern, die er brauchte, um ihre Ketzerei zu bestrafen.

Die Luft war schwer von Feuchtigkeit. Trotz des reinigenden Regens, der von Norden hereinbrach, hüllten Wärme und süßliche Gerüche die Vordertreppe des Herrenhauses ein; drinnen war es noch schlimmer. Die Lichter waren alle auf ein suggestives Leuchten gedimmt, das von den Körpern der Dienstboten reflektiert wurde, die für diesen Anlass mit Gewitterwolken und Blitzen bemalt worden waren. Die einzige frische Luft kam durch die Türen zur Gartenterrasse. Dahinter hatte man ein Sonnensegel aus dünnem Netz über verstreuten Diwanen und Sofas aufgespannt, vor denen Wasserpfeifen bereitstanden. Das in das Netz eingearbeitete Numinat würde die Gäste vor allem schützen, was vom Himmel fiel: Regen, Hagel oder sogar Blitze, sollte Lumen sich dazu verleiten lassen.

Renata mied die Terrasse. Der Qualm dort draußen würde nur ihren Verstand benebeln, auch wenn sie nicht selbst rauchte, und die Gärten boten nicht annähernd genug Platz oder Privatsphäre für ein geheimes Ritual. Nein, es würde irgendwo im Haus stattfinden, in einem der vielen Zimmer des weitläufigen Gebäudes.

Als sie sich durch die Räume bewegte, fühlte sie sich wie in ihrer Zeit in Spitzenwasser, nur ohne die stinkenden Kanäle. Sie musste jeden Trick anwenden, den sie einst gelernt hatte, um unerwünschte Anspielungen zu unterbinden und wandernde Hände abzuwehren, sogar bis zu dem Punkt, dass sie einen Gentleman diskret in den Schwitzkasten nahm, der zu betrunken war, um in ihr mehr als einen attraktiven Frauenkörper zu erkennen. Sie entdeckte Vargo gerade noch rechtzeitig, um beobachten zu können, wie er einem aggressiven Verehrer aus Haus Cleoter ein gekühltes Getränk in den Schoß kippte. Kein Hinweis auf Alsius; vermutlich war die Spinne ebenfalls auf der Suche.

Sie mussten dasselbe tun. Und was wäre eine bessere Methode, als so zu tun, als verspüre man den Wunsch nach Privatsphäre?

Vargo durchflutete ein aufregendes Kribbeln, als sie die Hand über seinen Rücken wandern und auf seiner Schulter liegen ließ, wie eine Katze, die man gegen den Strich gestreichelt hat. Der mitternachtsfarbene Samtflor seines Mantels war so weich wie die Zehenballen der klugen Natalya. Renata legte ihm das Kinn auf die andere Schulter und begegnete den überraschten Blicken der anderen Gäste mit einem zufriedenen Grinsen.

»Du hast gesagt, du würdest mich suchen kommen.« Sie ließ das Flüstern gegen Vargos Ohr wehen und sprach laut genug, dass es jeder hören konnte.

»Ich habe eben erst bemerkt, dass du eingetroffen bist.« Er legte eine Hand auf ihre und spielte mit den Perlenverschlüssen ihrer Handschuhe. »Ich wollte nicht unhöflich sein und dich bei einem Gespräch unterbrechen.«

»Dann muss ich wohl die Unhöfliche spielen.« Sie trat zurück und zog ihn auf die Beine. Zu ihrem Publikum sagte sie: »Es macht Euch doch nichts aus, oder? Vermutlich ist keiner von uns zum Reden hier.«

Als sie den Salon verließen und in die frischere Luft auf den Fluren traten, legte ihr Vargo einen Arm um die Taille und zog sie an sich. Unter dem Vorwand, ihr etwas Unanständiges zuzuflüstern, sagte er: »Na, da haben wir den Schaulustigen aber einiges geboten. Das bedeutet dann wohl, dass wir uns offiziell wieder versöhnt haben?«

Sie schlug kichernd nach ihm, bevor sie ihm eine Hand ans Ohr legte und zurückflüsterte: »Das war der schnellste Weg, dich dort wegzubekommen. Ich möchte lieber nicht mehr hier sein, wenn die Kleider ausgezogen werden. Und so haben wir eine Ausrede und können uns umsehen.«

»Da hast du recht. Wenn uns nur nicht so drängende Sorgen belasten würden …«

Ren konnte nicht leugnen, wie ihre Haut bei der seidigen Wärme in seiner Stimme und dem Gewicht seiner Hand auf ihrem Rücken kribbelte. Aber es war ein Unterschied, ob sie es nur fühlte oder dem Taten folgen lassen wollte. »Vargo … Bitte fass das jetzt nicht falsch auf.«

Sie schmiegte sich weiter an ihn, aber er war schlau genug, ihre Signale zu deuten. Die Hand auf ihrem Rücken wurde leichter und hinterließ nur die Illusion von Druck. »Du bist nicht interessiert.«

»Eher nicht verfügbar.«

Es war riskant, auch nur so viel zu verraten. Vargo kannte inzwischen fast all ihre Geheimnisse; es würde nur einen einzigen Geistesblitz brauchen, um die Teile zu verbinden, die sie seinetwegen getrennt hielt. Aber sie durfte es nicht übertreiben – nicht solange ihre Beziehung zu Grey noch so neu und so zerbrechlich war. Vargo brachte vielleicht ihr Blut in Wallung, aber Grey erwärmte ihr Herz.

Vargo grinste sie schief an und drückte sie kurz und wertfrei. »Sag es bloß nicht Alsius. Er wird am Boden zerstört sein. Du bist um einiges besser als das, was ich normalerweise mit ins Bett nehme.«

Er verbarg etwas. Nicht den Schmerz der Zurückweisung; den hatte sie schon früher bei ihm gesehen. Etwas anderes. »Vargo …«

»Ich bin froh, dass du jemanden gefunden hast, der alles von dir kennen darf.« Sein Grinsen wurde breiter, und er zwinkerte ihr zu. »Ich überlasse es Sedge, die entsprechenden Drohungen auszusprechen.«

Sedge würde den Verstand verlieren, wenn er herausfände, dass sie mit dem Raben schlief, der noch dazu ein ehemaliger Falke war. Aber darüber konnte sie sich später Gedanken machen. »Sollen wir ein paar Ketzer suchen?«

Sein bellendes Lachen lenkte mehrere Blicke in ihre Richtung. Vargo führte sie an anderen Gästen vorbei, die wild miteinander flüsterten. »Hoffen wir auf Ketzer und nicht auf irgendetwas anderes, über das wir hier stolpern könnten. Ich vertraue darauf, dass du mir das letzte bisschen Unschuld bewahrst.«

Sein Scherz erwies sich als nicht ganz unberechtigt. Ren hielt sich für weltgewandt; es hieß im Allgemeinen, dass es auf den Straßen keine Kinder gäbe. Ihr Rundgang durch das Extaquium-Herrenhaus gab ihr jedoch zu verstehen, dass niemand so einfallsreich sein konnte wie die Gelangweilten und Wohlhabenden.

Sie glaubte schon, sie würden nie finden, wonach sie suchten, als sie einen Raum betraten, der den Bücherregalen an der gegenüberliegenden Wand zufolge eine Bibliothek sein sollte. »Ich habe Sureggio nie für einen großen Leser gehalten«, spottete Vargo. Er sprach leise, obwohl der Mann, der bewusstlos mit dem Kopf in einer großen Vase lag, wahrscheinlich nicht aufwachen würde. »Wahrscheinlich sind diese Bücher nur zur Schau.«

»Zur Schau«, murmelte Ren, »oder …«

Die Lücken waren nicht schwer zu finden, als sie erst einmal danach suchten. Ebenso wenig wie der Auslöser, den Vargo im Boden entdeckte. Er legte die bloße Hand auf einen Intarsienkreis, drehte ihn und das Bücherregal schwang nach hinten.

Hinter dem niedrigen Bogen befanden sich ein Schacht, eine Metalltreppe, die sich spiralförmig in die Dunkelheit nach oben erstreckte, und eine Nische mit einer abgedeckten Schale aus Lichtsteinen. Leider hallte das Knarren der Spirale im Schacht wider, selbst wenn man nur einen Fuß auf die unterste Stufe setzte. Diese Treppe konnte man sich nicht hinaufschleichen.

Vargo zog sich in die Bibliothek zurück. »Ich habe weder Sureggio, Diomen, Ghiscolo noch einen der anderen wichtigen Praeteri hier unten gesehen. Sollen wir darauf setzen, dass wir auf der richtigen Spur sind und sie sich bereits versammelt haben?«

Während ihrer Suche war der Sturm draußen heftiger geworden; jetzt hallte Donner durch den Schacht. »Es klingt, als wäre er nach außen offen, wohin er auch führen mag. Aber …« Ren beugte sich vor, um zu lauschen. Neben dem Donner war noch etwas anderen zu vernehmen. »Ich höre Stimmen. Ich denke, wir sind richtig.«

Obwohl er die elegante Kleidung eines Schnösels trug, war Vargos Lächeln pure Unterufergefahr. »Ich werde meinen Leuten ein Zeichen geben, und dann stellen wir das Haus auf den Kopf. Kannst du hierbleiben und sicherstellen, dass niemand geht … und niemand hochgeht, um sie zu warnen?«

Er wartete nicht auf ihr Nicken und war schon wieder weg. Ren blieb neben der Geheimtür stehen und fragte sich, ob sie sie schließen sollte, ob der Mann mit dem Kopf in der Vase aufwachen würde, ob …

War das ein Schrei?

Das Geräusch vermischte sich mit dem erneuten Donnern, und Ren riskierte ein paar Schritte die Treppe hinauf, um besser hören zu können. Es verklang zu gequältem Stöhnen, aber ja: Jemand dort oben litt große Schmerzen.

Sie klammerte sich an den Mittelpfosten und rang mit sich. Wie lange würde Vargo brauchen, um seine Leute zu versammeln? Und was genau sollte sie bis dahin tun?

Das sind nicht die wichtigen Fragen. Die entscheidende Frage war, ob sie untätig herumstehen und jemandem beim Schreien zuhören konnte, ohne etwas zu unternehmen.

Ihre Maske hatte sie immer dabei, zusammengefaltet und in einer gut versteckten Tasche verstaut. Sie zog sie sich vors Gesicht, wartete auf den nächsten Donnerschlag und stürzte die Treppe hinauf.

Die Stiefel der Schwarzen Rose dämpften Rens Schritte nicht völlig, aber der Himmel und die Schreie übertönten ihre Geräusche. Am oberen Treppenende befand sich ein kleines, unbewohntes Schlafzimmer; es hatte Doppeltüren, hinter denen eine Terrasse zu sehen war, die hoch oben auf dem Dach des Herrenhauses lag und vor Blicken geschützt war.

Auf dieser Terrasse stand eine Gruppe von Menschen unter einem komplizierten Gerüst aus Numinata. Blaue Blitze tanzten an den Stäben entlang und zuckten zu den Fliesen darunter, auf denen ein nackter, schreiender Mann lag. Als das Licht schwächer wurde, konnte sie seine verzerrte Stimme besser verstehen. »Lehm! Gebt mir den Lehm!«

Sureggio Extaquium. Ren beobachtete, wie er den überreichten Lehm rasch in den Händen formte, und erinnerte sich daran, was Vargo ihr über die Herstellung von Praeteri-Fokusse erzählt hatte.

Die Tatsache, dass Extaquium für die Erschaffung leiden

musste, konnte das Leid nicht aufwiegen, das andernorts davon verursacht werden würde. *Bei wem wollt Ihr ihn einsetzen?*

Plötzlich verdeckte ein Schatten die Tür. Ren zuckte zurück, aber nicht schnell genug; eine Hand packte ihren Kopf, Finger umfassten ihre Zöpfe, damit sie sich nicht befreien konnte. Sie wurde auf die Terrasse hinausgezerrt und auf die Knie gezwungen.

»Anscheinend ist unsere Versammlung nicht so privat, wie du versprochen hast, Bruder Sureggio.« Diomens volle Stimme übertönte die der Kultisten, die mit blasphemischem Gesang den Urtümlichen des Leidens anriefen.

Sie verstummten und drehten sich zu ihm um. Rens Blick glitt über ihre Reihen und katalogisierte die Gesichter. Viele Verdächtige … aber kein Ghiscolo, jedenfalls entdeckte sie ihn nicht.

Sureggio sprang auf und zog sich einen Bademantel über. Er näherte sich ihr mit den zögerlichen Schritten eines Mannes, der seine Muskeln nicht ganz unter Kontrolle hatte, und sein flatterndes Gewand verbarg seine Nacktheit kaum. Der Geruch verbrannter Haare haftete an ihm, und die Hautstellen, die man sehen konnte, waren ungemein glatt.

»Das ist diese Rose!«, rief Ebrigotto Attravi. »Wie bemerkenswert.«

Sureggios Worte klangen undeutlich, als wäre er betrunken – was er wahrscheinlich auch war. »Für Überraschungsgäste habe ich immer Platz.«

Ihre Sorglosigkeit lockerte die Anspannung, die die anderen Praeteri ergriffen hatte. Es folgte nervöses Gelächter, das vom Grollen eines Blitzeinschlags übertönt wurde. In der kurzen Ablenkung wand sich Ren aus Diomens Hand, aber Attravis kräftige Söhne versperrten ihr mit Schwertern den Weg, bevor sie weit kommen konnte.

Ich hätte warten sollen.

»Bei unseren Versammlungen ist kein Platz für Ungläubige«, erklärte Diomen, dessen Stimme so tief und kompromisslos war wie der Donner. »Und wir müssen sicherstellen, dass der neue Fokus funktioniert. Bring sie her.«

Ren wehrte sich nicht, als sie sie über die Terrasse stießen. Gegen so viele Kultisten hatte sie keine Chance. Es war besser, auf eine andere Gelegenheit zu warten.

Auf der anderen Seite des Gerüsts, das den Blitz eingefangen und zerstreut hatte, prangte ein traditionelleres Numinat auf den Fliesen. Schwerer Regen prasselte darauf nieder und stach Ren in die Wangen. Auf eine Handbewegung Diomens kam Ebrigotto Attravi herüber, um Rens Hände und Füße zu fesseln.

Als sie sie in das Numinat stießen, achtete sie darauf, sich so zu drehen, dass sie den Praeteri den Rücken zuwandte. Attravi hatte keine Ahnung, wie man Leute fesselte. Ihm war gar nicht aufgefallen, dass Ren die Hände anspannte, und schon hatte sie den Knoten gelockert und die Hände wieder frei. Aber sie blieb ruhig, als Diomen den neuen Fokus in die Mitte des Numinats setzte und sich in Sicherheit begab.

Sobald er sich bückte, um den Kreis zu schließen, schlug sie mit den Händen auf die Fliesen und schob ihre gefesselten Füße in Richtung Fokus.

Für den kürzesten Augenblick durchfuhr ein Schmerz ihren Körper, wie sie ihn noch nie zuvor gespürt hatte – nicht nur *Schmerz*, wie sie ihn kannte, sondern eine urtümliche Qual, die sie bis ins Mark versengte – und sie zum Schreien brachte.

Dann prallten ihre Füße gegen den Lehmklumpen und stießen ihn aus seiner Position. Und mit einem violetten Lichtblitz zerbrach das Numinat.

* * *

Isla Extaquium, Ostbrück: 17. Canilun

Renata stand nicht am Eingang des Treppenschachts, weil sie natürlich nicht warten konnte. Diese Frau stürzte sich auf die Gefahr wie ein Fischadler, der nach einer Forelle schnappt. Einen Fluch murmelnd stürmte Vargo vorwärts, ohne auf seine versammelten Knoten oder auf Varuni und Sedge zu warten. Er hatte eigentlich sie den Angriff anführen lassen wollen, weil er einen gesunden Selbsterhaltungstrieb besaß – aber dann hätte Ren noch einige Augenblicke länger in Schwierigkeiten gesteckt.

Wir müssen später unbedingt mit ihr über die Bedeutung der Worte »Warte hier« sprechen, dachte er, an die Spinne gewandt, die sich wie meistens im Kragen seines wallenden Mantels versteckte. Alsius zuckte nur mit seinen Beinen und stimmte schweigend zu.

Die Wendeltreppe bebte und ächzte, als Vargo hinaufhastete, so schnell er konnte. Oben angekommen stürzte er sich in den Regen, wo sich am Rand eines komplexen Gerüsts aus Kupferstangen und -drähten eine Menschenmenge versammelt hatte.

Vargo war schon oft genug bei Hundekämpfen und Bärenhatzen gewesen, um in den Schreien der Schnösel dieselbe Blutgier zu erkennen. Er ließ seinen lebenslangen Groll über ihre Heuchelei in seiner Stimme mitschwingen, als er rief: »Mitglieder der Illius Praeteri, tretet zurück und unterwerft euch Iridets Gerechtigkeit.«

Worte, von denen ich nie im Leben geglaubt hätte, sie jemals auszusprechen.

Aber es blieb keine Zeit, um diese Ironie auszukosten. Vargo riss eine der Kupferstangen aus dem Rahmen, stürzte vor und ließ sie auf die Rückseite des ersten Kniepaars in Reichweite herabfahren. »In Übereinstimmung mit dem …« – sein Ellbogen rammte Infassa Cleoters Nase – »… Privileg zur Reinigung ...« – ein Knie in Ebrigotto Attravis Leistengegend – »... von Ketzer-Numinatria.«

Mit der Kupferstange zielte er auf Sureggio Extaquiums Kopf, aber der Mann duckte sich noch rechtzeitig. Dahinter entdeckte Vargo Ren – nein, *die Schwarze Rose* – zusammengesunken in der Mitte eines versengten Numinats, die Lederrüstung und das Haar regennass, die Haut blasser als sonst.

Jaulen und Flüche verrieten ihm, dass ihm seine Leute dicht auf den Fersen folgten, und er hörte das vertraute metallische Klirren von Varunis Kettenpeitsche, die ihre Arbeit verrichtete. Als ein Schlag auf sein Gesicht zukam, fiel er auf die Knie und schlitterte über die Fliesen auf Ren zu, während er nach dem Seil griff, das um ihre Knöchel geschlungen war. Wenn sie sie getötet hatten ...

Eine schwarz behandschuhte Faust schlug nach ihm, als er nach dem Seil griff. »Ich mach das«, fauchte Ren, auch wenn das schwache Krächzen ihre Worte Lügen strafte. »Fangt die anderen ein. Ghiscolo ist nicht hier.«

Sedge fiel neben Vargo auf die Knie, und ein Blitz erhellte sein vor Angst bleiches Gesicht. »Ich kümmere mich um sie. Ihr ... Passt auf!«

Ein Stiefel krachte gegen Vargos Hüfte und jagte einen stechenden Schmerz in seinen Rücken. Er rollte sich ab und kam auf die Beine ...

Und stand plötzlich Diomen gegenüber.

Auch gut, dachte Vargo grimmig. Es machte den Anschein, als würden einige Praeteri durch einen anderen Ausgang fliehen, aber seine Leute hatten die meisten von ihnen eingekesselt. Sie würden sich bald gegenseitig verraten; Straßenknoten waren zehnmal loyaler als Schnösel, die ihren eigenen Arsch retten wollten. Und wenn Ghiscolo nicht hier war, bedeutete das, dass sich Vargo ganz auf sein Gegenüber konzentrieren konnte.

Er zückte zwei Messer. Iridet würde sich eben damit abfinden müssen, dass der Pontifex nicht mehr am Leben war, um angeklagt zu werden.

Aber er kam nie näher an ihn heran. Als er lossprang, führte Diomen seine Hände aneinander. Vargo brauchte einen Herzschlag lang, um zwei halbrunde Numinat-Stücke in Diomens Händen zu bemerken, bevor sie sich zu einem Ganzen verbanden – und die Welt explodierte.

Vargo flog durch die Luft. Der Regen gefror um ihn herum, während alles andere an ihm vorbeiglitt. *Das ist seltsam*, dachte er … bevor seine Perspektive wechselte. Die Welt bewegte sich nicht, er selbst schon; Vargo segelte rückwärts über das Dach und *scheiße, scheiße, scheiße …*

Er kam auf den Fliesen auf und rutschte auf das niedrige Geländer zu. Es war nicht niedrig genug: Sein Körper rutschte direkt darunter hindurch. Verzweifelt schlang er die Finger um eine der Stangen, aber nur für einen Moment; sein Gewicht war zu groß, das Metall vom Regen rutschig, und er konnte sich nicht festhalten.

Vargo fiel.

Einen halben Augenblick lang, bevor er durch einen abrupten Ruck an seiner Schulter innehielt. Ein weiteres schmerzerfülltes Grunzen überlagerte seins. Vargo kniff die Augen zusammen, um sich vor dem strömenden Wasser zu schützen, das ihn wie Eis stach, und blickte nach oben … in eine Kapuze, in der nur Schatten zu sehen waren, wo eigentlich ein Gesicht hätte sein sollen.

Der Rabe.

* * *

Isla Extaquium, Ostbrück: 17. Canilun

Der Rabe hätte eigentlich Vargos Leuten folgen sollen.

Aber er hatte geglaubt, er käme an der Seite des Extaquium-Herrenhauses schneller nach oben, als wenn er sich einen Weg durch die Feiernden bahnen musste ... und er hatte seinen Befehlen nicht einfach Folge leisten wollen. Dummerweise war bei einer Renovierung der baufällige Balkon verschwunden, den er hatte nutzen wollen, und als er endlich einen neuen Weg zum Dach gefunden hatte, war das Chaos dort bereits in vollem Gange.

Vargos Leute kämpften. Die Praeteri flohen. Ren rollte sich auf die Seite, und Sedge beugte sich über sie.

Er wusste, wo er hinmusste – bis zu dem Moment, als Vargo vom Dach gefegt wurde.

Nun starrte er den Mann an, den er festgehalten hatte und der wie ein Angelköder über dem regenüberfluteten Platz mehrere Stockwerke unter ihm baumelte. Reflexartig hatte er sich auf Vargo gestürzt. Jetzt musste er eine Entscheidung treffen.

Vielleicht bringt ihn der Sturz nicht um.

Vargo legte die freie Hand um den Unterarm seines Retters, doch der Seidenärmel des Raben saß zu locker, um sich daran festzuklammern. Und die Dachkante ragte zu weit hervor, um ihm Halt zu bieten.

Das Geschrei hinter ihm konnte die Unsicherheit in Vargos Stimme nicht übertönen – Nervosität, Müdigkeit, ein leises Lachen über etwas, das nicht im Geringsten lustig war. »Das ist alles sehr dramatisch, aber wenn das der einzige Grund ist, warum Ihr mich nicht raufzieht ...«

»Ich versuche, einen Grund zu finden, warum ich es tun *sollte.*«

Zum ersten Mal seit Wochen beherrschte der Rabe nicht Greys Gedanken. Er ganz allein blickte auf den Mann hinab, der … Kolya nicht ermordet hatte, nicht absichtlich, aber er war für die Explosion verantwortlich. Die Tatsache, dass Vargo Grey das Leben gerettet hatte, machte das nicht wett.

Ein Schrei blieb in seiner Kehle stecken. Er dachte an all die Dinge, die er wegen der Gier und Nachlässigkeit dieses sippenlosen Mistkerls verloren hatte. Der Wunde in seinem Herzen war es scheißegal, ob es nur darum ging, Indestor oder die Praeteri zu besiegen, dieselben Dinge, die Grey verachtete und gegen die der Rabe kämpfte. Es war egal, ob Vargo nicht beabsichtigt hatte, dass jemand verletzt wurde.

Ein Unfall: wie Vargo, der vom Dach rutschte. Er würde vielleicht nicht sterben. Sollten Muster und Schwerkraft über sein Schicksal entscheiden. Da Grey nicht nachfasste, rutschte Vargo langsam nach unten, und sein Arm ächzte unter dem Gewicht. Mit vor Angst weit aufgerissenen Augen versuchte Vargo, mit der freien Hand nach der Dachkante zu greifen, doch sein feiner Aalhauthandschuh rutschte ab, als wäre er eingefettet.

»Der Rabe tötet nicht.« Sein Flüstern ging im fallenden Regen fast unter.

»Nein«, erwiderte Grey. »Aber wenn ich diese Kapuze abnehme … bin ich nur ein Mann.« *Einer, der viel zu lange von diesem Moment geträumt hat.*

Der Rabe würde ihn im Stich lassen, wenn er Vargo fallen ließe. Ren würde ihn verlassen. Zwei neue Wunden in seinem Herzen, die jene ersetzen würden, die er so verzweifelt mit dem Balsam der Rache heilen wollte.

Aber dadurch würde rein gar nichts heilen. Und so sehr sich Grey dafür hassen würde, Kolya nicht gerächt zu haben … er würde sich noch mehr hassen, wenn er es täte.

Grey ergriff Vargos wild um sich schlagende Hand und zog den Mann weit genug hoch, dass er ein Bein über die Kante haken konnte. Vargo stemmte sich aufs Dach und lag ausgestreckt auf dem Bauch, als ob er die Sicherheit umarmen wollte.

Eigentlich hatte Grey damit gerechnet, sich innerlich leer zu fühlen. Verbittert. Er hatte seine Chance gehabt und sie vertan.

Stattdessen hatte er das Gefühl, seine Chance genutzt zu haben.

»Das ist für Serrado«, sagte er und überließ es Vargo, die Bedeutung seiner Worte zu ergründen. Grey wandte sich ab und überquerte auf der Suche nach der Rose die Terrasse.

Das Chaos war beendet. Der Mann, den er für den Pontifex hielt, war nirgends zu sehen, aber Vargos Leute hatten alle anderen gut im Griff, und Ren stand ein Stückchen abseits und beobachtete ihn.

»Ich konnte nicht rechtzeitig bei dir sein«, sagte er leise, als er näher kam.

Sie berührte seinen Arm. Die schwarze Spitze ihrer Maske ließ ihren Mund frei, der erleichtert wirkte. »Es ist alles in Ordnung. Mir geht es gut … und du warst da, wo du sein musstest.«

8

Zwei gekreuzte Strassen

Ostbrück, Oberufer: 18. Canilun

Als Grey mit Beldipassi im Schlepptau über den Fluss nach Ostbrück ging, überlegte er, dass der schwierigste Teil dieses Treffens die Konfrontation mit Vargo sein würde.

Nicht weil es in seinem Herzen rumorte. Der Moment auf dem Dach hatte ihm unerwartet Frieden geschenkt; er hatte letzte Nacht von Kolya geträumt, und zum ersten Mal seit dem Tod seines Bruders hatte es nicht wehgetan. Nein, er wusste einfach nicht, wie er sich in Vargos Gegenwart *verhalten* sollte. Ob er Wut vortäuschen sollte, die verblasst war, nur um den Mann davon abzuhalten, sich zu wundern.

Aber als er Vargos Arbeitszimmer betrat, erkannte er die wahre Herausforderung: Ren nicht wie ihr neuer Liebhaber anzulächeln, der er ja war. Sie hatten sich in diesen Rollen seit dem Traementis-Adoptionsball nicht mehr öffentlich getroffen, und seitdem hatte sich so viel verändert.

Wenn die anderen die zwischen ihnen entstandene Intimität bemerkten, würde es jedoch nur Gerede geben. Ganz zu schweigen davon, dass Vargo nicht zu intensiv über die Partnerschaft zwischen Renata Viraudax und dem ehemaligen Hauptmann Grey Serrado nachdenken sollte. Dieser Mann hatte einen unangenehm scharfen Verstand. Daher nickte Grey Renata, wie er hoffte, höflich und distanziert genug zu … und danach dem Raben.

Er empfand es als ungemein seltsam, die Kapuze und diese Schatten von außen zu sehen, wo er doch so daran gewöhnt war, sie zu tragen. Wie in Dockmauer war es jedoch am einfachsten, jemanden davon zu überzeugen, dass es keine Verbindung zwischen ihm und dem Raben gab, indem sie zusammen gesehen wurden. Und er hatte nicht annähernd so viel betteln müssen, wie er erwartet hatte, um Ryvček davon zu überzeugen, sich ihnen anzuschließen. Ihren Worten zufolge konnte sie sich die Chance nicht entgehen lassen, mit eigenen Augen zu sehen, wie eines der Medaillons zerstört wurde, auch wenn die ganze harte Arbeit, die dafür nötig war, von anderen erledigt wurde, und Grey glaubte ihr jedes Wort.

Aber es gab noch eine andere Wahrheit, die sie nicht aussprachen. Ryvček machte sich Sorgen um ihn. Und Grey konnte nicht behaupten, dass dies unberechtigt wäre.

Neben ihm verneigte sich Beldipassi vor dem Raben, als hätte Nadežras berüchtigter Vigilant einen Sitz im Cinquerat. Tanaquis war bereits anwesend, die offenbar zur Abwechslung mal zu früh statt zu spät dran war. Ihrem Gemurmel nach war sie hin- und hergerissen zwischen der Empörung über die Vorstellung, ein uraltes numinatrisches Artefakt zu zerstören, und der Neugier, wie sich das bewerkstelligen ließ. Die Tatsache, dass das Artefakt einen Urtümlichen anrief, schien sie überhaupt nicht zu stören.

Grey störte das mehr, als er wahrhaben wollte. Obwohl Ryvček die Kapuze trug, durchfuhr ihn eine Mischung aus Entsetzen und Wut, die ihm eine Gänsehaut bereitete, als Beldipassi zögerlich das seidenumwickelte Bündel aus der Tasche holte und auspackte. Darunter kam die goldene Scheibe von Illi-Null zum Vorschein.

»Der Rabe sagte, Ihr könnt den Urt… den Einfluss beseitigen … sobald es zerstört wurde?« Beldipassis Stimme zitterte ebenso wie seine Hand, während sein Blick hoffnungsvoll zwischen Tanaquis und Vargo hin- und herwanderte.

Der Blick, den die beiden Inskriptoren austauschten, war alles andere als ermutigend. »Der Fluch lässt sich entfernen«, bestätigte Tanaquis und beugte sich über Beldipassis Hand wie ein Verehrer. Ihre Nase schwebte dicht über dem Medaillon, während sie es untersuchte, und Grey musste die Arme an die Seiten pressen, um sie nicht in eine sicherere Entfernung zu ziehen – als ob es so etwas überhaupt gäbe. »Aber Vargo und ich haben über das gesprochen, was über Urtümliche bekannt ist, und über seine Erfahrungen mit deren Auswirkungen. Es ist wahrscheinlich nicht möglich, den Einfluss zu beseitigen, den A'ash auf Euren Geist bereits ausgeübt hat.«

Nur Greys Hand auf Beldipassis Rücken bewahrte ihn davor, ohnmächtig zu werden oder die Flucht zu ergreifen. Tanaquis blinzelte, als das Medaillon auf die Dielen fiel. Vargo rieb sich stöhnend das Gesicht.

»Was Tanaquis *meint*«, er warf ihr einen wütenden Blick zu, »ist, dass der Antrieb eines Urtümlichen unserer Meinung nach durch die Medaillons nur verstärkt, nicht aber entfernt werden kann. Es liegt nicht in der Natur der Urtümlichen, etwas zu sein, das sie nicht sind. Wir können nur darauf warten, dass dieser Einfluss mit der Zeit nachlässt.«

»Aber er *wird* nachlassen?«

Vargo trat zurück, um zu vermeiden, dass sich Beldipassi an sein Revers klammerte. »Ja. Doch das wird aufrichtige Anstrengungen Eurerseits erfordern – Ihr müsst Euer Verhalten ändern. Angesichts des Medaillons in Eurem Besitz würde das bedeuten, die Dinge bis zum Ende durchzuziehen, anstatt immer neue Unternehmungen anzufangen.«

Grey unterdrückte ein amüsiertes Schnauben. Er konnte

verstehen, dass Vargo jede Gelegenheit nutzte, um Beldipassi zu einer Änderung seines Verhaltens zu bewegen.

Tanaquis nahm die Anwesenheit des Raben überraschend gelassen hin – oder vielleicht auch nicht so überraschend, wenn man ihr völliges Desinteresse an Politik, Verbrechen oder allem bedachte, was weiter entfernt als ein Buch und näher als die fernen Weiten des Kosmos war. Sie blickte nicht einmal auf, als der Rabe die Arme löste und sagte: »Ich habe in der Vergangenheit versucht, Medaillons zu zerstören. Mit durchdrungenen Meißeln und Hämmern, mit Feuer, mit Numinatria. Aber ich vermute, dass es auf die Reihenfolge ankommt: Was beispielsweise bei Quarat nicht funktioniert hat, könnte bei Illi-Null Erfolg haben.« Die Kapuze deutete auf den goldenen Kreis. »Es hat mein Schwert jedoch abgelenkt, ohne auch nur einen Kratzer abzubekommen, daher gehen wir davon aus, dass gewöhnliche Maßnahmen Zeitverschwendung sind.«

Ryvček tat offensichtlich ihr Bestes, um Grey als Raben zu imitieren und auf ihre übliche extravagante Poesie zu verzichten. Dafür würde er später Ärger bekommen, denn seine Lehrerin beschwerte sich häufig über seine langweilige Herangehensweise.

»Einverstanden.« Vargo nickte der vermummten Gestalt höflich und zögerlich zu. Grey fragte sich, ob es vor seiner Ankunft ein Gespräch gegeben hatte und wenn ja, was Ryvček daraus schließen konnte. Wahrscheinlich nichts. Vargo schien nicht der Typ zu sein, der sagte: *Danke, dass Ihr mir das Leben gerettet habt.* »Tanaquis und ich haben einige Ideen, wie wir das anstellen können. Hier ist nicht genug Platz, um sie alle auf einmal auszuprobieren, demzufolge müssen wir sie nacheinander testen. Das kann eine Weile dauern.«

Es dauerte in der Tat eine Weile, da die erste Methode fehlschlug. Und die zweite. Und die dritte.

Stunden des Kreidezeichnens, Löschens und weiteren Kreidezeichnens; Beldipassi verharrte in der Nähe, um das unberührte Medaillon an die Stelle zu legen, die man ihm nannte, und es aufzuheben, wenn sich kein Erfolg einstellte. Der Rabe blieb ein bewundernswert regloser Schatten in der Ecke; Grey vermutete, dass er der Einzige war, der die dort pulsierende Spannung wahrnahm; die Frustration, ein Medaillon zu *sehen* und nicht in der Lage zu sein, es zu zerstören. Vargo wurde immer gereizter, als seine Theorien nacheinander einen schmachvollen Tod erlitten, während Tanaquis nur noch eifriger und entschlossener zu Werke ging. Vargos Spinne sprang von der Schulter auf den Schreibtisch und auf die Regale, und Vargos verärgerten Blicken und Renatas gelegentlichem unterdrücktem Grinsen nach zu urteilen, vermutete Grey, dass Alsius Acrenix sehr viele Kommentare von sich gab.

Grey hingegen stand nur herum. Alles Nützliche, das in den Erinnerungen des Raben schlummerte, konnte Ryvček aussprechen – und zwar sicherer als Grey, zumindest im Moment. Renata und er bauten ihre nervöse Anspannung ab, indem sie Tee und Kaffee kochten und all die Werkzeuge reichten, auf die die Inskriptoren zeigten.

»Es war wohl zu viel verlangt, darauf zu hoffen, dass es einfach wird«, murmelte Grey, während Vargo und Tanaquis darüber diskutierten, ob es einen Unterschied machen würde, wenn sie stattdessen Zugang zum Ninat-Medaillon hätten. Vargo ging davon aus, Tanaquis bestand darauf, dass sie, wenn überhaupt, Illi-Zehn bräuchten, bis der Rabe dies aufgrund persönlicher Erfahrungen verneinte.

Vielleicht benötigten sie beide Illi-Medaillons. Oder seine schlimmste Befürchtung entsprach der Wahrheit und sie brauchten das ganze Set. In diesem Fall waren ihre Versuche zum Scheitern verurteilt.

Renatas Hand zuckte, als wollte sie sie auf seinen Arm legen. Einen Augenblick lang trafen sich ihre Blicke, und Grey verspürte den albernen Drang, sie zu küssen.

Er räusperte sich; sie ließ ein kaum merkliches Grinsen zu. »Ich werde … frisches Wasser holen«, erklärte Grey – und dabei hoffentlich einen kühleren Kopf bekommen.

Als er die Schüssel gerade am hinteren Kanal ausgeleert hatte und nach der Gemeinschaftspumpe suchte, hörte er ein leises Lachen. »Wir haben auch Abflüsse.«

Varuni stand auf dem Kanalweg. Grey war überrascht, sie zu sehen; Vargo hatte angedeutet, dass sie den ganzen Tag mit Isarnah-Angelegenheiten beschäftigt sein würde. Sie deutete mit dem Daumen zurück zur Küchentür. »Dort befindet sich auch die Pumpe.«

»Oh.« Aus Gewohnheit blickte Grey auf ihre Taille. Keine Kettenpeitsche, was eine Erleichterung war … bis er den Kopf hob und ihre hochgezogene Augenbraue bemerkte.

Djek. Die Peitsche würde den Raben beunruhigen, nicht Grey.

»Warum seid Ihr hier?« Varuni schlenderte an ihm vorbei und blieb in der Tür stehen. Nicht wirklich ein Hindernis, aber Grey vermutete, dass sie zu einem werden würde, wenn ihr seine Antwort nicht gefiel.

Das war eine berechtigte Frage. Als sie ihn das letzte Mal gesehen hatte, war er gerade dabei gewesen, ihrem Boss einen Schlag in die Magengrube zu verpassen. »Eret Vargo versucht sich in Alta Renatas Auftrag erneut an Numinatria.«

»Schon wieder?« Varuni drehte Grey den Rücken zu, murmelte »Arschloch« und stolzierte ins Haus. »Er sollte sich besser nicht wie beim letzten Mal fast umbringen lassen. Es ist nicht meine Aufgabe, sein Herz wieder in Gang zu setzen.«

Die nasse Schüssel rutschte Grey aus den Fingern und wäre beinahe auf das Kopfsteinpflaster gefallen.

Grey hielt sie fest und eilte ihr in die dunkle Küche hinterher. Er hatte Varuni in beiden Gestalten oft genug gesehen, um zu wissen, dass sie nicht besonders gesprächig war. Sie war vielleicht keine so versierte Lügnerin wie manche der

Leute, die sich heute in Vargos Haus versammelt hatten, aber sie bewahrte Geheimnisse, indem sie den Mund hielt.

Wenn sie jetzt redete, hatte das einen Grund.

Grey versuchte nicht, sie am Arm zu fassen. Er fragte nur: »Was meint Ihr damit?«

Sie drehte sich zu ihm um und stupste ihn gegen die Brust. Ihr Finger fand zielsicher die Stelle, an der sich seine Brandwunde befand. »Ihr seid ein kluger Mann. Findet es selbst heraus.«

»Ich weiß, dass er derjenige ist, der mich gerettet hat. Aber warum sollte Vargos Herz stehen geblieben sein, als …«

Varuni zuckte mit den Achseln. »Ich bin keine Inskriptorin. Aber er hat es mit Absicht getan. Und er geht keine Risiken ein, die er nicht für notwendig hält.«

Dieses Mal folgte Grey ihr nicht, als sie nach oben ging. Er blieb in der Küche, hielt die leere Schüssel in den Händen und versuchte nachzudenken.

Er hatte angenommen, der Mann hätte ihn gerettet, um Ren einen Gefallen zu tun. Sie hatte ihm erzählt, wie Vargo Eret Viraudax' Brief vernichtet und sie dann im Privilegienhaus vor Sostira Novrus verteidigt hatte. Daher war Grey davon ausgegangen, es wäre eine ähnliche Situation gewesen und Vargo wollte sich Vergebung für seine Missetaten erkaufen.

Was ihm jedoch nichts nutzte, wenn derjenige nichts davon wusste.

Weißsegel, als er glaubte, Ren wäre nicht da. Er rettete Grey und bat sie dann, es ihm nicht zu sagen.

Und es war mehr als nur ein Gefallen, eine kleine Notfallinskription. Vargo hatte wissentlich sein eigenes Herz angehalten. Um einen Mann zu retten, der ihn tot sehen wollte.

Schritte auf der Treppe. Er wusste, dass es Ren war, noch bevor sie in der Tür erschien. »Ist alles in Ordnung?«, erkundigte sie sich.

Greys Gedanken waren völlig durcheinander – aber dies war weder der Ort noch die Zeit, um sie zu ordnen. Im Moment ging es nicht um Vargo, sondern um die Medaillons. »Es war wohl wieder kein Erfolg.«

»Tanaquis möchte, dass ich ein paar Karten ziehe«, sagte Renata. »Muster waren beim Aufheben des Fluchs hilfreich, daher glaubt sie, dass es auch hier helfen könnte.«

»Das ist eine gute Idee«, erwiderte er schnell. Doch nach einiger Überlegung meinte er es ernst. Soweit er wusste, hatte der Rabe nie versucht, Muster für diesen Zweck zu verwenden. Warum sollte er auch? Die Medaillons waren alte Numinatria und nicht vraszenianischen Ursprungs. Aber wenn die offensichtlichen Dinge nicht funktionierten, war es vielleicht an der Zeit, das Nicht-Offensichtliche auszuprobieren.

Alles, was dieses urtümliche Gift aus meiner Stadt verbannt, dachte er und folgte ihr die Treppe hinauf. *Und aus Ren – bevor es zu spät ist.*

* * *

Ostbrück und die Perlen: 18. Canilun

»Und es ist wirklich nicht zu …« Avaquis Fintenus zupfte am Mieder des Musselin-Modells und hielt den Atem an, sodass sich die gehefteten Nähte spannten. Wenn Tess die Frau nun mit ihrem Maßband erdrosselte, würde sie mit einem so tiefen Atemzug mehrere Minuten überleben. »Zu locker?«

Tess setzte ein freundliches Lächeln auf und kniff in den Stoff. Oder versuchte es zumindest. Sie hatte das verfluchte Ding schon zweimal enger geheftet, aber Avaquis wäre erst zufrieden, wenn es wie sie eine Wurstpelle umschloss. »Andernfalls entstehen Lücken zwischen den Knöpfen«, erklärte sie und strich mit der Hand über den festgesteckten Verschluss, der zu platzen drohte. Obwohl Knochen das Futter verstärkten, waren manche Dinge innerhalb der Grenzen der Natur und der Durchdringung schlichtweg unmöglich.

Tess hatte sich das Problem selbst eingebrockt. Renata hatte im vergangenen Winter vorausgesagt, dass ihr maßgeschneiderter Mantel aus cranberryfarbener Wolle sehr gefragt sein würde. So sicher, wie Rens Muster Dinge vorhersagten, war Tess mit Anfragen nach solchen Mänteln überschwemmt worden, sobald das Wetter umzuschlagen drohte.

Aber die Hälfte der Arbeit als gute Schneiderin bestand darin, die Kundinnen davon zu überzeugen, dass das, was an einem Körper attraktiv aussieht, nicht für jeden geeignet ist, wie Tess im Laufe der Zeit feststellen musste. Sie hatte versucht, Avaquis ein höher tailliertes Modell zu verkaufen, das der neue Trend dieses Jahres werden könnte, doch die Frau wollte nichts davon wissen. »Könnt Ihr nicht noch mehr Knöpfe annähen?«

Tess' Lächeln wurde immer gequälter. *Manche Körper sehen am besten aus, wenn sie mit dem Gesicht nach unten im Dežera schwimmen.* »Ich werde sehen, was sich machen lässt.«

Viel zu viele Änderungen später floh Tess schließlich aus dem Fintenus-Herrenhaus und hatte das verstümmelte Modell in ihrer Schneidertasche verstaut. Der Klang von den Türmen, die zur vierten Glocke der sechsten Sonne läuteten, jagte sie über die Perlen zur Isla Traementis. Bei den schiefen Zähnen der Tante, es waren über drei Stunden vergangen, seit Renata zu Vargos Haus aufgebrochen war. Tess wollte Pavlin zur siebten Sonne treffen, und sie musste noch ihre Tasche nach Hause bringen und sich hübsch machen. Aber im Moment hätte sie sich schon damit zufriedengegeben, weniger ausgelaugt zu sein.

»Am besten, er gewöhnt sich schon mal daran«, murmelte sie und eilte den verlassenen Weg hinter dem Herrenhaus entlang. »Es wird immer Leute geben, die unvernünftige Forderungen stellen.« Nicht jede Kundin konnte so formbar und kooperativ sein wie ihre Schwester.

Verloren in Gedanken über neue Entwürfe für Ren und wie man sie für jemand anders anpassen konnte, bemerkte Tess die Sänfte mit den Trägern, die in der hinteren Gasse warteten, erst, als sie schon fast vor ihnen stand.

»Du bist spät dran«, sagte einer und versperrte ihr den Weg. Der andere löste sich von der Wand und verschwand hinter ihr, bevor sie die Flucht ergreifen konnte.

»Tut mir leid.« Die Entschuldigung rutschte Tess ohne nachzudenken heraus, und als sie diese erst einmal ausgesprochen hatte, beschloss sie, einfach weiterzureden. »Wenn ich gewusst hätte, dass zwei hübsche Kerle auf mich warten, hätte ich mich beeilt.«

Während die Männer über Tess' simple Einfalt grinsten, steckte sie eine Hand in die Tasche an ihrer Seite und schloss sie um ihre beste Schere.

»Nicht weiter wichtig«, sagte der Mann, der ihr den Weg versperrte, und drängte sie mit dem Rücken gegen den anderen. »Solange du jetzt ruhig mit uns kommst.«

Ein Blick in den leeren Küchenhof verriet Tess, dass schreien sinnlos gewesen wäre. Aber das bedeutete nicht, dass sie sich nicht zur Wehr setzen würde.

»Natürlich. Lass mich nur …«

Tess schwang ihre Tasche gegen den Mann vor sich, zog die Schere heraus und stieß sie dem Mann hinter sich in den Leib. Das Grunzen und die Wärme, die ihre Finger benetzte, verrieten ihr, dass sie getroffen hatte. Doch bevor sie die Situation ausnutzen konnte, wurde ihr Handgelenk wie von einem Schraubstock gepackt. Die Schere fiel aus ihren tauben Fingern. Sie verlor das Gleichgewicht und stürzte förmlich in den Leinensack, der ihr über den Kopf gestülpt wurde. Staub drang ihr in die Kehle, Dunkelheit umgab sie, und ihre gedämpften Schreie verklangen, als die Männer ihre Handgelenke und Knöchel fesselten und sie in die Sänfte stießen.

* * *

Isla Traementis, die Perlen: 18. Canilun

Aufgrund der angespannten finanziellen Lage hatte sich das Haus Traementis gezwungen gesehen, die Villa an der Bucht zu verkaufen, als Giuna zehn Jahre alt war. Zu diesem Zeitpunkt standen nur noch ihre Mutter, ihr Bruder und vier verbliebene Cousins und Cousinen in ihrem Familienregister; Donaias Beschützerinstinkte waren bereits stark ausgeprägt. Der Gedanke, Giuna könnte auf dem offenen Wasser oder auf den Feldern rings um die Stadt – oder sogar in der Stadt selbst – Risiken eingehen, war zu viel für sie, und so begannen Jahre, in denen Giuna fast ständig im Herrenhaus auf den Perlen eingesperrt war.

Im Vergleich dazu kam ihr sogar die Bucht von Vraszan wie ein fremdes Land vor. Giuna hatte sich so sehr an den allgegenwärtigen Geruch des Flussschlamms gewöhnt, dass sie es erst bemerkte, als er verschwunden war und durch salzigen Geruch und sauberen Regen ersetzt wurde. Die niedrigen Felsen der Inseln in der Bucht wirkten so exotisch wie Berge unter ihren Füßen, und die flache, offene Wasserfläche machte sie so schwindlig, dass sie sich hinsetzen musste. Aber es war ein angenehmer Schwindel, und sie hätte nur zu gern mehr als ein paar Tage mit ihrer Mutter dort draußen verbracht. Beschämt ertappte sie sich sogar bei dem Gedanken, wie lange es dauern würde, bis sich das Haus Traementis so weit erholt hätte, dass sie ihre alte Villa von Haus Aldassare zurückkaufen konnten.

Wir müssen einen Weg finden, Scaperto zu danken, dachte Giuna, als die Quientis-Jacht die Flusstreppe an den Perlen erreichte, um sie aussteigen zu lassen. Dann umspielte ein schelmisches Grinsen ihre Lippen. *Aber vielleicht genügt der Dank meiner Mutter ja bereits.*

Giuna stieg die Stufen hinauf und machte sich über die Inselchen auf den Weg zum Traementis-Herrenhaus. Ein Quientis-Diener trug ihren kleinen Reisekoffer. Sie konnte sich nicht daran erinnern, dass ihre Familie jemals ein Boot oder eine Sänfte erworben hatte, um diese letzte Etappe des Wegs zu bewältigen, und selbst jetzt, wo sie es sich leisten konnten, sah sie keinen Sinn darin.

»Bitte geht noch in die Küche und besorgt Euch vor dem Aufbruch eine Erfrischung«, sagte Giuna, nachdem der Diener den Koffer in der Eingangshalle abgestellt hatte. Als Colbrin ihr den leichten Umhang abnahm, erkundigte sie sich: »Wer ist zu Hause?«

»Niemand, Alta«, antwortete Colbrin. »Die Altans Meppe und Idaglio sind geschäftlich in Dockmauer, und Alta Renata ist ebenfalls unterwegs.«

»Wo ist sie hingegangen?«

Der Majordomus verbeugte sich entschuldigend. »Das weiß ich bedauerlicherweise nicht. Tess führt Alta Renatas Kalender, aber auch sie ist ausgegangen.«

Giuna schürzte die Lippen. Es war fast wie damals mit Leato – ein Gedanke, der ihr stets einen traurigen Stich versetzen würde. Renata kam nicht betrunken nach Hause, und so weit Giuna wusste, kletterte sie nachts auch nicht durch ihr Schlafzimmerfenster, aber sie war ständig unterwegs und hinterließ häufig keinerlei Informationen darüber, wohin sie gegangen war. *Sie ist es noch nicht gewohnt, Teil einer Familie zu sein.* Einer richtigen Familie, nicht der dürftigen Farce, die sie von Letilia kannte.

Demzufolge würde sie auch allein das Mittagessen einnehmen. Giuna ging in die Küche. In den meisten Adelshäusern galt es als Skandal und Störung, wenn ein Familienmitglied diesen heiligen Bereich betrat, aber das Haus Traementis legte schon lange keinen Wert mehr auf derartige Feinheiten. In jeder Jahreszeit, abgesehen vom Sommer, bereitete der Koch Tess ein Tablett vor, damit sie beim Essen in der Ecke neben dem Ofen lesen konnte.

Als sie nun die Küche betrat, herrschte darin heller Aufruhr. Einer von Hauptmann Serrados Schutzmännern war da – der gut aussehende. Pavlin Ranieri, so hieß er. Er trug normale Kleidung und blickte äußerst verzweifelt drein.

»… rausgehen und nachschauen, dann siehst du es. Es sei denn, du hast eins deiner Küchenmädchen zum Schlachten eines Huhns hinausgeschickt?«

Die bittere Verzweiflung in seiner Stimme ließ Giuna aufhorchen. »Was ist hier los?«

Der Koch seufzte. »Ich bitte um Entschuldigung, Alta. Dieser Mann ist Tess' Freund, und er ist verzweifelt, weil sie sich nicht wie versprochen mit ihm getroffen hat …«

»Und weil sich vor der Tür eine *Blutlache* befindet!«, rief Pavlin. Dann senkte er unter sichtlicher Anstrengung die Stimme. »Alta Giuna, kann – kann ich Euch unter vier Augen sprechen?«

»Zeigt mir dieses Blut«, verlangte sie. »Ihr anderen bleibt hier.«

Die Seitengasse war Neuland für sie, aber sie bemerkte sofort die rostfarbenen Flecken auf dem Stein. Nicht genug, um auf eine schwere Verletzung hinzudeuten, Lumen sei Dank. »Ja, ich sehe das Blut. Was wolltet Ihr mir mitteilen, Schutzmann?«

Er rang die Hände. »Es geht um Euer Dienstmädchen Suilis. Tess hat mir erzählt, dass sie viele Fragen gestellt und in Renatas Zimmer herumgeschnüffelt hat … Sie hat mich gebeten, Nachforschungen anzustellen. Also Tess hat …«

Giuna legte ihm beruhigend die Hand auf die Schulter. »Verstehe. Habt Ihr etwas herausgefunden?«

»Sie gehört zu den Austerknackern«, erwiderte Pavlin und schluckte den Rest seiner Erklärung hinunter, als Giuna ihn entsetzt ansah. »Und – es tut mir sehr leid, Euch das sagen zu müssen, Alta, aber Suilis hat schon häufiger für Sibiliat Acrenix gearbeitet.«

Giuna trat gegen die Kanalwand und musste sich dann daraufsetzen, als Schmerz durch ihr Bein schoss. Sie hatte gehofft, dass Sibiliat ihre Drohung ernst nehmen würde – zumindest ernst genug, um sich nicht erneut mit Renata anzulegen.

Stattdessen konnte Giunas öffentliche Zurückweisung Sibiliat nun dazu getrieben haben, noch energischer vorzugehen.

Aber warum Tess? Glaubte Sibiliat, sie könnte auf diese Weise an Renatas Geheimnisse gelangen? Tess kannte sie vielleicht, aber sie würde sie niemals ausplaudern. Die Verbindung zwischen den beiden Frauen ging weit über die zwischen einer Alta und ihrer Zofe hinaus.

Es sei denn, Sibiliat griff in ihrer Frustration zu extremen Maßnahmen, um Tess zum Reden zu bringen.

Giuna sprang sofort wieder auf. »Schutzmann, ich möchte von meinem Recht als Adlige Gebrauch machen und die Wache um Hilfe bitten.«

Nun sah Pavlin ehrlich zerknirscht aus. »Ich bin nicht länger bei der Wache. Der Hauptmann und ich – ich meine, Grey und ich, Meister Serrado und ich – wir sind gegangen. Genau wie viele andere – wegen dem, was dort vor sich geht.«

Sie hatte einiges darüber von Nencoral gehört. Nicht genug für ein Gesamtbild, aber genug, um zu wissen, dass sie sich nicht auf die Hilfe der Wache verlassen konnte, wenn die Menschen, denen sie vertraute, keine Falken mehr waren. Nicht wenn Suilis für Sibiliat arbeitete.

Und was wäre, wenn Tess nicht mehr viel Zeit blieb?

»Wisst Ihr vielleicht, wo sich Renata aufhält?«, fragte sie. Pavlin schüttelte verzweifelt den Kopf. »Dann liegt es an uns.«

Ihre Entschlossenheit war nur Fassade, hinter der sich Unsicherheit und Angst verbargen, aber sie bewirkte, dass Pavlin den Rücken straffte. »Ich weiß, wo sich das Hauptquartier der Austerknacker befindet«, sagte er. »Ich weiß nicht, ob Tess dort ist, aber – wir könnten es versuchen.«

»Ich hole Klops. Suilis hatte immer Angst vor ihm. Und …« Giuna hielt hilflos inne. Was sollten sie tun, wenn sie Tess fanden, ob nun bei den Austerknackern oder woanders?

Pavlin zögerte und war sichtlich überfordert. Dann sagte er: »Werdet Ihr mich beschützen, wenn das alles vorbei ist?«

»Selbstverständlich. Aber warum?«

Er eilte zur Küchentür. »Weil Tess mir einen Mantel genäht hat.«

* * *

Ostbrück, Oberufer: 18. Canilun

Der Sack blieb über Tess' Kopf, ihre Augen brannten, und ihre Nase war verstopft. Die Männer warfen sie in die Ecke eines Gebäudes, wo sie nur von knarrenden Dielen und gedämpften Gesprächen umgeben war. Und eine Standuhr stand so nah, dass Tess' Schläfen pochten, als die siebte Sonne und die darauffolgenden Glocken geschlagen wurden. *Sie wollen mich in meiner Angst schmoren lassen*, dachte Tess.

Als endlich jemand den Sack herunterzog, hatte Tess den Geschmack von Sägespänen und brodelnder Wut im Mund. Sie kniff die schmerzenden Augen zusammen, spuckte zu einer Seite aus und hustete den Schleim hoch, der sich in ihrer Kehle gebildet hatte.

Sobald sie wieder klar sehen konnte, nahm sie ihre schwach beleuchtete Umgebung in Augenschein. Sie hatte den Raum noch nie zuvor gesehen, aber er kam ihr trotzdem bekannt vor. Ondrakja hatte gern Luxusartikel aufbewahrt, die ihr gefielen oder die man nicht versetzen konnte, und bei den Austerknackern schien es nicht anders zu sein. Der Teppich, der den größten Teil des Bodens bedeckte, war so fein wie alles, was in Ommainit hergestellt wurde, wenn man von den drei auffälligen Brandflecken absah. Ein im Isarnah-Stil geschnitzter Paravent aus Teakholz verbarg vermutlich den Nachtstuhl in der Ecke Tess gegenüber, während Leuchtsteine in Laternen aus geschnittenem Zinn und farbigem Glas die Einrichtung in bernsteinfarbenen Dunst tauchten. Am anderen Ende des Raums führte eine spiralförmige Treppe hinauf zu dem, was Tess für den Uhrenturm hielt, und nach unten, wo sie sich einen Fluchtweg erhoffte.

Sie reckte das Kinn in die Luft, um Suilis anzustarren.

»Es wird folgendermaßen laufen«, erklärte Suilis und setzte sich rittlings auf einen Stuhl, der gerade außerhalb von Tess' Reichweite stand. Ihre sonst so fröhliche Fassade war einem zynischen Grinsen gewichen. »Wir haben lange genug um den heißen Brei herumgeredet. Du wirst mir verraten, wo deine Herrin ihren feinsten Schmuck versteckt. Nicht den üblichen Tand, sondern die Stücke, die sie *wirklich* beschützen will. Ich behalte dich über Nacht hier, und wenn ich finde, wonach ich suche, kannst du morgen früh mit nichts Schlimmerem als einer schlaflosen Nacht nach Hause gehen – und du wirst vergessen, dass wir dieses Gespräch je geführt haben. Verstanden?«

Tess senkte eingeschüchtert den Blick. »Schmuck?« *Darum* ging es hier? Nein, Suilis suchte nach etwas Bestimmtem. Was bedeutete, dass Sibiliat hinter etwas Bestimmtem her war – wahrscheinlich dem Familienerbstück, nach dem sie sich erkundigt und das Ren vor Monaten verloren hatte.

Würde Suilis ihr die Wahrheit abkaufen? Wenn sie sich all diese Mühe machte, hatte sie entweder gelogen, dass sie Tess gehen lassen würde, oder sie müsste ihre Rolle als Dienstmädchen aufgeben. Dies war der letzte Akt einer verzweifelten Frau.

Tess war nicht Ren, aber sie war lange genug ein Finger gewesen, um zu wissen, dass Verzweiflung ein gutes Druckmittel abgab. Man musste nur demonstrieren, dass man stark genug war, um es einzusetzen.

»Ich möchte dir einen Gegenvorschlag unterbreiten.« Tess hob den Kopf und straffte die Schultern. Sie durfte nicht einschüchternd wirken, aber manchmal genügte es, einfach zu zeigen, dass man keine Angst hatte. »Du verrätst mir, was Sibiliat Acrenix mit einem alten Stück Bronze anfangen will, und meine Alta wird dich von der Leine befreien, die sie benutzt, um dich zu ihrer Hündin zu machen.«

Sie ließ den Faden lange genug abrollen, um Suilis' Neugier zu wecken, bevor sie die Nadel einsetzte. »Und *ich* verrate Vargo nicht, wo sich die Austerknacker derzeit aufhalten. Denn ich habe den Eindruck, dass er stets auf der Suche nach weiteren Knoten für sein Netz ist.«

Suilis wich so heftig zurück, dass ihr Stuhl klappernd zu Boden fiel. »Du kannst ihm überhaupt nichts erzählen.«

»Isla Cospicho.« Tess legte den Kopf schief, als würde sie lauschen. »Im Ostbrück-Quaratium, wie es scheint. Wie kann dein Knoten nachts schlafen, wenn diese verdammten Glocken die ganze Zeit läuten?«

»Wir stopfen uns Wachs in die Ohren«, antwortete eine Frau, die mit den beiden Schlägern, die Tess angegriffen hatten, die Treppe hochkam. »Aber wir nutzen unsere Nächte für andere Dinge als zum Schlafen. Ich dachte, du würdest dich darum kümmern?« Letzteres war an Suilis gerichtet.

Suilis runzelte die Stirn. »Ich bin doch dabei. Hattest du nicht gesagt, du würdest mir die Sache überlassen?«

Die Frau zuckte mit einer Schulter und näherte sich Tess. »Klingt ganz so, als hätte dein harmloses kleines Dienstmädchen Feuer in sich ... *Tess?*«

Was die Schatten des Raums und acht vergangene Jahre verborgen hatten, enthüllte die Brandwunde auf der Wange und Schläfe der Frau. Tess war noch ein kleiner Finger gewesen, als Ondrakja das Gesicht eines Jungen in die Kohlen drückte, weil er sich aus dem Knoten geschnitten hatte, was die Finger nicht so schnell vergaßen.

»Es...« Tess schluckte den Namen hinunter, da sie sich nicht sicher war, ob er noch zutraf.

»Jetzt Esmierka«, erklärte die Frau mit schiefem Grinsen.

»Esmierka.« Tess ließ ihr Lächeln in ein Lachen übergehen. »Beim Höschen des Mädchens, Sedge hat mir nie erzählt, dass du es in die Austerknacker geschafft hast.« Obwohl es nicht überraschend war. Viele Finger träumten davon, und Esmierka besaß ein Talent dafür, Numinata zu zerstören.

»Der kleine Sedge? Ist er noch am Leben? Was treibt er so?«

»Er ist bei den Nebelspinnen und untersteht Vargo. Außerdem ist er endlich in seine Schultern hineingewachsen, zumindest schwärmen *gewisse Personen* davon.« Tess warf Suilis einen Seitenblick zu.

Die blickte finster zurück und fuhr dann ihre Knotengefährtin an: »Du kennst sie?«

»Wir waren beide Finger.« Esmierka richtete Suilis' Stuhl auf und setzte sich. Er war zu niedrig für ihre langen Gliedmaßen, aber sie schenkte dem wenig Beachtung und zog die Beine an. »Und du hast auf Pito eingestochen?« Sie drehte den Kopf und sah einen der Männer an – den mit bandagiertem Unterarm und finsterem Blick.

Tess reckte das Kinn in die Luft. Esmierka mochte zwar recht freundlich wirken, aber ihre gemeinsame Zeit bei den Fingern war Jahre her. Tess hatte einen der anderen Austerknacker verletzt, und das konnte ihr nur eine Person verzeihen. »Hast du hier das Sagen?«

Esmierkas Kopfschütteln machte diese Hoffnung zunichte. »Der Boss hat mich hergeschickt, um mich darum zu kümmern.« Ihr unerschrockener Blick erfasste Suilis und Tess. »Es dauert schon zu lange, ohne dass etwas dabei rumkommt, daher ist jetzt Schluss damit.«

»Aber mein Bruder …« Suilis' Stimme brach. Sie sah zum Isarnah-Paravent hinüber, doch vorher bemerkte Tess noch ihre Tränen.

Esmierka seufzte und wandte sich an Tess. »Weißt du, welches Schmuckstück die Acrenix' suchen?« Auf Tess' Nicken hin verlangte sie zu erfahren: »Weißt du, wo es ist, damit wir es klauen können? Oder vielleicht kannst du es uns einfach beschaffen?«

Tess zögerte. Eine Lüge hätte sie befreit, aber Suilis' Verzweiflung ließ sie zögern. Das war kein gewöhnlicher Raubzug der Austerknacker. »Haben die Acrenix deinen Bruder?«, fragte sie Suilis.

Einen Herzschlag lang glaubte sie schon, Suilis würde nicht antworten. Dann erwiderte Suilis mit beinahe brechender Stimme: »Er wird auf einem der Sträflingsschiffe festgehalten. Er soll in Ommainit verkauft werden. Sie sagten, sie würden ihn freilassen, wenn ich ihnen besorge, was sie haben wollen.«

Tess' erleichtertes Kichern brachte ihr einen bösen Blick ein. Sie hätte das mit einer Geste abgetan, wenn ihre Hände nicht immer noch gefesselt gewesen wären. »Das tut mir wirklich leid, lässt sich aber kinderleicht lösen. Meine Alta kann das viel besser als die Acrenix'. Und ich werde dafür sorgen, dass sie es tut … *falls* ihr mich gehen lasst und mir verratet, warum Sibiliat diesen Anhänger unbedingt haben will.«

»Das weiß ich nicht.«

»Dann finde es heraus. Du kannst …«

Ein Hämmern von unten und der gedämpfte Ruf »Aufmachen! Im Namen der Wache!« ließen Tess aufstöhnen. Alle im Raum wirkten sogleich angespannt und misstrauisch.

»Das hatte der Boss befürchtet«, zischte Esmierka Suilis zu.

»Die Wache untersteht Caerulet. Sie kann nicht …«

»Caerulet hat längst die Geduld verloren. Hast du Tess nicht deswegen entführt? Komm schon.« Esmierka zog ein Messer, um Tess' Fesseln zu zerschneiden. »Lüg für uns, und ich werde dafür sorgen, dass du hier rauskommst.«

Als ob Tess nach dem, was mit Pavlin und Hauptmann Serrado passiert war, irgendeinem Falken die Wahrheit sagen würde. Sie nickte und ging gefolgt von Esmierka die Treppe hinunter zum Hintereingang des Quaratiums.

Als die Tür aufging, war schwer zu sagen, wer überraschter war: sie oder Pavlin und Giuna. Sie starrten einander verdutzt an; Esmierka beäugte sie alle – und wurde dann gegen die Wand geschleudert, als Pavlin vorstürmte.

»Nein, nicht!« Tess packte ihn am Rücken seines Mantels. Des Mantels, den sie für ihn genäht hatte, was Sinn ergab – natürlich würde er so tun, als wäre er immer noch ein Falke, um sie zu retten.

Später hast du genug Zeit zum Schwärmen, ermahnte sie sich streng.

»Alles in Ordnung, Tess?« Giuna hätte Klops' Leine fast losgelassen, hielt sie dann aber wieder fest, um ihn davon abzuhalten, sich ins Getümmel zu stürzen, das Tess verhindern wollte. Über sein Bellen hinweg fuhr Giuna fort: »Wir dachten …«

Tess hatte die Verabredung mit Pavlin verpasst. Sie mussten die Hinweise auf die Auseinandersetzung entdeckt haben. »Ich weiß«, erwiderte Tess. »Aber es ist alles in Ordnung. Gut, so hat es nicht angefangen, aber jetzt ist es das. Ich wollte mich eben mit …« Sie konnte eben noch verhindern, Esmierkas Namen auszusprechen. Aber da sie zum Versteck der Austerknacker gekommen waren, spielte das vermutlich auch keine Rolle mehr.

Esmierka zögerte. Dann sagte sie: »Oh, bei der Gnade der Masken – wir führen dieses Gespräch bestimmt nicht vor der Tür. Kommt alle mit nach oben.«

Suilis' Verwirrung, als sie mit einem Falken und einer Alta im Schlepptau zurückkehrten, verwandelte sich in ein Zusammenzucken, sobald sie Klops sah. Offenbar war ihre Angst vor ihm nicht Teil der Inszenierung gewesen.

Esmierka setzte ihr Gespräch fort, als hätte es keine Unterbrechung gegeben. »Suilis. Kannst du die Informationen besorgen, die Tess verlangt?«

An der Art, wie Suilis die Zähne zusammenbiss, konnte man erkennen, dass sie mehrere Antworten zurückhielt, aber die Einzige, die herauskam, war ein widerwilliges »Ja«.

Esmierka wandte sich an Tess und ihre Möchtegern-Retter. »Tut mir leid, Tess, aber dein Wort reicht mir nicht aus. Alta Giuna: Auf einem Gefängnisschiff wartet ein Mann darauf, nach Ommainit verschifft zu werden, weil er Meda Nitarras Kutsche zerstört hat. Könnt Ihr ihn befreien?«

Giuna warf Tess einen Seitenblick zu, die ermutigend nickte. Sie konnte ihr die ganze Geschichte nicht sofort erklären – vielleicht nie, da sie so viele von Rens Geheimnissen betraf –, aber sie ging felsenfest davon aus, dass es das wert war.

Erst als Giuna ebenfalls nickte, ging Tess auf, dass die Alta eben sie, ein einfaches Dienstmädchen, um Rat gebeten hatte.

»Das kann ich tun«, versprach Giuna. »Es wird ein wenig Mühe kosten, denn die Verantwortung für Sträflingsschiffe ist ein wahres Durcheinander, für das sich Fulvet, Caerulet und Prasinet zuständig fühlen … aber Euer Ehren ist ein Freund der Familie, und wir stehen auch mit Ihrer Barmherzigkeit auf gutem Fuß. Ja, ich gebe Euch mein Wort.«

»Dann versprechen wir, dass wir die von Tess gewünschten Informationen innerhalb der nächsten zwei Tage liefern werden«, entgegnete Esmierka. Mit einem frechen Grinsen spuckte sie in die Handfläche und hielt sie ihr hin.

Giuna wirkte nur einen Moment lang verzagt. Dann zog sie mit der mutigen Miene einer Frau, die ein Duell akzeptiert, einen Handschuh aus, spuckte ebenfalls in ihre Handfläche und schüttelte Esmierka die Hand.

»Und jetzt verschwindet von hier«, verlangte Esmierka.

Zumindest warteten die anderen beiden, bis sie unten und draußen waren, bevor sie sie mit ihren Fragen bestürmten. Tess wehrte sie ab, so gut sie konnte, während Pavlin ihr den Rest des Sackleinens aus den Locken strich. »Mir geht es wirklich gut. Alta Giuna, es tut mir leid, das sagen zu müssen, aber Suilis arbeitet …«

»Für Sibiliat. Das weiß ich; Meister Ranieri hat es mir erzählt.« Giunas Kiefer verhärtete sich. »Ich wünschte, ich könnte behaupten, dass ich überrascht bin, aber …«

Sie ließ den Rest des Satzes in einen Seufzer übergehen, und Tess ging nicht näher darauf ein.

»Geht es dir auch wirklich gut?«, erkundigte sich Pavlin leise, während Giuna ein Boot heranwinkte. Seine besorgte Berührung war von ihrem Haar über ihre Schultern bis hin zu ihren Armen gewandert. »Ich habe das Blut in der Gasse gesehen, und du hast unser Treffen verpasst, und ich dachte …«

»Es geht mir gut.« Tess hielt seine Hände fest, damit sie nicht hin- und herhuschten – und um festen Halt zu finden. Jetzt, wo die Gefahr vorüber war, wurde sie sich erst bewusst, was sie gerade durchgestanden hatte. Pavlins übertriebene Sorge würde ihr Zittern nur verstärken, und das konnte sie jetzt nicht gebrauchen. Sie hatte sich mit einer Tapferkeit, die Rens würdig gewesen wäre, aus der Gefahr herausgeredet. Wozu sollte sie jetzt noch Angst haben?

Sie grinste Pavlin frech an. »Nur ein Schlammhirn legt sich mit mir an. Ich habe eine Schere.«

Das brachte ihn zum Kichern, und sein Lächeln war die Ermutigung, die sie brauchte, um sich auf die Zehenspitzen zu stellen und ihre Lippen auf seine zu pressen.

* * *

Ostbrück, Oberufer: 19. Canilun

Renata stand am Fenster und blickte abwechselnd auf die Straße und auf das Medaillon in ihren Händen hinab. Sie bemühte sich mehr um Ersteres als um Letzteres, scheiterte aber allzu oft.

Wegen des Tricat-Medaillons wäre Tess beinahe verletzt worden.

Sogar einen Tag später kribbelte ihre Haut noch vor Schreck bei der Erinnerung daran. Tess war in Vargos Haus gekommen und hatte Antworten über Suilis und Sibiliat mitgebracht sowie eine Geschichte, bei der Ren am liebsten Sedge zu Hilfe gerufen hätte, damit er den Austerknackern Spitzenwasser-Gerechtigkeit widerfahren ließ. Es war keine Überraschung, dass Sibiliat Tricat haben wollte; das hatte sie im vergangenen Winter selbst zugegeben, als sie behauptete, das Medaillon sei ein Acrenix-Erbstück. Zudem vermutete Ren, dass es der Grund für ihre Benommenheit in der Nacht der Glocken gewesen war: Das Medaillon zeigte ihr, was Sibiliat wollte. Und was Sibiliat begehrte, war das Medaillon. Resonanz in einem sich selbst erneuernden Kreislauf.

Aber dass jemand deswegen *Tess* überfiel …

»So läuft das immer«, hatte der Rabe mit schlichter Direktheit gesagt. »Seit zweihundert Jahren. Nichts für ungut, aber ihr seid noch glimpflich davongekommen.«

Denn in anderen Situationen wäre Tess möglicherweise getötet worden.

Während Ren darüber nachdachte, legte sie die Hand noch fester um das Medaillon, bis sich die harten Kanten in ihr Fleisch bohrten. Tricat war das Numen der Familie und der Gerechtigkeit. Gegen sich selbst gewandt das Numen der Rache.

Diese Impulse lebten schon lange in ihr. Es brauchte nicht viel, um sie zu verstärken.

Sie wandte sich vom Fenster ab und steckte die Bronzescheibe in ihre Tasche, als es unten an der Tür klopfte. Der Rabe – diesmal Grey, nicht Ryvček – verschwand im Nebenzimmer, und einen Moment später kam Suilis so vorsichtig wie ein Vogel unter Katzen herein.

Ihr Blick huschte über Vargo und Tanaquis, bevor er auf Renata landete. »Wo ist Tess?«

»Ich regle das«, entgegnete Renata kühl. »Welche Informationen hast du für uns?«

»Mein Bruder …«

»Das wird erledigt.« Die Formulierung klang bedrohlicher, als sie beabsichtigt hatte, und Renata zwang sich, milder fortzufahren. »Er wird nicht verkauft, das verspreche ich. Wir haben bereits Vorkehrungen getroffen. Hast du etwas Nützliches herausgefunden?«

Suilis wäre nicht gekommen, wenn sie ihren Teil der Abmachung nicht einhalten könnte. Widerwillig griff sie in ihre Tasche und zog ein gefaltetes Stück Papier heraus. »Das ist eine Kopie, nicht das Original, aber ich bin ganz gut im Zeichnen.«

Renata kaufte ihr das ab. Gerüchten zufolge hatten die Austerknacker genaue Grundrisse von jedem Haus auf den Perlen. Sie nahm das Papier und faltete es auseinander – und dann knisterte das Blatt, weil ihre Hand derart zitterte.

»Darf ich?« Vargo stand auf und spähte über ihre linke

Schulter. Peabody lugte neugierig unter seinem Kragen hervor. Tanaquis blickte von rechts darauf, ohne Fragen zu stellen.

Suilis hatte ihr weder einen Brief noch ein Notizbuch mitgebracht, sondern das Diagramm eines Numinats. Eines Numinats, das Ren schon einmal gesehen hatte … im Traum, auf dem Boden des Praeteri-Tempels.

Ein Echo der Vergangenheit, die noch bevorsteht. So hatte es die namenlose Szorsa genannt.

»Das sagt Euch etwas«, stellte Suilis mit einem Anflug von Eifer in ihrer Stimme fest. »Es ist wertvoll, nicht wahr?«

Renata überließ Vargo das Blatt. Ihre Stimme war, anders als ihre Hand, ruhig. »Das hast du sehr gut gemacht. Jetzt musst du nur noch eine Sache für uns erledigen.«

Suilis' Gesichtsausdruck verhärtete sich. »Ich werde nichts mehr für Euch tun, bis …«

Sie unterbrach sich, als Renata das Medaillon hervorzog, das sie zuvor in der Hand gehalten hatte.

»Wir könnten deinen Bruder wie versprochen freilassen«, erklärte Renata. »Aber das könnte Sibiliats Zorn erregen. Es wäre einfacher, wenn du ihr einfach das bringst, was eurer ursprünglichen Abmachung entspricht – aber wenn sie ihren Teil nicht einhält, lass es uns wissen, und wir sorgen dafür, dass dein Bruder in Sicherheit gebracht wird.«

Suilis rechte Hand zuckte in Richtung des Medaillons, während sie die linke zu einer lockeren Faust ballte. »Das ist jetzt nicht Euer Ernst.«

»Doch, doch«, beharrte Renata. »Ich locke meine Feindin heraus, indem ich ihr gebe, was sie will.« *Oder zumindest das, was sie glaubt, haben zu wollen.*

Wäre die Situation mit den Medaillons nicht für alle derart angespannt gewesen, hätte es beinahe lustig sein können. Fünf von ihnen hatten gleichzeitig dieselbe Idee gehabt, als Tess am Vortag aufgetaucht war – Ren, Vargo, Grey, der

Rabe und Tess –, und die einzige zu klärende Frage war, welchen der vorgeschlagenen Juweliere sie ansprechen sollten.

Mit dem Original als Vorlage war es ein Leichtes, eine Fälschung anzufertigen.

Tanaquis versicherte ihnen, dass es mehr als nur das richtige Siegel brauchte, um einen Urtümlichen anzurufen, aber nur zur Sicherheit hatten sie einen winzigen Riss in den Linien eingefügt, der zu klein war, um ihn ohne Vergrößerungslinse zu erkennen. Sibiliat sollte ein gefälschtes Tricat-Medaillon bekommen und ruhig etwas damit versuchen. Ren war fest davon überzeugt, dass Suilis bei der ersten sich bietenden Gelegenheit zusammen mit ihrem Bruder verschwinden würde, bevor Sibiliat ihre neue Errungenschaft testen konnte.

Das Medaillon wechselte so schnell und so unauffällig den Besitzer, dass Ren kurz die Tage betrauerte, in denen sie ebenso geschickt gewesen war. »Ihr werdet mich nie wiedersehen«, versprach Suilis und war schon auf dem Weg zur Tür.

»Gut«, murmelte Ren.

Tanaquis und Vargo hatten die Köpfe bereits über das Papier gebeugt, wobei kryptische, bruchstückhafte Kommentare wie Libellen zwischen ihnen hin- und herhuschten. Der Rabe tauchte erneut auf und schaffte es, an ihre Seite zu eilen, ohne den Anschein zu erwecken, als hätte er es eilig. »Was macht dieses Numinat?«, wollte Renata wissen.

Die anderen verstummten, allerdings faselte Alsius weiterhin von mathematischen Konzepten, die ihr nichts sagten.

Tanaquis wirkte besorgt. »Es ist zu früh für Schlussfolgerungen, ohne …«

»Nein. Wir können bereits erkennen, was Ghiscolo will.« Vargos Blick glitt an Renata vorbei und fiel auf den Raben. »Er versucht, sie wieder zu vereinen. Die Amtskette des Tyrannen wiederherzustellen.«

Renata erstarrte.

»Ist dem so?« Die Stimme des Raben klang bedrohlich sanft. Er beugte sich an Vargo vorbei, um das Diagramm vom Tisch zu nehmen. »Wie will er das anstellen?«

Ohne die Anspannung zu bemerken, drängte sich Tanaquis dicht an den Raben und fuhr mit dem Finger über die Seite mit der Illustration. »Das Numinat besteht aus zwei Teilen. Der erste soll die Medaillons anziehen und einen Kontrolleffekt erzeugen. Die Personen, die sie in den Händen halten, sind möglicherweise immun gegen den Einfluss anderer A'ash-Medaillons, aber nicht gegen die Eisar anderer Urtümlicher. Es wird sie zwingen, dorthin zu kommen – ähnlich wie der Pontifex und ich Renata und Vargo aus dem Reich des Geistes gezogen haben, als sie dort gefangen waren. Wenn sie dann alle in der Figur stehen, muss er nur noch hier, hier und hier Anpassungen vornehmen, um das Verschmelzen einzuleiten.«

»Er verlässt sich auf die Resonanz zwischen den Numina«, fügte Vargo hinzu. »Er hat Quinat, was ausreicht, um Quarat zu sich zu rufen. Sessat kann Sebat holen, und wenn er Sureggio aus dem Gefängnis befreit, besitzt er Noctat, um Ninat anzulocken. Das ist kein schlechter Plan.« Er lehnte sich gegen die Armlehne des Sofas, und seine skeptische Miene wich einem selbstgefälligen Grinsen. »Jammerschade, dass er scheitern wird.«

::Ah, natürlich. Mit einem falschen Tricat kann er Tuat nicht rufen, und ohne sie wird er die beiden Illi-Medaillons nicht bekommen::, sagte Alsius, während Tanaquis dasselbe murmelte.

Du trägst einen großen Segen in dir. Wie oft hatte Diomen das schon zu ihr gesagt? In jener Nacht im Tempel, als er sie gefragt hatte, welches Werkzeug sie für ihre Rache zur Hand hätte … und das Wutnuminat hatte Bernstein enthalten, Tricats Stein. Bei all seinen Nachforschungen ging es nie wirklich um sie; er wollte stets nur das Tricat-Stück des Sets finden. Die Vermutung, dass sie es besaß, reichte nicht aus; sie brauchten das Medaillon selbst.

Renatas erleichterter Seufzer durchdrang sie bis zu den Zehenspitzen. *Er hat nicht alles, was er braucht.* Zwar würde Sibiliat bald herausfinden, dass sie nicht das echte Tricat-Medaillon erhalten hatte, was sicher zu ganz anderen Problemen führen würde; es waren schon Häuser im Kampf um diese Medaillons gefallen. Aber zumindest im Augenblick konnte Ghiscolo nicht …

Als sie scharf einatmete, neigte sich die Kapuze des Raben zu ihr. »Euch ist etwas eingefallen.«

Vargos Blick wurde schärfer. Von allen im Raum dachte er am ehesten wie Ren und verfügte wie sie über die manipulative Gerissenheit der Straße.

»Ist nicht wahr«, flüsterte er. »Ihr wollt, dass er es durchzieht.«

Renata hatte das echte Tricat dabei, in einer Tasche, die Tess durchdrungen hatte, um es zu verstecken. Jetzt zog sie es heraus. »Wir haben darüber gesprochen, als es uns nicht gelang, Illi-Null zu vernichten. Es ist denkbar, dass man diese Medaillons nur zerstören kann, wenn das Set vollständig ist.«

Der Rabe umklammerte ihr anderes Handgelenk. »Seid Ihr Euch sicher, dass Ihr das wirklich wollt?«

»Um sie zu vernichten? Ja.« Ren sah offen in den Schatten seiner Kapuze. »Und das hat nichts mit Tricat zu tun.«

»Nein, das ist Ninats Domäne«, murmelte Tanaquis. Sie nahm dem Raben das Diagramm aus der Hand und betrachtete es erneut. »Das wäre eine interessante Herausforderung. Zerstörung als Apotheose der Schöpfung. Ja, wir könnten die Anpassungen ändern, um dieses Ziel zu erreichen, diese Ninat-Figur einfach als Mosaik und nicht als Aneinanderreihung anlegen …«

»Ohne Euch mit Einzelheiten zu langweilen«, übertönte Vargo ihr anhaltendes Geschwafel, »es wäre möglich … wenn sie das echte Tricat hätten.« Er rieb sich mit einer Hand übers Gesicht. »Ihr überlegt bereits, wie Ihr es gegen die Fälschung austauschen könnt, nicht wahr?«

Renatas Blick fiel auf das Diagramm. »Diese quadratischen Felder – sind das die Plätze für die Medaillons?« Tanaquis hatte beim Entfernen des Fluchs ähnliche Kästchen für die Musterkarten gezeichnet. »Ich habe dieses Numinat gesehen, als ich auf der Suche nach Vargo war. Im Traum – auf dem Boden des Praeteri-Tempels. Vermutlich habe ich da gesehen, was in der Zukunft dort sein *könnte.*«

»Tricat *ist* die Zeit ...«, setzte Tanaquis strahlend an.

Bevor sie sich in die Theorie vertiefen konnte, redete Renata rasch weiter. »Aber das Numinat war riesig, Tanaquis. Diese Quadrate waren groß genug, dass eine Person darin stehen könnte.«

::Das ergibt Sinn. Wenn sie die Medaillons durch ein Kontrollnuminat anziehen, ist es einfacher, alle weiterhin zu kontrollieren, bis das ganze Ritual abgeschlossen ist. Lumen behüte, dass Ghiscolo selbst ein Risiko eingehen müsste, um zu bekommen, was er haben will.::

Vargo gab den Inhalt von Alsius' Beobachtung wieder, wenn auch nicht den Unmut, und fügte hinzu: »Er besitzt sowohl Quinat als auch Sessat und bräuchte jemand anders, der eines der Medaillons übernimmt.«

»Sibiliat«, meinte Renata. »Sie ist seine Erbin und war in jeden weiteren Schritt eingebunden.«

»Der Pontifex fungiert als Uniat, während er die Kette inskribiert.« Tanaquis klang beinahe fröhlich. »Sehr aufgeräumt. Gut, Diomen wird zweifellos dabei umkommen – man kann nicht darauf hoffen, eine solche Bindung herzustellen, ohne zu sterben –, aber er ist der Erforschung der Numinatria noch mehr verpflichtet als ich und versteht durchaus, dass der Tod das Tor zur Unendlichkeit ist.« Einen Moment lang leuchteten ihre Augen.

Der Rabe war noch immer so angespannt wie eine Harfensaite. Renata ergriff abermals das Wort. »Mir stellt sich folgende Frage: Mit diesem Wissen und dem, was man im Diagramm erkennen kann ... ist es möglich, den Zweck des Numinats auf Zerstörung umzustellen? Oder würde es so lange dauern, dass wir nicht nur die Schläger, die Ghiscolo garantiert vor Ort hat, bezwingen müssten, sondern auch alle anderen Medaillonträger?« Sie neigte den Kopf in Richtung des Raben. »Ich habe volles Vertrauen in Eure Kampffähigkeiten, aber – verzeiht mir bitte – neun oder mehr Gegner auf einmal könnten ein bisschen zu viel sein.«

»Oh, sobald das Ritual beginnt, kann niemand mehr etwas tun«, sagte Tanaquis, als wäre das eine Selbstverständlichkeit.

Da dies nicht der Fall war, erklärte Vargo: »In die zentralen Numinata kann man nicht so leicht eindringen – oder aus ihnen ausbrechen. Ich gehe davon aus, dass sich die anderen Medaillonträger nicht bereitwillig in Ghiscolos Plan hineinziehen lassen, und er würde Widerstand von vornherein ausschließen. Er hat vielleicht ein paar Wachen, aber wenn er nicht mit Ärger rechnet, wird er das Geheimnis des Tempels nicht verraten – oder was er dort tut.«

Renata lief ein kalter Schauder den Rücken hinunter. »Entweder übergebe ich das echte Tricat ... oder ich gehe selbst hinein. Und dann kann ich nicht eingreifen.«

Sie wusste, dass sie sich darüber streiten würden. Tanaquis hatte mit ihrer üblichen leidenschaftslosen Logik keine Einwände gegen das Risiko, das Renata einging, doch Vargo und der Rabe waren anderer Meinung – oder besser gesagt Grey. Sie hörte sich mehrere Glocken lang verschiedene und zunehmend unglaubwürdigere Vorschläge an, bis die anderen erschöpft vom *Ob* sie es tun sollte zum *Wie* übergingen.

Der Plan, den sie ausarbeiteten, war logisch und so wasserdicht, wie es nur ging. Zwar blieb das Risiko weiterhin hoch – aber für die Chance, die Medaillons zu zerstören und A'ashs Gift aus Nadežra zu entfernen, würde sie dieses Wagnis eingehen.

Aber als sie Vargos Haus verließ, wünschte sie sich, es gäbe ein Labyrinth am Oberufer, denn sie hätte den Gesichtern und Masken gern Opfergaben dargebracht. Stattdessen machte sie einen Umweg über einen ruhigen Kanalweg, anstatt direkt zum Traementis-Herrenhaus zu gehen. Sie vermutete, dass sie bald Gesellschaft bekommen würde.

Es war Grey und nicht der Rabe, der sie einholte, aber er zog sie mit der gleichen Vorsicht wie der Rabe in den Schatten einer Brücke. Ihr einziges Publikum waren die Enten, die um die vertäuten Boote der nahegelegenen Häuser herumschwammen.

»Es tut mir leid. Ich weiß, dass es nicht …« Er verstummte und zog sie an sich. Sein Atem strich sanft wie Flaum über ihre Stirn. »Ich musste dich ohne den Schatten der Kapuze sehen.«

Denn der Rabe war hin- und hergerissen zwischen dem Misstrauen ihr gegenüber, der Besitzerin von Tricat, und der Chance, endlich seinen Auftrag erfüllen zu können. Ren lehnte sich an Grey und kämpfte gegen den Instinkt der Vorsicht an, der nie aufhören konnte, sich Sorgen darüber zu machen, was passieren würde, wenn sie jemand sah. Am liebsten hätte sie sich entspannt und ihren natürlichen Akzent angenommen, doch sie zwang sich, eine Seterin zu bleiben. »Ich weiß. Aber wenn das funktioniert …«

»Ich sage nicht, dass du das Risiko nicht eingehen sollst. Auch wenn ich das noch so gern tun würde.« Er zog sich weit genug zurück, um mit einem Finger über ihre Wange zu streichen. In seiner eigenen Kleidung – weder Rabe noch Falke – trug er keine Handschuhe. Und sie war Renata genug, dass sich selbst diese leichte Berührung von Haut an Haut verboten anfühlte. »Versprich mir einfach, dass du nicht alles riskieren wirst. Es wird andere Chancen geben. Doch dich gibt es kein zweites Mal.«

Sie drückte lachend das Gesicht in seine Handfläche und ließ ihren Akzent durchschimmern. »Hast du mich mit jemand anders verwechselt? Der beständige Ivan riskiert sein Leben; die kluge Natalya tut das nicht.« *Manchmal allerdings doch.* Es hing alles von der Geschichte ab.

»Das ist kein Märchen.« Grey drückte ihr einen Kuss auf die Stirn. »Du bestimmst über dein Glück, Szeren. Aber übertreib es nicht.«

Szeren. Die Zofe von Ir Entrelke Nedje, die den Sterblichen Glück und Unglück brachte. Der Name zerschmetterte, was von Renatas Maske noch übrig war, und sie presste die Lippen auf seine.

9

Die Maske der Knochen

Isla Traementis, die Perlen: 20.-22. Canilun

Es dauerte drei Tage, bis Ghiscolo etwas unternahm.

Vargo ließ Leute den Tempeleingang, das Acrenix-Herrenhaus und die anderen mutmaßlichen Medaillonträger überwachen. Am Abend nach dem Treffen mit Suilis berichteten sie, dass Diomen den verlassenen Laden in Sonnenkreuz betreten hatte, der den Tunneleingang verbarg, und nicht wieder herausgekommen war.

»Er arbeitet an der Inskription«, mutmaßte Tanaquis. »Das heißt, sie wissen noch nichts von der Fälschung – oder sie planen, Renata zu entführen.«

Drei Tage des Wartens. Drei Tage, an denen Alta Renata all ihre Termine absagte und mit einer nicht näher bezeichneten Krankheit das Bett hütete, die Giuna als »Überlastung« diagnostizierte. Drei Tage, an denen sie versuchte, sich nicht von der Angst verzehren zu lassen, so wie sie die Ižranyi verzehrt hatte.

Sie legte eine Drei-Karten-Reihe aus und zog *das Gesicht der Sterne*, *Zehn Münzen singen* und *das Versprechen der Perle*. Ren glaubte von ganzem Herzen, dass sie an einer glücklichen Position anfingen; dies war die beste Chance seit

Kaius Rex' Tod, die Medaillons zu zerstören. Und *das Versprechen der Perle* deutete darauf hin, dass ihre Arbeit belohnt werden könnte. Aber wie war Großzügigkeit der Weg zu ihren Zielen? Vielleicht die Großzügigkeit, Ghiscolo das echte Tricat zu überlassen.

Drei Tage – dann traf die Nachricht ein. Eine Gruppe hatte das Acrenix-Herrenhaus verlassen und war auf dem Weg zur Alten Insel. Ghiscolo setzte seinen Plan in die Tat um.

* * *

Tempel der Illius Praeteri, Alte Insel: 22. Canilun

Dreizehn Personen gingen hinein. Ghiscolo, Sibiliat und Fadrin, Sureggio Extaquium, Lud Kaineto und Mezzan sowie sechs andere, die Ren als Wespen erkannte, von denen zwei ebenfalls Praeteri waren.

Und Suilis.

Ihr Bruder war freigelassen worden, und Ren hatte angenommen, Suilis wäre mit ihm schon längst über alle Berge. Aber sie stolperte zwischen zwei Wespen her und war eindeutig eine Gefangene. »Sagt es Vargo«, flüsterte Ren Alsius zu, der wie ein achtbeiniger Spion in ihrer Tasche kauerte. Sie vermochte ihn nicht zu hören, aber er konnte Nachrichten übermitteln. »Sie benutzen Suilis für die Tricat-Position.« Das ergab ihrer Meinung nach Sinn, denn es war besser, als das Acrenix-Register mit *drei* unverbundenen Medaillons zu überfluten. Und es erklärte, warum Ghiscolo die Fälschung nicht entdeckt hatte – weil die Person, die sie bei sich hatte, ihren Zweck nicht kannte.

Ob dies Rens Plan einfacher oder schwieriger machen würde, hing von Suilis ab.

Ren und ihre Verbündeten konnten nicht viele Personen in

den Tempel schmuggeln, aber die anderen konnten sich draußen als nützlich erweisen. Kurz nachdem die Acrenix-Gruppe verschwunden war, tauchten Varuni und ein Quartett von Vargos Fäusten auf, und Varuni gab Ren ein Zeichen. Sie verschwanden in den Gassen, um nach weiterem Ärger Ausschau zu halten. Ren ging hinein und fand die beiden zurückgebliebenen Wachen nun ordentlich gefesselt und geknebelt im Hinterzimmer vor, wo die Fäuste auf der Lauer gelegen hatten.

Als sie durch den Tunnel eilte, hörte sie Stimmen und sah vor sich Licht schimmern. Ren verhielt sich leise, bis sie sich dem Torbogen des Tempels näherte; dann stürmte sie voller perfekter Seterin-Wut los.

»Diebin!«, rief sie und zeigte auf Suilis. »Du verlogene, hinterlistige Diebin!«

Die Wespen zogen ihre Schwerter, waren aber nicht auf ihre plötzliche Ankunft vorbereitet. Renata huschte zwischen ihnen hindurch und packte Suilis, die sie völlig verwirrt anstarrte. »Hier hast du dich also versteckt – bei den Acrenix? Gib mir das Medaillon meiner Mutter zurück!«

Niemand schaffte es zu den Austerknackern, der keine schnelle Auffassungsgabe besaß. Suilis' Miene verhärtete sich, und ihre Hand zuckte zu ihrem Hals, an dem eine Kette zu sehen war.

Renata packte die Kette und zerrte daran. Wie damals, als sie Ondrakja den Knotenanhänger vom Hals gerissen hatte, zerbrach die Kette und das Medaillon fiel klirrend zu Boden. Sie schnappte sich die Fälschung, bevor sie von einer Wespe gepackt wurde.

Sibiliats kaltes, klares Lachen hallte durch den Tempel. »Oh, *Renata*. Das Medaillon deiner Mutter? Letilia war schon lange vor Suilis eine Diebin.« Sie näherte sich der Stelle, an der Renata von der Wespe festgehalten wurde – nicht sehr effektiv, aber Renata ließ den Mann gewähren. Der Sinn der Sache bestand nicht darin, mit Tricat zu entkommen. »Ich hatte Euch doch gesagt, dass es ein Acrenix-Familienerbstück ist.«

»Ihr seid eine Lügnerin«, spie Renata ihr entgegen. »Das Medaillon gehört seit dem Sturz des Tyrannen den Traementis'.«

Eine perfekt geformte Augenbraue wurde als Reaktion darauf hochgezogen. »Ihr kennt also doch die Wahrheit darüber. Ihr habt so verblüffend unwissend gewirkt, dass ich mir das nicht vorstellen konnte. Aber die Familienlegende besagt, dass unser Vorfahr Carduin Kaius Sifignos Bastard war – daher ist es unser Erbstück und Eure Familie hat es gestohlen.« Sibiliat grinste breit. »Unser Anspruch liegt nur ein bisschen länger zurück, als ich Euch glauben gemacht habe.«

Ghiscolo erschien an der Seite seiner Tochter. »Ob das wahr ist oder nicht, spielt kaum eine Rolle. Diese Medaillons gehören demjenigen, der stark genug ist, sie sich zu nehmen. Und von allen, die dies seit Kaius Sifignos Tod getan haben, habe *ich* als Einziger einen Weg gefunden, sie wieder zu vereinen.«

Er lächelte Renata an – es war dasselbe warmherzige, sympathische Lächeln, das ihn zum Freund so vieler in Nadežra gemacht hatte. Doch da sie Tricat in ihrem Besitz hatte, konnte sie es durchschauen, auch wenn sie versuchte, es nicht zu tun. Er wollte vollenden, was er als seine Lebensaufgabe ansah: die Medaillons auszubalancieren und sie durch eine neue Kette in Harmonie zu verbinden.

Was ihm die Macht verleihen würde, die Kaius Rex einst besaß.

Allerdings füllte Ren hier selbst die Lücken: Ihr Medaillon zeigte ihr nur die Tricat-Aspekte seiner Wünsche. Sie versuchte, nicht zusammenzuzucken, als er sich vorbeugte und gespielt verschwörerisch flüsterte: »Aber es ist angemessen, dass Ihr diejenige seid, die mir hilft. Immerhin habt Ihr Tricat zu uns zurückgebracht.«

Seine Wärme verschwand wie ein abgelegter Handschuh, als er Suilis ansah, die nun wieder von einer Wespe gepackt wurde. »Sperrt sie in eins der Hinterzimmer. Sie wird später ein nützliches Testobjekt abgeben.«

Renata gab vor, sich zu widersetzen, als die Wespe sie vorwärts schob. Niemand sollte sich fragen, warum sie hier war, oder vermuten, sie könne noch etwas anderes im Sinn haben. Sie war bloß eine Närrin, die sich in ihrem Netz verfangen hatte.

In der Mitte der Kammer stand das Numinat, das sie in ihrem Traum gesehen hatte, das Numinat, mit dessen Inskription Diomen die letzten drei Tage beschäftigt gewesen war. Im Vergleich dazu hatte die Figur mit dem Netz aus Verbindungslinien zwischen Ninat und Noctat, Sebat und Sessat und all den anderen über den gesamten Weg Lumens, die sie beim Fest des Verschleiernden Wassers gesehen hatte, einfach gewirkt.

Auch Diomen lächelte sie an. Aber sein Lächeln war das eines Eiferers: eines Menschen, der sich so leidenschaftlich seiner Sache verschrieben hat, dass er dafür durchs Feuer gehen würde. Oder direkt in den Tod. »Schwester Renata. Ja, es ist richtig, dass du es sein wirst – nicht diese nutzlose Außenseiterin. Der Segen ist der deine, nicht der ihre. Und jetzt werden wir alle in Lumen vereint sein.« Er musste über seine Worte lachen. »Oder sollte ich sagen, jenseits von Lumen?«

Kichernd wandte er sich wieder seiner Arbeit zu, doch seine Ausdrucksweise machte sie nur noch nervöser, während die Wespe sie mit aller Gewalt in die Tricat-Position zwang. *In Lumen.* So sprach man über das Leben nach dem Tod.

Jenseits von Lumen lag die Domäne der Urtümlichen.

An den Rändern des Numinats nahmen andere ihre Plätze ein. Sureggios unfokussierter Blick ließ vermuten, dass er Aža genommen hatte und vielleicht auch noch etwas anderes; seine knochigen Gliedmaßen wirkten kaum koordiniert genug zum Gehen, als Sibiliat ihn an seinen Platz brachte. Nachdem sie das getan hatte, ging sie jedoch nicht zu Quinat oder Sessat, und Ghiscolo ließ sich in einem bequemen Sessel nieder.

Stattdessen nahmen Fadrin und Mezzan diese Positionen ein. Alsius' Gemurre von vor ein paar Tagen wurde zur neuen, schaurigen Realität. *Lumen behüte, dass Ghiscolo selbst ein Risiko eingehen müsste, um zu bekommen, was er haben will.*

Mezzan spuckte Renata an, was ihm einen bösen Blick von Diomen einbrachte, der den Speichel mit dem Saum seiner Robe abwischte. »Du magst mein Haus zerstört haben, Schlampe – aber ich habe ein neues gefunden.«

Mezzan. Der immer noch von A'ash verflucht war, es sei denn, jemand anders hatte einen Weg gefunden, diesen Fluch aufzuheben. Seine von Sessat angeheizten Wünsche verzehrten ihn … wie der Wunsch, einer Institution anzugehören, die größer war als er selbst: das Haus Acrenix.

Renatas Herz raste bereits, doch nun zitterte sie am ganzen Körper vor Angst. Als sie versuchte, aus ihrem Feld herauszutreten, wurde sie von etwas zurückgehalten. Diomen hatte die Uniat-Linie geschlossen und schritt nun mit gefalteten Händen und gesenktem Kopf daran entlang, während er leise auf Enthaxn sang. Sie betete, dass Alsius nicht mehr in ihrer Tasche saß und während der Auseinandersetzung mit Suilis hinausgesprungen war – und dass er Vargo eine Nachricht überbringen konnte.

Denn sie hatten sich geirrt. Die Teilnehmer waren nicht die vermuteten Personen. Und sie konnte sich nur einen Grund vorstellen, aus dem Ghiscolo nicht persönlich an seinem Triumph beteiligt war.

* * *

Sonnenkreuz, Alte Insel: 22. Canilun

Vargo hatte den Besitzer der Ostretta auf der Straßenseite dem Tempeleingang gegenüber bestochen, damit sie an diesem Tag geschlossen blieb; nun beobachteten er, Tanaquis und der Rabe das Geschehen durch das verhängte Vorderfenster.

Alsius erstattete ununterbrochen Bericht über Renatas Ankunft, das Handgemenge mit Suilis, die anwesenden Wespen, vor denen sie sich in Acht nehmen mussten, und außerdem über Mezzan und Fadrin. Er hatte nicht nahe genug herankommen können, um sich das Numinat genauer anzusehen oder Ghiscolo und Sibiliats geflüstertes Gespräch zu belauschen – nicht ohne gesehen zu werden –, aber er benachrichtigte Vargo, als jeder der Medaillonträger ankam und seinen Platz einnahm.

Sie hatten mit den meisten Vermutungen richtig gelegen. Sostira Novrus, Cibrial Destaelio und Utrinzi Simendis waren bereits wie Schlafwandler in den Laden geschlichen, zusammen mit Rimbon Beldipassi. Dass Fadrin und Mezzan an den Positionen von Quinat und Sessat eingesetzt wurden, war eine Überraschung, aber keine unüberwindbare; Vargo freute sich sogar darauf, Ghiscolo später die Zähne einzuschlagen, *bevor* sie die Medaillons zerstörten. Während weder der Rabe noch Tanaquis den Gentleman erkannten, der ihnen folgte – Alsius sagte, der Fremde habe die Ninat-Position eingenommen, was die einzige wirklich offene Frage beantwortete –, wusste Vargo nur zu gut, wer die ältere Frau war, die auf die Ladenfront zustolperte, als würde sie bei jedem Schritt des Weges gegen den Zwang ankämpfen.

Faella Coscanum vervollständigt das Set. Wir gehen rein, sobald sie durch den Tunnel ist, teilte er Alsius mit. Zu Tanaquis und dem Raben sagte er: »Macht euch bereit.«

»Aber Euer Mann und Serrado sind noch nicht da«, gab Tanaquis zu bedenken. Nur Vargos Griff am Rand des Vorhangs hielt sie davon ab, ihn so weit zu öffnen, dass man sie sehen würde. »Sollen wir nicht auf sie warten?«

Wenn Sedge nicht zurückgekehrt war, musste es einen guten Grund dafür geben; er würde Ren nicht im Stich lassen. Vargos Zlyzen-Narben auf dem Rücken waren der beste Beweis dafür. Aber was auch immer die beiden aufhielt, so würde sich Vargo später Gedanken darüber machen müssen. »Wir können nicht auf sie warten. Wir wissen nicht, wie viel Zeit uns bleibt, um das Numinat zu verändern, bevor die Verbindung irreversibel wird.«

»Einverstanden«, erwiderte der Rabe. Das war das einzige Wort, das er seit seiner Ankunft gesagt hatte. »Wir sollten jetzt gehen.«

»Geben wir Faella noch einen Moment Zeit, um …«

::Vargo, es gibt ein Problem.::

Scheiße. Natürlich gab es ein Problem. *Was ist passiert?*

::Alta Faella ist gerade eingetroffen, aber jetzt streicht Sibiliat Namen aus dem Tempelregister. Ihr müsst euch beeilen, sonst kommt ihr gar nicht mehr rein.::

»Bewegung«, knurrte Vargo und ließ seinen Worten Taten folgen.

Er stammelte eine Erklärung, während die anderen beiden ihm zu dem verlassenen Laden folgten. Als er die Tür aufziehen wollte, hörte er erneut Alsius' Stimme – rau vor plötzlichem Entsetzen. ::Oh, Lumen, nein.::

Was jetzt?

::Renata. Sie versucht, etwas zu sagen, und Ghiscolo hat einfach … Vargo, das wird sie alle umbringen! Das Numinat wird sie auslaugen …::

Dann fing Alsius an zu schreien.

* * *

Tempel der Illius Praeteri, Alte Insel: 22. Canilun

Die Umwandlung des Numinats vom Rufen zum Binden jagte eine Energiewelle durch Ren hindurch und ließ sie an Ort und Stelle erstarren wie eine in Bernstein gefangene Fliege.

Sie konnte nicht mehr sprechen. Sich nicht bewegen. Tricat hielt sie so reglos fest wie einen exotischen Schmetterling in Beldipassis Wunderkabinett. Und die Zeit entfaltete sich vor ihr wie die Tafeln eines Triptychons – wenn die Tafeln einander mit perfekter Klarheit überlagerten.

Es war wie in Ažerais' Traum, und sie sah die Welt in Schichten, nur dass sie alle real waren. In der Gegenwart stand sie in einem Kreis von Menschen: Rimbon Beldipassi, Sostira Novrus, Cibrial Destaelio, Fadrin Acrenix, Mezzan Acrenicis, Utrinzi Simendis, Sureggio Extaquium, ein Gentleman, den sie nicht kannte, Faella Coscanum. Und Diomen, der endlos im Kreis um sie herumging.

Darüber hinaus sah sie undeutliche Gestalten, die sich durch den Tempel bewegten und sich entlang der Wände ausbreiteten. Hände hoben und senkten sich, schlugen und hämmerten. Sie zerstörten den Tempel … oder bauten ihn wieder auf. Mögliche Zukünfte.

Und unter alldem …

Jemand ging an Ren vorbei, so nah, dass sie die Person hätte berühren können, wäre sie denn in der Lage gewesen, den Arm zu heben. Doch diese Person war nicht der wabernde Nebel der Zukunft; sie war der behauene Stein der Vergangenheit. Und sie kam Ren mit der doppelt geknöpften Bluse und der wallenden Krone aus Zöpfen äußerst vertraut vor.

Die Szorsa, die sie im Traum gesehen und die ihren Namen verloren hatte.

* * *

Die Spitze, Alte Insel: 22. Canilun

Der Rabe rannte den Tunnel hinunter zu Kaius' altem Tempel, ohne sich darum zu scheren, ob jene hinter ihm mithalten konnten. Es wäre seine Schuld, wenn die Kette neu geschaffen und Ren geopfert wurde – seine Schuld, weil er nicht früher eingegriffen und ihnen gestattet hatte, diesen Plan überhaupt in die Tat umzusetzen. Und er konnte nicht sagen, was er mehr fürchtete. Für den Raben war die Kette das Wichtigste.

Für Grey immer Ren.

Aus reiner Notwendigkeit wurde er langsamer, als er sich dem offenen Eingang des eigentlichen Tempels näherte. Allein würde er ihn nicht betreten können. Vargo war der Erste, der ihn einholte, und er packte den Raben am Arm, um ihn über die Grenze zu ziehen – aber seine ausgestreckte Hand traf auf Luft, die hart wie Stahl war.

Vargo fluchte laut. »Wir kommen zu spät.«

Der Rabe drehte sich zu Tanaquis um, die hinter ihnen herstolperte. Der Lauf hatte Vargo ein wenig außer Atem gebracht, aber sie war rotgesichtig und vornübergebeugt und presste sich eine Hand in die Seite. »Ihr seid Inskriptoren«, fuhr er sie beide an. »Bringt das in Ordnung.«

»Sicher, ich kann uns von hier aus einfach neu ins Register eintragen.« Vargos beißender Sarkasmus hätte beinahe eine ähnlich scharfe Reaktion des Raben provoziert – nur konnte er erkennen, dass es sich dabei bloß um eine dünne Maske über der Angst darunter handelte. »Habt Ihr irgendwelche Ideen, Tanaquis?«

Tanaquis hatte *immer* Ideen und keine Hemmungen, diese auszusprechen. Was ihr heftiges Kopfschütteln umso vernichtender machte. »Ich habe den Tempel und das Register eingehend studiert, als ich den Praeteri beitrat. Es war eine elegante Umgehung der bestehenden Verteidigungsmaßnahmen, aber keine, die ich von hier aus nachbilden könnte – dazu muss sich das Register innerhalb des Schutzkreises befinden. Und der Pontifex hat mir nie verraten, wie sie es überhaupt geschafft haben, in den Tempel zu gelangen.«

Der Rabe schlug gegen die unsichtbare Wand. »Irgendwie ist es ihnen gelungen. Soll das etwa bedeuten, dass Ihr nicht so schlau seid wie sie?«

Bevor Tanaquis antworten konnte, sagte Vargo: »Alsius ist im Tempel. Und wir sind miteinander verbunden. Können wir das ausnutzen?«

»Er ist nicht tot?«, fragte der Rabe und ignorierte Vargos Zusammenzucken. Er hatte Bruchstücke eines Gesprächs über Alsius mitbekommen, nachdem sie wegen seiner Aussagen *Sie werden alle sterben* losgerannt waren.

»Er ist … an einem dunklen Ort. In einer Tasche, schätze ich.« Vargo schluckte schwer und ballte in der Luft die Fäuste, die er gegen die unsichtbare Barriere presste. »Er kann nichts sehen oder hören. Aber er lebt noch. Und wir sind immer noch verbunden.«

»Verbindung hin oder her, wenn er sich nicht befreien und einen Stift festhalten kann, wird er uns nicht helfen.« Tanaquis fuhr die Markierungen nach, die in die Schwellensteine geritzt waren. »Das ist anders als die uns bekannte Numinatria und lange vor der Eroberung durch den Tyrannen entstanden. Es erinnert mich eher an … Vielleicht können Muster helfen? Es ist schließlich vraszenianisch. Wenn Renata doch nur auf dieser Seite wäre …«

Der Rabe knurrte. »Es ist sinnlos, sich etwas zu wünschen, was wir nicht haben. Es muss einen Weg geben. Wenn der Schutz schon vor den Illius Praeteri existierte …«

Dann wusste *er* vielleicht etwas darüber. Falls er es sich gestattete, nach diesen Erinnerungen zu greifen.

Er hatte keine Garantien und viel zu befürchten, dennoch tauchte er in den Raben ein in der Hoffnung, dass ein früherer Träger gewusst hatte, wie man diesen Schutzzauber überwinden konnte ... Wenn sie dadurch in den Tempel gelangten, beendeten sie vielleicht die Mission des Raben ein für alle Mal und Grey würde die Kapuze nie wieder tragen müssen.

Vorausgesetzt, danach gab es noch einen Grey.

Aber wenn er sich selbst verlieren musste, um Ren zu retten, dann war das eben so.

»Wartet.« Er senkte den Kopf und stützte die Stirn gegen das Nichts, das ihnen den Weg versperrte. Seine Hände krümmten sich in den Handschuhen, wobei das Leder knarrte. Ein Geräusch, das er mehr als einmal benutzt hatte, um andere einzuschüchtern. Genauso wie die Schatten unter seiner Kapuze sie eingeschüchtert hatten und die vielen Nuancen seiner Stimme: die spöttische Schärfe, das bedrohliche Grollen, das Peitschenknallen kalter Wut. Er hatte die Rolle so oft gespielt, dass er manchmal vergaß, dass es nur eine Rolle war. Genau wie geschickte Handwerker, die sich in den komplizierten Tiefen ihrer Arbeit verlieren und die Welt um sich herum vergessen. Alles vergessen, außer der Arbeit.

Und indem sie das taten, ließen sie ihren Geist hineinfließen und verliehen dem, was sie schufen, Kraft.

Der von der Zeit abgenutzte Stein am Boden verschwamm, als sein Blick sich von der Gegenwart abwandte und stattdessen in die Vergangenheit wanderte.

Der Rabe war viele Male durch die Tiefen und die oberen Passagen gereist. Als Grey, der den einen oder anderen Schnösel verfolgte. Zuvor als Oksana, als die Praeteri sich zum ersten Mal erhoben, bevor der Rabe – fälschlicherweise – entschied, dass der Kult wenig mit seinem Auftrag zu tun hatte. Er ging zurück durch die Zeit, durch die verschiedenen Namen, die kamen und gingen, die Gesichter, die sein Schatten verbarg. Erinnerungen an andere Leben, als er einen Ort zum Verstecken brauchte und seinen Weg hierher fand. Auf der Flucht vor den Falken, nachdem er einen Versorgungswagen voller neuer Waffen in den Dežera gefahren hatte. Stelldicheins mit Liebhabern, die sich von der Kapuze angezogen fühlten und nicht von dem, der sie trug. Er kroch langsam und an einer Bauchwunde verblutend in den Tod und wurde später von seinem nächsten Träger aufgelesen.

Und davor der Geist einer Erinnerung, die so tief verwurzelt war, dass sie sogar noch älter sein musste als der Rabe. Die Frau, die die Erste war, die Stimme voll, selbst wenn sie nur flüsterte, warme Küsse, belastet von der Angst vor einem Tyrannen, gegen den sie Widerstand leisteten. Versteckt am letzten Ort, an dem er suchen würde, viele grimmige Gesichter, vereint in einer gemeinsamen Sache. Verbunden durch Ziel, Freundschaft, Eid.

Knoten.

Der Rabe zog sich so abrupt zurück, dass er gestürzt wäre, wenn die anderen beiden ihn nicht aufgefangen hätten.

»Der Widerstand«, murmelte er und rieb über die Erinnerung an einen fest um sein Handgelenk geknoteten Talisman. Damals trugen alle und nicht nur Bandenmitglieder einen; niemand hatte den Talismanen der Dissidenten Beachtung geschenkt, die hier Unterschlupf fanden.

Vargo und Tanaquis tauschten verblüffte Blicke, und der Rabe fügte hinzu: »Jene, die den Tyrannen besiegt haben. Hier haben sie sich versteckt. Und sie haben kein Register für die Zulassung benutzt; ihr Schlüssel sah anders aus. Wir müssen einen Talismanverkäufer aufsuchen.«

»Einen Talisman…« Tanaquis war der Zweifel deutlich anzusehen. »Darauf wäre ich nie gekommen. Knoten – sie sind irgendwie geometrisch. Faszinierend. Ihr könnt das nicht erledigen, also sagt uns, worauf wir achten müssen.«

Der Rabe verkniff sich ein grimmiges Lachen. *Alles läuft auf Dreien hinaus.* »Ein dreifacher Kleeblattknoten. Blau, wenn möglich.« Er war sich nicht sicher, ob die Farbe eine Rolle spielte, aber er wollte lieber kein unnötiges Risiko eingehen.

Tanaquis verschwendete keine Zeit und machte sich sogleich auf den Rückweg durch den Tunnel. Vargo nahm sich nur eine Sekunde Zeit, um einen verzweifelten Blick zum unzugänglichen Tempel zu werfen, bevor er ihr folgte. Dann war der Rabe allein und ballte die behandschuhten Hände.

So nah. Alle Medaillons befanden sich auf der anderen Seite dieser unsichtbaren Barriere. Alle, die von ihrer Macht profitiert und Nadežra mit ihren ungezügelten Wünschen verdorben hatten. Alles, wogegen er seit seiner Erschaffung gekämpft hatte, war jetzt an einem Ort.

Falls er es denn rechtzeitig schaffte.

Aber selbst andernfalls ... Er war gegen den Einfluss eines einzelnen Medaillons geschützt. Galt das auch für das gesamte Set, wenn es erneut miteinander verbunden war? Das war nie geprüft worden. Die Kette war jedoch schon einmal zerbrochen. Selbst wenn sie neu angefertigt wurde, konnte er sie ein weiteres Mal zerstören.

Und diesmal würde kein Hunderudel überleben, das um die Reste der Macht seines Herrchens kämpfte.

Stampfende Schritte machten ihn auf Vargos Rückkehr aufmerksam. Der Mann hatte Blutspritzer im Gesicht, die zuvor noch nicht dagewesen waren. »Draußen sind Wespen«, sagte Vargo keuchend und hielt eine Handvoll Dreifachklee-Talismane in allen erdenklichen Farben hoch. »Varuni kümmert sich darum. Tanaquis ist direkt hinter mir. Sie kommt, so schnell sie kann.«

Der Rabe wollte nicht auf sie warten. Er nahm einen blauen Talisman aus dem Gewirr und ließ den Rest fallen.

Dann zog er sein Schwert und schlich sich durch den Schutzzauber in den Tempel und zum Möchtegern-Tyrannen.

* * *

Tempel der Illius Praeteri, Alte Insel: die Vergangenheit

Die namenlose Szorsa ging an Ren vorbei, ihre Schritte folgten einem gewundenen Pfad. Sie hielt die Hände gefaltet und den Kopf gesenkt, als würde sie ein Labyrinth beschreiten – doch ihr Weg sah anders aus als der, den Ren kannte. Statt sich in komplizierten Schleifen zu bewegen, mal auf die Mitte zu, mal davon weg, lief sie in einem Bogen über den Boden des Tempels vor und zurück und vollendete jedes Mal beinahe einen Kreis, bevor sie die Richtung änderte.

Doch mit jeder Runde kam sie dem Zentrum näher.

Ren stemmte sich gegen die von Tricat ausgelöste Reglosigkeit, doch es war vergebens. Sie versuchte, etwas zu sagen – vielleicht sprach sie tatsächlich – vielleicht bildete sie es sich nur ein und ihre Stimme hallte eher in ihrem Kopf wider als in der Luft um sie herum. »Wer seid Ihr? Was ist das für ein Ort? Wie kam es, dass Ihr Euren Namen verloren habt – für welches Verbrechen wurdet Ihr bestraft?«

Die Szorsa schwankte, verlangsamte ihre Schritte, hielt dann inne und blickte auf, aber nicht zu Ren. Als sie den Mund öffnete, kamen nur Bruchstücke ihrer Worte heraus, undeutliche Echos, die in den Tiefen der Zeit immer wieder auf- und abklangen. Sie wirkte aufgebracht und ehrfürchtig und gestikulierte in Richtung eines Menschen, der sich außerhalb von Rens Sichtfeld befand. Rens Nackenmuskeln schmerzten, als sie sich abmühte und es nicht schaffte, sich umzudrehen, hinzusehen, zu verstehen.

Aber sie konnte andere Dinge erkennen. Der Tempel um sie herum war jetzt anders – war *damals* anders. Er hatte immer noch dieselbe Form einer hohen, gewölbten Halle tief unterhalb der Spitze, aber die Schnitzereien an den Wänden glichen nicht den entstellten numinatrischen Diagrammen, die dort in der Gegenwart prangten. Ren erkannte nicht einmal ihren Stil. Sie konnte auch nicht nahe genug herangehen, um herauszufinden, was sie darstellten, abgesehen von der allgemeinen Form menschlicher Figuren.

Die Szorsa bewegte sich erneut über den Weg, den sie zuvor beschritten hatte. Ren strengte sich so sehr an, dass sie gerade noch Linien erkennen konnte, die mit Kreide auf den Boden gemalt waren. So etwas wie ein Labyrinth, nur einfacher.

Eher wie die Fadenlabyrinthe, die als Schutz vor bösen Träumen aufgehängt wurden.

Wieder Bewegung; die Szorsa war zurück. Und jetzt war sie nicht mehr allein.

Der junge Mann, den sie hinter sich herzog, war groß und kräftig gebaut und trug ebenfalls archaische Kleidung. Im Gegensatz zu ihren Zöpfen hatte er jedoch kurz geschnittenes blondes Haar, und sein rotes Wams war nordischer Art. Er legte den Kopf schief und nickte nachdenklich, während die Szorsa wild gestikulierte.

Ein Mann aus dem Norden, hier in Nadežra. Nichts Ungewöhnliches; die Stadt war seit ihrer Gründung ein Handelshafen, in dem Schiffe aus dem breiten Tal des Dežera, von der Küste und sogar von jenseits des Meeres anlegten.

Doch Ren fiel nur ein Nordländer ein, der vor Jahrhunderten in diesem Tempel gewesen sein könnte.

Kaius Sifigno.

* * *

Tempel der Illius Praeteri, Alte Insel: 22. Canilun

Die Hauptkammer des Tempels wurde von einem Ring aus Kohlenbecken erhellt, die rings um das Numinat standen. Anstelle des reinen, gleichmäßigen Lichts Lumens enthielten sie rot brennende Kohlen und flackerndes Feuer.

Drei Wespen warteten mit gezogenen Schwertern auf Vargo und die anderen. Was kein Wunder war, denn seine kleine Gruppe hatte auf dem kurzen Weg von der Schwellenbarriere zugunsten von Geschwindigkeit auf Tarnung verzichtet. Der Rabe begegnete den Wespen mit gezückter Klinge, während Vargo auswich und ihm nur zu gern die Rolle des Helden überließ.

Sein Blick war auf Ghiscolo gerichtet, der neben Sibiliat auf der anderen Seite von Diomens Numinat saß. Zwei weitere Wespen flankierten ihn, und er nippte an einem Becher Wein, als säße er bei seinem Lieblingsstück im Publikum.

Eine angenehme Stimmung, die beim Anblick der Neuankömmlinge zerbrach. »Wie seid Ihr hier hereingekommen?«, verlangte Ghiscolo zu erfahren und stand auf, als Vargo näher trat. Mit einer Geste hielt er die restlichen Wespen auf, bevor sie angreifen konnten, doch er nickte Sibiliat zu, die um Vargo herumlief, damit sie Tanaquis abfangen konnte, die keuchend hinter den anderen her in den Raum taumelte.

Vargo hätte Sibiliat aufhalten können. Aber Tanaquis konnte sich selbst verteidigen, und es gab jemanden, der Vargo dringender brauchte.

»Wo ist meine Spinne?« *Alsius?*

::Vargo?!::

Ich bin hier. Ich bringe dich in Sicherheit.

Ghiscolo kicherte. »Ich habe so viele Fragen. Oder vielmehr hatte ich Fragen, als ich zum ersten Mal bemerkt habe, dass Eure Spinne Dinge *begehrt* – Dinge, die komplizierter sind als Fliegen und ein schönes Netz. Dinge, über die keine Spinne je nachdenken würde. Aber die meisten meiner Fragen sind inzwischen beantwortet worden, bis auf eine.«

Er griff unter seinen Stuhl und holte einen dicken, mit Numinata bestickten Beutel hervor. Kein Wunder, dass Alsius von da drin nichts hören konnte.

Ghiscolo ließ ihn zwischen zwei Fingern herunterbaumeln wie ein Mann, der Kätzchen zum Fluss bringt. Als Vargo trotz der Wachen losstürmen wollte, warnte Ghiscolo ihn: »Kommt nicht näher, sonst zerquetsche ich ihn unter meinem Stiefel.«

Eine Erinnerung ließ Vargo innehalten. An dem Tag, an dem er erfahren hatte, wie sich Alsius ursprünglich hatte retten wollen – indem er Vargos Körper übernahm, nur um stattdessen in Peabodys zu landen –, hatte er seine Drohung wahr gemacht und die gesprächige Spinne zerquetscht.

Er hatte dieses Gefühl einmal erlebt und konnte auf die Wiederholung verzichten.

Stattdessen zwang er sich zu sprechen, den Blick auf den kleinen Klumpen gerichtet, der die Tasche nach unten zog. Der Rabe hatte inzwischen eine weitere Wespe ausgeschaltet; Vargo konnte nicht erkennen, was bei Tanaquis und Sibiliat passierte, aber er würde Verbündete brauchen, bevor er es riskieren konnte, Ghiscolo anzugreifen. »Was wollt Ihr noch wissen?«

Ghiscolo ließ die Tasche sanft hin- und herschwingen. »Wann genau seid Ihr zum Hüter meines Bruders geworden? Und warum hielt Lumen es für angebracht, diesen nutzlosen Narren ausgerechnet als Spinne reinkarnieren zu lassen?«

Alsius, er weiß Bescheid!

::Wer weiß was?::

Ghiscolo. Er weiß, wer du bist.

Während Alsius stotterte und Vargo versuchte, eine Lösung zu finden, zuckte Ghiscolo mit den Achseln. »Nicht dass es wichtig wäre. Es war bloß müßige Neugier.«

Mit diesen Worten warf er den Beutel in die nächste Kohlenpfanne.

Vargo schrie auf, als Schmerz über seine Haut zuckte. Seine Knie prallten auf den Stein; er schlug nach Flammen, die gar nicht da waren, ihn aber trotzdem verbrannten, und in seinen Gedanken hallten Schreie wider, die nicht seine eigenen waren. Er versuchte, zum Kohlenbecken zu kriechen – *Raus, raus, schafft ihn da raus!* –, doch jetzt bewegten sich die Wespen. Ein Stiefel traf ihn an der Schulter; etwas in seinem Inneren knackte, und der Knochen rieb über die Bruchstelle, als er sich bei einem weiteren Tritt zusammenrollte. Die Hände vor seinem Gesicht waren unversehrt, doch in seinem Kopf platzte die mit Blasen übersäte Haut auf, klare Flüssigkeit sickerte glänzend heraus, und seine Gedanken waren ein Wirrwarr aus *Bitte, bitte, hört damit auf, nicht Alsius, hört auf …*

Ein Schatten wie Rauch schoss an ihm vorbei, gefolgt von einem Klappern und einer segensreichen Linderung der Schmerzen. Das laute Klirren von Stahl und ein dumpfer Schlag; dann konnte Vargo wieder klar genug sehen, um den Raben wahrzunehmen, der jetzt am Boden lag und mit einer der Wespen zwischen verstreuten Kohlen rang.

Bevor er über den Boden krabbeln konnte, um nach Alsius zu suchen – er sah die verkohlten Überreste der Tasche; Alsius musste dort sein –, legten sich zwei rot gefärbte Ziegenlederhandschuhe gehüllte Hände um Vargos Hals. Dieser Griff, überraschend stark, hob ihn hoch, und er blickte in Ghiscolos wutverzerrte Miene.

Wütender Speichel spritzte wie heißes Öl auf Vargos Wange, als Ghiscolo ihn anknurrte: »Ich werde nicht zulassen, dass Ihr mir nehmt, was für mich bestimmt war.« Dunkelheit tanzte durch Vargos Blickfeld, Ghiscolos Daumen drückten genau an der richtigen Stelle zu. Die Welt verschwamm und nahm den Schmerz mit sich. *Es tut mir leid, Alsius.* »Nicht mein Bruder. Nicht Ihr. Niemand. Wir werden ja sehen, welchen Streich Lumen Euch spielt …«

Ghiscolos Worte verwandelten sich in einen plötzlichen Schrei. Es folgte ein weiterer, und sein Griff löste sich, sodass Vargo zu Boden fiel. Er kam hart auf dem Boden auf, schnappte nach Luft, und sein Kopf pochte, als das Blut wieder hineinschoss.

Über ihm zuckte Ghiscolo wie eine verrückte Marionette, fuchtelte mit den Händen an seinem Körper herum. Dann löste sich etwas von Ghiscolo und fiel vom Saum seines Mantels auf den Boden, etwas Schwarzes und Verkohltes, das Vargo *Schmerz zufügte*, als es auf dem Stein landete.

Alsius … und das unerträgliche Gift des Bisses einer Königspfauenspinne.

Vargo erhob sich auf die Knie, als Ghiscolo auf seine fiel. Wo waren seine Messer? Seine Muskeln, die noch immer vom Schmerz durch Alsius' Verbrennungen beeinträchtigt waren, brachten nicht die Geschicklichkeit auf, sie zu finden und zu ziehen. Stattdessen griff er nach dem nächstbesten Gegenstand: dem umgestürzten Kohlenbecken.

Das Knirschen von Knochen an seinem Schlüsselbein, die sengende Hitze an seinen Handflächen und Fingern – das war nichts im Vergleich zu dem, was Alsius erlitten hatte. Jetzt und vor sechzehn Jahren, als sein Bruder ihn aus nichts anderem als Machtgier ermordet hatte. Vargo schlug Ghiscolo das heiße Metall auf den Kopf, einmal, zweimal, dreimal, bevor es klirrend auf den Stein zurückfiel und neben der Leiche des Mannes liegen blieb, den zu Fall zu bringen er geschworen hatte.

Doch Ghiscolo hatte nun keinerlei Bedeutung mehr. Vargo stolperte auf den verkohlten Klumpen zu, der inmitten des reglosen Gerölls zuckte. *Alsius? Alsius!*

:'s *gut*. Nein. Nicht gut. Aber gut genug. Die Tasche hat mich beschützt. Und dich. Reg dich nicht auf.::

Vargo unterdrückte ein Schluchzen und hob Alsius mit der Hand hoch, die er noch einigermaßen benutzen konnte. *Ich reg mich nicht länger auf, wenn du aufhörst zu schimpfen.*

::Wir sind beide verloren::, brummelte Alsius. Dann, leiser: ::Das hätte besser laufen können … aber zumindest ist es vorbei.::

Die Rache, die er Alsius versprochen hatte. Vargo blickte

auf das Blut hinab, das aus Ghiscolos Schädel sickerte, dann zu Diomen, der weiterhin unerbittlich im Kreis lief, ohne von außen etwas mitzubekommen, und die Medaillons mit seinem Leben verband. »Noch nicht.«

* * *

Tempel der Illius Praeteri, Alte Insel: die Vergangenheit

Ren blutete das Herz, und ihre Knochen schmerzten, als sie mitansehen musste, wie die namenlose Szorsa mit dem Mann zusammenarbeitete, der Kaius Rex werden sollte. Er war noch nicht der Tyrann; er war jung, ohne Narben, trug gute, aber einfache Kleidung.

Aber er war hier in Nadežra, und das vor der Eroberung. Warum?

Ein Echo der Vergangenheit, die noch bevorsteht.

Der »noch kommende« Teil war deutlich geworden, als Suilis ihr das Diagramm für Ghiscolos Numinat überreicht hatte. Doch die Szorsa hatte es auch als Echo der Vergangenheit bezeichnet – und jetzt, wo sie in Tricats Macht ertrank, erkannte Ren auch den Grund dafür.

Die Figur, die die Szorsa und der Nordländer gezeichnet hatten, war nicht identisch mit der von Diomen inskribierten. Sie enthielt die klaren Kreise und geraden Linien der Numinatria, aber auch diesen gewundenen, labyrinthartigen Pfad. Als sie fertig waren, umkreisten die beiden die Mitte dessen, was sie geschaffen hatten, und legten eine Reihe allzu vertrauter Scheiben aus.

Gold. Silber. Bronze. Kupfer. Eisen. Stahl. Prismatium. Zinnober. Blei. Gold. Und in der Hand des Mannes ein Medaillon aus mattem Zinn. Uniat, bevor es zu einer Kette wurde.

Auf diese Weise hatte er sie miteinander verbunden und die einzelnen Medaillons zu einem unaufhaltsamen Ganzen zusammengefügt. Hier – in Nadežra. In einem verborgenen Tempel unter der Spitze, mithilfe einer vraszenianischen Szorsa.

Wäre sie in der Lage gewesen, sich zu bewegen, hätte sich Ren übergeben.

»Wusstet Ihr es?«, schrie sie die namenlose Szorsa an. Es war sinnlos; die Frau konnte sie nicht hören. Vielleicht konnte es niemand. Vielleicht würde es niemand jemals hören. »War Euch klar, was das war – wofür er sie verwenden würde?«

Kaius Sifigno stand mit dem Rücken zur Szorsa und lächelte auf das herab, was sie vorbereitet hatten. Loderte das Feuer der Eroberung bereits in seinen Augen? Oder kam es erst später, nachdem A'ash ihn ganz verschlungen hatte? Was hatte er sich vorgenommen, als er sich diese Macht zu eigen machte?

Sie musste zusehen. Ihr blieb keine andere Wahl, aber sie hätte sich auch nicht abgewandt, wenn sie es gekonnt hätte. Ren musste wissen, was passiert war, wie sie die einzelnen Medaillons in eine einzige, miteinander verbundene Kette und einen Mann in einen siegreichen Tyrannen verwandelt hatten.

Sie musste wissen, wie Vraszan gefallen war.

* * *

Tempel der Illius Praeteri, Alte Insel: 22. Canilun

Kaineto griff gerade nach der Kapuze des Raben, als er nach einem Tritt in die Kniekehle zusammenbrach. Vargo taumelte wie ein Betrunkener, als wäre selbst dieser Schlag mehr gewesen, als er verkraften konnte, aber er verschaffte dem Raben die benötigte Gelegenheit.

Knochen knackten, als sein Kopf gegen die Nase der Wespe krachte, die ihn festhielt. Der Rabe riss das Messer weg und drehte es verstohlen um. Ein Stich nach vorn, einer nach hinten, und beide Wespen hatten größere Sorgen als die Frage, wer sich unter der Kapuze befand.

Die Antwort auf diese Frage war jetzt sowieso egal.

Es bereitete ihm besonders große Freude – wenn auch nicht besonders viel Mühe –, Kaineto zu fesseln und ihn zur Seite zu rollen, und zwar auf einem Weg, der über die verstreuten Kohlen des umgestürzten Kohlenbeckens führte. Vargo war keine Hilfe mehr. Er lag auf dem Rücken neben Ghiscolos verlassenem Stuhl, einen Arm schlaff an der Seite, die Hand um seine Spinne.

Der Rabe wandte sich jenen zu, die noch auf den Beinen waren. Tanaquis stand am Rand des Numinats und beobachtete, wie Diomen seinen Kreis abschritt. Sie hatte Sibiliat schnell erledigt und Ghiscolos Tochter mit einem der Betäubungspfeile des Raben niedergestreckt.

»Worauf wartet Ihr?«, fragte er und deutete auf den Kreis aus Menschen. Sie standen alle wie in Trance da, umklammerten die Medaillons und sahen Dinge, die sich nicht im Hier und Jetzt abspielten. All die Vipern, die Nadežra mit ihrem Gift erfüllten. »Ihr sagtet doch, Ihr könnt sie zerstören.«

»Das kann ich auch.« Tanaquis' graue Augen, die sonst so hell schimmerten, wurden von Unentschlossenheit getrübt. »Ich könnte es tun. Das, was ich tun wollte, wird funktionieren. Aber ich sollte vielleicht vorher fragen, ob ich es wirklich tun soll.«

Er hatte es geahnt. Oder er *hätte* es geahnt, wenn Grey Serrados Optimismus seinen Blick nicht umwölkt hätte. Jedes Mal, wenn er dachte, er könne einem Schnösel vertrauen, musste er letzten Endes die nackte Wahrheit erkennen.

Der Rabe schlich sich auf sie zu und hob die Klinge, um ihr

Zögern zu beenden. »Ihr wollt sie also lieber für Euch? Dann versucht es nur.«

»Was?« Sie runzelte die Stirn und schenkte dem Stahl, der sie bluten lassen würde, kaum Beachtung. »Nein, so ist das nicht. Ich meinte damit, ob Ihr es angesichts des Preises immer noch wollt.«

Vargo hatte es geschafft, sich wieder aufzurappeln, und schlüpfte nun zwischen den Raben und Tanaquis. Stellte sich auf *ihre* Seite. »Welcher Preis?«

Eret Vargo. *Alta* Tanaquis. Sie wollten beide auf ihre Weise an Macht gelangen. Geld und Kontrolle oder Manipulation des Kosmos. »Spielt das eine Rolle?«, knurrte der Rabe. »Zweihundert Jahre lang hat diese Stadt ständig einen Preis bezahlt. Wenn wir dem ein Ende setzen können, müssen wir es tun.«

»Selbst wenn es bedeutet, sie zu töten?« Tanaquis deutete auf den Kreis der Adligen, die weiterhin im Numinat gefangen waren, und auf Diomen, der noch immer in unverwüstlicher Trance seinen umschließenden Ring abschritt. »Wenn wir das weiterlaufen lassen, können wir ihr Opfer entweder in die Schöpfung oder die Zerstörung lenken. Ghiscolo war bereit, sie zu töten, um zu bekommen, was er wollte. Wenn Ihr ähnlich empfindet, lässt sich das rasch einrichten. Aber ich dachte, ich sollte vorher fragen.« Sie blinzelte, als ob sie dieses Zögern überraschte.

Vargo schwankte. »Fragt Ihr ernsthaft, ob wir *Ren* töten sollen?«

»Nein«, antwortete Tanaquis. »Ich will wissen, ob wir die Medaillons zerstören sollen.«

»Indem wir Ren töten!« Er versuchte, ihren Arm zu packen, und zischte, als seine Hand den Stoff berührte. »Leute wie Sostira Novrus oder Sureggio Extaquium sind mir scheißegal. Die Masken wissen, dass ich getötet habe, wenn es sein musste.« Ghiscolos zertrümmerter Schädel war ein stummer Beweis dafür. »Aber das hier – nein. Vergesst es. Wir finden einen anderen Weg.«

Ein Knurren stieg aus der Kehle des Raben. »*Einen anderen Weg.* Wo sich alle zehn Medaillons momentan an einem Ort befinden – etwas, das seit dem Tod des Tyrannen nicht mehr geschehen ist? Wir sollen das Risiko eingehen, das hier weiterlaufen zu lassen, weil Ihr nicht den Mut habt, diese Gelegenheit zu nutzen?«

»Ich dachte, Ihr würdet nicht töten!«, fauchte Vargo.

Das tat er auch nicht. Das hatte er nie getan. Er hatte gekämpft und konnte nicht mit Sicherheit sagen, dass niemand an den Wunden gestorben war, die er ihm zugefügt hatte, aber er hatte nie mit der Absicht zu töten angegriffen. Er hatte versprochen, das nicht zu tun.

Aber er würde sie jetzt auch nicht töten. Ihre eigene Verderbtheit hatte sie hierhergeführt, die heimtückische Macht eines Urtümlichen wand sich wie eine Würgeranke um und durch ihre Seelen. Sie waren verdorben, jeder Einzelne von ihnen, und sie hatten sich diesen Tod selbst zuzuschreiben. Durch ihre Gier, ihre Lust, ihre Rachsucht.

Auch Ren?

Dieser Gedanke stieg aus den Tiefen herauf wie ein kaum hörbarer Protest. Er war das, was von Grey Serrado noch übrig waar, begraben unter der Macht und der Wut des Raben.

Ja, sogar Ren. Ihre Absichten mochten gut sein, aber sie war dennoch korrumpiert. Wenn ihre eigenen Entscheidungen sie verdammten, dann war das eben so.

Nein.

Jetzt war es mehr als ein Flüstern. Der Rabe öffnete den Mund, um Tanaquis zu sagen, sie solle es tun, aber es kam kein Laut heraus. Etwas wehrte sich gegen ihn.

Nein. In den Schatten brannte ein Feuer. Ein Feuer, an das sich der Rabe erinnerte – denn *er* hatte es einmal selbst gespürt. Nein, nicht er, sondern die Frau, die ihn erschaffen hatte, die Frau, die liebte und trauerte und ihren Schmerz in etwas Größeres verwandelte in der Hoffnung, dass andere nicht so leiden mussten wie sie.

Er kämpfte gegen dieses Feuer an. All die zahllosen Opfer, die zuvor erbracht worden waren, wären umsonst gewesen, wenn sie jetzt nicht zu diesem Opfer bereit waren.

Nein! Wenn du bereit bist, deine Prinzipien zu verraten, dann bist du wertlos! Ich werde das auf gar keinen Fall zulassen … Ich *werde das nicht tun!*

Es fühlte sich an, als würde Stoff zerreißen, als würden die Glieder einer Kette zerbersten. Die Fäden, die Grey Serrado mit dem Raben verbanden, rissen … und zurück blieb nichts weiter als ein Mann mit einer Kapuze.

»Ihr habt recht.« Greys Stimme war rau, aber seine eigene. Er senkte den Kopf und verbarg sich hinter dem Stoff, wo vorher Schatten gewesen war. Er übernahm den Akzent und die Betonung des Raben. »Wie lässt es sich unterbrechen?«

»Was?«, fragte Tanaquis. »Die Medaillons oder …«

»Der Kreis.« Vargo reichte Grey ein mit Wein aus Ghiscolos Krug befeuchtetes Tuch. »Am Ende der Spira aurea. Wenn Ihr es dort macht, wird sich alles andere auflösen.«

Es war nicht weit. Drei schnelle Schritte brachten ihn zum Numinat, und eine Handbewegung durchbrach die Linie. Der Schock schoss wie ein Blitz durch seinen Arm, aber er war froh über den Schmerz.

Diomen war noch mitten in der Bewegung und landete daher mit dem Gesicht voran auf dem Boden, wo er reglos liegen blieb. Die stehenden Gestalten fingen an zu schwanken.

Grey hatte gerade genug Zeit, um an Rens Seite zu eilen, bevor sie zusammenbrach.

10

Die Maske der Würmer

Tempel der Illius Praeteri, Alte Insel: 22. Canilun

In einem Moment beobachtete Ren, wie die namenlose Szorsa und Kaius Sifigno sich darauf vorbereiteten, die Medaillons zu verbinden.

Im nächsten zerbrach die Welt um sie herum und sie fiel.

Alle Zeitebenen verschmolzen zu einer einzigen: einer Zeit, in der der Rabe sie festhielt und flüsterte: »Ren. Ren. Sag mir, dass es dir gut geht.«

Nicht der Rabe. Grey. Seine Kapuze warf noch immer einen tiefen Schatten, aber das Gesicht darunter war als sein eigenes erkennbar.

Sie öffnete den Mund, um ihn zu fragen, ob es funktioniert hatte, hielt dann aber inne. Denn sie erkannte, was Grey wollte: Er wollte vollenden, was er sich vorgenommen hatte, und die Medaillons zerstören. Aber nur, wenn es gerecht ablief.

Sie konnte es *sehen*. Dabei hatte sie nie etwas sehen können, wenn er als Rabe verkleidet war.

Und das Medaillon befand sich weiterhin in ihren Händen.

»Was ist passiert?«, flüsterte sie zurück.

Bevor er antworten konnte, erhoben sich verwirrte und wütende Stimmen. Ren kam gerade noch rechtzeitig auf die Beine, um zu beobachten, wie der Mann, der in der Ninat-Position gewesen war, im Tunnel verschwand; Sostira Novrus folgte ihm sogleich. Sogar Sureggio Extaquium taumelte hinaus und plapperte dabei Unsinn.

Es blieb keine Zeit für Erklärungen. Die Leute hielten noch immer die Medaillons in den Händen und ergriffen die Flucht.

»Haltet sie auf!« Sie war sich nicht sicher, mit welchem Akzent sie das sagte, aber sie tat es laut und hart genug, um derartige Details zu verbergen. Tanaquis ging unsicher zum Torbogen, nicht schnell genug, um Sureggio aufzuhalten, und sie wäre auch kein großes Hindernis gewesen – aber Vargo folgte ihr und hob das Schwert auf, das eine der Wespen fallen gelassen hatte. Sogar aus der Ferne konnte Ren sehen, wie er das Gesicht vor Schmerz verzog, als er den Griff berührte; der andere Arm hing schlaff an seiner Seite herunter. Aber sein grimmiger Gesichtsausdruck machte seinen Zustand und seinen Mangel an Geschicklichkeit wieder wett. Niemand würde es wagen, einen Mann herauszufordern, der so aussah.

Offensichtlich war nichts nach Plan verlaufen – oder fast gar nichts. Diomen lag mit dem Gesicht nach unten auf dem Boden und war wahrscheinlich tot. Ghiscolo war eindeutig tot und lag inmitten einer Blutlache. Sibiliat schien noch zu atmen, aber der Pfeil, der aus ihrem Hals ragte, ließ erkennen, dass sie im Augenblick keine Bedrohung darstellte.

Blieben noch die anderen Medaillonträger. Sechs an der Zahl, Ren nicht mitgezählt.

Der Rabe – nein, Grey, es gab so viele Dinge, die sie ihn fragen musste – stand dicht hinter ihr. Er nutzte sie teilweise als Schutz für seine verlorene Anonymität und raunte ihr ins Ohr: »Wir konnten sie nicht zerstören. Ich ...« Seine Stimme brach. »Ich weiß nicht, ob uns das jemals gelingen wird.«

Wir können es. Sie wusste nicht, wie, und sie war aus ihrer Vision herausgerissen worden, bevor sie alles gesehen hatte, was sie sehen musste, aber eines hatte sie in Erfahrung gebracht.

Wie auch immer die Medaillons miteinander verbunden waren, es hatte mit einem Muster zu tun. Tanaquis hatte recht: Um sie zu zerstören, benötigte man ebenfalls eins. Aber nicht so, wie sie es bereits versucht hatten, sondern etwas anderes.

Sie hatte jedoch nicht die leiseste Ahnung, was dieses Etwas sein konnte, und auch nicht die Kraft, es jetzt zu tun. Grey half ihr, sich aufzurichten. Und Cibrial und Faella verlangten Antworten von ihr, vom Raben, von *irgendjemandem.*

Daher würde sie ihnen etwas geben.

»Hört mir zu!«, schrie sie über das Stimmengewirr hinweg. Diesmal mit festem Seterin-Akzent und mit genug Autorität, um sie kurz zum Schweigen zu bringen. »Ihr wisst alle, warum ihr hier seid – zumindest teilweise.«

Sie hielt das Tricat-Medaillon hoch und streckte es ihnen regelrecht anklagend entgegen. »Jeder von euch hat eines dieser Medaillons in der Hand.«

»Ich nicht«, widersprach Fadrin.

»Ach, hört doch auf!«, krächzte Vargo. »Wenn ich erst rüberkommen und Euch nackt ausziehen muss, werde ich das tun. Dann werden alle sehen, dass das Einzige, womit Ihr angeben könnt, Quinat ist.«

»Ihr alle habt ein Medaillon«, wiederholte Renata. »Vielleicht habt Ihr es erst vor Kurzem bekommen, vielleicht ist es schon seit Generationen in Eurer Familie. Aber weiß irgendjemand von Euch, was es ist?«

Beldipassi wusste es, aber er war zu aufgewühlt, um zu antworten. Die Antwort kam von Utrinzi Simendis, noch dazu mit unerwartet ruhiger Stimme. »Ein Teil von Kaius Rex' Amtskette, die ihre Macht von A'ash bezieht.«

Natürlich wusste er es von allen am ehesten. Nicht nur, weil er den religiösen Sitz im Cinquerat innehatte, sondern weil er als Gelehrter und begabter Inskriptor bekannt war.

Niemand sonst verstand es. »Was bei den Höllen ist A'ash?«, fauchte Cibrial.

»Der Urtümliche der Begierde«, erklärte Renata, und ersticktes Schweigen erfüllte den Raum.

Sie ließ die Stille kurz wirken, bevor sie fortfuhr. »Ihr alle habt wissentlich oder nicht, bereitwillig oder nicht die Macht eines Urtümlichen genutzt. Er hat Euch sogar dabei geholfen zu erkennen, was andere wollen. Und zu bekommen, was Ihr haben wolltet.« Sie zeigte auf Ghiscolos Leiche. »Er hat es benutzt, um die Wünsche anderer zu *kontrollieren*. Und sein Ziel – ein Ziel, bei dem Sibiliat ihn ebenso unterstützte wie Fadrin und Mezzan – bestand darin, die Amtskette des Tyrannen neu zu erschaffen. Damit er die Macht des Tyrannen nutzen konnte.«

Jetzt drehten sich alle Köpfe zu den beiden noch stehenden Acrenix' um. »Ich wusste das nicht!«, stammelte Fadrin, und diesmal klang es verzweifelt und aufrichtig. »Mir erzählt doch niemand irgendwas! Gebt Sibiliat die Schuld; sie ist in alles verwickelt, was ihr Vater treibt. Er hat nur gesagt: ›Nimm das, und stell dich da hin.‹ Es ist ihre Schuld, nicht meine!«

Mezzan schwieg. Er war auf die Knie gesunken, hielt Sessat in der Hand und sah zu erschöpft aus, um etwas zu sagen.

Faellas Stimme klang kalt. »Ich glaube, es wird mehr als genug Schuldzuweisungen geben.«

»Das kommt später«, sagte Renata, bevor Faella anfangen konnte, ihre Feinde in der Luft zu zerreißen. »Im Moment ist nur Folgendes von Bedeutung: Ihr wurdet von A'ash korrumpiert. Genau wie ich. Jeder von uns trägt dieses Gift in sich – und wir können es nicht loswerden. Die Macht des Urtümlichen wird weiter wachsen, wenn wir seinem Drängen nachgeben. Wenn Ihr Euer Medaillon wegwerft, werdet Ihr am Ende von derselben Macht verflucht, die Ihr genutzt habt. Und wenn ich ›verflucht‹ sage, meine ich damit das, was Häuser wie Adrexa und Contorio zerstört hat. Und beinahe auch Traementis. Nicht nur Ihr, sondern jeder in Eurem Register wird davon betroffen sein.«

Aus dem Augenwinkel sah sie, wie Vargo Tanaquis auf den Fuß trat. Das war gut: Er hatte bemerkt, was sie vorhatte. Doch dies war nicht der richtige Zeitpunkt, um den Leuten zu sagen, dass es einen Ausweg gab. Jetzt war der richtige Zeitpunkt, um ihnen so viel Angst einzujagen, dass sie tun würden, was sie von ihnen verlangte.

Sie deutete auf Grey. »Der Rabe versucht seit Jahrhunderten, Nadežra von diesem Gift zu befreien. Wir stehen endlich kurz vor unserem Ziel. Aber bis das gelingt, müsst Ihr Folgendes tun.

Ihr werdet Euer Medaillon behalten. Ihr werdet es niemandem geben und es nicht wegwerfen. Und Ihr werdet es nicht benutzen. Versteckt es an einem sicheren Ort; tragt es nie bei Euch. Hinterfragt jeden Wunsch, der mit Eurem Numen zusammenhängt. Denn vergesst eins nicht: Ihr tragt die Fäulnis eines Urtümlichen in Euch. Immer wenn Ihr an die Macht denkt und an den Nutzen, den ihr aus ihr ziehen könntet, denkt auch daran, dass ein Urtümlicher einst einen ganzen vraszenianischen Clan in elf Tagen und Nächten des Schreckens ausgelöscht hat. Dasselbe könnte Euch passieren.«

Beldipassi nickte so heftig, dass es aussah, als würde sein Kopf gleich abfallen. Mezzan hatte seine Hoffnungslosigkeit abgeschüttelt und starrte sie mit unverhohlenem Hass an. Cibrial musterte sie zweifelnd und Faella undurchschaubar – doch Utrinzi Simendis verneigte sich.

Er sagte leise: »Dies ist der Weg, den ich seit Jahren beschreite. Ich wünsche mir nichts sehnlicher, als diese Macht einzudämmen.« Ein schiefes Grinsen umspielte seine schmalen Lippen. »Das ist natürlich A'ashs Macht, die in mir wirkt. Sebat: das Numen der Reinheit und Abgeschiedenheit. Ich kann dem nicht entkommen, indem ich mir dessen nur bewusst bin. Aber ich werde weiterhin tun, was Ihr sagt.«

Dann richtete er den Blick auf die anderen. »Das solltet Ihr ebenfalls. Auf Befehl von Iridet, falls Ihr mehr als eine persönliche Warnung braucht. Wie Alta Renata das alles erfahren hat, weiß ich nicht ... Aber falls einer von Euch an ihren Worten zweifelt, kommt und sprecht mit mir. Ich werde Euch alles erzählen, was ich über Urtümliche weiß – und das wird mehr sein, als Ihr hören wollt.«

»Wir werden sehen«, spie Mezzan aus, stand auf und machte den Anschein, als wolle er Vargo zur Seite drängen.

Er war ein guter Schwertkämpfer, der Vargos Klinge mühelos wegschlagen und sie ihm entreißen konnte, doch er brach seinen Angriff ab, als das Rapier des Raben auf seine Kehle zielte.

»Legt Euch heute nicht mit mir an«, drohte Grey in einer passablen Imitation der Stimme des Raben. Ren konnte es hören, bezweifelte jedoch, dass es irgendjemand sonst durchschaute. »Ich verspüre nicht meine übliche Abneigung dagegen, Leichen zu hinterlassen.«

Vargo warf ihm einen besorgten Blick zu, den er rasch hinter einem sarkastischen Lächeln verbarg. »Ausnahmsweise sind wir uns mal einig. Der Rest von euch kann gehen, aber mit Fadrin und Mezzan müssen wir wohl ein längeres Gespräch führen.«

»Ich bin ganz Eurer Meinung.« Utrinzi deutete auf die Überreste des Rituals: das zerbrochene Numinat, Diomens und Ghiscolos Leichen, die bewusstlose Sibiliat. »Aufgrund meiner Autorität als Iridet verhafte ich hiermit alle Angehörige von Haus Acrenix, die Blasphemie begangen haben, um Mitgliedern des Cinquerats das Leben zu nehmen.«

Cibrial stieß ein bösartiges, zustimmendes Grunzen aus. »Ich hole ... Nein, nicht die Wache. Vielleicht ein paar von Fulvets Bootsleuten. Kommt, Faella.« Sie streckte der alten Frau die Hand hin, und sie gingen zusammen mit Beldipassi hinaus.

Daraufhin schlug Tanaquis vor: »Wir sollten Haus Acrenix eins der Medaillons abnehmen. Ich kann die Folgen des Verlusts abmildern, und es ist offensichtlich, dass die Auswirkungen zweier widersprüchlicher Energien im selben Register ... nicht gut sind.«

Utrinzi nickte. »Ich würde Euch ja bitten, eines an Euch zu nehmen, Tanaquis, aber da Ihr jetzt im Traementis-Register steht ...«

Das mentale Gespräch zwischen Vargo und Alsius war kurz, aber nicht so kurz, dass Renata nicht mit einem Alternativvorschlag hätte einspringen können – wenn ihr nur einer eingefallen wäre. Nicht Tess und nicht Sedge; kein Geld der Welt hätte sie dazu bewegen können, sie auf diese Weise in Gefahr zu bringen. Die Liste der Personen, denen sie genug vertraute, war kurz und enthielt im Grunde nur zwei weitere Namen.

»Ich nehme eins«, erklärte Vargo. »Mein Register ist so klein, wie es nur geht. Wenn etwas schiefgeht, sind weniger Menschen gefährdet.«

Sie erwartete, dass Grey Einwände erheben würde, doch er fragte nur: »Quinat oder Sessat?«

Vargo verzog das Gesicht, als würde man ihn fragen, ob er lieber Pisse trinken oder Scheiße fressen wolle. »Mir wäre Quinat lieber ... deshalb nehme ich Sessat.«

Mit dem Schwert des Raben an der Kehle blieb Mezzan keine andere Wahl, als es auszuhändigen. Vargo verzog das Gesicht, als er die Hand um den Stahlkreis schloss – und zuckte dann überrascht zusammen, da die Klinge auf Fadrin zusteuerte.

Grey streckte seine in schwarzes Leder gehüllte Hand aus. »Haus Acrenix kann man diese Macht nicht anvertrauen. Das sollte überdeutlich geworden sein. Und wenn ich es nehme, ist niemand sonst davon betroffen.«

Wenn Ren nicht schon vermutet hätte, dass mit dem Raben etwas nicht stimmte, wäre es jetzt offensichtlich gewesen. Es gab keine Welt, in der der Rabe ein Medaillon an sich genommen hätte, aus keinem Grund. Das war allein Greys Entscheidung.

Was ist passiert?

Sie konnte ihn nicht fragen, nicht jetzt. Da Utrinzi und Tanaquis die Forderung des Raben unterstützten, reichte Fadrin ihm widerwillig das Quinat-Eisenmedaillon.

Mit Suilis' Hilfe – nachdem Renata sie aus dem Nebenraum befreit hatte – gelang es Utrinzi und Tanaquis, Sibiliat und die gefesselten Gefangenen aus dem Tempel zu schleifen. Vargo blieb zurück und blickte stirnrunzelnd auf die Leichen von Diomen und Ghiscolo und die Überreste des Numinats hinab. Und beäugte die verhüllte Gestalt, die am Rand stand.

Er näherte sich ihr so langsam wie ein Mann, der flussaufwärts watet. »Ich wollte Euch … danken. Für …« Vargos Stimme brach, und er berührte die Beuge seines bewegungsunfähigen Arms, in der Peabody in einer Schlinge aus den Armbändern der Wespen lag. »Für unser beider Rettung. Ohne Eure Hilfe wären wir verbrannt.«

Ren zuckte bei der Erwähnung des Feuers zusammen, aber sie hätte Vargo unmöglich warnen können. Der Rabe senkte lediglich die Kapuze als steife Bestätigung.

Nach einer unbeholfenen Verbeugung machte sich Vargo auf den Weg zum Tunnel. »Ich werde mit ein paar Leuten zurückkommen, um die Leichen zu entsorgen und diesen Ort gründlich zu reinigen. Nicht nur das Numinat. Wir sollten alles andere zerstören, was wir finden und was mit Eisar zu tun hat. Ich bin mir nicht sicher, ob ich Tanaquis so weit vertrauen kann, dass sie nichts für weitere Experimente aufbewahrt.«

Er zog Ren zum Tunneleingang, warf Grey einen weiteren besorgten Blick zu und kam ihr nahe genug, um ihr etwas ins Ohr zu flüstern. »Kann ich dich wirklich mit ihm allein lassen? Er ist … Irgendetwas stimmt nicht. Er war bereit, dich sterben zu lassen, um die Medaillons zu zerstören.«

Ren sah, wie sich Grey anspannte. Vargo hatte seine Bedenken nur im Flüsterton vorgebracht, aber die widerhallenden Tempelwände machten diesen Versuch, taktvoll zu bleiben, zunichte.

»Mach dir keine Sorgen«, erwiderte sie, ohne die Stimme zu senken. »Ich vertraue ihm.«

* * *

Tempel der Illius Praeteri, Alte Insel: 22. Canilun

Grey wartete nur so lange, bis das Echo von Vargos Schritten im Tunnel verklungen war, bevor er sich die Kapuze herunterriss.

Der Rabe tötet nicht. Nein … aber er war bereit, Menschen sterben zu lassen. Einschließlich Ren.

Die Verkleidung floss von seinem Körper und ließ den Stoff der Kapuze verdreht in Greys Händen zurück. Die Stille, die von ihr ausging, verhöhnte ihn. Die Hitze der Kohlenbecken kam nicht gegen die innere Kälte an, als er sich dem nächsten näherte und die Kapuze zusammenknüllte, um die Welt für immer davon zu befreien.

Ren hielt ihn am Arm fest, bevor er das tun konnte. »Grey. Erzähl mir, was passiert ist.«

»Ich habe eine Entscheidung getroffen. Und jetzt treffe ich eine weitere.« Er entzog sich ihrem Griff. Nicht energisch. Er wollte nicht aufgehalten werden, aber wenn sie ihn aufhalten wollte …

Sie ließ nicht los. Er drehte sich um, ließ die Kapuze zu Boden fallen und vergrub das Gesicht an Rens Schulter. Der Schreck über das, was beinahe passiert wäre, wirkte noch immer surreal. »Ich war bereit, mich für immer an den Raben zu verlieren, wenn es denn nötig wäre. Um die Stadt zu retten und um dich zu retten. Aber ich konnte es nicht … Keine Mission ist es wert, dich sterben zu lassen.«

Ren strich ihm mit einer Hand über das Haar, und durch den Tempel hallten geflüsterte vraszenianische Koseworte. Sie sagte nicht das Offensichtliche: dass er sie der Stadt vorgezogen hatte. Dass er selbstsüchtig gewesen war. Dass er zum ersten Mal seit Kolyas Tod jemanden hatte, der nicht glaubte, er würde überall Unglück verbreiten, und dass er nicht bereit gewesen war, das aufzugeben.

»Ich ruiniere alles, was ich berühre«, flüsterte er gegen ihre Haut. Er hatte es sogar geschafft, *den Raben* zu zerstören – etwas, das zweihundert Jahre überdauert hatte. Heiße Tränen brannten in seinen Augen. »Meine Großmutter hatte recht.«

Ren zog sich weit genug zurück, um ihm in die Augen zu sehen, und ihre Hände umklammerten nicht etwa seine Schultern, sondern wiegten sie wie zerbrechliches Glas. »Du ruinierst gar nichts. Du hast mir geholfen, die Teile meines Selbst wieder zusammenzufügen und stärker zu werden, als ich es für möglich gehalten hätte. Grey, die Karten, die ich dir gelegt habe …«

Sie deutete auf den Tempel. Das Numinat war mit Kreide auf den Boden gemalt worden, und die steinerne Decke verbarg die Spitze, die Quelle, das alte Labyrinth. »Schlafende Wasser. Die Karte dieses Ortes. Als ich im Numinat stand, sah ich … Teile der Vergangenheit. Kaius Sifigno kam *hierher*, um die Medaillons zu einer Kette zu schmieden. Dank deiner Entscheidung lebe ich, um dir zu erzählen, was ich gesehen habe. Deine gute Zukunft, *das Herz des Labyrinths* – die Karte riet dir, nichts zu tun. Es ist die Karte des Nichthandelns. Um *die Maske der Knochen* zu vermeiden, meinen Tod und den aller anderen.«

»Aber ich habe mein Schicksal vergiftet.« Bei der Erinnerung schnürte sich Greys Kehle zu. »Das hast du selbst gesagt. Indem ich diese Karten ausgetauscht habe … Ich weiß doch, wie du reagiert hast. *Das Herz des Labyrinths* steht auch für Stagnation, und ich habe die Chance verpasst, dies endlich zu beenden. Und irgendetwas ist trotzdem gestorben.«

Die Kapuze lag zu seinen Füßen wie eine stumme Anklage. Sie konnten herausfinden, ob der Rabe bei Ryvček wieder auftauchen würde … aber tief in seinem Innern wusste Grey, dass es keine Hoffnung mehr gab. Er hatte diesen Stoff irreparabel zerrissen.

Ren presste die Lippen auf seine, ein tröstender und kein leidenschaftlicher Kuss. »Die Fäden gehen weiter«, sagte sie wild und sicher. »Wir sind noch nicht fertig. Und ich werde niemals sagen, dass du die falsche Wahl getroffen hast.«

»Nein, es war nicht die falsche Wahl.« Er versuchte, Trost in ihrem Kuss zu finden, trotz des schuldbewussten Gewichts des Medaillons in seiner Tasche. »Aber nur, weil es keine richtige Wahl gab.«

* * *

Eulenfeld, Oberufer: 23. Canilun

Sostira Novrus konnte sich an vielen Orten verstecken, aber mit einem Verrat von innen hatte sie nicht gerechnet.

»Wie kommt Ihr darauf, dass ich das Medaillon noch besitze?«, fragte sie, als Vargo und Iascat sie schließlich in einem gemütlichen Liebesnest am Rande von Eulenfeld ausfindig machten. Grillen verabschiedeten sich zirpend von der letzten herbstlichen Wärme, und die Tage waren so kurz geworden, dass die Glocken des nahen Ninatiums zur ersten Erde läuteten und die Sonne bereits tief am Horizont stand. Der Anflug von orangefarbenem Feuer verlieh ihr ein trügerisches Wärmegefühl, als sie am Fenster saß und sich mit einer vorgetäuschten unbekümmerten Eleganz zurücklehnte. »Vielleicht habe ich es in den Dežera geworfen.«

»Und das gesamte Novrus-Register verflucht?« Vargo schüttelte den Kopf. »Nicht einmal Ihr seid so kalt.«

»Und so dumm bist du auch nicht«, fügte Iascat hinzu, »um das einzig Wertvolle, das du bei diesen Verhandlungen einsetzen kannst, aufzugeben.«

Er war überrascht gewesen, als Vargo mit bandagierten Händen und einem Arm in einer Schlinge an seiner Tür auftauchte und vorschlug, dass jetzt der ideale Zeitpunkt für diesen Hausputsch sei … Aber sein Erstaunen war im Vergleich zum ganzen Rest unbedeutend geworden. Als Iascat hörte, wie Ghiscolo das Quinat-Medaillon bei Vargo eingesetzt hatte, versprach er sogleich, dass dieses Treffen glimpflich verlaufen sollte. Der schlimmste Teil des Drangs mochte verflogen sein, als das Medaillon erneut bei Serrado eingesetzt wurde, aber Vargo war immer noch misstrauisch – so sehr, dass er Sostira von Iascat aufhalten ließ, als sie zur Tür rennen wollte.

Iascat stieß sie zurück und sagte: »Allerdings bist du offenbar dumm genug, zu glauben, dass draußen keine Hauswachen warten, falls du die Flucht ergreifen willst. Setz dich, Tante Sostira.«

»Warum, damit er mich wie Ghiscolo töten kann?«, fauchte sie Vargo mit einer schneidenden Geste an. Sie ließ sich jedoch von Iascat zu einem Puff neben dem Kamin des Häuschens führen. »Töte mich, nimm mein Medaillon, verfluch mein Haus, weine um mich. Ich habe gesehen, was er will – und was nicht. Wenn du glaubst, dass er dich liebt, bist du ein Narr. Ich habe es dir schon einmal gesagt: Er benutzt dich nur.«

Iascat zuckte bei ihren Worten nicht einmal mit der Wimper. »Wir benutzen uns gegenseitig. Früher dachte ich, du und deine Frauen wären genauso, aber bei dir war es anders, nicht wahr? Die ganze Zeit über hast du nach jemandem gesucht, der *dich* mehr liebt als alles andere. Und dann wirfst du sie weg, weil sich das unweigerlich ändert.«

Vargo war dieses Gefühl fremd; er konnte Menschen nicht verstehen, die jemanden als Mittelpunkt ihrer Welt brauchten. Aber so wie Sostira taumelte, hatte Iascat sie mitten ins Herz getroffen.

Und er nutzte seinen Vorteil aus. »Es wird folgendermaßen ablaufen. Ich habe die Unterstützung des restlichen Hauses und des Cinquerats, um den Titel, den Sitz und das Medaillon an mich zu nehmen. Wie wir das machen, liegt bei dir. Du kannst dich würdevoll und mit der Dankbarkeit der Familie zurückziehen, oder ... Nun ja. Reden wir nicht über ungelegte Eier.«

»Du weißt nicht, worauf du dich einlässt«, flüsterte sie. Etwas Gehetztes lag in ihrem Blick. »Da steckt mehr dahinter, als irgendjemand weiß. Als ich in diesem Numinat stand ... habe ich etwas gespürt. Nicht nur den Urtümlichen der Begierde – ja, ich weiß, woher das Medaillon kommt. Aber da ist noch etwas anderes.« Sie krümmte unbewusst eine Hand zur Klaue. »Ich kann nicht beschreiben, woher ich es weiß. Ich ... weiß es einfach.«

»Intuition«, murmelte Vargo. Als Neffe und Tante ihn ansahen, zuckte er mit den Achseln. »Tuat. Es scheint, als hätten alle Medaillonträger während dieses Rituals Visionen gehabt.« Tanaquis war am Boden zerstört gewesen, als sie hörte, dass dieses kosmische Wissen allen zur Verfügung gestanden hatte, nur ihr nicht. Sie hatte die letzten Tage damit verbracht, detaillierte Berichte über alles zusammenzustellen, was jeder gesehen hatte. Zumindest von jedem, der bereit war, darüber zu sprechen.

»Nicht zu wissen, worauf ich mich einlasse, wird wohl noch eine Weile das bei mir vorherrschende Gefühl sein«, sagte Iascat. »Aber bis wir dieses Problem gelöst haben, wäre es doch besser, das Medaillon sicher zu verwahren, oder nicht? Mir ist bewusst, dass man damit erkennen kann, was andere wollen. Was will ich, Tante Sostira?«

Vargo verkniff sich die Ermahnung, dass sie die Medaillons nicht benutzen sollten. Was bedeutete schon ein weiterer Fleck der Verderbnis auf dem, was sich über Jahre angesammelt haben musste? Aber er verlagerte dennoch unbehaglich das Gewicht, während Sostira den Blick auf Iascat richtete.

Dann blinzelte sie, als hätte es sich um einen Starrwettbewerb gehandelt. Eine Hand glitt unter den Kragen ihres Surcots und kam mit einem silbernen Medaillon an einer Kette wieder hervor.

Iascat nahm es an sich, ohne den Blick von ihr abzuwenden. »Danke, Tante.« Er legte es sich um den Hals, griff dann in eine Tasche neben sich und holte einen Stapel Papiere und ein tragbares Schreibset heraus. »Wenn du das unterschreibst, sorge ich dafür, dass alles ordnungsgemäß in Fulvets Büro abgelegt wird.«

Sostira verzog säuerlich den Mund, als hätte sie in eine unreife Pflaume gebissen, aber sie nahm die Papiere entgegen. Iascat blickte sich in der Hütte um, während sie unterschrieb. »Ich werde dafür sorgen, dass du hierbleiben kannst. Allerdings wurde Benvanna von den Acrenix' adoptiert – eine Entscheidung, die sie jetzt zweifellos bereut –, aber wenn eine deiner anderen potenziellen Liebhaberinnen dazu bereit ist, kann sie sich dir hier anschließen.«

Das war Hausarrest unter einem freundlicheren Namen,

aber Sostira erhob keine Einwände. Sie übergab ihm einfach schweigend die Papiere.

Varuni lehnte draußen mit verschränkten Armen an einem Baum. Vargo hatte seine Leute als Verstärkung angeboten, aber Iascat hatte stattdessen Novrus-Wachen mitgebracht. Dank Sostiras zunehmend unberechenbarem Verhalten hatte er genug Unterstützung aus seinem Haus, um diesen Putsch erfolgreich über die Bühne zu bringen; nun besaß er die Autorität seiner neuen Position als Eret Novrus. Und bald auch als Argentet.

Nachdem Iascat den Wachen Anweisungen gegeben hatte, wandte er sich an Vargo. »Ich muss alles in die Wege leiten, um die Macht so schnell wie möglich zu übertragen, aber bis Mitternacht sollte ich damit fertig sein. Du hast danach nicht zufälligerweise Zeit für mich?«

Er war nicht länger der schüchterne, stotternde Mann, der in der Nacht der Höllen kaum zugeben konnte, was er wollte. Vargo fragte sich, wie sehr er sich noch verändern würde … und wie viel davon auf dem Einfluss des Tuat-Medaillons beruhen würde.

Falls dieser Unterschied überhaupt etwas ausmachte. Das war der heimtückische Schrecken eines Urtümlichen: Er nährte das, was bereits da war, bis die eigenen Impulse einen bei lebendigem Leibe auffraßen.

»Krummbeingasse?«, schlug Vargo zaghaft vor. Dorthin hatte er Iascat nach dem Chaos in der Nacht der Höllen eingeladen. Ob Iascat sich dort mit ihm traf oder ihn wie eine bezahlte Kurtisane ins Novrus-Herrenhaus bestellte, würde Vargo viel verraten.

Ein Lächeln huschte über Iascats volle Lippen. »Meines Wissens habt Ihr ein Stadthaus in Ostbrück, Eret Vargo. Es sei denn, Ihr findet, ich müsse mich unserer Verbindung schämen?«

Erleichterung durchströmte Vargo, als er zustimmte. Sie

hielt an, bis Iascat gegangen war und er sich mit Varuni auf den Weg zurück in die Stadt machte. Es war ein langsamer Spaziergang; von Vargos Energie floss mehr in Alsius' Genesunug als er irgendjemanden wissen lassen wollte, obwohl er ziemlich sicher war, dass Varuni es erraten hatte. Der Himmel zog sich zu, und eine scharfe Brise wehte vom Meer herüber.

»Ich habe um Mitternacht eine Verabredung«, teilte Vargo ihr mit und fragte sich amüsiert, was Iascat wohl denken würde, wenn er vorschlug, vorher ein Nickerchen zu machen. »Aber vorher muss ich noch etwas erledigen. Begleitest du mich?«

Varuni schnaubte. »Das fragt Ihr ausnahmsweise mal. Wohin gehen wir?«

Drei Personen hatten Renatas Rede im Tempel nicht gehört. Sostira war erledigt; der Besitzer von Ninat war ein Mysterium, dem sie auf die Spur kommen mussten. Damit blieb noch ein offenes Ende, das Vargo schon längst von Nadežras Saum abschneiden wollte.

»Ins Extaquium-Herrenhaus.« Vargo lockerte seinen Nacken und überprüfte seine versteckten Messer. »Wir müssen uns mit Sureggio unterhalten.«

* * *

Isla Traementis, die Perlen: 24. Canilun

Wieder einmal wimmelte es in der Eingangshalle des Traementis-Herrenhauses vor Bediensteten und Gepäck. Donaia hatte vorgehabt, einen ganzen Monat in der Villa Quientis zu bleiben, doch die Unruhen in der Stadt hatten sie vorzeitig zurückkehren lassen.

»Als ob ich da draußen herumsitzen würde, während hier so viel passiert«, kommentierte Donaia spitz, als Giuna versuchte, sich für etwas zu entschuldigen, das nicht ihre Schuld war. »Ich bin noch nicht so alt, dass du mich auf einem Stuhl am Feuer sitzen lassen musst. Bei Lumens Licht – Cibrial fragte mich in einem Brief, ob *ich* Interesse am Caerulet-Sitz hätte. Wenn sie *das* für eine gute Idee hält, dann muss eindeutig jemand dem Cinquerat Vernunft einbläuen.«

Renata verkniff sich ein Lachen. Selbst der verkürzte Urlaub hatte Donaia sichtlich gutgetan. Sie sah wieder aus wie die beeindruckende Frau, die ihre angebliche Nichte vor einer gefühlten Ewigkeit begrüßt hatte, und klang auch so. Und noch besser: Sie war nicht länger die Herrin eines schwindenden Hauses, das gegen die erdrückende Flut eines Fluchs ankämpfte.

Hoffentlich kann Tanaquis sie beschützen. Sie hatte zusammen mit Utrinzi bereits sämtliche Acrenix vom Fluch befreit, während Ren den Rachedrang unterdrückte, der sie dazu bringen wollte, das Haus für Ghiscolos Taten bitter büßen zu lassen. Es wäre für niemanden gut, den Fluch eines Urtümlichen durch ein ganzes Haus wüten zu lassen. Aber zuerst hatte Tanaquis das Traementis-Register bearbeitet, um alle anderen vor Tricats Einfluss zu schützen – zumindest theoretisch. Ob das funktionierte, blieb abzuwarten.

Das Medaillon befand sich nicht in Renatas Tasche, aber es lastete trotzdem schwer auf ihr, als sie Donaia begrüßte. Familie: etwas, vor dem sie auf der Hut sein musste. Sie dankte den Gesichtern und Lumen, dass sie Jahre mit Tess und Sedge verbracht hatte, bevor das Medaillon in ihr Leben getreten war, denn das bedeutete, dass sie einen Vergleich hatte, wann immer sie sich fragte, ob sie sich ihnen gegenüber ungewöhnlich verhielt. Aber bei den Traementis' musste sie vorsichtiger sein.

Eine andere Last lag auf Grey, obwohl er sie gut verbarg, während er spielerisch mit Yvieny rang. Sie war ins Herrenhaus gestürmt und hatte nach Klops gerufen. Als Grey sich endlich von seiner Nichte befreit hatte, erkundigte sich Alinka mit schüchternem Lächeln: »Wie geht es Arenza?«

Renata hatte genug Übung – und durchdrungene Schminke –, um ihr Erröten zu verbergen. Grey konnte sich nicht auf diese Weise schützen, schaffte es jedoch, sie nicht anzusehen und stattdessen Jagyi einen Nasenstüber zu verpassen.

Alinka merkte auch so, dass er sich verstellte. »Oh! Gibt es da etwas zu erzählen?« Sie stieß ihn spielerisch an. »Wie ich schon sagte, Era Traementis! Endlich wurde sein Herz erobert.«

»Von wem?«, fragte Giuna mit der funkelnden Neugier eines Mädchens, das in die Liebe verliebt ist. »Wer ist diese Arenza? Und wann habt Ihr überhaupt Zeit für sie? Ihr seid immer so beschäftigt.«

»Genau.« Tess' trockener Tonfall hätte den Dežera leeren können, und der Blick, den sie Ren zuwarf, vermochte die Flussrichtung umzukehren. »Das frage ich mich auch.«

Ein Schlag gegen die Tür hätte ihr die Flucht ermöglicht, wenn Renata irgendeinen Grund gehabt hätte, Sedge dabei zu helfen, einen Reisekoffer ins Haus zu tragen. Da dem nicht so war, hatte sie viel zu viel Vergnügen daran, Grey unschuldig anzublinzeln. »Ihr habt eine Liebste, Meister Serrado?«

Sein ausdrucksloses Lächeln versprach spätere Vergeltung, als er erwiderte: »Ich ziehe es vor, Herzensangelegenheiten privat zu halten. Arenza sieht das gewiss genauso.«

»Arenza?«, schrie Sedge und ließ den Koffer knapp vor seinen Zehen fallen. Er warf Ren und Tess einen panischen Blick zu.

Donaia runzelte verwirrt die Stirn. »Wer ist Arenza?«

Glücklicherweise führte Colbrin Klops gerade in diesem Moment herein, woraufhin Yvieny wie von der Tarantel gestochen losrannte, und im darauf folgenden Lärm blieb das Thema Arenza auf der Strecke. Nachdem das ganze Gepäck hereingebracht worden war, schaffte es Sedge jedoch, zu

Renata zu schlurfen und zu murmeln: »Ihm so nahe zu kommen. Ist das sicher?«

Denn Sedge wusste es noch nicht. Weder er noch Tess wussten es.

Sie begegnete Greys Blick quer durch die Eingangshalle und deutete mit den Fingern auf ihre Geschwister. Er zögerte nur einen Moment; dann nickte er kaum merklich.

Es dauerte eine Weile, bis sie sich von den Traementis' gelöst und alle auf den neuesten Stand gebracht hatte. Doch nach zwei Glocken gingen Renata und Tess hinauf in ihr Zimmer – »Du warst schließlich krank«, sagte Giuna besorgt und scheuchte sie weg –, während Grey und Sedge sich verabschiedeten.

Nachdem sie schnell in eine weite Hose geschlüpft war, warf Tess dem Baum vor dem Balkon einen zweifelnden Blick zu. »Bist du dir da sicher? Ich bin schon lange nicht mehr geklettert.«

»Mach dir keine Sorgen«, beruhigte Ren sie. »Ich bin unten und fang dich auf.«

Was jedoch gar nicht nötig war. Durch raschelnde Blätter kletterte Tess auf das Dach des Herrenhauses, und Ren folgte ihr. Dort oben warteten Grey und Sedge, und Sedge betrachtete seine aufgeschürften Handflächen mit finsterer Miene. »Du wärst auch ausgerutscht, wenn ich den losen Ziegel nicht zuerst gefunden hätte«, brummelte er.

»Wahrscheinlich.«

Greys Zustimmung brachte ihm einen Seitenblick ein. »Sag das nicht nur, damit ich mich besser fühle. Du bist für einen Falken viel zu gut darin.« Sedge wandte sich an Tess und Ren. »Er ist zu gut darin. Gib es zu, bist du ein Stretsko oder was? Darum geht es hier doch, dass du Arenza kennst und nicht dort warst, wo du sein solltest, als ich losgeschickt wurde, um dich zu holen. Wegen dir war ich nicht da, um Ren zu helfen!«

Grey strich sich das Haar aus den Augen, das ihm der Wind sofort wieder ins Gesicht wehte. »Zufälligerweise bin ich ein Kiraly. Aber ja, darum geht es hier.« Er zögerte nur kurz, bevor er gestand: »Ich bin der Rabe.«

Sedge starrte ihn einen Augenblick lang an – dann folgte ein schallendes Gelächter, das im Nachhinein völlig vorhersehbar war. Es ebbte ab, da Grey und Ren ernst blieben, und Tess holte langsam und tief Luft, als es ihr dämmerte.

»Nun, jetzt ergibt eine ganze Reihe von Dingen Sinn, die vorher keinen Sinn ergaben«, sagte sie. Dann schlug sie Ren mit der Faust gegen die Schulter. »Und du reißt dir fast die Haare aus, weil du sie beide magst. Ha!«

»Ist nicht wahr.« Grey grinste, als wäre seine Vergeltung für Rens früheren Kommentar schneller eingetreten als erwartet.

»Wartet! Hört auf damit!« Sedge schlug auf den Boden und sah sofort schuldbewusst aus, als er das Klappern der Dachziegel hörte. Sie verstummten alle und warteten darauf, dass jemand von unten fragte, wer auf dem Dach des Traementis-Herrenhauses solchen Lärm machte.

Erst nach einer Minute voller Vogelgezwitscher, Kanalgeplätscher und sonst nichts wagte es Sedge, zu flüstern: »Du willst mich doch verarschen. Stimmt's? Ein Falke ist auf keinen Fall der Rabe. Außerdem bist du zu jung. Ich habe den Raben vor Jahren gesehen.«

»Das war mein Vorgänger. Und ich sollte dir wahrscheinlich noch etwas sagen … Ich bin mir nicht mehr sicher, ob ich noch der Rabe bin. Ich habe die Kapuze abgelegt. Es ist … kompliziert.«

Ren wollte die Bewunderung in Sedges und Tess' Augen nicht erlöschen lassen. »Der Rabe wollte mich sterben lassen, um die Medaillons zu zerstören. Grey hat sich geweigert.«

»Oder vielleicht doch nicht so kompliziert.«

Sie warf ihm ein liebevolles Lächeln zu, das ebenso erwidert wurde. Sedge stöhnte auf. »Du bist ganz schön vernarrt in sie, was?« Dann zog er die Schultern hoch und sah Grey an. »Na ja, ich schätze, ich kann das bei dem Mann ertragen, der meiner Schwester das Leben gerettet hat. Und du bist kein Falke mehr, das ist doch immerhin etwas.«

Kein Falke. Nicht der Rabe. Aber der ihre. Ren legte ihre Hand auf Greys und hielt sie fest.

»Ich finde es süß«, erklärte Tess und legte ihre Hand auf die beiden anderen.

Nach einem Moment seufzte Sedge und ließ seine Pranke auf ihre Hände wandern. »Na gut. Wenn uns unser Weg ins Verderben führt wie in Fiavla, sind wir wenigstens unterwegs alle glücklich.«

Die Hände unter und über Rens eigenen spendeten eine wohlige Wärme gegen die Kälte. Ein Stoff konnte halten, wo ein einzelner Faden zerreißen würde. Und wenn Muster etwas damit zu tun hatten, wie Kaius Nadežras Untergang herbeigeführt hatte …

Wer könnte es dann besser auftrennen als eine Szorsa?

~~ Ninat ~~

Dank

Normalerweise existieren Danksagungen, um all den Freunden und Familienmitgliedern zu danken, die den Autorinnen und Autoren während des Schreib- und Veröffentlichungsprozesses beigestanden, sie unterstützt und ihnen Trost gespendet haben. Aber 2020 war für alle ein ungewöhnliches Jahr, daher dachten wir uns, dass wir es hier einmal anders machen können.

Wir sind der Ärzteschaft, den Krankenschwestern und -pflegern und anderen medizinischen und Notfallkräften dankbar, die das Gesundheitssystem am Laufen hielten und Betten für die Menschen bereitstellten, die sie brauchten – oft auf Kosten ihrer eigenen Gesundheit.

Wir sind den systemrelevanten Arbeitskräften dankbar, die den Betrieb der restlichen Gesellschaft aufrechterhalten und dabei ebenso ihre Gesundheit und ihr Wohlbefinden riskiert haben.

Wir sind den Demonstranten der Black-Lives-Matter-Bewegung und anderen Aktivisten dankbar, die erneut auf die Straße und in die Machtzentren gingen, um gegen den systemischen Rassismus in unseren Polizei- und Justizinstitutionen zu protestieren.

Wir sind den Politikerinnen und Politikern dankbar, die sich für faire und freie Wahlen eingesetzt haben und unermüdlich gegen eine Flut undemokratischer Rhetorik und Politik vorgegangen sind, um Wahlen zugänglich zu machen und dafür zu sorgen, dass jede Stimme gezählt wurde.

Wir sind den Forscherinnen und Forschern dankbar, die die Impfstoffe entwickelt haben, dank derer wir zu einer fragilen Normalität zurückkehren konnten, und allen Organisationen, die sich dafür einsetzen, diese Impfstoffe der ganzen Welt zugänglich zu machen.

Im kleineren Milieu unseres sozialen Umfelds sind wir Kyle Niedzwiecki und Adrienne Lipoma dankbar dafür, dass sie uns während des Großteils des Sommer-Lockdowns ihr Arbeitszimmer überlassen haben, damit wir nach Nadežra flüchten konnten, und besonders Adrienne, die den Egos der Autorinnen ein paar dringend nötige Streicheleinheiten verpasste, während wir uns durch einen komplizierten Erstentwurf gearbeitet haben. Vielen Dank auch an die Spielerinnen und Spieler von *The Path to Power* – Kyle, Adrienne, Emily Dare und Wendy Shaffer –, die geduldig gewartet haben, als das Spiel unterbrochen wurde, weil uns das Schreiben und die Welt zu viel wurden. Ebenso danken wir allen Freunden und Verwandten, die uns virtuell unterstützt haben, und besonders Carlie St. George und Conna Condon für ihre Kommentare zum Manuskript.

Die Zusammenarbeit mit den Teams von Orbit und Orbit UK war großartig. Vielen Dank an unsere Lektorin Priyanka Krishnan, die sich mehr Flirts und Geplänkel gewünscht und uns den Raum gelassen hat, die Beziehungen gedeihen zu lassen. Vielen Dank an Ellen Wright und Nazia Khatun für all ihre Arbeit, mit der sie die *Rabe & Rose*-Reihe begeisterten Leserinnen und Lesern nähergebracht haben. Vielen Dank an Nikki Massoud, Thomas Mis und den Rest des Hörbuchteams für die Zusammenstellung eines unglaublichen Hörgenusses. Vielen Dank an Tim Paul für die schöne Karte unserer Stadt und an Lauren Panepinto und Nekro für das absolut wunderschöne Buch- und Coverdesign.

Und zu guter Letzt möchten wir unseren Agenten Eddie Schneider und Paul Stevens herzlich danken, die sich um das Geschäftliche gekümmert haben, damit wir uns auf das Schreiben konzentrieren konnten.

Falls wir vergessen haben, uns bei jemandem zu bedanken, möchten wir das auf die Amnesie von 2020 schieben. Wir sind euch allen sehr dankbar.

Über die Autorinnen

M.A. Carrick ist das gemeinsame Pseudonym von Marie Brennan (Autorin von *Lady Trents Memoiren*) und Alyc Helms (Autorin der *Abenteuer von Mr. Mystic*). Die beiden haben sich 2000 bei einer archäologischen Ausgrabung in Wales und Irland kennengelernt – die auch einen Ausflug nach Carrickmacross beinhaltete – und ihre Freundschaft im Laufe zweier Jahrzehnte dank ihrer Liebe zur Anthropologie, zum Schreiben und zum Spielen weiter ausgebaut. Sie leben in der San Francisco Bay Area.

Vorschau auf Band 5

Ossiter, *Ostbrück*

Nach so vielen Jahren der Verzweiflung, des Elends und des Verlusts war Donaia sich nicht sicher, was sie mit dem Glück anfangen sollte.

Oder wie man tanzte. »Eingerostet« beschrieb ihre Fähigkeiten nicht einmal ansatzweise: Mitten in einer Schrittfolge verpasste sie ihren Einsatz und musste dem Paar ausweichen, das auf sie zukam. Anstatt erneut ihren Platz einzunehmen, tauchte sie in der Sicherheit der Menschenmenge unter und kicherte bei dem Gedanken daran, dass Leato sie aufgezogen hätte, weil sie ihren Tanzpartner im Stich ließ.

Und sie konnte wieder lachen. Die Erinnerungen an ihren verlorenen Sohn waren überall und allzeit vorhanden ... aber jetzt versuchte sie, sich daran zu erfreuen, anstatt ihr Herz in der Trauer versinken zu lassen. Giuna war erwachsen geworden; die Gäste hatten sich im *Ossiter* zu einer verspäteten Feier ihres Geburtstages sowie ihrer Ernennung zur Erbin von Haus Traementis eingefunden.

Donaia ließ den Blick durch das Atrium schweifen und staunte über die vielen Leute. Seit Renatas Adoption waren gerade mal fünf Monate vergangen, und damals hatte das Schweigen im Tricatium die wenigen Menschen, die daran teilnahmen, fast verschluckt. Heute jedoch hatten sich die Gäste derart vervielfacht wie die Seidentücher in den Händen eines Straßenkünstlers. Auch Octale Contorio, der kürzlich aus dem Dockwall-Gefängnis entlassen worden war, hatte sich eingefunden und unterhielt eine kleine Gruppe mit Gedichten, die er während seiner Gefangenschaft geschrieben hatte. Alle Adelshäuser hatten Gäste geschickt, ebenso wie eine dreifache Handvoll Familien aus der Delta-Oberschicht.

Fast alle Adelshäuser, korrigierte sie sich. Nicht ein einziges Mitglied von Haus Acrenix war anwesend; Faella Coscanum hatte deutlich gemacht, dass sie in der feinen Gesellschaft nicht länger willkommen waren. Ohne ein Wort der Erklärung ... Aber angesichts der Tatsache, dass Ghiscolo Acrenix tot war, sich seine mutmaßliche Erbin Sibiliat »aus gesundheitlichen Gründen« in der Familienvilla in der Bucht aufhielt und seine Adoptivmutter Carinci seine Nachfolge als Oberhaupt des Hauses angetreten hatte, gab es mehr als genug Futter für die Gerüchteküche. Die am weitesten verbreitete Meinung besagte, dass Sibiliat ihren Vater ermordet hatte – aber wenn das stimmte, hätte der Cinquerat sie dann nicht vor Gericht gestellt?

Scaperto Quientis erschien in ihrem Blickfeld und hielt ein geriffeltes Glas in jeder Hand. »Ich war mir nicht sicher, ob Ihr eine Stärkung oder eine Erfrischung benötigt«, sagte er und bot ihr beide an.

Donaia strich sich eine Haarsträhne aus dem Gesicht, lehnte den Wein ab und griff nach dem gekühlten Zitronenwasser. »Heute Abend werde ich nichts trinken; schließlich soll sich der Adoptionsball nicht wiederholen. Keiner kümmert sich gern um eine Betrunkene.«

»Mir hat es nichts ausgemacht«, erklärte Scaperto und nippte am Wein, den sie abgelehnt hatte.

Trotz des kühlen Glases in ihrer Hand breitete sich Wärme in Donaia aus. Zuerst war sie sich nicht sicher gewesen, wie sie Scapertos Freundlichkeit deuten sollte: War es nur die Freundschaft mit einer trauernden Frau oder mehr? Aber die Tage in seiner Villa hatten nicht nur die Last verringert, die auf ihrem Herzen lag, sondern auch den Nebel vor ihren Augen beseitigt. Sie war zwar noch nicht bereit für mehr als Freundschaft, doch das würde vielleicht nicht mehr lange dauern. Zudem vertraute sie darauf, dass Scaperto auf sie warten würde.

Renata wirbelte leichtfüßig und in den Armen von Ucozzo Extaquium in einem Rausch aus amethystfarbener Seide und aufgestickten kobaltblauen Libellen vorbei. Sureggios kürzlicher Suizid mochte Parma Extaquium vor Trauer in die Abgeschiedenheit gedrängt haben, aber der Rest des Hauses amüsierte sich so wie immer. Auch daran hatten die Klatschbasen zu kauen, schließlich lagen Sureggios und Ghiscolos Tod zeitlich recht nah beieinander.

Donaia genoss das Zitronenwasser und versuchte, derartige Gedanken zu verbannen. *Du suchst nach Ärger, wo es keinen gibt. Kannst du nicht einfach glücklich sein?*

»Faella weiß es bestimmt«, meinte Scaperto.

Für jeden anderen hätte es wie eine unlogische Schlussfolgerung geklungen, doch sie spekulierten schon seit Wochen. Obwohl Scaperto einen Sitz im Cinquerat innehatte, wusste er auch nicht mehr über den Tod von Ghiscolo als Donaia, was ihn verständlicherweise ärgerte.

Donaia seufzte. »Ausgerechnet jetzt muss die alte Tratschmöwe den Schnabel zumachen.«

»Era!« Scaperto tat so, als wäre er schockiert über ihre Unhöflichkeit, stieß aber mit ihr an. »Jedes Mal, wenn ich versuche, ihr etwas zu entlocken, richtet sie ihre Aufmerksamkeit einfach auf die Frage, wer den freien Sitz erhalten wird. Ich weiß, dass Ihr ihn abgelehnt habt, aber vielleicht ist ein Mitglied Eures Hauses ja bereit, ihn zu übernehmen? Das Gesetz schreibt nicht vor, dass die Mitglieder des Cinquerats ihrem Haus vorstehen müssen.«

Als ob er irgendein altes Mitglied meinte und niemand im Bestimmten. Ein amethystfarbener Blitz fing ihren Blick ein; der Tanz führte ihre Nichte erneut in ihre Nähe. Donaia konnte das Mädchen zumindest vor Ucozzos umherwandernden Händen bewahren. »Renata!«

Zu spät erkannte sie, dass die Paare gewechselt hatten und Renata nicht länger mit Ucozzo tanzte. Mit einem Lachen und einer höflichen Verbeugung führte Derossi Vargo sie von der Tanzfläche. Die beiden schlenderten zu Donaia und Scaperto herüber, als würden sie immer noch tanzen, und Renata knickste vor ihnen. Ein Jahr in Nadežra hatte ihren Seterin-Akzent nicht sanfter werden lassen, wenngleich sie in spielerischem Tonfall fragte: »Du hast gerufen?«

Donaia gestikulierte mit ihrem Zitronenwasser. »Scaperto überlegt, dich in Ninats Schlund zu werfen. Willst du dich ihm selbst verweigern, oder soll ich es für dich tun?«

Daraufhin fing er an zu stottern. »So habe ich das nicht gemeint! Ich dachte nur …«

»Dass zwei Caerulets im letzten Jahr gestorben sind und man sie vielleicht durch jemanden ersetzen sollte, der unglaubliches Glück hat?«

Dieser Vorwurf kam ihr schärfer über die Lippen als beabsichtigt. Aber nachdem das Haus Traementis durch den Fluch so viel verloren hatte, brauchte es nicht viel, um sie zu beunruhigen. Es war vor allem Renata zu verdanken, dass sich ihr Haus wieder erholt hatte, und Donaia hätte es ihr gern irgendwie vergolten.

Dazu hätte sie allerdings wissen müssen, was Renata begehrte. Was wiederum erforderte, dass Renata selbst es überhaupt wusste. Trotz ihrer unerschütterlichen und selbstbewussten Fassade hatte man manchmal das Gefühl, das Mädchen klammere sich an ihre Traementis-Pflichten, um ein Ziel zu haben. Sie hatte Giunas wiederholten Vorschlag, sie könne noch eine Zeitlang die Erbin bleiben, vehement abgelehnt, doch Donaia befürchtete, ihre Nichte könnte ohne dieses leitende Ruder einfach … abdriften.

Renatas Lachen wohnte eine ganz eigene Schärfe inne. »Ich eigne mich bedauerlicherweise sehr schlecht für den Sitz des Caerulet, denn ich habe nicht die geringste Ahnung von militärischen Angelegenheiten.«

»Die haben nur wenige von uns«, erwiderte Donaia. »Indestor hatte diesen Sitz über Generationen inne und gewährte nur sehr wenig Privilegien, die nicht seiner direkten Kontrolle unterstanden.«

»Haus Coscanum hat eins«, überlegte Vargo laut.

Scaperto räusperte sich. »Ja, nun. Naldebris will den Sitz nicht. Und ich hoffe, Ihr nehmt es mir nicht übel, Eret Vargo, dass der Cinquerat Euch auch nicht in Betracht zieht.«

Donaia rechnete mit einer spitzen Antwort, wurde jedoch überrascht, als Vargo den Anschein erweckte, von diesem Ansinnen unangenehm berührt zu sein. »Das erspart mir die Suche nach einer höflichen Ablehnung.«

Renata berührte die Moiréseide seines Ärmels, und Vargo sah sie kurz mit einer Miene an, die eher Grimasse als Lächeln war. Anscheinend reichte allein das Gerücht eines Fluchs, der offenbar auf dem Sitz lag, sogar aus, um selbst *seinen* Ehrgeiz zu zügeln.

Ein kleiner Aufruhr an der Tür lenkte Donaia ab. Sie hatte das gesamte *Ossiter* für den heutigen Abend gemietet – nur ihre Gäste hatten Zutritt –, und einer der Diener verwehrte zwei Personen den Einlass.

»Entschuldigt mich«, sagte Donaia und eilte durch das Atrium.

Grey Serrado verbeugte sich knapp und sehr korrekt vor ihr, als sie sich näherte, als wäre er noch immer Hauptmann der Wache. Seine Schwägerin Alinka stand in seinem Schatten und wirkte, als wäre sie jederzeit bereit, wieder durch die Tür nach draußen zu verschwinden.

Donaia trat um den Diener herum und nahm Alinkas Arm, wobei sie den Dienstboten anfuhr: »Was soll denn das?

Wieso werden meine geladenen Gäste nicht hereingelassen?«

Die Verbeugung des Mannes war ebenso korrekt wie Serrados. »Bitte entschuldigt, Era. Das war ein Missverständnis.«

Er war nicht kühn genug, ihr ins Gesicht zu sagen, dass er davon ausgegangen war, jeder Vraszenianer würde den Dienstboteneingang nehmen – dabei trug Grey einen feinen Mantel aus heidegrauer Wolle und ein Schwert am Gürtel und Alinka einen blassblauen Surcot mit cremefarbenem Unterkleid, die Donaia ihr geschenkt hatte. »Begleitet mich«, bat Donaia, entließ den Diener mit pikiertem Schnauben und führte die beiden ins Atrium.

Glücklicherweise entdeckte sie Renatas Dienstmädchen Tess, das soeben Giunas Haare neu feststeckte. Donaia hatte ihre Tochter den ganzen Abend über kaum gesehen: Da Sibiliat Acrenix' zweifelhafte Aufmerksamkeit nicht auf ihr ruhte, waren einige potenzielle Verehrer bestrebt, sich der neuen Erbin zu präsentieren.

Aber tief in ihrem Herzen war Giuna weiterhin das Mädchen, das den Großteil seiner Kindheit im Herrenhaus einer schrumpfenden Familie verbracht hatte und nur wenige Menschen als Freunde bezeichnen konnte. Nun umarmte sie Grey herzlich und rief: »Ihr seid da!«

Er erwiderte die Umarmung, trat dann aber zurück und verbeugte sich. »Selbstverständlich, Alta. Wir konnten Eure Feier doch nicht verpassen.«

Sie schlug ihm spielerisch auf den Arm. »Warum so förmlich? Wenn jemand daran Anstoß nimmt, dass Ihr die Höflichkeiten überspringt, sollen sie sich einfach mit Euch duellieren.«

Ihm einen langfristigen Vertrag als Hausduellant anzubieten, war Renatas Idee gewesen. Sie brauchten nicht annähernd so dringend einen wie in den vergangenen Jahren, in denen sie es sich gar nicht leisten konnten, einen einzustellen, doch nachdem er die Wache verlassen hatte, wollten sie ihm diesen Gefallen tun. Donaia wünschte sich nur, es wäre ihr als Erste eingefallen. Sie erinnerte sich noch gut an den abgemagerten Jungen, der mit seinem älteren Bruder vor ihrer Tür aufgetaucht war und um Arbeit gebettelt hatte. Zwischen ihm und Leato hatte sich trotz ihres unterschiedlichen gesellschaftlichen Hintergrunds eine fast familiäre Freundschaft entwickelt, und auch sie empfand mehr als nur ein wenig Zuneigung für ihn.

»Ich würde es vorziehen, die Nacht nicht mit Schwertern zu verderben, Alta Renata«, erwiderte Grey milde.

Donaia hatte gar nicht bemerkt, dass ihre Nichte zu ihnen gestoßen war. Renata nickte Grey zu, drehte sich um und sagte: »Giuna, Orrucio Amananto hat nach dir gesucht.«

»Oh, bitte nicht!« Giuna stöhnte auf. »Nichts gegen Orrucio – aber wenn ich mich nicht ausruhe, breche ich bald zusammen!«

»Wenn die Alta sich setzen möchte ...« Tess deutete auf einen leeren Stuhl vor einem der Pflanzkübel im Atrium. »Ich könnte so tun, als ob ich Euren Saum ausbessern muss. Das würde Euch eine kleine Atempause verschaffen.«

Giuna ließ sich mit offensichtlicher Erleichterung auf den Stuhl fallen. Alinka hockte nervös auf einem anderen, während Tess eine Nadel und Faden von irgendwoher zauberte und sich dann hinkniete, um ihre Magie zu wirken.

»Era, Altas, möchte jemand einen Wein?«, erkundigte sich Grey.

»Ja, gern«, erwiderte Giuna, während die anderen beiden das Angebot ablehnten. Er verbeugte sich und verschwand. Während seiner Abwesenheit – und ohne Derossi Vargo, der alles komplizierter gemacht hätte, stupste Donaia Renata an und deutete auf die Tanzfläche. »Du warst heute Abend fast genauso gefragt wie Giuna. Ist dir vielleicht jemand Besonderes ins Auge gefallen?«

»Willst du mich etwa verkuppeln?«, fragte Renata amüsiert.

»Es ist das Privileg und die Pflicht einer alten Frau, die jungen gut unter die Haube zu bringen. Ich bin zwar nicht deine Mutter, aber angesichts von Letilias Versäumnissen kann ich doch versuchen, die Mängel auszugleichen, oder nicht?« Donaias ehemalige Schwägerin weilte weiterhin in Seteris, genoss das Leben an der Seite eines ausländischen Adligen und verschwendete wahrscheinlich keinen Gedanken an sie …

Renata stieß einen erstickten Laut aus, und unverhofft hallte eine Stimme durch das hohe Gewölbe des Atriums, die Donaia seit vierundzwanzig Jahren nicht gehört und dennoch nie vergessen hatte.

»Meine *geliebte* Tochter! Endlich sind wir wieder vereint!«

Donaia wurde eiskalt. *Das ist ein Albtraum. Wir wurden alle erneut in dieses Reich der Träume hineingezogen, und mein schlimmster Albtraum wird wahr.*

Aber nein: Sie war wach. Das war die Realität.

Und das war Letilia Viraudacis – ehemals Traementis –, die mit ausgebreiteten Armen im großen Eingang des *Ossiter* stand.

DER AUFTAKT DER NEUEN FANTASY-ROMANREIHE

RABE UND ROSE

Was ist echt in einer Stadt der Masken? Ren ist eine Betrügerin und Hochstaplerin, die nach Nadežra gekommen ist, um sich den Weg in eine Adelsfamilie zu erschleichen und sich deren Vermögen zu sichern. Doch als sie das Haus Traementis erreicht, muss sie schnell feststellen, dass die Familie nicht das ist, was sie vorgibt zu sein. Eine dunkle Magie der Albträume beginnt sich durch die Stadt zu winden, und Ren ist schnell darin gefangen. Sie muss sich mit den Intrigen der Aristokraten und den Machenschaften der Unterwelt auseinandersetzen, um zu überleben. Doch auch Ren hat ein Geheimnis, das sie vor der Welt verborgen hält. Kann sie die Stadt vor dem Untergang retten und ihr eigenes Herz vor den Dämonen der Vergangenheit bewahren?

M. A. CARRICK:
DIE MASKE DER SPIEGEL
(Rabe und Rose, Band 1)
ISBN 978-3-8332-4485-8

Ausserdem erhältlich:

M. A. CARRICK:
STURM GEGEN STEIN
(Rabe und Rose, Band 2)
ISBN 978-3-8332-4570-1

Ab November 2024:

M. A. CARRICK:
DAS PFAUENNETZ
(Rabe und Rose, Band 3)
ISBN 978-3-8332-4571-8

Jetzt neu im Buchhandel

PANINI BOOKS

www.paninibooks.de

DAS NEUE FANTASY-EPOS VON

RJ BARKER

(DIE KNOCHENSCHIFFE)

RJ BARKER:
WÄCHTER DES WYRDWOOD
(WYRDWOOD, Band 1)
ISBN 978-3-8332-4486-5

Cahan ist einer der wenigen Menschen, die sich in den gefährlichen Wäldern von Crua zurechtfinden. Doch einst war er mehr als ein Waldläufer. Udinny dient der Göttin der Verlorenen, der Beschützerin der Geringen und Hilflosen. Als Udinny in den Wyrdwood aufbrechen muss, um ein vermisstes Kind zu finden, bittet sie Cahan, ihr Führer zu sein. Doch in einem Land, in dem die Menschen den Launen gefühlloser Götter ausgeliefert sind und der Wald von Monstern heimgesucht wird, muss Cahan zwischen zwei Leben wählen – und seine Entscheidung wird Konsequenzen für seine ganze Welt haben.

Nach der viel beachteten und von der Kritik gefeierten Gezeitenkind-Trilogie erfreut der britische Ausnahme-"Phantast" RJ Barker seine Fangemeinde mit einer neuen spektakulären Saga um Götter, Geister und bizarre Kreaturen.

JETZT NEU
IM BUCHHANDEL ERHÄLTLICH

PANINI BOOKS
www.paninibooks.de